Lea Wilde, Mitte Vierzig, ist Lehrerin und alleinerziehende Mutter. Sie liebt ihre vier Söhne und ab und zu ein ausgewachsenes Mannsbild, was ihrem Exgatten Jochen reichlichst Munition für Störmanöver bietet. Bis Lea Antonella, ein Au-pair-Mädchen aus Palermo, engagiert. Diesmal ist sogar Jochen Rosenfeld begeistert und besinnt sich auf seine Vaterpflichten, woraufhin Lea die Gunst der Stunde nutzt, um Abstand von ihrem trubeligen Alltag zu gewinnen. Unverhofft erhält sie die Chance, an einem Seminar für zukünftige Drehbuchautoren in Österreich teilzunehmen. Während Lea im sommerlichen Kärnten über ihrem Script für eine Seifenopfer schwitzt und nebenbei den einen oder anderen Gipfel erklimmt, treibt daheim der Familiensinn ungeahnte Blüten.

Britta Blum, geboren 1950, war Lehrerin, ist alleinerziehende Mutter von vier Söhnen und Romanautorin. Tagtäglich erlebt sie live, worüber sie schreibt: Ihre Heldin heißt Lea Wilde, bändigt vier Söhne und ab und zu einen ausgewachsenen Mann.

Britta Blum

Babys fallen nicht vom Himmel

Roman

Fischer
Taschenbuch
Verlag

Die Frau in der Gesellschaft
Herausgegeben von Ingeborg Mues

Originalausgabe
Veröffentlicht im Fischer Taschenbuch Verlag GmbH,

Frankfurt am Main, Oktober 1998

Gesamtherstellung: Clausen & Bosse, Leck
Printed in Germany
ISBN 3-596-14022-6

Inhalt

Auf Tuchfühlung

»Wenn ich nicht schon in dich verknallt wäre, wär ich's spätestens jetzt«, pflegte mein Geschiedener beim Betreten eines Festsaales zu sagen. Immer! Sobald ein größerer Auftritt in der Öffentlichkeit als Ehepaar anstand, machte er auf diese Weise mobil, was ich damals rührend fand und heute glasklar als Versuch einschätze, mich zu dopen. Ich sollte ihn schmücken, ähnlich wie unsere drei Söhne und dieser affige Anzug aus schwarzem Tuch mit dezent eingewebten grauen Streifen ihn aufwerten sollten. Der Nadelstreifen war übrigens das einzig Dezente an ihm, was ich heute weiß und weshalb ich nur zu gern dem gelben Zettel der Altkeidersammlung, der gestern an meiner Haustür pappte, Folge leiste. Ich miste den Schrank in dem Zimmer, das einmal seins war, aus und stopfe sein gutes Stück in den hierfür bestimmten Plastiksack. Ein starkes Gefühl!
Nicht ganz so lustvoll schiebe ich mein Cocktailkleid nach. In diesem Fall sagt mir einfach mein Kopf, daß die Chancen für ein Revival in knallengem Nilgrün schlecht stehen. Trotzdem tut es weh, sozusagen fünf Blaue und das Bild von mir als Kölner Kleopatra der Neuzeit dem Lumpensammler auszuhändigen. Sogar ein Jochen Rosenfeld, dessen modischer Esprit auf jeden Wühltisch paßte, hat damals etwas gewittert: »Nicht ganz billig, wie?« Obwohl ich ihm nicht vorgeschwindelt habe, es handele sich um ein Schnäppchen, hat er in diesem Fall großzügig über meine Verschwendungssucht hinweggesehen. Die alte Leier, meine Pracht zierte ihn selbst. Noch bei unserem letzten gemeinsamen Auftritt in Nadelstreifen & Nilgrün hat er's gesagt: »Wenn ich nicht schon in dich verknallt wäre ...«
»Verpiß dich!« Wütend knautsche ich den Glitzermini und die reine Schurwolle, die auf mir unerklärliche Weise den Weg aus dem Sack zurück ins Freie respektive in meine Hand gefunden ha-

ben, zusammen. Mein Nilgrün kuschelt sich in seine Tarnfarbe, es sieht sehr intim und geradezu unanständig aus, schließlich sind wir geschieden, weshalb ich die beiden Teile rasch wieder auseinanderklaube. Jochens Beinkleider trudeln hilflos zwischen meinen Fingern, an einem Hosenbein klafft ein Riß so lang wie sein Oberschenkel. Heute bin ich heilfroh, daß ich mich standhaft geweigert habe, den Schaden zu beheben. Damals hatte ich so meine Zweifel, ob ich nicht besser doch nachgeben sollte.
Es mag der siebte oder achte Auftritt als Eheduo in dieser Galaverpackung gewesen sein, an den Gastgeber erinnere ich mich nicht mehr allzu genau, immerhin habe ich behalten, daß es jemand »Wichtiges« war. Vor sieben Jahren waren das für meinen Mann, der damals noch in Installationen machte, vor allem potentielle Kunden für Unterputzklospülungen und derlei Feinheiten. Jener Bauherr von der grünen Wiese hatte uns eingeladen, noch bevor die Aufträge endgültig vergeben wurden; das Spektakel an jenem Abend sollte der Anwerbung von Käufern für das geplante Parzellenglück vor den Toren der Stadt und im Dunstkreis einer Chemiefabrik dienen. Wir durften, wie Jochen mir noch auf der Hinfahrt verriet, guter Hoffnung sein, den Zuschlag zu erhalten, weil er den Preis für jeden ausgeschriebenen Installationsartikel exakt um zwei Pfennige unterbieten konnte, nachdem er die Außendienstmitarbeiter der Konkurrenz auf einen fröhlichen Umtrunk eingeladen hatte. Ein ganz Gewiefter, immer schon! Was er mir auf einer Strecke von rund zwanzig Kilometern, für die er mit dem Taxifahrer einen Festpreis ausgehandelt hatte, ähnlich genüßlich ausmalte wie sonst den Inhalt der Titelstory in seiner jeden Montag erscheinenden Lieblingslektüre. Das Taxi mußte sein, weil er es kategorisch ablehnte, sich meinen Fahrkünsten anzuvertrauen, wenn er selbst zu voll war, um mich am Steuer zu beaufsichtigen. Voll wurde er immer, wenn es kostenlos zu saufen gab. Er nannte es »angeheitert« und am Morgen danach »Migräne«, die dann auf das Konto seiner rücksichtslosen Familie ging.
Jedenfalls hörte ich ihm auf dieser Fahrt mit der üblichen Mischung aus Widerwillen und unfreiwilliger Bewunderung zu, fragte mich

gleichzeitig, was der fremde Fahrer von uns denken mochte, und sah aus Gründen der Distanzierung von den beschriebenen Gaunereien demonstrativ aus dem Fenster, wo die City langsam den Vororten und diese dem platten Land Platz machten, über welches die Schwaden besagter Chemiefabrik zogen. Keine zehn Pferde hätten mich auf Dauer hierhin bekommen, egal wieviel Zuschläge für Unterputzklospülungen uns das brächte. Jochen war nämlich seit der Geburt unseres dritten und zu diesem Zeitpunkt knapp zweijährigen Sohnes bestrebt, mich aufs Landleben einzustimmen. Alles klar, ich als grüne Witwe mit Anstellung in der Zwergschule nebenan. Seine Argumentation war hinterfotzig wie fast alles an ihm. »Du hattest doch schon immer einen Hang zum Höheren«, sagte er gern und keinesfalls nur entre nous. »Draußen wär's erschwinglicher, und in so 'ner Dorfschule brächtest du es glatt zur Konrektorin, Leamaus, da gibt's eh nur zwei Lehrer.« An dieser Stelle belohnten ihn stets kräftige Lacher, die ihn mit Stolz auf seinen deftigen Humor erfüllten und blind für die Tatsache machten, daß er mit dieser Show sein eigenes Ziel torpedierte.

Mein Widerstand gegen die erschwingliche Villa für sein »Luxusweibchen« – bei Überziehung unseres gemeinsamen Kontos wurde daraus vollautomatisch »Eure Mutter kann wieder mal nicht die Groschen zusammenhalten!« – nahm jedenfalls die Konsistenz von Beton an, woran auch die Tennishalle, die bereits fix und fertig war und auf die Jochen mich bei jener Tour im Vorbeirollen extra hinwies, nichts änderte. Ebensowenig, wie das Lokal mit Blick auf die Baustelle, vor dem das Taxi hielt, mich heiß machte. Über der Tür verhieß ein Neonschild »Schöne Aussicht«.

»Bei der Aussicht nähm ich glatt den nächstbesten Strick!«

»Das sagst du aber bitte da drinnen nicht laut, Leamaus! Denk an all die schöne Knete, du siehst übrigens zum Anbeißen aus, leg dich ins Zeug!« Das war schon im Anmarsch auf unseren Gastgeber, der letztendlich über den Auftrag entscheiden würde, und obwohl mein Kopf mir sagte, wie abartig das alles war, schnurrte meine Weibchenseele in fünfzehnjähriger Übung voll Freude über sein Lob, ich reckte brav mein nilgrün verpacktes Dekolleté und

schwenkte mein für eine Dreifachgebärende erstaunlich schlankes Chassis – als es passierte.
Jochen blieb stehen, während ich noch ein, zwei Schritte ohne ihn weiterging und bereits in das Blickfeld von einem Paar gieriger Bauherrenaugen geriet.
»Lea!« Eine Stimme wie Donnerhall, mein Jochen verstand es, selbst noch flüsternd widerzuhallen, und ich verhielt im Schritt und begriff: Etwas stimmte nicht.
»Ist was?«
»Meine Hose!«
Seine Hose? Ich tat einen Schritt zurück, damit meine Kurzsichtigkeit mir keinen Streich spielte, doch es blieb dabei: Das Muster untenherum paßte zum Muster obenherum, ich hatte ihm nichts Falsches herausgelegt, was wollte er überhaupt? Sogar die Bügelfalte saß an der richtigen Stelle und war dampfstoßfixiert. Wenn ich eins haßte, dann Mängelrügen in der Öffentlichkeit. »Hättest du lieber einen Rock?«
»Viel luftiger wäre der auch nicht. Wir machen kehrt, auf der Stelle, *unauffällig.*«
»Geht nicht!« Es ging wirklich nicht, unauffällig schon gar nicht, weil unser Gastgeber offenbar beschlossen hatte, mich als einziges weibliches Wesen unter Kleidergröße vierundvierzig und noch mehr Lebensjahren auf gar keinen Fall entwischen zu lassen, deshalb nun seinerseits aufrückte und meine Hand ergriff: »Sie müssen Frau ...?« Die Stimme klang in einem sehnsuchtsvollen Fragezeichen aus.
»Wilde-Rosenfeld«, sagte ich höflich, während es in meinem Kopf Purzelbaum schlug: Die fremde Männerhand war schwitzig. Jochen kochte. Das neue Dampfbügeleisen hatte auch hitzig geblubbert und sodann mit seiner Dampfstoßspitze die linke Hosennaht aufgeschlitzt. Aber ich hatte sie sofort genäht, hundertprozentig, und nicht mal mit farblich abstechendem Garn, was gelegentlich vorkam, wenn die Kleinen mich nervten.
»*Lea!*« Die Wiederholung nützte Jochen auch nichts. Wir hatten keine Chance, das weiß ich noch genau. Im Geleit dieses Schwitz-

händigen betraten wir den Saal, wobei Jochen blitzschnell von meiner linken auf meine rechte Seite überwechselte, solcherart das Händchenhalten mit dem Bauherrn, bei dem ich mich eben noch ins Zeug legen sollte, unterband und in einem höchst merkwürdigen Neigungswinkel, dicht an mich gepreßt, auf zwei leere Stühle zwischen Käsebüffet und WC-Pfeil zuhechtete. Dabei haßte er ansonsten schon den Geruch von Käse, und einen Tisch im Einzugsbereich der Sanitäranlagen lehnte er grundsätzlich ab, weil der sozialen Abstieg indizierte: »Da plazieren sie nur Nobodys und Solisten.«

»Ist Ihr Gatte immer so anhänglich?« fragte es links von mir, noch während ich versuchte, mich in Jochens Psyche zu versetzen. Ein hoffnungsloses Unterfangen, zu dem ich mich trotzdem als gute Ehefrau verpflichtet fühlte, was Jochen allerdings selbst in besten Zeiten nicht zu schätzen wußte. Bewußter Bauherr würdigte mich als moderne Kleopatra vom Rhein in meinem Nilgrünen aus einer Fast-In-Boutique immerhin gebührend. So schnell gab er trotz Schwitzhandsperre nicht auf, das verrieten mir sowohl diese Worte wie auch sein Paternoster-Blick.

»Immer und ewig.« Ich habe sogar behalten, daß mich bei diesem Statement so etwas wie eine Vorahnung auf den Rosenkrieg heimsuchte, der wenige Monate später zu voller Blüte kommen und mir beweisen sollte, daß meine Antwort insofern korrekturbedürftig war, als sich Jochen Rosenfelds notorische Anhänglichkeit keineswegs auf mich allein beschränkte.

»Schade.« Dann schoben neue Gäste an, offensichtlich noch wichtigere als wir. Unmittelbar hinter dem nächsten Paar wurde die Tür geschlossen, der Mann an der Hammondorgel produzierte einen Tusch. Reden folgten, Kellner gingen mit Sektflaschen herum, und mein Mann saß noch immer in einer Haltung da, die mich spontan an die Pose unseres Jüngsten erinnerte, wenn ihm etwas danebengegangen war. Jochen war zwar für manche Überraschung gut, aber ein feuchtes Höschen hatte bislang allenfalls ich bekommen, wenn meine hochschwangere Blase es wieder mal nicht bis zum nächsten Klo schaffte.

Ein sehr eindeutiges Wibbeln von der einen auf die andere Pobacke gesellte sich zu dem Krummrücken und dem sich unter das Tischtuch schiebenden Unterleib. Ob er doch?
»Ist was mit deiner Blase nicht in Ordnung?«
»Du hast sie gebügelt!« zischte es zurück.
Ganz kurz muß ich wohl irritiert geschwiegen haben, das Klatschen ringsum war einem klaren Kopf auch nicht unbedingt förderlich, gleichzeitig wurde uns Nachschub aus der Sektflasche angeboten, den ich akzeptierte und so Zeit herausschund, um nachzudenken. Niemand bügelte Blasen. Hosen schon. Dieser verflixte Dampfstoß war schuld.
»Und zuvor genäht«, entgegnete ich und wollte ergänzen, daß der neue Bügelautomat mit der übertrieben scharfen Edelstahlspitze schuld war, doch so weit kam ich nicht, weil Jochen mich abwürgte.
»Nähst du neuerdings mit Spucke?« Die Redner wechselten, und Jochen nutzte die Gelegenheit, um sich stiekum hochzuschieben und seitlich verdreht mit der Hand über dem deutlich klaffenden Riß – der mußte sich rapide erweitert haben – dem grünen Pfeil zu folgen.
Die Anzahl der Reden ist mir entfallen, aber es waren etliche, korrespondierend zu den sich leerenden Sektflaschen, denen Rotwein in der Bastflasche und Bier vom Faß und Käse in allen Duftvarianten folgten. Mit Gewißheit gehörten zu dem Büffet noch alle möglichen üblichen Leckerlis, doch ich saß nun mal Auge in Auge mit dem Käse. Jedes Lupfen der Plexiglashaube und jede Attacke mit dem Käsehobel erwischten mich voll, während ich wartete und wartete und wartete. Lange Zeit vergeblich!
Jochen Rosenfeld hat geschlagene zwei Stunden und dreiundvierzig Minuten gebraucht, um die Klofrau zu fragen, ob sie ihm vielleicht mit einer Sicherheitsnadel aushelfen könnte. Sie konnte wohl nicht, wie sein lose über dem linken Arm drapiertes und neckisch vorschwingendes Jackett bei seiner Rückkehr bewies. Eine Dame kicherte bei seinem Anblick, ich schnüffelte geniert in mein schon wieder leeres Glas, doch Jochen lächelte nur relaxed

und machte keinerlei Anstalten, seine Blöße ernsthaft abzudecken. Sein Lächeln galt nicht mir, wie alles Weitere bewies, das mit der mehr als unhöflichen Aufforderung begann, meinen Hintern endlich hochzuhieven, falls ich an einer kostenlosen Heimfahrt interessiert sei: »Oder bist du schon zu angeschickert?«

»Du hassn-Riß«, habe ich erwidert und damit keineswegs nur den gespaltenen Stoff an seiner linken Extremität gemeint. »So lief' ich nich rum, nie-nich!« Dieses »nie-nich« war zu jener Zeit die höchste Form der Ablehnung bei unserem Zweitgeborenen, und wenn ich wie in der »Schönen Aussicht« gezwungen war, das Warten auf meinen Ehemann mit dem wiederholten Griff zum Sekt-Bier-Wein-Glas zu überbrücken, bediente ich mich gelegentlich der Diktion Maxis, die sich durch Auslassen unwichtiger Endungen und Verdoppelung ihm wichtiger Satzteile auszeichnete. Was gemessen an den keineswegs nur verbalen Ausrutschern seines Vaters wahrlich harmlos war.

Jochen sah das natürlich anders. »Spielst du wieder Baby?«

»Wär dir 'n Vamp lieber? Aber den hattest du ja vielleicht schon auf'm Klo?« Ich habe die exakte Zeit seines Verbleibs in den gekachelten Räumen ergänzt, das erschien mir nur korrekt.

Jochen sah auch das anders, obwohl er sonst höchsten Wert auf präzise Angaben legte. Er kochte, bis vor die Tür war es ein stummes Kochen, dessen Intensität sich lediglich an der Daumen-Zeigefinger-Schraube um mein Handgelenk ablesen ließ. Draußen ging es richtig los. Ultimativ, ich solle mir ja nichts einbilden, seine Geduld mit meiner Schlamperei und Renitenz und überhaupt sei nicht grenzenlos: »Wundere dich nicht, wenn ich demnächst nicht nur zwei Stunden fünfundvierzig Minuten entschwinde.«

»Es waren nur zwei Stunden dreiundvierzig Minuten«, habe ich aus Gründen der Fairneß korrigiert und so nebenbei demonstriert, wie gut ich geistig trotz der genossenen Spirituosen drauf war. Damit er nicht dem Trugschluß erlag, er könnte mich einschüchtern, habe ich gleich die besten Empfehlungen an seine Helferin im Tiefparterre nachgeschoben: »Mein Fall wär das ja nicht, riecht

immer so'n bißchen streng auf'm Klo, jedenfalls sollteste deiner Klomaid demnächst besser Nadel und Faden mitnehmen.«
Soweit ich weiß, wurde Jochen zuerst philologisch und dann politisch. Ersteres galt meiner Schludersprache, für die ich die nachträgliche Aberkennung meines »summa cum laude« im Staatsexamen als Germanistin verdiente. Letzteres war symptomatisch für all jene Situationen, in denen Jochen fürchterlich in der Klemme saß und ihm nichts Besseres mehr einfiel, als sich für soziale Randgruppen zu ereifern und mich bourgeoiser Überheblichkeit zu bezichtigen. Gerade so, als ob ich etwas gegen Klofrauen-Krankenschwestern-Blumenverkäuferinnen hätte, denen meine höchste Hochachtung gilt – solange sie ihrem Berufsbild treu bleiben.
»War sie wenigstens hübsch?« habe ich ihn irgendwann unterbrochen und wiederhole die Frage nun an seine baumelnden Hosen in meiner Hand gerichtet, die vor sieben Jahren Zeugen waren und noch heute dichthielten, wäre da nicht dieser Riß. Es ist ein Glück, daß ich ihn nicht geflickt habe. Dreißig Zentimeter lang ist er, das ist mehr, als der deutsche Durchschnittsmann zustande bringt. Zu dieser Kategorie zähle ich einen Jochen Rosenfeld, unabhängig von all seinen Maskeraden, in denen er so weltmännisch daherkommt wie einer vom Komödienstadel. Sogar bei der Vermessung seines Schniedelwutz hat er geschummelt und ernsthaft geglaubt, ich wüßte nicht, was der morgendliche Harndrang übersetzt in Zentimeter bewirkt, doch das ist ein anderes Thema.
»Geil!« sagt es über mir mit der Stimme des jungen Jochen, der als Erstsemester Flugblätter vor der Nonnenschule verteilt hat, in der ich Schülerin war. Damals war er achtzehn, heute ist sein ältester Sohn achtzehn, zum Glück hat Fabian außer der Stimme nur wenig von seinem Vater geerbt. Hoffentlich! Denn der läßt nichts unversucht, um seinen bis vor kurzem noch minderjährigen Sohn auf seine Seite zu ziehen. Es ist nicht einmal auszuschließen, daß er Fabian gesteckt hat, was vor sieben Jahren in den Toiletten der »Schönen Aussicht« gelaufen ist und ob jene Maid wirklich »hübsch« war, was ich bezweifle, weil sie es dann nicht nötig gehabt hätte, streunende Ehemänner auf dem Weg zum Pipimachen

abzufangen. Es braucht einen Moment, bis ich mir klarmache, daß es für meinen Ältesten zumindest im Augenblick nur dieses ausrangierte Textil in meiner Hand geben kann.
»Was ist geil an einer kaputten Nadelstreifenhose von anno pief?«
»Warum ist sie kaputt?« antwortet Fabian mit einer Gegenfrage, was ebenfalls ein Indiz für die Erbmasse väterlicherseits ist.
»Weil sie einen Zusammenstoß mit dem Bügeleisen hatte.« Ich zwinge mich, alle weiteren Kollisionen auszuklammern. Schließlich gehöre ich nicht zu der Sorte Eltern, die ihre Kinder aufhetzen.
»Und warum hast du sie nicht genäht?«
»Seh ich so aus, als ob ich Nadelstreifenanzüge trüge?«
»Ist der da noch von meinem Vater?«
»Exakt. Und jetzt wandert er in die Altkleidersammlung.«
»Find ich nicht in Ordnung.« Fabians knochige Jungmannhand taucht in den Plastiksack. Er sucht nach dem Etikett. »Das ist 'ne prima Marke, so was kannst du doch nicht einfach weggeben, ohne ihn zu fragen.«
»Wenn dein Vater was vermißt hätte, wär er garantiert in den letzten sieben Jahren vorstellig geworden. Der Krempel muß endlich raus, sein Zimmer ist kein Heiligenschrein, außerdem brauch ich's demnächst für was Sinnvolles. Der Anzug wär ihm jetzt sowieso zu eng.«
»Woher willste das wissen?« Fabian sieht mich auf eine Art an, die mich verlegen stimmt. Bildet er sich ein, ich hätte in jüngster Zeit nochmals Maß genommen? Was ihn im übrigen nichts anginge, außerdem war's ein einmaliger Ausreißer, das passiert mir in hundert Jahren nicht mehr.
»Bin ich blind oder wie?« weiche ich aus und bohre mit meinem Zeigefinger hübsche kleine Löcher in den Plastiksack. Von wegen zwanzig Liter Fassungsvermögen, dieses Material ist so was von dünn.
»Eigentlich ist er schlank«, beharrt Fabian.
»So wie ich im sechsten Monat?« Mit Schwangerschaftsmonaten

kennt mein Ältester sich aus, weil er das Anschwellen meiner Leibesmitte zumindest bei seinem jüngsten Bruder sehr intensiv miterlebt hat. Einmal hautnah und einmal aus der Perspektive seines Erzeugers, der nicht für diese letzte Bauchfüllung verantwortlich zeichnete. Was ihn, unterhaltsrechtlich betrachtet, hätte freuen sollen, doch das war nicht der Fall.
»Daran ist sein Job schuld.«
»Es geht mich nichts an, warum dein Vater sich eine Wampe anfrißt.« Das stimmt, trotzdem fällt es mir schwer, nicht herauszulassen, was doch allzu offensichtlich ist. Jochen Rosenfeld will sich auf Teufel komm heraus ein Stück große weite Welt erobern, aus diesem Grund ist er von jetzt auf gleich Künstleragent, Vielflieger und Feinschmecker geworden. Mittags Businеßmenü und abends vier bis acht Gänge mit der Bettmaus, je nach Kaliber, so etwas bleibt nicht ohne Folgen für die Taille. Mich gab es ohne Gourmetkitzel und viermal mit Folgen, aber weil die vierte Folge nicht auf sein Konto geht, bekomme ich im nachhinein den Schwarzen Peter zugeschoben, was eine Verkennung der Chronologie und ähnlich dreist wie die Story rund um diese geplatzte Naht ist.
»Wampe ist mächtig übertrieben«, befindet Fabian. »Für sein Alter ist Paps noch prima in Schuß, genau wie du.«
Es mißfällt mir, erneut mit meinem Geschiedenen zusammengepackt zu werden, und sei es mit positiven Vorzeichen. Außerdem stört mich diese Einschränkung in Hinblick auf ein Alter, das heutzutage das beste ist. Bestes Mittelalter, laut Zykluskalender bin ich sogar noch voll empfängnisfähig, was ich selbstredend nicht mehr unter Beweis stellen werde. In Anbetracht von vier Geburten und der Doppelbelastung von Familie und Beruf ist es erst recht bemerkenswert, wie ich mich in Form gehalten habe. Wetten, daß ich noch heute problemlos in dieses Cocktailkleid hineinpasse? Diesmal wühle ich in dem Sack.
»Bißchen klein, wie? Paßt ja nicht mal Engelchen rein.«
Engelchen ist unsere derzeitige Haushaltshilfe und ein Fliegengewicht, weshalb sie auch keinen Einkaufskorb hochtragen und keinen Müll zum Container bringen und eigentlich nichts tun kann,

außer mit dem Staubwedel durch die Wohnung zu huschen. Bei der geringsten körperlichen Belastung bekommt sie unerträgliche Rückenschmerzen und muß sich hinlegen. Letzteres scheint eine Lieblingsbeschäftigung von ihr zu sein, vorzugsweise paarig, ich habe sie bereits zweimal auf meinem Bett erwischt, als sie babysitten sollte. Mit zwei verschiedenen Knaben, und ihre Reaktion war ähnlich unverschämt wie das, was mein Geschiedener absonderte, wenn ich ihm auf die Sprünge kam. »Nun seien Sie doch nicht so prüde«, hat sie gemeint und es nicht mal für nötig befunden, sich vorab etwas Ordentliches überzuziehen. »Ihre vier Söhne hat Ihnen ja wohl auch nicht der Klapperstorch beschert. Oder sollten wir vielleicht aufs Sofa gehen, wo der Lucas immer auf dem Weg zum Klo vorbeilatscht?« Es hörte sich glatt so an, als ob ich meinen Jüngsten anhalten sollte, in Zukunft etwas mehr Rücksicht auf das Liebesleben unserer Perle zu nehmen, die keine ist. Leider bin ich noch so lange auf sie angewiesen, bis ich Ersatz gefunden habe, was in dieser Preiskategorie gar nicht so einfach ist. Engelchen bekommt zwölf Mark die Stunde, Jochen hat ihr sechzehn geboten, aber sie hat erst mal abgelehnt und bei mir für ihre Treue einen Fahrgeldzuschuß durchgedrückt. »Ihr Ex ist mir sowieso zu direkt!« Seitdem tut sie noch weniger, und ich bin heilfroh, wenn ich sie los bin. Das Ausmisten dieses Zimmers ist ein erster Schritt, in Köln wird der Wohnraum knapp, und auf diese Weise kann ich die Differenz zwischen meinem Portemonnaie und dem eines Krösus eventuell via Logis ausgleichen.

»Engelchen steht auf der Abschußliste«, sage ich laut.

»Meinetwegen.« Fabian zuckt die Schultern. Anfänglich hat er sehr begeistert auf unsere neue Perle reagiert, doch das hat sich rasch gegeben, als sie ihn als Packesel einspannen wollte und seinen Oberhemden die Kniffe verpaßte, die sie bei seinen Bundfaltenhosen ausbügelte. Mein Großer legt sehr viel Wert auf sein Outfit, nun glimmt in seinen Augen so etwas wie Hoffnung auf. »Haben wir schon was Neues in Sicht?«

»Vielleicht«, sage ich, »aber das wär dann mit Wohnen und so.«

»Wenn sie hübsch ist.«

»Wir brauchen keine Hübsche, sondern eine Entlastung für mich als alleinerziehende und berufstätige Mutter, kapiert?«
»Hübsch schadet trotzdem nicht. Wie alt?«
»Zwanzig oder so, ist aber noch nicht spruchreif, weil Antonella eigentlich auf einen Studienplatz hier an der Uni wartet und vielleicht solange in die Gastronomie geht, ihr Vater hat nämlich in Palermo und noch irgendwo an der Küste ein Hotel.«
»Gebongt.«
»Spinnst du jetzt total?« Mein Blick heftet sich auf die Hose in seiner Hand. Vielleicht ist die ansteckend? Wenn's jetzt schon laut Pressespiegel einen Herzinfarkt per Anniesen gibt, könnten genausogut Wahnsinnsbazillen in Jochens Lumpen nisten. Eins-zwei-drei, nicht umsonst werden Polizeihunde mit getragenen Klamotten scharfgemacht.
»Muttchen, ich denke praktisch.« Mein Ältester zählt auf, welche enormen Vorteile ein intelligentes italienisches Au-pair mit einem Faible für gehobene Gastronomie und zwei Hotels in bevorzugter Urlaubslage als Background mit sich brächte, und als er mit seiner Ansprache fertig ist, geben ihm immerhin drei Leute recht. Seine jüngeren Brüder haben sich nach und nach dazugesellt und diskutieren eifrig die Vorzüge einer wildfremden Person, die ihre Hausaufgaben erledigt, die Pasta endlich mal richtig kocht und Alternativen zu Urlauben mit Schippe und Förmchen an der Nordsee eröffnet: »Die nehmen wir, wie heißt sie noch?«
»Antonella«, knirsche ich und bin mir plötzlich im Zweifel, ob ich mir das tatsächlich antun soll. Hübsch ist sie außerdem, der reinste Eyecatcher, was mich bis eben nicht gestört hat. So ganz genau weiß ich nicht zu sagen, was mich jetzt stört, denn natürlich nehme ich die Sprüche von ein paar Jungmännern nicht ernst. Wäre ja gelacht!
Antonella stammt aus einer italienischen Familie, das spricht für sich. Ihr Vater hat gleich bei unserem ersten Telefonat von den Kölner Kirchen geschwärmt, die er besser kennt als ich selbst, und mir nur deshalb Chancen eingeräumt, weil seine einzige Tochter bei uns nicht den Versuchungen des Nachtlebens ausgesetzt wäre:

»Für Antonella lege ich meine Hand ins Feuer, aber Sie als erfahrene Frau und Mutter kennen ja gewisse Männer, nicht wahr?« Ich habe aus vollem Herzen zugestimmt und versichert, daß ich ebenfalls eine tief verwurzelte Abscheu gegen streunende Ehemänner hege, die in der Gastronomie unschuldige junge Serviermädels aufreißen. Das muß – obwohl ich mit keinem Wort auf die »Schöne Aussicht« oder ähnliche Örtlichkeiten zu sprechen gekommen bin – sehr glaubwürdig rübergekommen sein, denn seitdem hat mich Signor Annunziata noch mehrmals angerufen und zuletzt mit mir die Frage der Unterbringung erörtert. Null problemo! Dank Jochens Auszug steht ein Zimmer leer, seit sieben Jahren fungiert es als Rumpelkammer, und es wäre absurd, wenn ich mich jetzt von ein paar dummen Kindersprüchen bange machen ließe.
Bei uns gibt es niemanden, der unschuldigen Mädchen an die Wäsche gehen könnte. Die Auslagerung von Jochen Rosenfelds Jagdgründen ist seit sieben Jahren amtlich, für Fabian sind weibliche Wesen jenseits der Zwanzig steinalt, mein Zwölfjähriger ist noch nicht so weit, daß er mit seiner Klappe Schritt halten könnte, und was Antonella selbst betrifft, so kann ich bereits aufgrund des Fotos sagen, daß sie total herzig und unerfahren ist, dafür haben im Zweifelsfall schon die beiden großen Brüder, la mamma, il papà und zwei Hunde so groß wie Ponys gesorgt, die mit abgelichtet worden sind. Eine Familienidylle, von der meine vier Rabauken nur lernen können. Nie im Leben würde die Kleine etwas so Gewagtes wie meinen Glitzermini tragen.
»Antonella?« wiederholt Maxi und schnieft ohne Naseninhalt, was ich nicht ausstehen kann. Mit seinen zwölf Jahren weiß er nur zu gut, wie er mich auf die Palme bringen kann, daran ändert auch sein blondbeschopftes Engelsgesicht nichts. »Komischer Name. Und sonst?«
»Annunziata.«
»Mein ich nicht.« Maxi zeigt mit Schlängellinien an seinem schlaksigen Körper entlang, was er meint. Zur Zeit kursieren in seiner Klasse Pin-ups aus den Nachttischen gewisser Väter. Gegen den

Inhalt fremder Schlafzimmerkommoden komme ich einfach nicht an.
»Sie ist noch kleiner als du.« Ich lege eine erzieherische Pause ein, die ihn auf das rechte Maß zurechtstutzen soll. »Und kein bißchen ferkelig.«
»Ich denke, sie kommt aus'm Süden?« Mein Filius schwenkt die nicht vorhandenen Hüften und grabscht nach meinem Nilgrünen. »Der Fummel da ist auch mächtig klein und sowieso reichlich jugendlich, vielleicht macht der sie ja fit für uns und die Großstadt.«
»Halt dich bedeckt!« Große Töne und nichts dahinter, das kenne ich. Trotzdem wurmt es mich, wie mein eigenes Fleisch und Blut über meine Designerklamotten verfügt und mich aufs Altenteil abschieben will. Sie werden sich noch wundern. Ich überlasse meinem Quartett den Altkleidersack mitsamt Jochens Nadelstreifenschick und verschwinde in mein eigenes Zimmer. Es reizt mich plötzlich ganz ungemein, mir zu beweisen, daß dieser nilgrüne Glitzermini mir nicht nur noch paßt, sondern obendrein steht. Von wegen zu jugendlich!
»Muttchen iss 'n Laubfrosch! Kommt mal gucken!« Mein zwölfjähriger Pfiffikus hat die Tür aufgedrückt, wie üblich ohne anzuklopfen, schon galoppieren sie alle an, drei Minichaoten und dahinter die Silhouette meines Ältesten im Nadelstreifen meines Geschiedenen.
»Bißchen spack, wie!« Fabian zieht vorne, es knirscht hinten, dann habe ich plötzlich sehr viel Luft zum Atmen.
»Sie ist geplatzt«, verkündet mein Träumerle Jonas. In jüngster Zeit mehren sich die Augenblicke, wo der Neunjährige trotz seiner nach wie vor sehr verträumten Blauaugen haarscharf beobachtet.
»Fabian ist schuld.«
Fabian grinst mich an. »Dann kannst du 's ja zusammen mit dem Anzug nähen, ich hol dir sogar dein Nähkörbchen.«
Soll ich meinen ahnungslosen Söhnen etwa verraten, daß ich mir geschworen habe, diesen stummen Tatzeugen einer zwei Stunden

und dreiundvierzig Minuten währenden Sightseeingtour zu den Toilettenanlagen in der »Schönen Aussicht« nie-nich auszubessern? Das bringe ich nicht fertig, statt dessen sitze ich nun da und stichele und erinnere mich erneut an alles, was möglicherweise durch meine damalige Weigerung ins Rollen gekommen ist. Eine Frau, die ihrem Ehegespons den Dienst im Bett und mit der Nähnadel verweigert, ist selbst schuld, fand Jochen Rosenfeld und ließ fortan nichts aus, um sich andernorts schadlos zu halten. Vorher wahrscheinlich auch nicht, nur daß ich es da nicht wußte.

»Gebongt.« Ich drehe den Faden um meinen Finger und reiße. Ruckzuck, ordentliche Hausfrauen nähmen eine Schere, doch derlei gibt es bei mir immer nur die ersten paar Tage nach dem Neukauf, weil dann unweigerlich einer aus meiner Brut etwas schneiden muß. Auf die Idee, eine Leihgabe ordnungsgemäß zurückzulegen, käme keiner von den vieren.

»Wußt ich's doch!« Maxi nickt altklug.

Sicherheitshalber überprüfe ich rasch beide Nähte, weil es immerhin möglich wäre, daß bei meiner unorthodoxen Art der Restfadeneliminierung wieder etwas aufgeribbelt ist, was vor sieben Jahren auch den Hosenrißeklat ausgelöst haben dürfte. Diesmal klafft jedoch nichts, weder bei Jochens altem Nadelstreifen noch bei meinem Nilgrün. »Alles paletti!«

»Ich mein doch die Antonella und daß ich gewußt hab, daß wir sie kriegen.«

»Meinetwegen.« Ich kann es mir leisten, großzügig zu sein. Nun, da Jochen Rosenfeld aus dem Haus ist, können mir weder seine alten Hosen noch ein hübsches Au-pair etwas anhaben, erst recht kein erzkatholisches mit Kulleraugen. Eine gute Pasta wäre wirklich nicht übel, bei mir geraten die Nudeln immer zu hart oder klitschen aneinander, was gemeinhin an meiner Überbelastung liegt. Ich kann es mir einfach nicht erlauben, zehn oder elf Minuten am Herd zu verplempern und Spaghetti zu beaufsichtigen, wenn gleichzeitig jemand auf dem Klo hockt und nach Papier brüllt, was nur eine von vielen alltäglichen Unterbrechungen ist.

»Eigentlich könnten wir doch gerade mal eben dem Nicco erzählen, daß wir jetzt auch 'ne Italienerin kriegen.«
»Ihr seid Schlawiner, Schlitzohren, glaubt ja nicht, auf so was fiel ich rein.« Nicco ist unser auf Amore abonnierter italienischer Eismann an der Ecke, der bei jedem neuen Flirt voll Hingabe italienische Oberschnulzen trällert und darüber völlig vergißt, sein Eis kaufmännisch zu portionieren. Derzeit stehen die Chancen für Megakugeln dank einer »dolce ragazza« aus der Stiefelspitze wieder einmal prächtig. Trotzdem ist mir klar, daß ich mich nicht zum Spielball von soviel Raffinesse machen darf, die mich spontan an Jochen Rosenfeld erinnert.
»Wundert's dich, Muttchen?« Mein Ältester grinst, diesmal ist es schon eher ein Feixen. Ob er auch gerade an das üble Vorbild seines Erzeugers denkt?
Ich schüttele den Kopf. Die armen Kinder! Vielleicht sollte ich sie doch mit einem Eis über die schlechten Gene, die in ihnen lauern, hinwegtrösten? Ein Bananensplit für mich selbst wäre auch nicht übel, momentan stehe ich unglaublich auf diese Kombination von Schokoladigem und Eiscreme mit schwarzen Pünktchen, welche signalisieren, daß unser Nicco nicht an den Zutaten spart, sondern echte Bourbonvanille verwendet.
»Gut, daß du's selbst zugibst. Wir kommen nun mal auf dich, die wilde Lea, du hättest nur hören sollen, was die Oma neulich wieder über dich erzählt hat, das war ja wohl das Schärfste überhaupt.«
Meine drei jüngeren Söhne scheinen glatt ihre Gier auf Eis zu vergessen. Sie wollen auf der Stelle wissen, was ich mir diesmal geleistet habe. »Nun erzähl schon, Fabi!« fordert Maxi in der Rolle des Vorsprechers. Zwei eifrige Nicker spielen den Chor der Stummen. Sie sollten sich schämen.
»Na ja.« Fabian ziert sich. »Ist wohl nicht ganz jugendfrei.«
»Logisch.« Maxi läßt sich erwartungsfroh auf das Sofa plumpsen, die anderen machen Anstalten, seinem Beispiel zu folgen.
»Und was ist mit Nicco?« Ich muß sie nachgerade ins Treppenhaus treiben, male ihre Lieblingssorten aus und hoffe dabei inständig,

daß Fabian und der da oben ein Einsehen haben und es mir ersparen, schon wieder die Blamierte zu sein. Lieber lasse ich ein Vermögen bei unserem Eismann, ehe ich mich erneut durch die Gerüchteküche der Rosenfelds nudeln lasse.
Gehe ich einmal mit einem Mann aus, war's ein Dutzend. Liegt das Restaurant unter demselben Dach wie ein Hotel, war's eine Absteige. Bringe ich nach Einbruch der Dunkelheit jemand mit in meine Wohnung, ist es Jugendgefährdung. Erscheint derselbe Besucher zweimal kurz hintereinander in verschiedenen Sakkos, grenzt mein Tun dank Rosenfeldscher Fehlsichtigkeit an Vielmännerei.
Lediglich mein heißer Draht zur Presse hält sie noch coram publico in Schach, wenigstens bis jetzt, denn dieser dusselige Redakteur eines Käseblattes, das jeder halbwegs vernünftige Mensch allenfalls zum Kartoffelschälen aufschlägt, mußte mich ausgerechnet beim »Tanz in den Mai« über »Frühlingsgefühle« interviewen. Angeblich habe ich auf einer pantomimischen Antwort beharrt, eine Art Fruchtbarkeitstanz aufs Parkett gelegt und hinterher den als ersten Preis winkenden Maibaum mit Bollen liebkost und »Jokkelchen« genannt. Jochen Rosenfeld alias »Jockelchen« hat den Baum stellvertretend für mich in Empfang genommen und bewiesen, wie clever er sich im Gegensatz zu mir noch mit billiger Bowle im Bauch verkaufen kann. Das Pressefoto hat seine Mutter beim Spargelschälen entdeckt und ausgeschnitten. Ob sie es Fabian gezeigt hat? Die »Jockelchen«-Story reichte auch so. Es ist typisch für den Größenwahn meines Ex, sich für das einzige »Jockelchen« in meinem Leben zu halten.
»Mit oder ohne Sahne?« fragt unser Eismann und sieht mich an.
»Mit«, sage ich spontan und stelle mir vor, wie ein Sahneeisberg den Frust-Scham-Wut-Berg in mir aussticht. Nicco nickt und macht kehrt und stoppt erneut auf mein »lieber doch ohne« hin.
»Sie können es sich aber leisten, Signora.«
Ich setze zum »Grazie!« an, doch Maxi kommt mir wieder einmal

zuvor: »Es iss wegen dem Nilgrünen und weil sonst die Antonella es kriegt.«
Während meine Söhne so hemmungslos und unsensibel auspakken, wie nur männliche Wesen das fertigbringen, beschließe ich, mich nicht von dem Nilgrünen zu trennen und mir selbst und aller Welt und erst recht Jochen Rosenfeld zu beweisen, daß ich nach wie vor das Zeug zur Kölner Kleopatra habe.

»Kann mir gefälligst mal einer helfen?« Ich habe Sturm geklingelt, endlich hat oben jemand aufgedrückt, natürlich ohne zuvor die Sprechanlage zu betätigen, die ich für teures Geld nachträglich habe einbauen lassen. Für die Katz! Meine Söhne ziehen es vor, Hinz und Kunz zu öffnen, die Briefkästen mit Reklamezetteln vollstopfen oder unsere teuren Räder klauen, und mich die Getränke hochschleppen zu lassen, die ausschließlich sie konsumieren, und das in rauhen Mengen.
»Iss wieder nix zu trinken da!« hat Maxi sich heute früh beschwert, und in Anbetracht sommerlicher Temperaturen von fünfundzwanzig Grad bin ich wieder einmal meinem weichen Herzen erlegen, habe auf dem Heimweg von der Schule, an der ich unterrichte, am Supermarkt gehalten und zwei Kästen Leergut gegen ebenso viele volle eingetauscht. Obwohl laut Rollplan Fabian mit dem Einkaufen an der Reihe wäre.
»Fabian!« Diesmal brülle ich laut durchs Treppenhaus.
»Ist was passiert?« Die Mieterin aus dem zweiten Stock taucht über mir auf. Die häßlichen Gitterstäbe parzellieren ihr nicht weniger scheußliches Kittelkleid, eines der Modelle, die sie in Hülle und Fülle besitzt. Der rote Handlauf wetteifert mit dem Tizianrot auf ihrem Kopf.
»Wie man's nimmt«, keuche ich und finde, daß ein Kasten rechts und einer links, die zusammen fast ein Drittel meiner eigenen Körpermasse ausmachen, für sich sprechen.
»Es ist Mittagszeit, Frau Wilde.« Indigniertes Kopfschütteln, dann rumst die Tür zu. Glaubt die dumme Person, von der ich weiß, daß mein Ex ihr die Miete nur wegen ihrer Schnüffeldienste nicht

erhöht, ich würde mich nicht auch lieber von zwölf bis drei aufs Ohr legen und hinterher auf zwei Stück Torte im Café einfinden? Die Wut über soviel Ignoranz läßt mich glatt meine Last vergessen, ich beschleunige, mein Ältester wird sich wundern.

»Hi!« Maxi versperrt mir den Zugang zu unserer Wohnung. Er sitzt auf dem Podest und zerlegt seine alten Inline-Skates in Einzelteile, die er mit bestem Olivenöl beträufelt und auf einem von meinen neuen und bis dato schneeweißen Walkfrottierhandtüchern ablegt.

»Seid ihr jetzt alle des Teufels?« Ich lasse die Kästen auf den Steinboden poltern, die Antwort aus dem zweiten Stock erfolgt umgehend, ich rette das Handtuch und ernte wüste Beschimpfungen: »Was glaubste, was Paps sagt, wenn der hört, daß du die neuen Kugellager auf dem Gewissen hast, die sind nämlich von ihm?«

»Interessiert mich nicht.« Die Vorstellung, wie Jochen Rosenfeld gleich zweimal hintereinander mit Beschwerden über mich aus dem Mittagsschlaf gerissen wird, den er sich als Künstleragent ebenfalls gönnt, gibt mir regelrecht Auftrieb. Vielleicht erwischt es ihn ja sogar mit Bettmaus, wer weiß! Mein Appetit kehrt zurück, sechs Unterrichtsstunden sind kein Pappenstiel, heute stehen bei uns Sahnetortellini aus der Tiefkühltruhe auf dem Speiseplan. Daran kann nicht einmal Engelchen etwas verderben, die mußte sie nur einkaufen und im Wasserbad erhitzen. Ich bekomme Kinnwasser.

Auf dem Eßtisch macht sich ein großer Pappkarton mit der Abbildung eines fröhlich krähenden Hahns breit, von dem ich definitiv weiß, daß ich ihn heute morgen ebenso wie die vier Keramikschüsseln mit dem üblichen Überschuß an durchgesuppten Flakes – meine Söhne essen nur, solange es cruncht und knuspert – weggeräumt habe. Drei Plätze sind bereits verwaist, bei Fabian knuspert es noch immer oder schon wieder.

»Spinne ich jetzt total? Wo sind die Tortellini?«

»Frag Engelchen«, grummelt mein Ältester und gönnt mir einen kurzen Ausblick auf seinen milchigkrümeligen Dreitagebart. »Oder besser doch nicht, sonst flippt sie total.«

»Bezahle ich sie jetzt schon fürs Flippen?« Mein Blick wandert, wird bei einer Flasche Cola light und einem Aschenbecher und einem Riegel Schokolade fündig, gewöhnlich ist dann auch die nächste Krankmeldung nicht mehr fern, die wir allerdings gerade hinter uns haben. Engelchen sollte sich vorsehen. Wenn sie wüßte ...

»Sie weiß Bescheid, deshalb.«

Unsere Wendeltreppe ist ein wunderbarer Schalltrichter und versorgt mich, noch bevor unsere Perle sich in persona blicken läßt, mit einer minutiösen Beschreibung des dramatischen Schwunds der gallertartigen Schmiere zwischen ihren Bandscheiben: »Damit ist meine Mutter in Frührente gegangen, und ich schufte mich hier tot, dabei hätt ich nicht mal ein Pfund Butter aufheben dürfen. Das hätt ich nie von Ihnen gedacht, daß Sie so undankbar sind, wo ich doch sogar das Angebot von Ihrem Ex ausgeschlagen habe.«

»Bei uns gibt's eh nur Margarine«, kräht Lucas dazwischen.

Ich verkneife mir die Bemerkung, daß andernfalls auch die gute Butter festgetreten worden wäre, falls sie denn das Pech gehabt hätte, Engelchen vor die Füße zu rollen. Sie bückt sich höchstens nach Überraschungseiern und Silbergeld, von dem sie im Zweifelsfall annimmt, daß es ihr selbst gehört. Dennoch würde es mich heftig interessieren, wer hier gepetzt hat. Ich sehe von Fabian zu meinen beiden Jüngsten hin, ernte dreimal empörtes Kopfschütteln und weiß: Der Schuldige sitzt im Treppenhaus. Na warte!

»Es stimmt also?« Engelchen donnert treppab, die Stahlkonstruktion zittert nach, unsere Hilfe scheint glatt vergessen zu haben, wie vorsichtig sie sein muß, um nicht wie ihre Tante mütterlicherseits zu stürzen und in einem Stützkorsett zu landen. »Sie haben wirklich jemand Neues?«

»Logo, glaubste, ich lüge?« Originalton Maxi Pfiffikus, der sich klammheimlich zu uns gesellt hat und hinzufügt, daß wir in Zukunft nicht mal mehr auf Pasta aus dem Laden angewiesen sind, weil »unsere Italienerin« das alles selbst macht.

»Ich kündige fristlos.«
Einen Moment lang verschlägt es mir die Sprache. Und jetzt? Wer macht Lucas auf, wenn er aus der Schule kommt? Horrorvisionen von hungrigen Schlüsselkindern überfallen mich, als nächstes steht mir dann jemand vom Jugendamt auf der Matte, garantiert.
»Hipphipphurra! Dann klaut mir endlich keiner mehr die Männeken aus den Ü-Eiern.« Maxi investiert derzeit sein gesamtes Taschengeld in Überraschungseier, als Experte hört er schon beim Schütteln heraus, wie die Chancen auf eine Komplettierung seines Figurensatzes stehen, doch leider macht ihm Engelchen immer wieder einen Strich durch die Rechnung und behauptet hinterher, sie wäre in seinem Zimmer auf dem Fußboden fündig geworden.
In Anbetracht von Maxis Schlamperei habe ich irgendwann verkündet, was auf dem Boden liegenbleibe, sei Finderlohn. Wenn Engelchen sonst ein Sieb im Kopf hat, das hat sie behalten und für ihr zweitliebstes Hobby genutzt: Sie sammelt das andere Geschlecht nämlich nicht nur live, sondern auch in Plastik und Schlumpfformat. Trotzdem möchte ich darauf wetten, daß sie vorzugsweise in Maxis Setzkästen fündig wird, weil er zwar alles – von den Müffelsocken bis zum Klassenarbeitsheft – unter sich gehen läßt, aber niemals eins von seinen geliebten Ü-Ei-Männeken.
»Wir müßten Nicco fragen, ob Lucas bei ihm warten darf, bis Jonas aus der Schule kommt«, überlege ich laut. »Vielleicht könntet ihr für die kurze Zeit auch bei ihm eine Kleinigkeit essen.« Mein Kopf läuft auf Hochtouren, ich sollte gleich bei den Annunziatas anrufen, Mondscheintarif hin oder her. Notfalls springt eben meine Mutter ein. Fremde Mütter, denen ich bisweilen ihre Kinder abgenommen habe, fallen mir ein. Das regeln wir schon, und solange wird mein feiner Pinkel von Ältestem halt T-Shirts tragen oder seine Hemden aus »pure cotton« selbst bügeln, ich werde ebenfalls mit knitteranfälligen Blusen haushalten, staubgewedelt wird reihum, in den Kinderzimmern beginnt endlich die

längst überfällige Eigenverantwortung, in gekachelten Zonen steige ich von No-names auf den properen Riesen aus der Werbung um, und was ich bei Engelchen an Lohn einspare, investiere ich gerne zwei Wochen lang in Mahlzeiten beim Italiener oder im Chinapalast, wo mich garantiert kein bunter Papphahn ankräht. Ab ersten Juni wäre Antonella grundsätzlich verfügbar, hat ihr Vater gemeint.

»Ich bekomme noch ...«

Ich zahle und tue so, als ob ich nicht mitbekäme, daß Engelchen mir via letzter Abrechnung von Einkäufen im Wonnemonat Mai ihre Cokes-Zigaretten-Schokoriegel unterjubelt. Was sind die paar Mark gegen das herrliche Gefühl von Freiheit, das in mir aufkommt? Nie mehr mit der Befürchtung unterrichten müssen, bei mir zu Hause faulenzte dieses Schafgesicht auf meine Kosten. Kein Rendezvous mehr überschattet von dem beklemmenden Gedanken, daheim tummelte sich schon wieder jemand Fremdes auf meiner Matratze. Es ist der Himmel. Es wird der Himmel auf Erden sein.

Mit Antonella sehen wir neuen Zeiten entgegen, multikulturell und melodiös wie die Muttersprache unseres Au-pairs. Gibt es einen schöneren Klang als diesen Sound, dem schon Goethe verfiel? »Dahin, dahin ...!« Meister Goethe reiste dem Wohlklang nach, wir holen ihn uns ins Haus. Das Glück ist mit den Tüchtigen. Ich fühle mich enorm tüchtig.

»Wie wär's mit 'nem Abstecher zu Nicco?«

»Bravissimo.« Vierstimmig, meine Kids haben ein Gespür fürs Italienische. Das wird, wetten?

Engelchen ade!

Es klappt. Gemessen daran, wie lange eine Topfirma braucht, um ein neues Produkt auf dem Markt zu plazieren, sind wir fünf Wildes geradezu phänomenal gut. Nachdem Papa Annunziata im Namen seiner Tochter zugesagt hat – dort herrscht noch echte Autorität, ich darf nicht mal für meinen Sechsjährigen einen Termin zur Zahnhygiene festmachen, ohne gesteinigt zu werden –, ist unser Selbsthilfeprogramm umgehend angerollt.

Meine beiden Jüngsten haben absolut nichts dagegen, mittags bei Nicco einen Snack zu sich zu nehmen, für den ich pauschal bezahle und dessen Eiscremeanteil ich gar nicht wissen will. Der Hausstaub hält sich ebenfalls in Grenzen, die Moppen in den Ekken gab's auch schon bei Engelchen, dafür sind nun alle High-Tech-Geräte dank Kaltluftüberdruckgebläse aus der Sprühpistole für zweiundzwanzigachtzig klinisch rein. Fabian trägt weiterhin seine schnieken Leinenhemden, aber ich bügele sie nicht, und dem tadellosen Zustand unseres Dampfbügelautomaten nach zu urteilen, tippe ich auf ein Agreement mit meiner Schwiegermutter. Sei's drum! Ums Einkaufen drängeln meine Söhne sich sogar, nachdem ich zwecks Motivation die großzügige Aufrundung jeder Kaufsumme in Aussicht gestellt habe.

Gleichzeitig ergibt sich ein völlig unbeabsichtigter Nebeneffekt: Ich passe auch ohne Luftanhalten wieder in mein sieben Jahre altes Cocktailkleid und weiß nun, daß die nach der Geburt meines Jüngsten festgestellte Erweiterung im Hüftbereich doch nichts mit der Überdehnung der Knochen durch einen Neunpfünder zu tun hatte. Die Lakritzkätzchen waren schuld, die ich nach der Entbindung tonnenweise weitergelutscht habe und von denen meine Kids nun beharrlich die falsche Marke einkaufen. Sie bevorzugen gezuckerte Rundlinge, wohingegen ich nur die klassisch harten mag, darin bin ich eigen. Das Ergebnis lacht mich nach nunmehr einer Woche Enthaltsamkeit in Nilgrün aus dem deckenhohen Dielenspiegel an.

»Lea, ich bin stolz auf dich!« sage ich laut zu mir selbst und inspiziere mich noch einmal rundum, wage diesmal sogar eine leichte Neigung des Oberkörpers nach rechts und nach links und könnte mich selbst küssen, weil sich wirklich kein Hauch von Röllchen unter dem Stoff abzeichnet, der wie eine zweite Haut anliegt. Nie mehr Lakritz!

»Sieh da, Muttchens Lendenstück ist geschrumpft!«

Ich schieße herum und blitze meinen Ältesten an, der meine Euphorie ausgenutzt hat, um sich wie üblich auf Socken anzuschleichen.

»Paß ja auf, daß bei dir nichts schrumpft! Wie wär's zur Abwechslung mit Puschen?« Ich zeige auf seine Füße, die sich nur in einer Mischung aus Baumwolle und Seide wohl fühlen, für die ich ein Vermögen bezahle, weil unser Sisalboden ebenfalls ein Faible für dieses Gewebe hat. Neulich habe ich angedroht, daß die nächsten Socken auf sein Konto gehen.

»Darf man dich jetzt nicht mal mehr loben? Sieht echt stark aus, besonders von hinten.« Die Klapshand erwischt mich genau dort und mit einer Routine, die mich stutzen läßt.

Wo hat er gelernt, einem weiblichen Wesen so den Hintern zu tätscheln, daß es harmlos aussieht und sich sooo anfühlt? Meint er mit der Akzentuierung meiner Rückpartie, daß ich von vorn weniger sehenswert bin? Sicherheitshalber ziehe ich die Luft ein, bevor ich erneut und diesmal frontal den Spiegel befrage. Astrein, stromlinienförmig, wenn ich jetzt noch meine langen Haare hochstecke, kommt mein ranker Hals ähnlich rasant zur Wirkung wie mein bis zur Oberschenkelmitte freigelegtes Chassis. Oder ob Fabian mein Gesicht meint? Das Lächeln im Spiegel erstarrt. Die Punktstrahler fixieren Lachfältchen, die mittlerweile sogar da sind, wenn mir kein bißchen nach Heiterkeitsausbruch ist.

»Reg dich ab!« Fabian grinst Marke Ich-hab-voll-den-Durchblick und tut einen Schritt zur Seite, um seinen Brüdern die Teilnahme an dieser Musterung in einer nicht einmal sechs Quadratmeter großen Diele zu ermöglichen. »Vielleicht nehm ich dich am Samstag sogar mit ins ›Underground‹ oder in den ›Alten Wartesaal‹, wie wär's?«

»Peinlich!« befindet Maxi aus dem Hintergrund.

»Was ist bitte schön peinlich daran, wenn dein Bruder und ich ein Tänzchen wagen?« Ich stell's mir vor, die Idee ist gar nicht mal so übel, im »Wartesaal« war ich bis zur Geburt von Lucas mindestens zweimal im Monat, da ging die Post ab, damals allerdings an der Seite eines Kavaliers, der mich einlud. Diesmal wäre ich dran, das ist mir schon klar, trotzdem lockt mich die Vorstellung, mit meinem gutaussehenden Ältesten loszuschwofen. Zumal wir beide begeisterte Tänzer sind, in diesem Punkt schlägt voll meine Erbmasse durch, während bei meinem Geschiedenen jede Tanzfigur einem epileptischen Anfall ähnelt.

»Euer Gehopse aus der Tanzschule bei uns im Wohnzimmer iss schon peinlich genug.«

»Wir sind Goldstar«, protestiere ich. Das stimmt ebenfalls. Anfangs wollte ich nur einen Grundkurs absolvieren, um Fabian beim obligatorischen Walzer mit Muttern auf seinem ersten Abschlußball nicht zu blamieren, doch dann haben mich der Ehrgeiz und die Neigung zu einem Aushilfstanzlehrer gepackt, ich bin bei der Stange geblieben und übe vor jedem Clubabend mit meinem Jungmann auf dem freien Stück zwischen Fernseher und Eßtisch Walzerflechten und Tangokehren, bis die Spionin unter uns zum Besenstiel greift und gegen die Decke bumpert.

»Trotzdem«, beharrt mein Zwölfjähriger.

»Tolles Argument«, stelle ich fest, »muß ich mir unbedingt für deinen nächsten Antrag auf Taschengelderhöhung merken.«

»Dann geht eben ins ›Underground‹.«

»Und warum nicht in den ›Alten Wartesaal‹?« Ich hätte den Mund halten sollen, schon dieses linksseitige Abwärtszucken des Mundwinkels à la Jochen Rosenfeld signalisiert Unheil, was der folgende Text umgehend bestätigt.

»Weil's da Türsteher und 'ne Gesichtskontrolle gibt.«

»Was machen Türsteher, steh'n die ehrlich nur rum und sonst

nichts?« will Jonas wissen und drängelt sich zwischen seine beiden älteren Brüder.
»Döskopp! Die passen auf, daß keine Scheintoten Samba tanzen.« Maxi liefert eine Parodie der neuesten Sambafigur, die Fabian und ich vor zwei Tagen einstudiert haben. Nicht einmal der Rhythmus stimmt, sein kreisendes Knabenbecken gefährdet allenfalls den Schirmständer und ist meilenweit von lateinamerikanischen Hüftschwingungen entfernt, die ich perfekt beherrsche. Was sogar mein blauäugig verträumter Neunjähriger geschnallt hat.
»Muttchens Samba sah aber sehr schön aus«, sagt er.
Maxi grinst. »Die Samba war ja nur eine Kompo-na-irgend-so-was.«
»Komponente, du Analphabet«, rufe ich.
»Dann meint Maxi die Scheintoten«, schlußfolgert Jonas haarscharf und sieht mich an. Seine verschwärmten Augen sondieren mich wie eine von den Kettenaufgaben in seinem Rechenbuch.
»Scheintot wär heftig übertrieben.« Fabian plaziert einen weiteren gekonnten Klaps auf meiner Rückfront. »Für ihr Alter ist sie wirklich gut in Schuß, und bei dem Fummel da guckt sowieso keiner ins Gesicht, der ist echt hot.«
Heiß ist mir auch, allerdings diesmal vor Wut. Ich mache auf dem Absatz kehrt, verordne einmal reihum das sofortige Anziehen von Hausschuhen und bin schon auf der Wendeltreppe, als mich vierstimmiger Protest erreicht: »Und du?«
Ich bleibe stehen und sehe an mir hinab, was ich besser nicht getan hätte, weil's mit meiner Fassung nun endgültig vorbei ist. Passend zu diesem Kleid trage ich fünfzehn Denier von der verstärkten Ferse bis zum eingearbeiteten Höschenteil, logischerweise habe ich bei der Anprobe auf meine Birkenstocks verzichtet, und nun ereilt mich die Strafe via Sisalbodenbelag, der am linken unverstärkten dicken Zeh zugeschlagen und eine Laufmasche der Extraklasse auf den Weg geschickt hat. Dieses struppige Zeug ruiniert mir die teuersten Nylons.
»Ich bezahl meine Strümpfe immer noch selbst!« donnere ich nach unten und entschwinde nach oben. In fünf Tagen beginnt das

nächste Wochenende, bis dahin muß ich mir einen Kavalier besorgt haben, der die doppelte Investition in zweimal fünfzehn Denier aus *dem* Strumpfshop und das Spießrutenlaufen eben wert ist. Ich bin Löwin und kampferprobt, mich erschüttert so leicht nichts, und wenn ich eins weiß, dann dies, daß ich nicht umsonst mein Lendenstück geslimt und diesen Traum von Kleid vor dem Lumpensammler gerettet habe.

Während ich in meine Alltagsjeans umsteige, lasse ich alle männlichen Wesen Revue passieren, zu denen der letzte Kontakt nicht länger als ein halbes Jahr zurückliegt und von denen ich weiß, daß sie generell erpicht darauf sind, mich auszuführen. Immer vorausgesetzt, sie sind nicht gerade verreist, umgezogen, erkrankt, beleidigt, in Bauchspeck oder einer neuen »festen Bindung« erstarrt, die bei den meisten von ihnen ein paar Wochen lang total innig und dann passé ist, was sie aber noch längst nicht von der nächsten Torheit abhält.

Das habe ich hinter mir. Mich erwischt so schnell keiner mehr auf der Schiene »Ewige Liebe«. Ich bin rosenfeldgewitzt.

Normalerweise habe ich nichts für Cafés übrig, in denen Kaffeetanten mit zwei dicken Stücken Torte auf einem einzigen Teller Vorsorge treffen, damit sie drei Stunden später ihren Ehegesponsen beim obligatorischen »Bütterchen« etwas über ihre Appetitlosigkeit vorjammern können, die gewöhnlich genau so lange anhält, bis in der guten Stube sein Hauptprogramm im Fernseher beginnt und neben ihrem Abwasch die eiserne Reserve in Form von Nougat-Marzipan-Konfekt angegangen werden kann.

Mein arg strapaziertes Nervenkostüm ist schuld, daß ich trotz meiner Vorbehalte nach zwei Stunden Shopping an solch einem Marmortischchen Platz nehme, die winzige Tragetasche auf einem Messingstuhl mit Samtpolster abstelle und rundum unzufrieden mit mir bin.

Ob ich das Zeug wieder umtausche?

Wie gesagt, die Tüte ist winzig, obwohl der Preis hoch genug war, um etliche von diesen großformatigen Skaitaschen ringsum zu füllen, von denen meine Schwiegermutter ebenfalls ein halbes Dutzend besitzt und abwechselnd zum Verzehr von Bienenstich hier und Windbeuteln dort ausführt. Glücklicherweise tut sie das aus Verbundenheit mit ihrem Vorort und den dort ansässigen Klatschbasen niemals bei uns in der City, was ein Grund zum Jubeln wäre, wenn da nicht dieser Frust in meinem Bauch wucherte.

Achtunddreißig Mark für eine einzige Strumpfhose und noch einmal dasselbe mit einer Eins vorweg für den Bodystocking im gleichen Farbton waren laut Strumpfboutiqueverkäuferin ein »Muß« und sind aus der Rückschau die pure Verschwendung. Morgen wäre der große Tag, an dem die Pracht unter meinem Nilgrünen zur Geltung kommen sollte, was aber in Ermangelung eines geeigneten Kavaliers ins Wasser fallen dürfte, womit sich zu meiner Verschwendungssucht noch die Ahnung gesellt, nicht mehr sonderlich chancenreich zu sein. Als Solistin hätte ich am Ball bleiben müssen, statt dessen habe ich mich nach der letzten mittelgroßen Romanze drei Monate lang in den Winterschlaf geflüchtet, Telefonate abgewürgt, Verehrer vertröstet und sogar mehrmals den geselligen Freßclub und den Theaterkreis sausenlassen. Es war zu kalt, zu naß und zu weit weg von dem, was in mir rumorte. Ersatzweise habe ich nach langer Zeit sogar wieder meinen PC angeschaltet und eine Geschichte skizziert.

Vis-à-vis von einem Kännchen Kaffee und einem Windbeutel – den ich in gedankenloser Nostalgie bestellt habe – wird mir schlagartig klar, daß sogar meine Prosa ein vorprogrammierter Flop ist. Weder Fisch noch Fleisch, derlei taugt nicht für die Yellow Press und erst recht nicht für seriöse Magazine, am besten werfe ich's gleich in den Papierkorb. So, wie ich jetzt drauf bin, würde ich am liebsten diese Nobeltüte hinterherschmettern.

Umtausch ausgeschlossen, hat die Verkaufskanone mich gewarnt, als ich den Plastikschutz vom Höschensteg abzog, weil ich in einen Body wohl schlecht via Dekolleté einsteigen kann. Da war's schon passiert, außerdem suggerierte dieses Wesen mir förmlich, es wäre einer Lady schlicht unwürdig, wenn ich einen Rücktritt vom Kauf

auch nur andächte. Nichts als Taktik! Sie hat ihre Prozente, und ich schaue in die Röhre. Auf das »Lady« pfeife ich ebenfalls.
»Die Dame wünscht?«
Lady gleich Dame, ich schieße herum, das Messinggestell unter mir beginnt zu schaukeln, was gleichzeitig die Kellnerin – die keineswegs mich meint – und den neuen Gast am Nachbartisch verwackelt. Leider ergibt sich dieses Wackelmuster nur aus meiner Schaukelposition, weshalb meine Schwiegermutter keinerlei Schwierigkeiten hat, mich zu identifizieren.
»Interessant«, sagt sie.
Ich nicke stumm, obwohl ich diese Begegnung keineswegs interessant finde. In mir flucht es auf mein sprichwörtliches Pech und den da oben und eine verkaufsgeile Boutiqueschnepfe, während mein Kopf in der Manier einer Marionette auf und nieder ruckt. Braves Mädchen! Sieben Jahre Scheidungsgeschichte haben einfach nicht ausgereicht, um fünfzehn Jahre als »unsere Lea« restlos auszuwischen.
Genausolange habe ich mich nämlich in der Bewunderung meiner dreilagigen Plätzchen und Jochens perfekt geplätteter Oberhemden gesonnt. Es war wie ein Rausch, den ich all die Zeit gefördert habe. Nicht aus eigener Kraft, was schon an meiner Unlust gescheitert wäre, tagaus und tagein Zwiesprache mit dem Nudelholz oder dem Bügeleisen zu halten. Ich hatte wunderbare Helfershelfer, das ging mit der Perle meiner eigenen Mutter los, die mir beim Start ins Eheglück ausgeliehen wurde, um unseren Honeymoon nicht mit Alltagskram zu belasten.
Keine verstand es, Jochens ekelhafte Leinenstaffage so in Form zu bekommen, wie Trude, das Lob für deren heimliche Hilfe kassierte ich jungverliebt und höchst begierig und geriet so in einen Teufelskreis. Der Deal lief weiter, bis ich meinem Ruf als Paradehausfrau einfach gerecht werden mußte. Zum Glück gab mir bald darauf das Zusammentreffen meiner Berufung in den Schuldienst mit einem positiven Schwangerschaftstest das Recht, den Stundenlohn für eine kinderliebe Haushaltshilfe offiziell vom Haushaltsgeld abzurechnen, was in puncto Backwaren schon schwieriger

war, weil Jochens Mutter bei jedem Kaffeeklatsch ausdrücklich nach den »Selbstgebackenen von unserer Lea« verlangte, die just aus diesem Café stammten. Wie sollte ich ahnen, daß sie hier ebenfalls verkehrt?

Ich schaue über ihre Schulter Richtung Kuchentheke, wo sich zwischen Torten und Teilchen etliche verräterische Cellophantütchen auf einem Silbertablett spreizen. Auffälliger ging's wohl nicht? Ob sie etwas ahnt?

»Nichts unter zwanzig Mark«, sagt sie mit einer Miene, die jedem Staatsanwalt zur Ehre gereichte, der auf »lebenslänglich« plädiert.

Ich will gerade widersprechen, weil zumindest das Spritzgebäck sehr wohl unter zwanzig Mark zu haben ist, als mir ihre Blickrichtung gerade noch rechtzeitig anzeigt, daß von meinem Strumpfeinkauf die Rede ist. Leider scheinen die Betreiber von Nobelshops zu glauben, jedermann wäre wild darauf, für sie Reklame zu laufen, dabei säße ich hier im Moment entschieden lieber mit einer Tüte aus dem Kaufhaus oder einer jener unverfänglichen Großraumkunstledertaschen, was erst recht kindisch ist, weil mein Kopf mir signalisiert, daß es diese Frau partout nichts angeht, ob und wofür ich mein Geld zum Fenster hinauswerfe. Getrennt von Tisch, Bett und Portemonnaie ihres Lieblingssohnes, bleibt das ausschließlich mir überlassen. Theoretisch ist das so.

Hoffentlich will sie nicht nachschauen, sie hat eine enorm zugreifende Art, damit hat sie mich oft genug überrumpelt, das ging schon mit der vakuumverschweißten Aufbewahrung der Erstlingsausstattung unseres Ältesten los, die ich eigentlich umgehend dem Mütterhilfswerk stiften wollte. Schließlich hatte ich mir nicht den Hintern im Hörsaal plattgesessen, um bis zum Klimakterium Zeugnis von Jochens Lendenkraft abzulegen. Jedes Jahr ein Kind, nicht mit mir! »Man weiß ja nie!« hat seine Mutter damals gemeint, als sie mit dem monströsen Folienschweißgerät anrückte und dafür sorgte, daß ich fortan bei jedem Gang in den Vorratskeller mit herzallerliebsten Babymotiven in Versuchung geführt wurde. Die Tatsache, daß zuletzt ein kleiner »Himmelseher« in

den Genuß dieser Pracht kam, hat Mutter Rosenfeld mir mindestens so übel angekreidet wie die Tatsache, daß der große Himmelseher ihrem eigenen Filius einen akademischen Grad voraus hat. So etwas gehört sich einfach nicht.
Beim Anblick der Preisschildchen in dieser Tragetasche träfe sie ebenfalls der Schlag, und wenn die DM-Beträge sie nicht schafften, dann garantiert ein doppelter nilgrüner Hauch von Nichts. Die Vorstellung, Schwiegermuttern könnte hintenüberkippen und mindestens so lange in Ohnmacht abtauchen, bis ich das Weite gesucht habe, hat etwas. Das gilt allerdings nicht für die Fortsetzung meiner Phantasiereise, die mich bis vor den Kadi zerrt, wo ein Richter, begleitet vom Feixen meines Geschiedenen, meine Entlassung aus dem Schuldienst fordert, weil eine auf Schocktherapie im engsten Familienkreis versessene Pädagogin nun einmal nicht auf unschuldige Kindlein losgelassen werden dürfe. Ich senke beschämt den Blick. Kommando retour!
»Hab ich's doch gewußt«, triumphiert sie und bohrt ihren Ehegoldringfinger – was sie doppelt trägt, fehlt bei mir gänzlich – in den schwungvollen Namenszug auf der Tragetasche und treibt mir so umgehend die Röte ins Gesicht. Es reicht völlig, wenn sie später ihrem Filius beschreibt, wie sie zweimal reichlichst Kartonage von Preisschildern und sonst nur Knistern in einem Behältnis aus dem »Dessouskästchen« gefühlt hat. Hätte dieser Laden sich nicht einen weniger anzüglichen Namen ausdenken können? Obendrein französisch, das ist von vornherein suspekt.
»Ja, seit wann mögen wir's denn à la française?« höre ich Jochen schon fragen und dabei auf meine Aversion gegen Liebestechniken anspielen, gegen die ich nicht grundsätzlich etwas habe, wohl aber in Kombination mit Hochprozentigem. Nur im Suff erträgt ein Rosenfeld den Einzug von ausländischen Schmankerln im ehelichen Schlafzimmer. Frauchen könnte ja auf den Geschmack respektive den Franzmann kommen.
Ich greife nach der Plastiktüte und lasse sie blitzschnell auf meinem Schoß verschwinden. Egal was sie wittert, jetzt fehlt ihr der Beweis. »Ich wußte gar nicht, daß du hierherkommst«, sage ich laut.

»Tue ich auch nicht.«

»Tja ...« Ich fixiere das altrosa Schneiderkostüm unter dem gleichfarbenen Hütchen, um den Hals kräuselt sich Ton in Ton ein plissierter Kragen, auf Bäckchen und Lippen changiert das Rosa einen Touch pinky, wohl weil kein Kosmetikhersteller bereit ist, ihre Lieblingsfarbe, mit der sie sich anno dazumal Jochens Vater geangelt hat, zu kopieren. Ein Alptraum, der den Glücklichen überlebt hat und leider sehr wohl diese Lokalität heimsucht.

»Natürlich meine ich, daß ich niemals aus freien Stücken am helllichten Tag mein gutes Geld und meine wertvolle Zeit in einem Café vertäte, wo ein einziges Stück Kuchen teurer ist als bei mir um die Ecke eine ganze Riemchenapfeltorte.«

»Und wer zwingt dich?«

»Die Hemden.«

Ich beginne, ernsthaft an der Ordnungsstruktur in ihrem Oberstübchen zu zweifeln. »Sehr interessant.«

»Schmerzhaft.« Sie massiert sich den rechten Arm vom Knöchel bis zum altrosa Schulterpolster. »Aber du warst ja schon immer reichlich unsensibel, und daß du den armen Jungen jetzt so herumlaufen läßt, ist wirklich ein Skandal.«

Ihren eigenen Filius wird sie wohl kaum meinen, dessen Hemden bin ich seit sieben Jahren mit Amtssiegel los. Bleibt praktisch nur noch mein ältester Sohn übrig, der seit dem Entschwinden von Engelchen erstaunlich proper daherkommt. Frisch gestärkt und gebügelt, ich erahne den Zusammenhang. »Falls du von Fabian redest ...«

»Von wem sonst, der Junge wäre ja unmöglich an seiner Schule, und warum?«

»Weil er zu faul ist, selbst ein Bügeleisen in die Hand zu nehmen«, schlage ich vor.

»Jochen hat in dem Alter nie im Leben selbst ...«, es folgt die mir sattsam bekannte Schilderung ihrer langjährigen Bemühungen um die Wäsche meines Geschiedenen und ihres Gatten-Gott-habihn-selig mit Gerätschaften, die sehr viel weniger handlich als heutzutage und nicht weit entfernt von der Ära »Waschbrett am

Bachlauf« waren – jedenfalls wenn man ihren Worten Glauben schenkte. Angeblich hat es sie sogar mit tiefer Zufriedenheit erfüllt, auf diese Weise ihr Scherflein zum Vorankommen ihrer »beiden Männer« in Schule und Generalvikariat beizutragen.
»Eben.« Ich füge stumm hinzu, daß dear Jochen wahrscheinlich weniger häufig dumme Gedanken in die Tat umgesetzt hätte, wenn er ersatzweise das Plätteisen geschwungen hätte.
»Willst du damit etwas Konkretes andeuten?«
»Sagen wir's mal so«, ich setze die leere Tasse an, lasse es gurgeln, handele mir ein trotz radikalen Zupfens unverkennbar Rosenfeldsches Augenbrauenrunzeln ein und füge hinzu, daß es mir sehr recht wäre, wenn meine Söhne nicht ebenfalls künstlich in einen Zustand hineinkatapultiert würden, der sie ihre zukünftigen Partnerinnen primär als Haushälterinnen sehen läßt: »Du magst es ja gut meinen, aber der Effekt ist keineswegs gut, also laß es lieber bleiben und verweigere dich.«
Bei dem Wort »verweigern« zuckt sie hoch. »*Das* hättest du wohl besser tun sollen, bevor es dich zum vierten Mal erwischte.«
»Erstens war das garantiert ohne Dampfstoß, und zweitens hat's mich nicht erwischt, sondern ich war voll und aktiv dabei.«
»Du solltest dich schämen, Lea, so etwas als Mutter von vier Knaben auch nur zu denken, geschweige denn laut zu sagen oder gar ...« Ein Schneuzen ins selbstumhäkelte Taschentuch überdeckt das Unaussprechliche.
Dabei habe ich keinesfalls vor, mit ihr Lustbarkeiten zu erörtern, von denen sie mir zu »Happy family«-Zeiten einmal anvertraut hat, daß derlei für sie glücklicherweise mit der Geburt von Jochen erledigt war. Er lag verkehrt herum, was manches erklärt, und der Arzt hatte von einer weiteren Schwangerschaft abgeraten, zumal sich dann auch noch ihre Gebärmutter senkte und eine Reizblase hinzukam. Dafür machte Papa Rosenfeld die Mücke. Ins Familiengrab, als überzeugter Katholik mit einer Anstellung bei der Kirche hatte er kaum eine Alternative, was für das von ihm gezeugte Fleisch und Blut nicht galt. Jochens Moral paßte problemlos in jeden Fingerhut. Seine Phantasie in Liebesdingen übrigens auch,

bei ihm hätte es mich garantiert nicht so leicht zum vierten Mal erwischt, wenigstens nicht nüchtern. Zum Glück hatte ich noch ein paar Verhüterli in Reserve, als er neulich zum Versöhnungsbesuch mit einer Flasche Spumante links und einem Satz Heizungsthermostate rechts anrückte. Schaumwein plus Nostalgie ist eine absolut tödliche Mischung. Bei Schaumwein mit Sonne hat mich meine erste Bauchfüllung erwischt.

»Kennst du eigentlich schon Jochens neue Freundin?« frage ich laut. »Nummer drei oder vier in diesem Jahr, aber bis zum Dezember ist es ja noch eine Weile hin, um das Dutzend vollzumachen.«

»Das hast du dir alles selbst eingebrockt, Lea. Übrigens ist es eine sehr nette Person, und so praktisch.«

»Vielleicht kann sie dann ja mal bei uns den Boiler entkalken, das warme Wasser tröpfelt wie ...«, ich verschlucke den sich mir aufdrängenden Vergleich zu ihrer Reizblase und gleichermaßen die Frage nach Haar- und Augenfarbe der neuen Eroberung. Es geht mich nichts mehr an, rein gar nichts. Nur weg hier! Ich schnipse mit zwei Fingern in die Luft, die Bedienung reagiert umgehend auf mein SOS, zückt ihre Geldbörse und mustert zuerst meinen und dann den Nachbartisch: »Einzeln oder zusammen?«

»Meine Schwiegertochter ...«

»Also, zusammen«, resümiert die Frau, hinter deren Rücken schon das nächste »Bitte zahlen, Frollein!« drängt.

Mir bleibt nichts anderes übrig, als für eine Person mit zu bezahlen, mit der ich zwar nicht blutsverwandt bin, der ich aber laut Belehrung meines Scheidungsanwaltes aus juristischer Sicht bis an mein Lebensende verbandelt bleibe, was ich als Schutzmaßnahme des Staates gegenüber den Kindern und Kindeskindern ansehen möge. Selbige kostet mich im Moment den Gegenwert eines ganzen Riemchenapfelkuchens aus der Vorstadtbäckerei, was in Anbetracht meiner Ausgaben für einen doppelten Hauch von Nichts erst recht deprimierend ist. Daran bessert auch das süffisante Lächeln von Jochens Mutter nichts, das mich hinausbegleitet und mich um ein Haar mein »Dessouskästchen« vergessen läßt.

Es ist entwürdigend, noch einmal zurückkehren und ihr die Tüte aus den Händen reißen und den ganzen Heimweg lang überlegen zu müssen, ob sie nun hineingesehen hat oder nicht.

Wie wär's mit Hollymünd?

Zur Belohnung dafür, daß ich gemäß Appell unseres Oberstadtdirektors das Auto in der Garage habe stehenlassen, warte ich nun, eingekeilt zwischen Einkaufstaschen und Schnellimbißdüften, auf meine Bahn, die laut Fahrplan alle acht Minuten fährt, endlich mit einer dicken Verspätung anrollt und durchdüst. Über Lautsprecher erfahre ich, daß die Linie drei überfüllt war und ich mich deshalb noch ein wenig in Geduld üben möge.
Bei Familie Fast food links von mir ist daraufhin Bratfisch angesagt. Von außen sieht das, wo Vater-Mutter-Kind eine ketchuprote Oberlippe ansetzen, noch immer wie ein Hamburger aus, auch am Weiterreichen von herausgepulten Gurkenscheiben mit Tropfeffekt –»kannste nit obpasse?« – an den Haushaltsvorstand ändert sich nichts, trotzdem gestattet meine Nase keinen Zweifel am Wechsel von durch den Fleischwolf gedrehtem Rinderwahnsinn zu Kabeljau. Ich tippe auf diese Sorte, weil sie seit Wochen in überaus lustigen Werbespots *des* Snackkönigs angepriesen wird. Diesmal hatten sogar meine Söhne Unrat gewittert und nur noch die nicht eßbare Überraschung aus der Kindertüte haben wollen.
Wie lange dauert es, bis meine Dessous den Geruch von fritiertem Kabeljau aufnehmen?
Ich schiebe vorsichtig in die andere Richtung, wo mich feuchtes Mauerwerk mit Pipiduft in einer Höhe, die nicht mal eine deutsche Dogge schaffte, bremst, weiche unter Mißachtung der durchgezogenen Linie entlang der Gleise zwei Schritte nach vorn aus und muß mich von einem Wichtigtuer mit Schirmmütze fragen lassen, ob ich mich denn ausgerechnet während seiner Dienstzeit

und obendrein zur Rush-hour umbringen müsse: »Muß ja wohl nich sein, wa?«

Ich trete zurück. Es ist mir peinlich, sekundenlang wichtiger zu sein als das, was zwischen zwei labberigen Weckchenhälften pappt.

Als ich endlich zu Hause eintreffe und klingele, wird umgehend aufgedrückt – sind sie krank? –, dann kommen mir Schritte entgegen. Dahinter steckt mehr Masse, als eines meiner Elfenkinder auf die Waage bringt. Trotzdem sind Tempo und Trittschall mir nur allzu vertraut.

Was will er hier? Hat ihn jemand eingeladen, sich in meiner Abwesenheit einzuschleichen und Zensur an Staubmoppen und Kühlschrankinventar zu üben? Ab sofort Berichte aus erster Hand! Kindsvater klärt auf!

Wenn er einen einzigen kritischen Pieps äußert, bekommt er was aufs Maul, ich schwöre.

»Kann ich dir helfen, Leamaus?« Jochens modischer Haarzopf wippt seitlich über das modisch dicke Schulterpolster. Wenn man sich das Gesicht wegdenkt und er wie jetzt die Luft anhält, könnte er glatt als Dressman durchgehen. Weil aber weder das eine noch das andere langfristig funktioniert, ist das Ergebnis dieser Show eher peinlich.

»Glaubst du, ich breche unter fünfzig Gramm zusammen?« Ich lasse meine Tragetasche am kleinen Finger vor seiner Nase baumeln, natürlich mit der unbeschrifteten Seite zu ihm hin. Er sieht fliedermetallic und sonst nichts.

»Mutter hat mich eben angerufen, wir hatten da noch was zu bekakeln, irgendwie kam das Gespräch auch auf dich. Sie hat dich heute im Café entdeckt, total erschöpft vom Großeinkauf, hoffentlich hat es sich wenigstens gelohnt.«

»Allemal.« Sicherheitshalber klemme ich mir die Tüte unter den Arm.

»Fünfzig Gramm, wie?«

»Oder so.«

»Dann kann's nur was Delikates sein, kennt man ja. Schade!«

»Man muß auch gönnen können.« Mußte ich schließlich oft genug. Ihm fiel's schon schwer, mich in den Wagen eines Kollegen einsteigen zu sehen, bei meiner Rückkehr erwartete mich stets ein minutiöses Verhör der Sorte Was-hat-er-was-ich-nicht-habe. In Fällen, in denen die fremde Automarke seine eigene übertraf oder der andere sich mit einem »Dr.« oder »Dipl.« schmücken durfte, folgte in aller Regel noch ein Verriß aus der Motorfachzeitschrift beziehungsweise eine hochtourige Dokumentation der ehelichen Pferdestärken.

Anscheinend ist er seinen Besitzergelüsten noch immer nicht entwachsen, er verdiente glatt eine nachträgliche Lektion in Sachen Gleichberechtigung. Leider weiß ich partout nicht, in wessen Karosserie ich morgen meine nilgrüne Pracht hieven soll. Nicht mal der schräge Otto, Besitzer einer krummen Nase sowie eines schrottreifen Mini Austin, hat zurückgerufen, und auf dem Gepäckträger von unserem mir sehr ergebenen Eiermann gäbe ich wohl eher eine komische Nummer ab.

»Dir was gönnen? Hab ich keine Probleme mit, ich gönn dir das Beste, Leamaus.« Pause. »Schon was in Aussicht?«

Das Wort »Aussicht« erinnert mich spontan an die zur Straßenseite hin gelegenen Jalousien unserer Wohnung, deren auf- und zuklappbare Plastiklamellen im Verlauf des Trennungsjahres für mich zunächst unerklärliche Abnutzungserscheinungen aufwiesen. Ein Phänomen, das sich mir erst entschlüsselte, als die auf diesem Spähposten gewonnenen Erkenntnisse handfest umgesetzt wurden.

»Es gibt Leute, die was dagegen haben, wenn man ihnen versehentlich den Stern umknickt«, erwidere ich laut.

»Er hatte sich in meine Einfahrt gestellt, außerdem war er nichts für dich. Ein Spinner, neuerdings parkt er vor dem Fitneßstudio, irgendwie seh ich dich nicht unter 'nem Muskelmann.«

»Über«, widerspreche ich spontan und handele mir ein höchst anzügliches Grinsen ein. Immerhin ist es noch besser, mein Geschiedener wähnt mich im Erotikclinch mit einem längst ad acta gelegten Verehrer – der im übrigen auch nicht zurückgerufen hat – als solo. Wo stecken all die Typen, für die ein Blick in meine Katzenaugen mehr bedeutet als jede Sightseeingtour durch die Karibik, die lieber mit mir darben als mit einer anderen prassen wollten? Einer hatte die Frechheit, bei meinem gestrigen Anruf vom Schnorcheln am Golf von Mexiko zu schwärmen: »Der nackte Wahnsinn, Lea, und erst die Tauchlehrerin, theoretisch kostet so 'n Kursus jede Menge Kohle, aber ich mußte keinen Pfennig zahlen. Ho-ho.«

»Lea überm Bodybuilder: muß wie Trampolinspringen sein.« Jochen spannt einen wie ich weiß unterentwickelten, im Moment gnädig von teurem Design umhüllten Bizeps an und federt elastisch auf und ab, sein Haarzopf wippt mit, sogar die Aufschläge seines zugegebenermaßen schicken Sakkos geraten in Bewegung. Natürlich stützt mein Urteil über seine Muskulatur sich auf längst vergangene Zeiten. Ob er sich jetzt etwa auch mit Hanteln oder auf dem Laufband in Form bringt? Bei mir war er so steif wie ein Waschbrett – sporttechnisch betrachtet. Wenn ich eins hasse, dann ist das sein verfehlter Wortwitz.

»Neidisch?« frage ich und verzichte großzügig auf Klarstellung meiner Beziehungshistörchen.

»Mitnichten. Ich sage nur ›Hollymünd‹!«

Ich mag manchmal naiv sein, aber so weit ist es noch nicht, daß ich einem, der neuerdings statt Installationsrohren künstlerischen Nachwuchs betreut, abnehme, sein Ruhm reiche jetzt schon bis ins Mekka der Illusionen. Davon träumen sogar echte Profis meist vergebens. »Die Nummer sparst du dir besser für die Möchtegernsternchen in deiner Agentur auf.«

»Es gibt auch Grillwürstchen.« Der Würstchenfreak bei uns ist eindeutig mein Jüngster, die unsichtbare Stimme über meinem Kopf paßt ebenfalls.

»Und Ice-cream«, tönt Maxi durch den Treppenhausschacht. Vorwurfsvoll, was garantiert damit zusammenhängt, daß er seinen beiden jüngeren Brüdern den mittäglichen Imbiß bei unserem Italiener mißgönnt, wo der Nachtisch aus der Eistheke besonders üppig ausfällt. Eine Regelung, die für Maxi schon deshalb unsinnig wäre, weil er erst schulfrei hat, wenn ich schon wieder mit gesunder Rohkost, die ich ihm aus unserer Mensa mitbringe, daheim bin.

»Und gratis«, ergänzt mein Ältester als zweites Rohkostopfer. Er hat vergeblich versucht, seinen täglich frischen Vitaminspender aus dem Plastikbecher – den ich als Lehrkörper zum ermäßigten Preis von zweifünfzig bekomme – gegen einen Fünfer bar auf die Kralle umzutauschen. Angeblich wollte er den zur Stillung des ersten Heißhungers beim Hausmeister seines Gymnasiums in Joghurt oder Vollkornstangen investieren, die dieser laut Rundschreiben des Elternbeirats gar nicht mehr führt, wohl weil haltbare Vitaminräuber aus der süßen Abteilung allemal lukrativer sind. Meinen Vorschlag, beides von daheim mitzunehmen, hat Fabian strikt mit dem Argument abgelehnt, der Transport mindere die Qualität. Ich glaube kaum, daß der Hausmeister acht Minuten Radweg unterbietet, wenn er zum Großeinkauf Richtung grüne Wiese startet.

»Grillwürstchen und Softeis«, wiederhole ich genüßlich, »hört sich original nach Hollywood an. Ist der Flug über den großen Teich auch kostenlos?«

»Nach Köln-Bocklemünd kommen wir schneller mit dem Auto, überhaupt hast du wieder mal nicht richtig hingehört, Leamaus. Ich sagte ›Hollymünd‹, die ›Lindenstraße‹ feiert unter diesem Motto ihre sechshundertste Folge mit einem Mordsspektakel vor den Toren unserer Stadt.«

»Toll, wo ich so unglaublich auf Mutter Beimer und Fast food stehe. Dürfte ich jetzt mal bitte in meine Wohnung durch?«

»Das Billigspektakel wäre ja nur tagsüber und für die Kids, abends feiert man in einer geschlossenen Gesellschaft weiter. Klein, aber fein.«

»Und was willst du da?«

»Ich habe sogar gleich zwei VIP-Karten, aber wenn du nicht willst.« Jochen zählt auf, was an Prominenz erwartet wird, er läßt keinen aus, weder seinen Kumpel aus der Stadtverwaltung – dem er anno dazumal auf dem Umweg über eine kostenlos angeschlossene Einhandmischbatterie im Eigenheim, das Material zum doppelten Preis, diverse Großaufträge für die Kommune abgeluchst hat – noch jenen »Mister Wetterkarte«, für den ich schon zu besten

Ehezeiten eine heimliche Schwäche hegte, die mein lieber Mann mir damals madig zu machen suchte, indem er mir beschrieb, wie dieser »Schönwetterfrosch« sogar die Herrensauna nur dick geschminkt beträte: »Mir ist vor Lachen bald der Thermostat aus der Hand gefallen. Stell dir das mal im Bett vor, Leamaus! Wo du doch so pingelig bist.«
Ich sage zu. Allerdings nicht, weil mich die Anwesenheit echter Stars oder Lokalmatadore reizt, es ist vielmehr der Gedanke an den Inhalt dieser Tragetasche in Fliedermetallic, der mich vorantreibt. Welche Frau möchte schon eine solche Investition tätigen und dann am Wochenende vor dem Fernseher versauern? Ich jedenfalls nicht. Lieber zeige ich meinem Ex und aller Welt, was ich zu bieten habe.
»Wußte ich's doch.« Er fingert fünf Pappstreifen aus seiner Anzugtasche. »Und das ist für tagsüber, macht euch einen schönen Tag, ich muß los, hol dich dann am Sonntag gegen eight o' clock ab, tschüs.«
Weg ist er, und ich bleibe mit meinem Hauch von Nichts und fünf Coupons zurück, dank deren ich mit meiner Brut Original-Außenkulissen betreten, echte Stars hautnah erleben und zwischen dem Abenteuerkick von krebserregender Kokelwurst hier und salmonellenverseuchter Eiscreme dort wählen darf. Natürlich ist mir klar, daß öffentlich-rechtliche Würstchen besonders strengen Hygienekontrollen unterliegen, trotzdem hat die Erfahrung mich gelehrt, daß jeder Ausreißer zuerst einmal mich anpeilt. Egal ob Kieselstein im Schwarzbrot oder Blankoseiten an der spannendsten Stelle im neuesten Thriller, warum sollte das ausgerechnet bei Fressalien anders sein? Mein einziger Trost ist, daß Otto Normalverbraucher dafür hochgerechnet auf fünf Personen obendrein kräftig zahlen muß.

Pünktlich zum ersten Juni und zum Jubiläum von Deutschlands erfolgreichster Dauerserie scheint die Sonne über Köln. Es muß sich um die erste Hitzewelle handeln, denn bereits beim Verlassen der rappelvollen Straßenbahn an der Endhaltestelle gleicht mein letztes frisch gestärktes und gebügeltes Leinenkleid – schließlich weiß Frau nie, wen sie trifft – einem Putzfeudel, und nach weiteren zehn Minuten in vertikaler Ölsardinenposition im Pendelbus betrete ich das Festgelände mit dem Wunsch, sofort wieder umkehren zu dürfen.

»Wie wär's mit Nicco und Tretboot fahren?« Ich denke sogar an ein Taxi für die Rückfahrt.

»Und uns sagst du immer, wir sollten sparen.« Maxi schubst gnadenlos vorwärts. »Wo wir doch hier alles umsonst haben. Guck mal, da hinten ist auch die Dicke, der ihr Männe stiftengegangen ist, jetzt gibt sie Autogramme.« Kurzer Stopp mit Grinsaffront zu mir hin: »Soweit bist du ja noch nicht, Muttchen, daß dich die Autogrammjäger umlagern, aber dafür wiegste auch nur die Hälfte.«

»Danke vielmals.« Ich unterdrücke in letzter Sekunde die Benennung all jener Personen, für die ich noch unlängst einen Abdruck in einer überregionalen Zeitung signieren durfte. Ursprünglich sollten noch weitere Folgen erscheinen, was aber am Druckerstreik und keinesfalls an der Qualität der von mir gebotenen »family stories« scheiterte. Wetten, daß mein zwölfjähriger Pfiffikus auch die Autogrammbitten unseres mich verehrenden Eiermannes oder des Optikermeisters an der Ecke ins Lächerliche ziehen würde?

»Vielleicht bräuchtest du bloß so 'nen tollen Stuhl, um berühmt zu werden«, schlägt mein stets auf Harmonie bedachtes Träumerle vor und zeigt auf einen Stand unmittelbar vor uns, der neben Shirts und Ansteckern Regiestühle mit »Lindenstraßen«-Schriftzug für fünfundsechzig Mark feilbietet.

»Quatsch nicht rum!« fährt Maxi seinem drei Jahre jüngeren Bruder in die Parade. »Oder willste, daß sie dir demnächst von so 'nem Chefstuhl aus ansagt, wie du dein Torwarttrikot selbst waschen sollst?«

»Dann will ich lieber Eis«, lenkt Jonas ein. »Da hinten gibt's welches, sogar mit Streuseln drauf, so eins will ich.«

»Und Würstchen, ich will lieber Würstchen«, kräht mein Jüngster.

Die Frage, wo gegrillt wird, erübrigt sich, weil die deftigen Schwaden unmittelbar auf mich zu wehen.
»Mit oder ohne Zuckerstreusel?« witzele ich in einem Anflug von Galgenhumor.
Meine Söhne würdigen mich keiner Antwort, sondern stürmen weiter, sogar mein Ältester ist nach einem kurzen Rundumblick mit von der Partie. Wahrscheinlich wollte er nur kurz abchecken, ob keine aktuelle oder zukünftige Flamme Zeugin seiner kindlichen Gelüste wird. Als ich endlich durch das Gewühl nachgefolgt bin, erwarten sie mich heftig winkend-kauend-leckend: »Nu mach mal, Muttchen, die sind schon sauer, weil noch nix bezahlt iss.«
»Gratis«, sage ich und zücke unsere Ehrenkarten.
»Hm.« Maxi schleckt hingebungsvoll.
Sein neunjähriger Bruder scheint sich noch nicht entschließen zu können, dem sich stetig absenkenden Cremezipfel auf der eigenen Waffel den Garaus zu machen, und träumt weiter die sich ebenfalls verflüssigenden bunten Streusel an.
»Schmeckt trotzdem.« Mein Jüngster läßt deutlich zufrieden die Grillwursthaut knacken. Es spritzt, ich springe zeitgleich mit meinem Ältesten zurück. Zu spät.
»Scheiße!« Fabian wischt.
»So geht das aber nicht.« Ein fremdes Gesicht rückt auf mich zu, ein zweites folgt, dem Outfit nach zu urteilen gehören beide zum Standpersonal. Man bezichtigt mich der versuchten Zechprellerei.
»Unschuldige kleine Kinder vorschicken, wa? Macht sechzehnachtzig!«
»Und eine Wurst, Gnädigste. Die Mayo geht extra.«
»Wir sind umsonst«, protestiere ich, »überhaupt sind das ja wohl Mondpreise.«
»Umsonst ist der Tod, Gnädigste, und was Sie da haben, gilt nur für den Eintritt und eine Maultasche zum Kennenlern-Tag.«
»Igitt!« Vierstimmig. Ich stimme meinen Söhnen lautlos bei, zücke mein Portemonnaie und schwöre meinem Geschiedenen Rache.

Und wenn ich ihm heute abend fünf Gratismaultaschen verpasse.

Obwohl ich für den Heimweg ein Taxi geordert hatte, reicht die Zeit jetzt hinten und vorne nicht. Das größte Problem bilden meine Haare, die ebenso buschig und dicht wie die meines Ältesten, aber erheblich länger sind. Was ihm bei seinen Kumpeln den Spitznamen »Broccoli« eingetragen hat, wird bei mir mittels langwieriger Fönarbeiten zur wilden Löwenmähne.

Im Moment schaut's eher wie ein aus der Form geratener Mop aus, der sich gegen die Zähmung mittels Kamm sträubt, was wiederum die Voraussetzung für den Einsatz der Rundbürste nebst Heißluft ist. Gerade als mir dämmert, daß ich in der Eile die Spülung vergessen habe, klingelt es »Hoo-Hoo-Ho-Chi-Minh«. Für jeden Uneingeweihten klänge es lediglich wie »lang-lang-kurz-kurz-lang«, doch weil Jochen und ich vor nunmehr dreiundzwanzig Jahren frisch verliebt allem, was uns einander näherbrachte, einen persönlichen Namen gegeben haben, mußte auch die Türklingel daran glauben. Ich empfinde es als hochgradig impertinent, daß er trotz Scheidungsurteil so intim bei mir schellt.

»Soll warten«, brülle ich Richtung Diele und schmettere die Badezimmertür ins Schloß. Offene Türen und Schubladen haben schon immer eine magische Anziehungskraft auf Jochen ausgeübt, am Ende verstünde er das als Einladung.

Gerade, als ich hintenherum halbwegs trocken bin und die Stirnfransen stramm um einen einsamen Lockenwickler gezwungen habe, rumst es gegen die Tür.

»Vorn ist noch ein Klo, verdammich!« Das fehlte noch, daß einer meiner Söhne die Kunde von diesem nilgrün changierenden Bodystocking nach vorn transportierte. Noch ein Hauch Puder und Lipgloss, und dann nichts wie rein in die Verführpelle. Am besten ziehe ich den Trench drüber, damit mein Geschiedener gar nicht erst auf den Gedanken kommt, die Pracht wäre für ihn bestimmt.

»Pipi machen à deux fände ich in Anbetracht der Sachlage auch

etwas zu intim.« Wärme streift meine Schulterblätter, ein sich steigerndes Pusten gesellt sich dazu, der Spiegel vor mir zeigt weiterhin nur mein eigenes Konterfei, trotzdem ist mir klar, daß es sich bei diesem Zwergenmaß um keinen meiner Söhne handelt.
»Raus!« Ich schnelle herum, was meinen Busen haarscharf an der Nase von Jochen Rosenfeld entlangstreifen läßt, der sich geduckt angeschlichen hat und nun langsam hochkommt.
»Immer mit der Ruhe, Leamaus! Wollt nur mal sehen, ob was klemmt oder so. Wo ich doch weiß, wie du die Konkurrenz fürchtest.« Er strahlt sein Ebenbild in meinem Kristallspiegel an, seine Zähne müssen rundum erneuert sein, anscheinend hat er auch endlich etwas gegen den Raucherbelag unternommen, die Sonnenbräune kommt garantiert aus der Steckdose. Ob ich vielleicht doch etwas Make-up auflegen sollte? Reichlich käsig, Gnädigste!
»Bißchen blaß ums Näschen, wie? Aber ansonsten nicht übel, alles, was recht ist. Kommt da noch was obendrüber?«
Ich schwanke zwischen dem Wunsch, ihm die Rundbrüste an den Kopf zu donnern, und der Möglichkeit, mich in meinen Bademantel zu wickeln. Ich peile den Frottierstoff am Haken an, längsgestreift, urgemütlich, weil riesig, genaugenommen handelt es sich um eine von seinen Hinterlassenschaften. Ich habe mich noch nie gut von etwas trennen können, was keine sichtbaren Mängel aufweist.
»Rührend.« Er streichelt über seine verwaschenen Längsstreifen. »Du hast ihm also die Treue gehalten, Leamaus? Darin hast du früher immer mit mir Fernsehen geschaut, weil er so schön lang und kuschelig ist und nach meinem Aftershave duftet.«
»Ich hab ihn ausgekocht, da duftet nichts mehr.«
»Das könnten wir ändern. Allerdings . . .«, er hebt sein Handgelenk und zeigt auf die Uhr mit nur einem einzigen Zeiger, was wahrscheinlich ein neuer »dernier cri« ist, der wie üblich an mir vorbeigehuscht sein dürfte. »Allerdings«, wiederholt er, »sollten wir uns jetzt wohl besser sputen. Schließlich wartet ›Hollymünd‹ auf uns.« Die Hand über dem angeberischen Chrom modelliert meine sich ihm darbietende Silhouette – ohne Tuchfühlung, andernfalls wäre

er doch noch in den Genuß eines Flugkörpers gekommen –, dann verschwindet er endlich fröhlich pfeifend.
Die Melodie kenne ich, meine Stirn kraust sich angestrengt unter dem knatschgrünen Lockenwickler – sieht einfach abartig aus, was muß er auch hier reinlatschen? –, dann habe ich den Text: »Das alte Haus von Rucky Tucky, dödeldijeh, hat vieles schon erlebt, dödeldijeh ...« Meint er mich? Sein Haus? Uns? Na warte!
Zuviel Rot auf den Lippen, ich habe die Kontur verschmiert, sieht aus wie nach einem Extraschluck aus der Vampirpulle, das Wischen macht's rosa bis hin zu den Ohrläppchen, meine Nerven liegen blank, ich wische weg und tupfe neu und erwische zur Abwechslung meinen linken Nasenflügel, als die Klinke sich langsam absenkt.
Ich hebe den Arm. Mal sehen, wie schön er sich mit meinem Lipgloss findet. Die Beschleunigung verstärkt den Aufprall, je nach Pirschhaltung erwischt es ihn en face oder auf seinem Dinnerjakkett ...
»He, was soll der Quatsch? Ich muß mal, und vorn ist Papa.« Maxi duckt sich blitzschnell, mein Geschoß trifft die Tapete im Flur. Akustisch macht's peng. Optisch einen Klecks.
Ich zetere, steige in mein Kleid, vergesse den Trenchcoat und bin fix und alle, als ich endlich zu meinem Geschiedenen in den Jaguar steige. Was, verdammt, hat mich auf die verrückte Idee gebracht, ein Abend an seiner Seite brächte mir mehr als »Geld oder Liebe« aus der Glotze? Da amüsieren sie sich wenigstens nicht auf meine Kosten. Warum lädt er mich überhaupt ein? Ein Jochen Rosenfeld tut nichts ohne Kalkül. Also?
»Kenn ich irgendwie, oder?« Jochen startet blind, seine Blauaugen grasen mein Nilgrün ab. »Hübscher Fummel, erinnert mich an irgendwas, Leamaus.«
»Vergiß es.«
»Jedenfalls erstaunlich, daß du da noch reinpaßt.«
»Ich halte mein Gewicht seit zwanzig Jahren und länger konstant.« Schwangerschaft mit Lakritzkatzenboom und Spätfolgen exklusive.

»Ohne dein schwarzes Gift aus dem Kiosk könnte das hinhauen.« Sein Grinsen expandiert. Die Gangschaltung knirscht. Warum fährt einer, der auf Automatik abonniert ist, ein richtiges Auto? Das mit dem Kiosk ist ebenfalls typisch. Hätte ich meinen Bedarf dort gedeckt, wäre ich längst im Armenhaus gelandet.
»Vergiß den Kiosk. *Ich* muß nämlich sparen.«
»Klar, damit's für Dessous und Windbeutel langt.«
»Ein Windbeutel reicht mir fürs ganze Leben. Könntest du bitte zur Abwechslung mal auf die Straße sehen!«
»Du fesselst mich eben noch immer, Leamaus. Du wirst es nicht glauben, aber ich habe glatt so was wie Rührung empfunden, als meine Mutter mir erzählt hat, wie du da im Café vor meinem Lieblingsgebäck gesessen hast. Irgendwie kommen wir doch nie so ganz voneinander los, und wenn ich mir vorstelle, wie du allein ...«
»Stell dir einfach vor«, unterbreche ich ihn, »daß ich dieses Gebilde aus viel Luft und einem Klumpen Mehlbutter ausschließlich zu dem Zweck bestellt habe, mal kräftig mit den Gabelzinken hineinfahren zu können, dann liegst du goldrichtig.«
Jochen sieht geradeaus. Der Rest der Fahrt verläuft schweigend. Der Motor schnurrt gefällig. Könnte sein, daß er mittlerweile nicht nur Zahnhygiene und Hanteltraining betreibt, sondern obendrein ein paar zusätzliche Fahrstunden genommen hat. Sogar das Einrangieren auf dem überfüllten Parkplatz gelingt ihm diesmal mühelos.

»Da bin ich aber froh, Sie endlich einmal wiederzusehen, Frau Rosenfeld.« Die Stimme gehört zu einem von Jochens Lieferanten aus der »HandwerkhatgoldenenBoden«-Ära und klingt so ehrlich erfreut, daß ich dem Mann sogar den nicht mehr aktuellen Nachnamen durchgehen lasse.
»Ganz meinerseits«, sage ich und bin froh, auf Anhieb jemand Vertrautes entdeckt zu haben. Egal, mit wem Jochen entschwirrt, ich werde mich weder an eine Maultasche noch an Mutter Beimer klammern müssen, solange Herr Hollerbusch in Reichweite ist.

Den Höhepunkt unserer Vertraulichkeit erreichten wir vor nunmehr acht Jahren auf einer vom ihm ausgerichteten Privatshow für Durchlauferhitzer in einem Festzelt bei Federweißem, Zwiebelkuchen und Dicker-Backen-Musik, zu der wir nach dem soundsovielten Glas einen Paso doble hinlegten, von dem ich mittlerweile als Trägerin der goldenen Tanznadel weiß, daß wir ein grausliches Bild geboten haben müssen. Lustig war's trotzdem, zumal Jochen prompt in Konflikt geriet, ob er uns als kluger Geschäftsmann gewähren lassen oder als eifersüchtiger Ehemann stoppen sollte.

»Und unser Tänzchen, Sie erinnern sich?« Herr Hollerbusch schwenkt eine imaginäre Capa, auf die ich mit ein paar perfekt gesetzten Schritten im original spanischen Rhythmus reagiere, was mir ein begeistertes »Da werd ich ja nicht mehr, da haben Sie wohl heimlich trainiert, das wird eine Mordsgaudi, wenn wir zwei gleich loslegen, fehlt nur noch die richtige Dröhnung« einträgt. Das unsichtbare rote Tuch schwingt Richtung Bühne, wo sich gerade ein Serienstar, den ich als betrügerischen Ehemann in Erinnerung habe, als Schlagersänger versucht. Er überschätzt sich wie die meisten Fremdgänger. Der meinige versucht soeben, seinen ehemaligen Lieferanten mit der Künstlermasche auszubooten.

»Wir müßten dann wohl mal weiter, lieber Herr Hollerbusch. Da hinten wartet schon Clementinchen auf mich, die Kleine ist noch so hinreißend nervös, wenn die Autogrammjäger sie bestürmen.«

»Die Clementine aus der Arztserie?«

»Exakt.« Jochen nickt selbstgefällig und greift nach meinem Arm.

»Wußte gar nicht, daß Sie auch die TV-Klosetts bedienen, haha.«

»Mitnichten.« Jochens Hand quetscht nilgrünen Stoff und ein Stück Haut. Meinen Aufschrei übergeht er, falls er ihn überhaupt mitbekommt, die Entwicklung dieses Dialogs mißfällt ihm ganz eindeutig. »Ich mache jetzt in Künstlervermittlung.«

»Vielleicht hätt ich da ja was für Sie, sozusagen in Erinnerung an all

die netten Geschäfte, die wir uns geteilt haben.« Knappe Ein-Meter-sechzig balancieren auf den Zehenspitzen, Pose stolzer Matador, der Blick schwenkt erneut auf mein Nilgrünes, unverkennbar gehöre ich ebenfalls zu den erinnerungswürdigen Elementen.
»Sorry, Herr Hollerbusch, aber mit Boilern habe ich rein gar nichts mehr zu tun.«
»Weiß ich doch, bin ja nicht begriffsstutzig. Noch nie was von ›Holly-bush‹-Productions gehört?« Hand in die Sakkotasche, die Visitenkarte hat das Format einer halben Postkarte, und obwohl ich deren Gestaltung ähnlich großspurig finde wie deren Besitzer, könnte ich angesichts von Jochens Sprachlosigkeit lauthals jubeln.
Ich begnüge mich mit einem kleinen, spitzen Bewunderungsschrei.
»Schade, daß Sie nur Lehrerin sind.« Mein Gegenüber ist sich seiner Entgleisung offenbar nicht bewußt, sondern berichtet munter von dem neuen Lebensgefühl, das er selbst bei dem eher vom Zufall dirigierten Berufswechsel gefunden hat: »So als ob Sie und ich nonstop Paso doble tanzten, einfach herrlich, dabei sollte ich denen eigentlich nur die Elektrik für die ›Gebrochenen Herzen‹ in Hürth liefern, da haben die in Nullkommanichts auf zweitausend Quadratmetern 'ne Krankenhauskulisse aus dem Boden oder besser gesagt 'nem Obstlager gestampft, und dann kam ich und hab auf meine direkte Art meinen Senf zu dem Schmarren abgegeben, den eine mit Mundschutz und Kittel auf der Bühne abgesondert hat. Und was glauben Sie, was passiert?«
»Die haben Ihren Senf besser gefunden als den Schmarren im Drehbuch«, schlage ich vor und werde mit Euphorie pur überschüttet, weil ich offenbar nicht nur eine begnadete Tänzerin bin, sondern obendrein ein feines Gespür für menschliche Charaktere habe.
»Eine Sünde und eine Schande, daß Sie keine Scripts schreiben. Sie glauben ja nicht, was mir als freiem Produzenten so alles auf den Tisch flattert.«
»Nun ja, für den Film schreibe ich natürlich nicht ...« Ich handele

mir einen warnenden Blick von dear Jochen ein, der noch nie sonderlich gut auf meine schriftstellerische Ader zu sprechen war. »Nur ab und zu eine kleine Geschichte für die Zeitung oder so«, ergänze ich.

»Ich wußte es ja, in Ihnen schlummert eine Dichterin, das müssen wir in aller Ruhe bei einem Bierchen bereden.« Die Augen von Herrn Hollerbusch glänzen nun feuriger als die jedes echten Stierkämpfers, er ignoriert die Anwesenheit von Jochen und greift nach meiner freien Hand. Die andere wird noch immer von meinem Geschiedenen umklammert. Wir müssen ein urkomisches Bild abgeben.

»Sie trinkt kein Bier«, sagt Jochen und zieht in seine Richtung, »nie.«

»Bist du sicher?« frage ich zurück, blitze ihn dabei an und will schon hinzufügen, daß der Paragraph zur Verfolgung von Gewaltdelikten in der Ehe gerade verschärft wurde, als mir einfällt, daß wir ja längst geschieden sind. Was in diesem Fall eher bedauerlich ist, weil ich nichts dagegen hätte, einen Macho der ersten Stunde für seine Übergriffe einsitzen zu lassen. Ohne Zigaretten, Wasserbett und Schmachtaugen wär's für ihn die Hölle. Ich gehe mal davon aus, daß der Service im Knast bei aller Liberalisierung so weit noch nicht geht.

Jochen reagiert blitzschnell auf meine Kampfansage, lockert seinen Griff und zaubert Glamour in seine Augen. Einen von der Sorte, der ähnlich überzeugend wirkt wie die Verpflanzung von Hollywood in eine Außenkulisse zwischen Kölner Stadtmauer und Zuckerrübenfeldern: »Liebes, wir sollten jetzt wirklich hinübergehen. Wenn mich nicht alles täuscht, wartet dort sogar schon dein Mister Wetterkarte auf dich.«

Eine Finte? Ich schaue bühnenwärts, der Sänger hat gewechselt – anscheinend haben noch mehr Lindensträßler das Zeug zum Schlagerstar in sich entdeckt –, die Zuschauer unterteilen sich in solche, die dem Spektakel das Gesicht zuwenden, und solche, die ein anderes Highlight entdeckt haben. *Er* ist es wirklich. Gutaussehend wie immer, sein Charme erwischt mich sogar über eine

Distanz von etwa fünfzig Metern und läßt mich glatt vergessen, wie vergnüglich es ist, Jochen mit meinem Interesse für »Hollybush« einzuheizen.
»Champagner«, tönt es dicht neben mir, »Champagner trinken Sie garantiert, Sie müssen mir unbedingt mehr über Ihre Geschichten erzählen, was verdienen Sie denn so damit?«
»Nun ja ...« Honoris causa, denke ich, mehr als die Ehre des Abdrucks springt nach Abzug von Babysitter, Papier-Porto-Tintenstrahldruckerpatronen nicht heraus, die Investition in einen PC gar nicht mitgerechnet, den hat mir der Vater meines Jüngsten spendiert.
»Sehen Sie«, trumpft mein linker Händchenhalter auf.
Ich befreie mich im Rundumschlag. Alles, was ich erkenne, sind zwei Beutejäger, die sich anmaßen, jetzt noch über die Effektivität meines Hobbys zu Gericht zu sitzen. Typisch Kerle! Denen will einfach nicht in den Kopf, daß es auch ideelle Anreize gibt.
»Ich suche händeringend gute Plots, dafür zahlen die Sender zwanzigtausend wie nichts, so was schreiben Sie in ein paar Wochen runter, das hab ich im Urin.«
Die genannte Zahl bohrt sich in mein Hirn, erzeugt ein wollüstiges Echo in meinem Bauch und hilft mir, die Warnungen eines notorischen Rosinenpickers als den blanken Neid zu durchschauen. Angeblich ist ein solches Angebot nämlich fernab jeglicher Realität und meiner Rolle als Vierfachmutter: »Laß dir nur keine Rosinen in den Kopf setzen, du hast schließlich eine Verantwortung, Lea. Da geht es um mehr als um ein läppisches Zubrot.«
Wenn zwanzig Mille läppisch für ihn sind, sollte ich ihn demnächst unter vier Augen fragen, wie er dann seine Unterhaltsleistung für uns beziffert. Trinkgeld? Taschengeld? Leerung der Portokasse?
»Wo ist der Schampus?« Ich blende Jochen aus und lächele den Förderer der schönen Künste an. Selbst wenn es nur die Hälfte wäre, könnte ich damit einen Traumurlaub finanzieren, der endlich weg von preiswerten Buddelorgien in deutschem Reizklima in Gefilde führt, wo alles einen Touch strahlender ist. Warum sollte ich nicht schaffen, was Hinz und Kunz zuwege bringen? Dialog-

fetzen aus Seifenopern springen mich an, wie oft habe ich mich schon über den Schwachsinn darin geärgert? Das bekomme ich besser hin, hundertprozentig. Ich ignoriere den Einwurf von Jochen, daß in »Hollymünd« allenfalls die Hausmarke ausgeschenkt wird, und folge der Einladung, vorbei an der Bühne, hundertfünfzig Metern Kulisse und etlichen grüßenden Köpfen, die mir beweisen, daß mein Herr Hollerbusch sich in diesen Kreisen tatsächlich einen Namen gemacht hat.

Was die Qualität des backstage ausgeschenkten Schaumweins betrifft, behält Jochen leider recht. Den Vorschlag, mit Herrn Hollerbusch das »Etablissement« zu wechseln, lehne ich jedoch ebenso ab wie den Verzehr der von Übermutter Beimer persönlich verteilten Maultaschen, die genauso schlapp aussehen wie bei meiner Schwiegermutter, obwohl sie bei den Fans der Erfolgsserie mittlerweile Kultstatus erreicht haben sollen. Der Star bleibt trotzdem nicht auf seinen schwäbischen Gaben sitzen und erntet pro Stück mehr Lob als ich mit dem Abkochen sämtlicher Lieblingsgerichte für meine Söhne, weshalb der Gedanke, mich in Zukunft mit Lorbeeren zu schmücken, die bei dieser Zunft offensichtlich sehr viel leichter zu gewinnen sind, mir immer sympathischer wird.
»Sie machen das mit links«, versichert mein Gegenüber, hebt seinen Plastikbecher mit Bier, prostet mir zu und kritzelt das Hochglanzkonterfei des nächsten Serienstars voll. In Ermangelung von Schreibpapier benutzt er nämlich die ausliegenden Faltblätter, um für mich das Strickmuster zu skizzieren, mit dem ich als zukünftige Drehbuchautorin hundertprozentig richtig liege: »Stellen Sie eine hübsche Frau in den Mittelpunkt, damit haben Sie ja keine Probleme, da schöpfen Sie ja aus dem vollen«, sein Kennerblick gleitet an meinem Nilgrün rauf und runter, »dann zwei bis drei Männer, mehr nicht, wegen der Moral, Haustiere kommen auch immer prima an, Kind ginge auch, nur nicht zu klein, da kriegen wir hier in Deutschland regelmäßig Ärger mit dem Gewerbeaufsichtsamt.« Nächster Schluck, neues Gesicht, diesmal erwischt es den Exgatten »Hansemann«, die Kugelschreiberspitze bohrt sich in

das seriengeprüfte und für meinen Geschmack reichlich fade Lächeln, verharrt kurz, diesmal werde ich eindeutig nicht aus der Genießerperspektive gemustert: »Wieso haben Sie jetzt eigentlich vier Söhne?«
Doofe Frage! Erwartet er von mir eine technische Gebrauchsanweisung? »Die Produktion war grundsätzlich bei allen dieselbe.«
»Aber nicht der Vater, wenn ich das eben richtig mitbekommen habe.«
»Das ist korrekt.« Ich habe beiläufig einfließen lassen, was privat Sache ist, damit Herr Hollerbusch nicht den Eindruck gewinnt, ich wäre einem Jochen Rosenfeld noch in irgendeiner Weise Rechenschaft schuldig.
»Na ja«, die Kulispitze malt lustige Schnörkel um den wehrlosen »Hansemann« im praktischen Faltformat, »ob unser lieber Jochen die Auslagerung dieser -hm – letzten Produktion nun unbedingt korrekt nennen würde, wage ich zu bezweifeln. Er wirkte eher säuerlich.«
»Es kommt immer auf die Reihenfolge an. Schließlich bin ich seit sieben Jahren geschieden, mein Jüngster ist gerade erst sechs.«
»Zu jung!« Den papierenen »Hansemann« erwischt es an der Stirn, er wirkt nun wie das Opfer eines Kopfschusses. Nicht sehr kleidsam.
Was soll die Einmischung in meine private Familienplanung, die keine war, eher schon war's ein Betriebsunfall, was aber diesen Mann nichts angeht.
»Ist ja wohl meine Sache, wie?«
»Ich meine doch für eine Sprechrolle in einer romantic comedy, da gehen am besten Babys zum Einblenden und dann wieder Teenager, die Maske schminkt notfalls noch zwei, drei Jährchen runter, ab vierzehn wird die Sache relativ easy, aber wegen mir müssen Sie gar keine tragenden Kinderrollen reinbauen, das strapaziert den Etat und mein Nervenkostüm nur unnötig.«
Ich studiere das fröhlich-familiäre Gruppenfoto der Serienstars, welche in sechshundert Folgen die Herzen meiner Landsleute erobert haben. Das Erfolgsrezept in puncto Altersstaffel könnte hin-

hauen, was wiederum mich irritiert. Live falle ich mit fünfzig Prozent meines Nachwuchses durch den Rost, mit einem Baby zum Einblenden kann ich auch nicht mehr dienen, genaugenommen trennen mich von der Fernsehmami dort nur noch die Birnenform und der Kontostand. Mir kommt der Gedanke, daß möglicherweise nicht einmal die in Aussicht gestellten zwanzig Mille so viel Maßarbeit vorbei am richtigen Leben wert sind.
»Könnte sein, ich bin für so was doch die falsche Besetzung«, sage ich laut und schaue mich um, ob sich vielleicht »Mister Wetterkarte« in meine Nähe verirrt hat.
Mein Suchblick trifft auf wehende Rockschöße, eine sich lösende Zopffrisur und ein enthusiastisches »Da bist du ja, Lea, hab dich schon überall gesucht«.
Um mir das Wesen vorzustellen, das an seinem rechten Arm hängt und das – wie ich mich vage erinnere – derzeit die Fernsehnation mit einer Koppelung von Transfusionsnadel und Techtelmechtel entzückt? Falls mein Geschiedener plötzlich auf Doktorspiele steht, nur zu! Aber ohne mich.
»Darf ich dir ...?« Lächerlich! Will er seiner Clementine beweisen, daß er sogar in Fragen der Etikette der Größte ist? Feinsliebchen trifft Exehefrau, gebt brav Pfötchen!
Er darf nicht, verflucht!
Ich sehe demonstrativ zur Seite und ertappe meinen Herrn Hollerbusch bei einer ausgiebigen Besichtigung dieses Geschöpfes, das gut und gerne seine Tochter sein könnte und für dessen Eroberung er mindestens eine Trittleiter brauchte.
»Steve ist schon unglaublich gespannt darauf, dich kennenzuler nen. Steve, meine – eh – geschiedene Frau.«
Seit wann verstecken heiße Girlies sich hinter Männernamen? Ich sehe auf, das Girlie scheint nicht den geringsten Wert auf meine Bekanntschaft zu legen, dafür lächelt mich jemand von Jochens linker Seite an.
»Steve Küsgen, sehr erfreut, Gnädigste!« Lederweste, Stiefel, Rüschenhemd mit offener Knopfleiste bis zur Fellmatte, nicht mal der Goldknopf im Ohr fehlt, dessen Funkeln jedoch nichts gegen die

Freude an meiner Person und Jochens Worten ist. Die personifizierte Zustimmung. Warum?
Ich beginne immerhin zu ahnen, daß dieser nicht mehr taufrische Troubadour der Grund ist, warum ich mit nach »Hollymünd« durfte. Früher war meine Anwesenheit erwünscht, wenn Kunden nicht genug installationsaufwendige Hängeklosetts bestellten, doch das ist mittlerweile hinfällig, weil mein Gatte a. D. nunmehr mit Illusionen dealt. Was führt er im Schilde?
Die fremde Fellmatte fesselt meinen Blick. Bei Jochen sprießt an dieser Stelle nichts, womit ich ihn anno dazumal liebevoll gefoppt habe, so als ob mich derlei Hinweise auf die Urahnen der Spezies »Mann« total antörnten. Einmal habe ich Jochen sogar aus Jux ein Haarwuchsmittel für seinen kindlich blanken Brustkorb geschenkt, woraufhin er tödlich beleidigt war und sich eine geschlagene Woche lang verweigert hat.
Bildet er sich allen Ernstes ein, er könnte mit diesem aufgezäumten Zotteltier meine Moral ins Wanken bringen? Das ist nämlich seine zweitliebste Beschäftigung: Wenn er selbst nichts kassiert, soll ich wenigstens als Schlampe, miese Mutter oder schlechte Köchin dastehen.
Die Fellmatte vor meiner Nase ist gefärbt, darauf schwöre ich tausend Eide. Andernfalls hat der Mensch die Krätze, weil selbst tägliche Sonnenstudiobesuche die Haut im Zottelgrenzbereich nicht kastanienbraun mit einem Touch Hennarot kolorieren.
Ehe ich bei so einem schwach werde, kann dear Jochen lange warten.
»Hast du nicht etwas vergessen?« frage ich zuckersüß und lächele Clementine an, die offensichtlich soviel Mißachtung nicht gewöhnt ist und vor lauter Frust ihre Innenrolle anknabbert.
»Ach so, klar, das ist unsere kleine Clemi, gehört auch zur Crew, ist für Steves Pläne aber leider schon zu alt.«
Ich tippe auf sweet sixteen, je nach Hintergrundarbeit der Maskenbildnerin mögen's auch zwei Jahre mehr sein, in jedem Fall handelt es sich um ein blutjunges Geschöpf. Mir schwant Schreckliches.

»Ich brauche *Kinder.*« Das spitzengesäumte Dekolleté beugt sich vor, enthüllt sein haariges Innenleben bis zum Bauchnabel, die Stimme darüber senkt sich, warmer Odem streift mein Ohr, die Augen funkeln begehrlich über meinem eigenen Ausschnitt, der aber offensichtlich nicht gemeint ist. »Ich habe gehört, Sie haben gleich vier davon. Unglaublich!«

»Unverkäuflich!« sage ich wie aus der Pistole geschossen und umklammere den Arm von Herrn Hollerbusch. Vielleicht verschwände der Spuk, wenn er mich mal kräftig zwickte. So was gibt's ja gar nicht!

Mein Sitznachbar plaziert seine Würstchenfinger nebst Siegelring auf meiner Hand, diesmal jedoch offensichtlich nicht in erotischer Absicht, sondern eher in der besitzergreifenden Manier, die Jochen trotz Scheidungsurteil noch allzugern praktiziert. »Steve Küsgen glaubt, er könnte demnächst groß mit einer ›family soap‹ rauskommen und damit den Flop ausbügeln, den er mit seiner Arztserie gestartet hat. Die Hürther haben ihm in ihrem Obstlager die Show gestohlen, nach einer einzigen Pilotfolge war der gute Steve weg vom Fenster, und jetzt hat er sich einen neuen Floh ins Ohr setzen lassen ...« – ein fragender Blick streift Jochen – »... und sucht ein paar Kevins allein im Kohlenpott.«

»Ich habe keinen einzigen Sohn namens Kevin«, protestiere ich vehement, »allein sind meine Jungs auch nicht, und außerdem sind sie alle vier in Köln geboren.«

»Macht nichts, Gnädigste!« Diesmal streckt sich das Spitzengeriesel zur Abwechslung stolz gen Himmel, was meinen Augen immerhin eine kurze Erholungspause gönnt. »Das regeln wir schon, am meisten interessieren mich natürlich Ihre beiden Ältesten, aber der dritte ließe sich notfalls auch noch unterbringen. Wie ich hörte, haben Sie momentan so Ihre Probleme mit der Betreuung.«

Ich funkele Jochen an. Meerkatzengrün, angeblich intensiviert die Wut meine Augenfarbe sogar noch, was ich selbst schlecht beurteilen kann, weil meine Wutanfälle sich in aller Regel nicht vor dem Spiegel ereignen. Er sieht schleunigst weg. Feige Socke!

Steve Küsgen scheint meine Wortlosigkeit indes als Bestätigung

meines angeblichen Dilemmas aufzufassen. »Aber das macht doch nichts, wir bekommen das schon hin, wir stellen sogar während der Dreharbeiten einen privaten Lehrer, in diesem Fall könnte es durchaus einer mit dem Schwerpunkt Mathematik sein, was Ihnen ja wohl nicht sonderlich liegt.«
Es liegt mir auf der Zunge, meinen Ex zu fragen, ob er vielleicht außer meiner Hilflosigkeit angesichts von Mengenlehre und Geodreieck auch noch die Probleme breitgetreten hat, welche die Absenkung meiner Gebärmutter mir zeitweise bereitet. Doch erneut kommt Herr Hollerbusch mir zuvor, intensiviert die Streichelmassage meiner Hand und versichert, daß ich bei ihm sehr viel besser aufgehoben sei als bei diesem Kollegen: »Hören Sie da gar nicht hin, das ist auch einer von den Klugschwätzern, die ihr Publikum nur aus dicken Wälzern kennen und nicht mal die Betriebskosten für den Wetterfrosch kalkulieren können.«
Bei der Anspielung auf meinen heimlichen TV-Favoriten zucke ich zusammen. »Wie meinen Sie denn das?«
»Nur als Beispiel, natürlich. Muß Sie gar nicht weiter beunruhigen, Sie schreiben mir einfach hübsche Drehbücher aus dem vollen Schatz Ihrer Erfahrungen und engagieren von dem Erlös so viele Babysitter, wie Sie wollen. Basta.«
»Sie kennen die Erfahrungen meiner geschiedenen Frau nicht«, wirft Jochen ein.
»Je doller, desto besser.« Die Würstchenfinger erreichen die höchst sensible Innenseite meines Oberarmes, lassen mich aber auf ein unwilliges Schulterzucken hin umgehend los. »Sie müssen's ja nur schreiben, werte Frau Rosenfeld-eh-Wilde, den Rest erledigen dann schon unsere Topstars.« Er sieht zu der schändlich vernachlässigten Clementine hoch, die sich bereits durch die gesamte Frontpartie ihrer Innenwelle gesuckelt hat, und erntet ein dankbares Lächeln.
»Das bezweifle ich.« Diesmal begnügt der Vater von immerhin dreien meiner Söhne sich nicht mit einer allgemein gehaltenen Hinterfotzigkeit, sondern packt alles aus, was ihm an Defiziten meinerseits durch den Kopf schießt. Mängel, die weder seriener-

probte Stars wie Clementine noch die Inszenierung meiner einschlägigen Erfahrungen aus der Welt schaffen könnten. Sein Exkurs an meinen Umlufthherd, der erst mit seinem Nachfolger ins Haus kam und für Jochen folglich ein Buch mit sieben Siegeln ist, setzt seinen Worten die Krone auf: »Lea hat zufällig auch noch ein ausgewachsenes Kochproblem, meine Söhne sind im Wachstum, seit zwei Wochen ernähren sie sich von Snacks, Eis und Limo.«
»Wir könnten sie gleich am Gymnasium abholen und bei uns im Studio verköstigen«, ergänzt eilfertig sein Fellträger.
»Ich kann dich beruhigen.« Mir klopft das Herz bis zum Hals, was meine Aussprache ebenso beeinträchtigt wie meine Haltung, das Tremolo meiner Knie und Hände bringt mich erst recht in Aufruhr. Zeichen, die nach fünfzehn Jahren Ehe kaum mißzuverstehen sind.
»Vielleicht sollte ich besser dich beruhigen, Leamaus? Du zitterst ja!«
»Pfoten weg!« Leider erwische ich nur den fast vollen Bierbecher von Herrn Hollerbusch, zur Abwechslung schäumt es nun auf dessen Beinkleider, was er jedoch mit sehr viel mehr Fassung wegsteckt, als mein Mann das in ähnlich gelagerten Fällen zu tun pflegte. Es ist typisch für ihn, daß er seine Vorwitzhand blitzschnell weggezogen hat und wieder mal einen Unschuldigen büßen läßt. Na warte! Inspiriert von dem verstandnisvollen »Wir sind doch alle nur Menschen!« des gewitzten Selfmade-Produzenten an meiner Seite, kehrt meine Contenance zurück, und ich versichere dem Verschwörerduo vor uns, daß mein personeller Engpaß schon morgen endet, weil dann meine neue Hilfe aus Palermo eintrifft: »Übrigens ein Kochgenie.«
Einen Moment lang verschlägt es sogar Jochen die Sprache. Offensichtlich weiß er zwar von der Verabschiedung »Engelchens«, aber noch nichts von unserem italienischen Import. Er räuspert sich. Der Mensch in seinem Kielwasser tut es ihm nach. Die beiden tauschen einen Blick, der es in sich hat und mir beweist, daß es sich hier eindeutig um ein Komplott handelt. Allerdings ist mir nach wie vor schleierhaft, wie jemand so hirnrissig sein kann, auf gut

Glück zwei oder gar drei von meinen Söhnen für eine Seifenoper verpflichten zu wollen, ohne vorher abzuchecken, wie sie ankommen. Oder ob Jochen etwa gelegentliche Einsätze meiner beiden Großen als Statisten im Schauspielhaus zu tragenden Rollen hochgejubelt hat? »Alte Hasen, die Jungs!« Zuzutrauen wäre es ihm.
Meine Mundwinkel zucken, Heiterkeit blubbert in mir hoch, und das, was seit Monaten Anlaß für mütterliche Gardinenpredigten ist, erweist sich in diesem Augenblick als glückliche Fügung des Schicksals. Seitdem sich nämlich Fabian voll und ganz seiner Tanzerei und Maxi dem runden Leder verschrieben hat, wollen die beiden ihre Freizeit partout nicht mehr in Proben und Vorstellungen investieren, bei denen es »wie auf'm Kasernenhof« zugeht. Wovon dieser liebende Vater selbstredend wieder einmal nichts mitbekommen hat.

»Überhaupt gibt es für deine Söhne«, ich betone das Personalpronomen, »derzeit nur noch zwei Themen, und die passen garantiert in keine Seifenoperkulisse, sondern nur aufs Tanzparkett respektive Fußballfeld.«

»Die beiden sehen das anders«, widerspricht Jochen und erhält erneut eifrig nickende Zustimmung von Spitze-Weste-Stiefeln an Naturfell.

»Wie bitte?«

Jochen scheint noch überlegen zu wollen, wie er mir die Sache erklärt, als sein Komplize schon voller Überschwang vorprescht: »Das Casting war superb, Tanzboy und Kicker, das trifft den Zeitgeist, und als die beiden gehört haben, was dabei für sie als Taschengelderhöhung rausspringt ...«

»Zwanzigtausend?« falle ich dem Mann ins Wort.

»Lea, das wird sich finden, die beiden sind schließlich blutige Anfänger.« Jochen spricht, der andere windet sich.

»Zwanzigtausend?« Diesmal sehe ich zur Seite, und mein Herr Hollerbusch nickt. Zufrieden, siegessicher und nicht mal beleidigt, als ich jäh aufstehe – meine Contenance nähert sich dem Tiefstand – und verkünde, daß ich jetzt zu meinen Jungs heimfahre: »Mit dem Taxi.«

Die Fahrt durch nachtdunkle Straßen läßt mir reichlich Zeit, die verschiedensten Gefühlsschwingungen zu durchleben.
Diesem Heimtücker hab ich's gezeigt!
Warum haben meine Söhne mir nichts von Filmaufnahmen gesagt?
Mündliche Verträge gelten auch, bin ich jetzt bei »Holly-bush« als Auftragsschreiberin in der Pflicht? Mit einem Baby zum Einblenden, das ich nicht habe, zwei bis drei Männern – wo steckt ihr, Jungs? – und einer hübschen Frau, von der ich mich zur Zeit Lichtjahre entfernt fühle.
Morgen kommt Antonella, dann geht wieder alles seinen geordneten Gang, hoffentlich. Mit ihrer original italienischen Pasta wird sie meinen Söhnen und mir alle Flausen aus dem Kopf jagen, wobei ich nichts gegen ein leicht verdientes Zubrot hätte, das muß ich mir noch genau überlegen. Pro und kontra, zu der Habenseite fallen mir auf Anhieb wunderbare Sachen ein: der neue Bikini mit passendem Strandkleid aus der Schweizer Ladenstadt, neues Bettzeug für den Fall der Fälle und Relaxen unter Palmen, liebkost von tropischen Winden oder noch etwas anderem, das fliedermetallicfarben verpackte Kleinodien rechtfertigt. Mit Au-pair könnte selbst der Familienurlaub zur Lustkür werden, kein »Mama-komm-mal!« mitten im heißesten Flirt, kein schlechtes Gewissen mehr beim Davonschleichen aus dem Hotelzimmer, Frustloch ade, am liebsten sechs herrliche Wochen lang ...
»Achtunddreißig DM«, sagt der Taxifahrer.
»Ihr Kollege heute nachmittag wollte nur dreißig«, protestiere ich.
Der fremde Blick rutscht an meinem Nilgrün auf und ab, ein Plinkern gesellt sich dazu, das ganze Gesicht legt sich in Plisseefalten: »Ach ja?«
Fast wäre mir die Handtasche ausgekippt, ich reiße an dem Türgriff und hinterlasse vier Zehner auf meinem Sitz. Sehe ich so aus, als ob ich für acht Mark zu haben wäre?
Morgen wird alles besser. Mit Antonella sehen wir neuen Zeiten entgegen.

Seifenoper live

Wir stürmen in das Flughafengebäude, kollidieren beinahe mit einem von drinnen nach draußen preschenden Sicherheitsbeamten – »das iss der Sheriff, der zählt jetzt alle, die Moms Landung überlebt haben!« –, scharen uns um die Ankunfttafel und diskutieren lauthals meinen leicht verspäteten Spurwechsel beim Sichtbarwerden des Terminals, die vermutlich künstlerisch verfremdeten Hinweisschilder auf der Autobahn – neuerdings verstecken sich sogar städtische Abfallbehälter hinter »Tutti frutti«-Piktogrammen – sowie die Frage, ob die Maschine aus Rom wohl pünktlich landen wird oder nicht, als ich die Aufmerksamkeit registriere, die wir fünf wieder einmal erregen. Dazu bedarf es keines Tuschelns, allein dieser von fremden Zuschauern verursachte Wärmestau in meinem Rücken reicht aus. Blicke, die mich gewöhnlich kaltlassen oder aber darin bestärken, eine tolle Truppe mein eigen nennen zu dürfen, was allerdings momentan so nicht der Fall ist.

In einer halben Stunde soll unser neues Familienmitglied landen. Jemand, der fest bei uns wohnt, ist etwas völlig anderes als der stundenweise Aufenthalt einer Haushaltshilfe oder eines Gastes in unserer Wohnung, und weil ich weiß, wie entscheidend der erste Eindruck ist, versuche ich, uns mit den Augen einer streng katholisch erzogenen Italienerin aus gutem Haus zu sehen, wo von der Pasta bis zum Papa alles stimmt.

Kann diese Bande sich nicht einmal normal aufführen?

Warum mußten sie sich gleich alle vier von Kopf bis Fuß in Schwarz kleiden?

Die Modefarbe, alles klar, aber doch nicht in Erwartung eines Wesens, das pralle Farben gewohnt ist und zunächst einmal mit dem Schock einer zubetonierten Landschaft und eines grau verhangenen Himmels klarkommen muß.

Warum muß es ausgerechnet heute regnen, obwohl das Thermometer gestern noch sechsundzwanzig Grad angezeigt hat?
»Ich begreife wirklich nicht, warum ihr wie die Totengräber aufmarschieren müßt«, sage ich mit gesenkter Stimme und behalte gleichzeitig das hektische Rattern und Umspringen von Ankunftszeiten und Flugsteigen auf der Tafel im Auge. Rom holt auf, immerhin.
»Mafiosi sehen so ähnlich aus«, trompetet Maxi, »vielleicht iss ihr Vater ja auch einer.«
»Pssst.«
»Könnte aber doch sein, wo er zwei Hotels und eins sogar in Sizilien hat«, protestiert mein Teenie nicht die Spur gedämpft. »Vielleicht kriegen wir dann 'nen Bodyguard.«
»Maulschellen kannst du kriegen«, erwidere ich, diesmal ohne Kontrolle meiner auf maximale Durchdringung trainierten Lehrerinnenstimme, was mir umgehend einen kritischen Kommentar zu restriktiven Erziehungsmethoden aus dem Hinterland einträgt. Gerade so, als ob *ich* zu Handgreiflichkeiten neigte.
Der einzige, bei dem mir jemals die Hand ausgerutscht ist, war mein lieber Mann, und auch das nur einmal und auf dem Umweg über eine Häppchenpfanne mit Spiegelei drin. Er sah irre komisch aus, genutzt hat es auch, weil er von da an tunlichst darauf verzichtet hat, seine Hungergefühle mit einem Verweis auf meinen »Saftladen« zu kombinieren, in dem es mehr vollgeschissene Pampers als ordentliche Mahlzeiten gäbe. Vielleicht hätte ich öfter ...?
»Was sind Maulschellen?« will mein Jüngster wissen.
»Das Zeug, wofür wir fünf Gutscheine hatten, so was mit Hackfleisch drin und Nudeln drumrum wie bei der Kochoma«, antwortet Jonas an meiner Stelle wie aus der Pistole geschossen.
Diesmal lacht es zur Abwechslung hinter uns.
»Der ist ja so was von blöd.« Maxi versetzt seinem Bruder einen Stoß in die Rippen. »Echt peinlich ist das.«
»Aber ...«, setzt Jonas an, seine Blauaugen werden starr, was üblicherweise ein Stadium einläutet, das noch undurchdringlicher als seine Tagträumerei ist.

»Ich würd glatt zehn Mark aus meinem Sparschwein für deinen LH 1051-Flug opfern.« Maxi zeigt auf die Abflugtafel.

»Was ist das?« Eine freiwillige Spende von Maxi ist so außergewöhnlich, daß sie sogar in den Sturkopf meines Neunjährigen vordringt.

»Lesen kannst du doch immerhin noch, oder?«

Jonas beweist, daß er's kann, er beginnt oben, doch es ist allenfalls eine Frage von Minuten, bis er geschnallt hat, daß hinter dem »LH 1051« in der achten Zeile die Maschine nach Teneriffa steckt. Eine Insel, die für ihn gleich doppelt negativ belegt ist, weil er sich hier beim einzigen Vater-&-Sohn-Urlaub zuerst das Bein gebrochen hat – klarer Fall von Vernachlässigung der Aufsichtspflicht! –, dabei seinen Gameboy verlor und obendrein hinterher sechs Monate nicht Fußball spielen durfte, was zu seiner Abstufung im Verein führte.

»Wie wär's mit Cola?« rufe ich forciert fröhlich dazwischen, erdolche nebenbei mit einem bösen Blick den Aggressor und blockiere mittels Umarmung die Sicht des Opfers, das andernfalls jeden Augenblick loslegt. Stimmlich oder gegen's Schienbein, was an diesem Ort beides gleichermaßen unerfreulich und im Hinblick auf die unmittelbar bevorstehende Ankunft unseres Au-pairs eine Katastrophe wäre.

»Kindercola oder richtiges?« Jonas folgt meinem Fingerzeig zum Getränkeautomaten.

»Meinetwegen richtiges.«

»Aber du sagst doch immer …«

»Ausnahmsweise«, sage ich.

»Damit du nicht schnallst, daß wir dich mit der LH 1051 nach Teneriffa schicken wollen, capito?«

Das Gebrüll ist ohrenbetäubend, das Aufsehen ringsum kaum zu überbieten, die wilde Hatz ignoriert fremde Beine und Gepäckstücke – Rette sich wer kann! –, und obwohl dies pädagogisch das Falscheste ist, was ich tun kann, schlichte ich den Geschwisterstreit mit einer Runde aus dem Automaten plus viermal Erdnußflips.

Es käme teurer, wenn Antonella stehenden Fußes kehrtmachte.

»Das muß sie sein.« Fabian mimt den Experten und sorgt zusammen mit seinen Brüdern seit gut zehn Minuten dafür, daß jeder, der die Sperre passiert, angesichts unserer geballten Aufmerksamkeit wahlweise den Zustand von Hosenstall, Handgepäck oder Frisur ertastet. Allgemeine Erleichterung, zwei Damen zücken sicherheitshalber auch noch ihre Puderdose mit Innenspiegel.
»Träum weiter«, sage ich und peile ein Wesen an, das schüchtern hinter einem Geschäftsmann hervorlugt, der seinerseits über dem Grübchenlächeln von Fabians Favoritin glatt seinen am Handgelenk festgeketteten Aktenkoffer vergißt und diesen ähnlich kokett schwenkt wie Schwiegermuttern ihr gutes Krokotäschchen. Nie im Leben ist unsere Antonella mit diesen schelmischen Grübchen unter einer Flut von rabenschwarzen Haaren identisch. Mein Sohn wird sich wundern, wir haben keine Augenweide engagiert, sondern ein anständiges Mädchen. Ich tippe auf die Schüchterne im Regenmantel, zu dem ein vorausschauender Papa – oder war's die Mama? – ihr geraten hat. Selbstredend muß sie bei uns nicht so mausgrau herumlaufen, bei diesem rührenden Anblick fällt es mir leicht, Entwicklungshilfe zu geloben.
Ich winke und trete einen Schritt vor, die Schüchterne tut dasselbe, uns trennen nur noch wenige Schritte, mein Lächeln erwärmt sich, ihres auch – anscheinend leidet sie unter einem Silberblick – ich strecke zum Willkommen beide Hände aus, erwische ein Stück Trenchcoat und beobachte fassungslos, wie sich dessen Trägerin einem Wildfremden an den Hals wirft, der unmittelbar hinter mir gelauert haben muß.
»Cara mia!« Er streichelt sie, sie schnurrt und schnieft, ich verstehe »Papapapa« und lasse den Mantelstoff los. Ist das peinlich.
»Muttchen, wie wär's, wenn du unserer Antonella hallo sagtest«, dröhnt Fabian hinter mir.
Ich schieße herum, sehe auf das Ankunftsgate der Maschine aus Rom und Grübchen, die von nahem noch hinreißender sind und allenfalls von zwei Augen übertroffen werden, welche die Farbe von Mokkabohnen, die Größe von Fünfmarkstücken und eine Sogwirkung haben, der meine Jungs Knall auf Fall erliegen.

Sie schmelzen dahin. Stumm, jedenfalls bis Jonas verträumt »Die ist aber hübsch! Du hast doch gesagt ...!« murmelt. Bei dem Wort »du« sieht er zu mir hin. Anklagend.
»Den Teufel hab ich.« Erde, tu dich auf! Ich blicke bodenwärts, der Steinbelag gehorcht mir ebensowenig wie meine Söhne, die Blamierte bin wieder einmal ich. Toller Einstand! Was mach ich jetzt?
Sag was, kommandiert mein Oberstübchen. Irgendwas und möglichst viel, vielleicht ist ihr Deutsch noch nicht perfekt genug, um alle Nuschellaute meines Träumerles mitzubekommen. Hoffentlich nicht! Aber bei meinem sprichwörtlichen Pech ...
Ich gebe mir einen Ruck. »Und Sie sind wirklich Antonella Annunziata?«
»Antonella, si.« Grübchen und Kulleraugen explodieren – so ungeniert strahlte ich nicht einmal, wenn mein erster Drehbuchversuch ein Hit werden sollte –, dann berührt eine sehr kleine, mollige Hand die meine, die Mulde zwischen Daumenballen und Zeigefinger ist ähnlich verfärbt wie bei meinen Söhnen, wenn sie ausnahmsweise ihre Hausaufgaben vorschriftsmäßig mit dem Füllfederhalter erledigt haben.
»Scusi!« Sie folgt meiner Blickrichtung und beginnt, mit der anderen Hand zu wischen, woraufhin sich der Klecks ausbreitet.
»Und Ihr Gepäck?« frage ich und schaue von der Schmierage zu dem schräg über eine Schulter gehängten Lederrucksack *der* Marke, die in Italien beheimatet ist und dort wesentlich preiswerter sein dürfte. Zur Zeit liegt dieses Modell bei uns in der Ladenstadt aus und führt mich regelmäßig in Versuchung. Es ist wenig wahrscheinlich, daß unser Au-pair seine Habe für voraussichtlich ein Jahr in diesem schicken Beutel untergebracht hat.
»Muttchen, sie versteht dich nicht.« Fabian hat haargenau den Tonfall drauf, der mich bei seinem Vater die Häppchenpfanne schleudern ließ.
»Zufällig bin ich Deutschlehrerin, habe erfolgreich zwei Rhetorikkurse absolviert und im Gegensatz zu euch keinerlei Probleme mit meiner Muttersprache.«

»Eben.«
»Sie iss nämlich Italienerin, weißt du«, assistiert mein Pfiffikus und signalisiert unserem Gast, daß geistige Ausreißer bei mir leider nicht gerade selten sind. Frechheit!
»So schlau bin ich auch, überhaupt ist Antonella ein Sprachgenie.« Ich reproduziere, begleitet von braunäugig-herzigem Lächeln, in knapp ein Meter sechzig Höhe alles, was Vater Annunziata mir am Telefon in bestem Hochdeutsch über seine einzige Tochter erzählt hat, die nach drei Monaten auf Kreta problemlos in der Landessprache den Weg erkunden und das Essen für die Familie bestellen konnte.
»Griechisch iss nicht Deutsch«, verkündet Maxi.
»Was du nicht sagst!« Ich lasse alles, was Antonella seit ihrer Ankunft verlautbart hat, Revue passieren, ziehe die beredte Sprache ihrer Augen und Grübchen ab und komme zu dem niederschmetternden Ergebnis, daß meine Viererbande recht hat. Bislang habe ich diese Maid noch kein einziges deutsches Wort reden hören. Was natürlich auch ein Indiz für jene Hemmschwelle gegenüber einer fremden Sprache sein könnte, mit der ich jedesmal zu kämpfen habe, wenn jemand in reinstem Oxford-Englisch mehr als nur den schnellsten Weg zum Kölner Dom oder zu McDonald's von mir wissen will.
»Sie sind noch nicht firm im Deutschen?« frage ich betont langsam und lege zwischen jedem Wort eine kurze Pause ein.
Maxi tippt sich gegen die Stirn. »Sie iss ja nicht blöd, eben nur Italienerin, jetzt müßte Paps dasein.«
Ich verwahre mich entschieden gegen die Anwesenheit meines Geschiedenen, obwohl dessen Italienischkenntnisse zugegebenermaßen nicht übel sind, was wiederum das Resultat notorischer Leistungsverweigerung ist. Immer wenn eine Klassenarbeit oder auch nur ein Vokabeltest anstand, verdrückte der Oberstufenschüler Jochen Rosenfeld sich ins »Campi« und investierte dort gleichermaßen in Eiskugeln und Schmachtblicke. Die Bedienung, von der ich annehme, daß es sich um eine heimwehkranke Italienerin handelte, revanchierte sich jedenfalls mit kostenlosem Sprachunterricht

und lud ihn später sogar in ihr Dorf irgendwo in Umbrien ein. Für Gratistouren war mein Ex schon immer zu haben, ganz besonders, wenn er wie in diesem Fall zugleich materiell wie erotisch auf seine Kosten kam. Sein Abitur schaffte er dank zahlreicher Fehlstunden nur mit Hängen und Würgen, was er im nachhinein als Glück interpretierte, weil er so erst gar nicht in Versuchung kam, sich wie ich mit Kopfwissen zu belasten, sondern direkt und höchst erfolgreich am prallen Leben operierte. Siehe Eisdiele.
Zum Glück sind wir geschiedene Leute!
Wie vermittle ich einem knapp zwanzigjährigen Sprachgenie, daß mein Geschiedener zwar weiterhin der Vater von dreien meiner Söhne und ihrer Muttersprache mächtig, aber trotzdem mit Vorsicht und am besten gar nicht zu genießen ist?
Griechisch kann ich nicht. Spanisch entfällt ebenfalls. Ich versuche mein Glück auf englisch, die Resonanz ist nicht sonderlich befriedigend. Immerhin verstehe ich so viel, daß Antonella lediglich einen Pflichtkurs in dieser Sprache absolviert hat, die sie »freddo« findet.
Das heißt »kalt«, soviel habe ich nach mehrmaligem Aufdrehen des falschen Wasserhahns von meiner verspäteten Hochzeitsreise in Südtiroler Gefilde behalten, wo praktisch jeder Deutsch sprach und lediglich Armaturen, Zeitungen und ein paar verirrte Venezianer Italienisch parlierten.
Wenn Antonella alles Kalte scheut, bedeutet das ja wohl im Umkehrschluß, daß sie es gern »warm« mag, und weil mir sehr viel daran gelegen ist, daß sie dieses kuschelige Gefühl recht bald für uns Wildes und Germany entwickelt, suche ich nach einem passenden Transmitter.
»Wir statten jetzt alle zusammen Nicco einen Besuch ab«, schlage ich vor und füge einzelne Schlagworte wie »gelato« und »molto simpatico« hinzu, die ich einer sehr nahen Freundschaft zu einem waschechten Italiano verdanke. Zu mehr hat es verbal nicht gereicht, irgendwie bin ich bei ihm einfach nicht zum Deklinieren und Konjugieren gekommen. Im nachhinein betrachtet, ein Fehler, aber wozu gibt es Nicco?

Diesmal versteht unser Au-pair auf Anhieb. Offensichtlich mag sie Eis und sympathische Menschen. Während sie sich von dem »amico di papà« verabschiedet, der mit klimpernder Aktenkofferkette ihr Gepäck zu uns dirigiert und sich artig als alter Freund der Annunziatas vorstellt – was muß ich auch immer gleich das Schlimmste denken? –, weist Fabian feldwebelartig jedem seiner Brüder einen auf seine Größe abgestimmten Rollkoffer zu. Kein Protest, sieh mal einer an! Mir drückt er eine Art überdimensionale Sporttasche in die Arme, erlaubt Antonella immerhin den Transport ihres Beautycase und übernimmt freiwillig den größten Koffer nebst Trolley und zugleich die Konversation. Indes konzentriere ich mich auf die Autobahn, die nicht zu den regelmäßig von mir befahrenen Strecken zählt und deshalb die Gefahr birgt, länger von mir in Anspruch genommen zu werden, als dies sinnvoll ist.

»KÖLN, Muttchen!« Maxi kreischt es wie »Holland in Not«. »Du mußt runter, oder willste wieder bis nach Kleinposemuckel durchdüsen?«

Ich bremse ab, heimse ein wütendes Hupen ein, zucke hilflos die Schultern und darf mich daraufhin im Schutz des mich gnädig vorwinkenden Fahrers mit Stern in den Kreisverkehr einordnen, von dem aus es nur noch ein Katzensprung bis zu uns nach Hause und zu Nicco ist.

Meine Idee war grandios. Zwei Stunden später weiß ich, daß Antonella eine tiefverwurzelte Aversion gegen die »Kelly Family« und »Fish and Chips« hat, sich dafür aber schon seit langem für »Grimms Märchen« und die sagenumwobene »Lorelei« begeistert, wovon »il papà«, den sie abwechselnd »babbo« nennt, ihr oft und gern erzählt und so den Entschluß gefördert hat, dieses Deutschland selbst zu besuchen und eventuell sogar hier zu studieren. Boris Becker mag sie auch, weil der wie ein »birichino« – Nicco übersetzt in »Lausbub« – ausschaut, was aber alles nichts gegen die urgemütliche und unglaublich fröhliche Familienserie ist, die hier bei uns in Köln aufgenommen wird.

»Hört sich nach Lindenstraße an«, sagt Maxi und verzieht leicht angewidert die Mundwinkel.

»Blödsinn«, widerspreche ich, »davon versteht sie ja keinen Pieps, wahrscheinlich meint sie etwas Klassisches, das fürs italienische Fernsehen übersetzt worden ist. Da gibt's doch jetzt dieses Remake von ›Effi Briest‹. Oder was von Kästner, der kommt immer an, warum nicht auch in Palermo?«
Nicco fragt nach und teilt mir grinsend mit, daß mein Pfiffikus wieder einmal den richtigen Riecher hatte. Unser Au-pair hat sein Herz für Deutschland auf dem Umweg über die Satellitenschüssel ihres Papas und haargenau jenes Serienspektakel entdeckt, das seit rund zwölf Jahren über die Mattscheibe flimmert, im Schnitt siebenkommafünf Millionen Zuschauer und darunter offensichtlich einige auch ohne Text erreicht.
Eine Übermutter Beimer braucht halt keinen Ton, um ans Gemüt zu gehen.
Menschen wie du und ich, verkündet Antonella mit Grübchen so kullerig, daß eine Erbse hineinpaßte. Ihre Samtaugen glänzen noch weicher, mir wird ganz warm ums Herz, zumal die Wirkung auf meine Rabauken mich friedlichen Zeiten entgegensehen läßt.
Vier kleine Kavaliere, die sich womöglich soeben anschicken, unser urgemütliches und fröhliches Familienleben zu entdecken. Soll ich dem im Wege stehen? Ich müßte ja mit Blödheit geschlagen sein. Eher schon schaue ich noch einmal ohne pseudointellektuelle Schere im Kopf in diese Mixtur hinein, in der anscheinend nichts Menschliches fehlt, weder eine lesbische Maid noch ein Neonazi, es gibt Aids und den Atomkrieg, sogar die Mafia kommt vor, und was das Schönste ist, irgendwie durchlaufen alle eine Läuterung und werden trotz Ehebruch und Mord bessere Menschen. Sofern sie nicht sterben und auf diese Weise das Gute und die Hoffnung siegen lassen.
»Ich liebe es.« Grübchen-Kulleraugen-Explosion, das war der erste korrekte Satz auf Deutsch, ich leiste stumm den Öffentlich-rechtlichen und deren geistigem Vater und all den unermüdlichen Serienstars Abbitte, die vielleicht mehr für unser Ansehen tun als hohe Kunst für eine elitäre Minderheit.

Ich nicke Antonella zu, sie nickt zurück, wir alle nicken auf Niccos Angebot hin, noch einmal kräftig und zur Abwechslung auf seine Kosten beim »gelato« zuzuschlagen, und während es um mich herum erneut genüßlich klappert und gelegentlich auch schlürft – was ich heute gnädig überhöre –, teile ich meiner Familie mit, daß ich vielleicht demnächst sogar selbst das Drehbuch für solch eine Fernsehserie schreiben würde: »Ist alles noch sehr in der Schwebe, aber ich bin gefragt worden, die Musterseiten von einem Kollegen in spe müßten quasi stündlich eintreffen.«
»Donnerlittchen!« Mein Träumerle schenkt mir ein schokoladeneisseliges Lächeln, das vom Kinn bis zur Stupsnase reicht.
»Wieviel Knete kriegst du dafür?« will Maxi wissen.
»Genug, damit ihr nicht wieder heimlich zum Casting marschieren müßt«, kontere ich.
»Der Typ da war sowieso ein Arsch, so à la Husar mit Rüschen und Fell auf der Brust, sah aus wie bei 'nem Schimpansen, geraucht hat er auch wie'n Schlot, aber Paps hat gesagt, wenn wir die Gang spielen, die so 'ner Oma ihr Nippes klaut und verscherbelt, wären *die* Inline-Skates drin.«
Ich werde bald nicht mehr. Dieser Heimtücker! Drängt sein eigen Fleisch und Blut in die Rolle von Kriminellen und ködert sie mit Rollschlittschuhen *der* Marke. Seit Erscheinen der letzten Ausgabe von »Stiftung Warentest« verfolgen meine Kids mich mit Testergebnissen, denen zufolge ihre eigenen Skates aus dem Sonderangebot Schrott sind und nur die echten, superteuren Flitzer optimalen Spaß und obendrein Sicherheit gewähren. Leider dürfte die Redaktion kaum bereit sein, viermal round about achthundert Mark pro Wilde auszuspucken, weshalb ich bislang hart geblieben bin: »Dann spart eben oder fragt euren Vater!« Was sie ja dann auch indirekt getan haben.
Ich versichere ihnen, daß mein Honorar in jedem Fall ausreichen wird, um ihnen ihre wertvolle Freizeit in Tanzschuhen und Fußballstollen zu erhalten und sie obendrein als Skater optimal auszustatten: »Vielleicht ist demnächst sogar ein Urlaub der Güteklasse Extra drin.«

»Reizklima mit 'ner Extraschippe Sand?« fragt Maxi mißtrauisch.
»Darf der Sand auch aus der Karibik stammen? Ich dachte an etwas mit Palmen und allem Pipapo.«
»Und Antonella«, wirft Fabian ein. Seine Brüder nicken begeistert. Ich tue es ihnen nach. Trotz der nicht eingeplanten Sprachbarriere habe ich ein unglaublich gutes Gefühl im Bauch, was unsere neue Hausgenossin betrifft. Wir sind warm miteinander, dagegen ist alles andere ein Kinderspiel.

Die kommenden Tage bestätigen mich in allem, was mit dem Ausmisten von Jochens ehemaligem Reich begonnen und zur Bereicherung meines Alltags um eine Hausgenossin geführt hat, die wiederum die Voraussetzung dafür ist, daß ich jetzt stundenlang vor meinem Computer sitzen und mir eine »romantic comedy« ausdenken darf, statt wie üblich zerrissene Hosen zu flicken oder mir den Kopf zu zermartern, mit was ich vier hungrige Bäuche so fülle, daß deren Besitzer möglichst wenig mosern und zugleich mit allen lebenswichtigen Nährstoffen versorgt werden. Vorbei!
Antonella braucht keinen farbenfrohen Ratgeber aus der Reihe »Das essen alle Kinder gern!« und keine Nährstofftabellen, sie schöpft einfach aus dem reichen Fundus dessen, was ihr daheim zugeflogen ist. Nach den ersten Kostproben verdichtet sich in meinem Kopf die Vorstellung, bei den Annunziatas ginge es zu wie im Schlaraffenland, natürlich einem mit italienischen Vorzeichen. Ich kann mich nicht erinnern, wann zuletzt meine Söhne sich statt mit Skepsis – »Was gibt's denn heute schon wieder? Riecht ja komisch!« – voller Vorfreude an den Eßtisch begeben, zugelangt, mit vollen Backen geschmaust, nachgenommen und auf Teufel komm heraus gelobt haben. Unisono. Ohne Unterbrechung. Wenn das so weitergeht, muß ich uns demnächst auf Diät setzen.
Antonella fühlt sich geradezu magisch von meiner Küche, meinem Nähtisch und Maxi angezogen. Am ersten Tag nach ihrer Ankunft, als sie allein zurückblieb und wir fünf unseren jeweiligen Schulen zustrebten, war mir noch bange, sie könnte sich langwei-

len, weil ihr Deutschkurs erst nach den Sommerferien beginnt und sie offensichtlich keinen Wert darauf legte, allein vor die Tür zu gehen. Doch dann kamen wir heim und rochen bereits beim Öffnen der Haustür, daß oben im dritten Stock eine neue Ära anbrach. Innerlich war ich auf Tiefkühlpizza eingestellt, schließlich konnte ich unser Au-pair nicht gleich an einen Herd verdonnern, dessen überzüchtete Technik sich mir bis auf den heutigen Tag nicht voll erschlossen hat. Ganz abgesehen davon waren meine Vorräte mehr als bescheiden. Dachte ich.
Antonella überzeugte uns vom Gegenteil. Sie hatte aus einem alten Kanten Käse und Rundkornreis, den ich alle Jubeljahre für süße Milchspeisen benutze, ein köstliches Risotto gezaubert und ein simples Suppenhuhn in Rotwein, Zwiebeln und allerlei Kräutern gebadet und so butterzart serviert, daß selbst Maxi als energischer Verteidiger aller nicht menschlichen Kreaturen vergaß, das »arme Hühnchen« zu bedauern.
Den nächsten Jubelschrei löste der Anblick der ausgebesserten Fußballtrikots und einer Hose aus, die Fabian vorzugsweise zum Tanzen anzieht, wobei immer wieder dieselbe Naht einreißt. Ich unterrichte Deutsch und Geschichte und kein Kunststopfen, also hatte ich das marode Stück erst einmal zu all dem anderen Flickwerk auf dem Nähtisch gelegt, den ich von meiner Oma zur Hochzeit geschenkt bekam. Es türmte sich schon, und Antonella konnte, wie sie uns verschämt gestand, nicht widerstehen.
Wie es aussieht, gehört ihre zweite große Leidenschaft gleich nach dem Kochen dem Umgang mit Nadel und Faden. Eine Kunst, die sie bei den Nonnen lernte und die sie befähigt, absolut unsichtbar zu unterfüttern oder zu verstärken und Socken so zu stopfen, daß sie hinterher noch immer passen und sich nicht einmal kräuseln. Es ist ein Phänomen.
Ihre dritte Passion schließlich ist das Malen. Egal ob in Tusche oder mit Aquarellfarben, sie kann stundenlang dasitzen und drauflospinseln, und weil Maxi von all meinen Söhnen der einzige ist, der freiwillig über den Kunstunterricht hinaus seinen Zeichenblock aufschlägt, sind die beiden binnen weniger Tage die dicksten

Freunde geworden. Was meinen Ältesten fuchst, der bei Antonella als Tanzboy Eindruck zu schinden hoffte und ihr auf dem Umweg über Nicco durchtanzte Nächte in Kölner Diskos in Aussicht stellte. Er holte sich einen Korb, weil unsere Hausgenossin trotz ihres Koboldlächelns eher schüchtern ist, sobald sie unter fremde Menschen kommt. Sie hat's lieber gemütlich. »Si sta proprio bene qui!« sagt sie. »Es ist ganz gemütlich hier!« Soll ich dagegen protestieren, daß sie sich bei uns wohl fühlt?

Das tue ich natürlich nicht, sondern nutze die Gunst der Stunde, wälze Anleitungen zum Drehbuchschreiben, vertiefe mich in die zugesandte Textprobe und beschließe, keinesfalls ähnlich platt mit allerlei Anzüglichkeiten aufzuwarten. Schließlich hat mein Herr Hollerbusch ausdrücklich betont, was für ein Schund ihm tagtäglich in die Hände kommt. Nicht von mir, und wie es aussieht, liege ich total auf seiner Linie, denn der Titel, den ich mir ausgedacht habe, gefällt ihm ausnehmend gut.

Umweht von Düften aus der Küche, wo Antonella aus Brotresten ein Armeleuteessen vorbereitet, das schon jetzt königlich riecht, fahre ich gleich nach meiner Rückkehr aus der Schule – heute hatte ich gottlob nur zwei Stunden – meinen Computer hoch und erfreue mich an dem fettgesetzten Titel über meinem Namen. »Fesselspiele« hat etwas, finde ich und setze zur soundsovielten Kürzung der Haupthandlung an, die in meinem neuen Metier »plot« heißt und laut *dem* Ratgeber für »Screenwriter« nicht mehr als drei, vier Zeilen umfassen sollte. In der Kürze liegt die Würze und zugleich die Schwierigkeit, weil es einfach unglaublich schwer ist, einen Serienstoff auf einen Bruchteil dessen einzudampfen, was ich mir ebenfalls auf fremde Anweisung hin erst einmal so, wie mir der Schnabel gewachsen ist, von der Seele geschrieben habe. Solcherart sind achtundzwanzig Seiten zusammengekommen.

Nicht übel, wahrlich nicht, in meinem Inneren tut es mir um jedes Wort leid, das ich herausstreichen soll. Wunderbar griffige Bilder, die ich da gefunden habe, um das Leben einer gestandenen Frau nach gut einem Dutzend Ehejahren komplett umzuschreiben und zuletzt ihren Geschiedenen dumm aus der Wäsche sehen zu lassen.

Das ist komisch und zugleich unglaublich romantisch, als der Zeuge ihrer ersten Fesselspiele zurückkehrt.
Gerade, als sich der erste Satz, der jeden Produzenten packen wird, in meinem Kopf formt und über die Tastatur in meinem Textverarbeitungsprogramm manifestieren will, klingelt es.
»Scheiße!« Notgedrungen stehe ich auf, düse treppab und frage reichlich unwirsch in die Sprechanlage, wer da ist. Der Eiermann kommt erst morgen, die Post war schon da, wenn's wieder einer von diesen Morgen-geht-die-Welt-unter-Jüngern ist, zeige ich ihm höchstpersönlich, wie er heute schon sein Finale erreicht.
»Sind Sie Frau Rosenfeld?«
»Nein.«
»Rosenfeld-Wilde?«
»Wenn schon, andersherum. Worum geht's?«
»Vielleicht drücken Sie besser mal auf, das sollten wir nicht unbedingt öffentlich besprechen.«
Wie ist der denn drauf? »Den Teufel werde ich tun!«
»Dann müssen Sie allerdings damit rechnen, daß ich demnächst in Begleitung der Polizei wiederkomme. Ich soll Sie pfänden.«
»Waaas?« Laut, empört, hinter mir geht die Küchentür auf. Ich winke Antonella beruhigend zu und senke die Stimme: »Da muß eine Verwechslung vorliegen.«
»Nicht, wenn Sie die Mutter von einem Lucas Rosenfeld ch Wilde sind. Meinetwegen auch andersrum.«
Ich drücke auf. Stumm, in meinem Kopf überstürzen sich die Gedanken, diesmal geht es allerdings nicht um Fesselspiele, welche in Kürze die deutsche Fernsehnation aus ihren Sesseln reißen, den Chipskonsum drosseln und ungeahnte Aha-Erlebnisse und Sehnsüchte auslösen werden. In Sekundenschnelle verwandele ich mich von der Geburtshelferin einer romantischen Heldin mit Bodenhaftung – für letztere sorgt ein TV-Sohn aus der bevorzugten Altersstaffel – in eine real bibbernde Alltagsmutter. Der Gerichtsvollzieher! Ist das peinlich!
Dem Mann, der durchs Treppenhaus stiefelt, ein Stockwerk tiefer höflich grüßt – natürlich hat diese Spionin wieder mal nichts Bes-

seres zu tun, als mich zu belauern! – und sich oben bei mir ordentlich die Schuhe abputzt, bevor er eintritt, ist nichts Menschliches fremd. Mit diesen beruhigenden Worten beginnt er, gleichzeitig tätschelt er väterlich meinen Oberarm: »Alles halb so wild! Sie zahlen brav, unterschreiben, und der Ärger ist aus der Welt.«
Mag sein, aber mein gutes Geld wäre dann ebenfalls futsch. Ich bleche doch nicht für eine bürokratische Ente. »Zahlen wofür?« krächze ich und beharre auf einem fürchterlichen Irrtum, woraufhin der Mann seine Aktentasche auf meinem Eßtisch absetzt, gemütlich Lasche für Lasche aufschnallt, einen Ordner hervorzieht, darin blättert und mir vorliest, daß ich seit elf Monaten das Elternentgelt für den Kindergarten schuldig bin: »Macht elfmal vierhundertvierzig Mark plus je neun Mark Mahngebühren.« Er hebt den Kopf und schaut sich um, »bestimmt nicht billig hier, gute Lage, ich hätte auch nichts dagegen, mitten in der City zu wohnen und meine Brut in einen Privatkindergarten mit Übermittagbetreuung zu schicken. Was machen Sie denn so den ganzen lieben langen Tag, wenn ich mal fragen dürfte?«
»Zufällig bin ich alleinerziehend und habe vier Söhne zu versorgen und einen Job am Hals ...« Mir fällt zu spät ein, daß ich diesem Typen keinerlei Rechenschaft schuldig bin. Ich stoppe genau in dem Moment, als die Tür aufgeht, es unglaublich köstlich duftet und Antonella mit dem herzigsten Grübchenlächeln zwei Teller auf den Tisch stellt und wieder davonhuscht.
Ihre Kostproben sind stets willkommene Unterbrechungen, aber doch nichts für den Gerichtsvollzieher, der sich umgehend seinen eigenen Reim darauf macht, zulangt und mir wohlig kauend mitteilt, was für einen Lenz ich doch habe: »Auch noch 'ne Köchin, Donnerwetter! Schmeckt übrigens hervorragend! Macht zusammen viertausendneunhundertneununddreißig Deutsche Mark. Zahlen Sie bar oder mit Scheck?«
»Gar nicht«, krächze ich.
Der Mann schüttelt bedenklich den Kopf, fährt den letzten Bissen ein, stochert mit der leeren Gabel in meine Richtung: »Täte ich

nicht, bringt nur neue Mahngebühren, irgendwann ist Schluß mit dem Sozialstaat für Millionäre.«

Diesmal verzichte ich darauf, ihn über meine Einkommensverhältnisse in Kenntnis zu setzen und diese vielleicht noch mit Kontoauszügen zu belegen. Ich teile ihm lediglich mit, daß *er* einen Fehler mache, weil mein Sohn, für den ich rückwirkend und zum Millionärstarif den Kindergartenbeitrag nachzahlen soll, genau seit elf Monaten die Schule besucht.

Er blättert. »Der Lucas?«

»Der Lucas«, bestätige ich und höre, wie meine Stimme sich rundet.

»Geboren ...?« Er rattert herunter, was in seiner schlauen Akte über meinen Jüngsten steht.

»Exakt.«

»Kann ja wohl nicht sein.« Der Staatsdiener verweist mich auf die Altersregelung für Einschulungen in diesem Land. Punktum. Gesprochen und verkündet.

»Mein Sohn ist schon mit fünf eingeschult worden.«

»Neumodischer Kram«, brummelt es zurück. Er überlegt, dann hellt sich seine Miene wieder auf: »Kann trotzdem nicht sein, weil die Stadtkasse Sie gemahnt hat, und Sie haben keinen Widerspruch eingelegt, also ...«

»Ich hab nichts bekommen.« Ich denke an meinen Geschiedenen, der ein lebhaftes Interesse an meiner Post bekundet, allerdings nur, wenn diese Rückschlüsse auf einen neuen Liebhaber oder das Finanzamt verheißt. »Schicken Sie mit Antwortschein?«

»Zu teuer, kann die Stadt sich nicht leisten, hier steht's.« Er wedelt mit einem Wisch, demzufolge ein amtlicher Zusteller elfmal auf dem Wege der vereinfachten Zustellung den Briefkasten Nummer drei bei Rosenfeld bestückt hat.

»Das ist die Firma von meinem Ex«, sage ich. »Besser gesagt, war es.«

»Na bitte, schließlich ist er der Vater.«

»Ist er nicht, den Laden hat er auch nicht mehr, der steht seit über einem Jahr leer, und ich heiße WILDE, habe die Hausnummer

eins und bin wohl kaum befugt, etwas für Rosenfeld anzunehmen.«
»Können Sie das beweisen?«
Ich tue es. Mit Rücksicht auf die Spionin unter mir, hellhörig gewordene Passanten bei meinem Disput via Sprechanlage und Antonella, das vor allem. Ich lege meinen Personalausweis mit der korrekten Anschrift und der Änderung meines Familiennamens ebenso vor wie die erste schulische Beurteilung meines Jüngsten und unterschreibe zu guter Letzt, daß ich die Zahlung verweigere. »Alles Humbug!« kritzele ich daneben.
»He! Das ist ein amtliches Dokument.«
»Sie können mich mal.« Mir reicht's.
Der Mensch hält inne, betrachtet mich, schwenkt seine Brillengläser Richtung Küche und teilt mir mit, daß er dann schon lieber der »Lütten« den Vorzug gäbe: »Alles was recht ist, ein Lusthappen, wie nannte sich dieses köstliche Gericht?«
»Verpiß dich!«
Es dauert, bis er begreift, daß so kein italienischer Brotpudding heißt, sondern er selbst gemeint ist. Hochrot und die Androhung einer Klage wegen »Beamtenbeleidigung« auf den Lippen, zieht er von dannen, aber das stört mich nun auch nicht mehr. Im Zweifelsfall klage ich wegen »sittlicher Belästigung« zurück. Antonella steht unter meinem persönlichen Schutz.
Obwohl mir bis zum Eintreffen meiner Söhne noch fast zwei Stunden bleiben, zwinge ich nicht einmal den ersten Satz, der mir eben so auf der Zunge lag, in meinen PC. Nicht, daß meine Finger müßig blieben, ich traktiere im Gegenteil wie wild Tastatur und Elektronikmaus, und als ich zum Essen gerufen werde, habe ich fast sechstausend Anschläge produziert, aber summa summarum sind sie für die Katz, weil der Besuch von Amts wegen meinen »Fesselspielen« eine Richtung gegeben hat, die allenfalls zu einem Thriller paßte. Schweren Herzens lösche ich alles wieder und setze auf Antonellas Magentröster. Aber dann. Hoffentlich.
Das Vitello tonnato ist sensationell, das Lamm auf den Punkt gegart, das Dessert kenne ich bereits – aber wer weigert sich schon,

zweimal in den Himmel zu kommen? –, und nachdem unser gemeinsamer Verdauungsspaziergang in den Stadtgarten nicht nur in puncto Wetter, sondern auch stimmungsmäßig sonnig und ohne Stürze oder Verlust von Jacke-Kappe-Bällen vonstatten gegangen ist, fühle ich mich befriedet genug, um einen neuen Versuch zu wagen.

Wir biegen also zu sechst in unsere Straße ein, in mir formt sich zum zweiten Mal der zündende erste Satz, als ich grün sehe. Khakigrün. Mitten vor unserer Haustür.

»Was will denn die Bulette von uns?« fragt Maxi mit glockenheller Stimme. Seitdem ich ihm unter der Androhung von Gameboy-, Fußball-, Ausgangssperre das Wort »Bulle« – »aber Papa sagt doch auch ...!« – ausgetrieben habe, bedient er sich dieser, wie er findet, freundlichen Umschreibung.

Ich kann nur hoffen, daß der Ordnungshüter dort nichts gegen Frikadellen und sein jetziger Standort darüber hinaus nichts mit uns zu tun hat. Er könnte beispielsweise der Neffe von unserer Spionin aus dem zweiten Stock sein. Oder ob ihr das Portemonnaie geklaut worden ist? Auf ihre Tugend hat es garantiert niemand abgesehen. Ganz kurz durchzuckt mich sogar der Gedanke, mein Gerichtsvollzieher könnte mit seiner Drohung Ernst gemacht haben, was ich aber gleich wieder verwerfe, weil der Amtsschimmel nie im Leben so schnell reagiert.

»Sind Sie die Mutter eines gewissen Fabian?«

Ich drehe mich blitzschnell um die eigene Achse. Nicht, weil ich an Flucht denke, sondern weil es mich wundert, wo mein Ältester plötzlich abgeblieben ist. Gerade eben hat er sich noch mit Maxi darum gekabbelt, Decke und Malutensilien für Antonella tragen zu dürfen. Jetzt ist er spurlos verschwunden.

»Also sind Sie's oder sind Sie's nicht?« fragt der Khakigrüne.

Notgedrungen nicke ich. In meinem Kopf geht es rund. Randale in der Disko? Rauchen auf dem Schulklo? Absingen unzüchtiger Lieder in der Öffentlichkeit? Neulich hat Fabian sich an meiner Schallplattensammlung zu schaffen gemacht und ein Lied abgespielt, das in meiner wilden Phase auf dem Index stand und lediglich deshalb von mir aufbewahrt wird, weil es ein Stück Nostalgie ist. Was keinesfalls für einen Achtzehnjährigen gilt, der lauthals liederliche Moritaten aus den Sechzigern kundtut.

»... Übergriff auf städtisches Eigentum«, verstehe ich noch, den Anfang der Polizistenrede haben Matratzen, Soleier und Fummelhände geschluckt, die in meinem Kopf untrennbar mit den Schmuddelsongs verbunden sind. Mein Gott, war das schön!

»Stadt Köln?« frage ich nach und füge hinzu, daß dieser Verein mich heute schon einmal mit »Humbug« belästigt habe. Wenn man mich aus meinen Wolkenkuckucksträumen herausreißt, neige ich nun mal zu spontanen Überreaktionen.

»Aha!«

»Nicht wegen Fabian«, stelle ich hastig klar, »da ging es um meinen jüngsten Sohn.«

»Hat er auch bei Nacht und Nebel die öffentlichen Anlagen geplündert?«

Gerade will ich vehement widersprechen, als Maxi sich einschaltet: »Erstens war's nicht nachts, nebelig war's auch nicht, und überhaupt war's nur ein klitzekleiner Baum und eigentlich nur Gestrüpp.«

Ich klimpere hektisch mit meinem Schlüsselbund, hätte auch nichts gegen einen vorbeidonnernden Tieflader einzuwenden und signalisiere dem Grünrock, daß wir unser Gespräch wohl doch besser in meiner Wohnung fortsetzen. Dem Himmel sei Dank, daß unser Au-pair kein Deutsch versteht, was leider nicht für unsere Hausgenossin Frau Olfe gilt. Immerhin ist der Mann bereit, meinem Impuls zu folgen, und stiefelt hinter uns her die Treppe hoch. Diese Schirmmütze muß durch den Spion höchst fesselnd wirken. Kann er nicht leiser auftreten?

Höflich, wie ich bin, bitte ich ihn in unsere gute Stube, was sich jedoch als Fehler erweist, weil er umgehend auf das Kunstwerk zustürmt, das meine Söhne in liebevollem Teamwork für unseren Gast gebastelt haben.

»Das ist er!«

»Das ist ein Anti-Heimweh-fühl-dich-wohl-bei-uns-Baum«, wi-

derspreche ich. Auf italienisch hört sich das sehr viel melodischer an, doch ich gehe davon aus, daß ein »albero di buon umore« nicht zum Ausbildungspensum eines Streifenpolizisten gehört.
»Er ist es trotzdem.«
Diese schwache Argumentation ließe ich nicht mal meinem Sechsjährigen durchgehen, trotzdem bemühe ich mich, den Mann davon zu überzeugen, daß keiner an eine Straftat denkt, wenn er ein paar halb vertrocknete Zweige vor dem Kompost rettet und sie mit Sprühlack, Wunschzetteln und Gummibärchen einem neuen Lebenszweck zuführt.
»Sie waren also eingeweiht?« Der Uniformierte runzelt die Stirn.
»War ich nicht, aber ich bin Pädagogin, außerdem sagt einem das der gesunde Menschenverstand.«
»Lehrerin sind Sie also auch noch?«
»Und Mutter. Sie haben wohl keine Kinder?«
»Das steht hier nicht zur Diskussion. Überhaupt handelt es sich laut Zeugenaussagen bei dem Schuldigen um einen Volljährigen.« Er zückt ein Büchlein und blättert.
»Kriegt der Fabi jetzt 'ne Knolle?« will Maxi wissen. Sehr unglücklich scheint ihn dieser Gedanke nicht zu machen, was wohl an dem aus seiner Sicht ungerecht bemessenen Taschengeld liegt.
»Müssen wir jetzt den Baum von der Antonella zurückgeben?« fügt Jonas hinzu.
»PENG.« Mein Jüngster hat – wie üblich auf Socken – den Ordnungshüter umrundet und macht sich soeben an dessen Gesäßpartie zu schaffen, die so herrliche Sachen wie Pistole, Handschellen und Schlagstock schmücken.
»Machst du wohl, daß du da wegkommst!« Es rasselt und scheppert. Wenn er es wagt, meinen Sohn anzupacken, gibt's Ärger.
»Phhh!« Lucas dreht dem Aggressor eine lange Nase, verschwindet aber sicherheitshalber in meinem Windschatten, bevor er nochmals auftrumpft. »Ich hab selbst 'nen Ballermann, eigentlich sogar zwei, aber den großen hat Muttchen kassiert.«

»Interessant!« Der Polizist mustert mich auf eine Weise, als ob es ihn kein bißchen überraschte, wenn ich ohne Waffenschein scharf schösse.
Es liegt wohl an dem verstörten Mienenspiel von Antonella, daß ich klein beigebe und eine gebührenpflichtige Verwarnung in Höhe von zwanzig Mark akzeptiere, die Maxi mir aus seinem Sparschwein vorschießen muß, weil der Schupo nicht einmal wechseln kann. Oder will er nicht, weil er auf ein Trinkgeld spekuliert, das er gar nicht annehmen darf? Nach allem, was in der Zeitung steht, wage ich zu bezweifeln, daß Staatsdiener hierzulande generell resistent gegen Bakschisch sind, im Zweifelsfall deklarieren sie es nur geschickter als ihre Brüder im Süden und im Osten.
Ich rolle den Fünfziger zusammen, an dem sein Blick hängt, und lausche Richtung Küche, wo Maxi klimpert. *Ich* spende nicht für humorlose Khakigüne, dieses Gestrüpp ist nicht mal einen Fünfer wert, die reinste Schikane.
»Stimmt auf den Pfennig, Sie können's nachzählen!« Der Geldsegen aus dem Keramikschwein ergießt sich auf die Eßtischplatte. Pfennig haut hin, von dieser Sorte sind etliche Münzen dabei, natürlich gibt es außerdem auch noch Groschen und sogar ein Silberstück. Dem Polizisten gehen die Augen über.
»Das darf ja wohl nicht wahr sein!« Das Majestätische fällt schlagartig von ihm ab, als er auf mein entschlossenes Nicken trifft.
»Zwanzig Mark«, bestätige ich, »oder steht in Ihren Paragraphen, daß Sie nur dickes Geld annehmen dürfen?«
Er klaubt den Segen wortlos zusammen – seine Gesäßtasche bildet nun ein angemessenes Gegengewicht zu dem Schießprügel über der anderen Pobacke – und lupft im Hinausgehen nicht einmal die Kappe, was schon unhöflich genug ist. Weil er, ebenfalls ohne zu fragen, einfach die nächstbeste Klinke in der Diele nach unten drückt, landet er statt im Treppenhaus in der Abstellkammer.
»Wenn Sie mir freundlicherweise …?« Sein Hals glänzt feucht, eben war es nur die Stirn, ich verfolge interessiert das Stadium seiner Aufweichung. Bildet er sich ernsthaft ein, wir behielten ihn auch nur eine Sekunde länger als nötig bei uns?

»Du mußt dir noch 'ne Quittung geben lassen.« Maxi verbarrikadiert mit ausgestreckten Armen den Fluchtweg nach draußen und fügt hinzu, daß sie in der Schule gerade über wachsende Kriminalität im Staatsapparat gesprochen hätten: »Hat er dir überhaupt seine Hundemarke gezeigt? Vielleicht ist er gar keine echte Bulette.«

»Pssst!«

Wahrscheinlich rettet mich nur dieser Zischlaut vor einer weiteren Ordnungsstrafe, das Stampfen durch unser Treppenhaus könnte Tote erwecken – bei unserer Spionin wirkt es garantiert. Wir lauschen zu viert mit angehaltenem Atem und freuen uns mit Antonella über die Rettung ihres Heimwehkillers aus den städtischen Anlagen, als es erneut klingelt.

»Mamma mia!« Antonella kullert mit ihren Samtaugen. »Poliziotto ancora?«

Doch es ist nicht schon wieder der Khakigrüne, sondern mein Ältester, der sich haargenau jener Argumentation bedient, mit der ich eben vorgeprescht bin. Gerade so, als ob er hinter der Tür gestanden und gelauscht hätte, was es mir schier unmöglich macht, meine Truppe nun davon zu überzeugen, daß es natürlich keineswegs okay ist, sich in öffentlichen Parkanlagen zu bedienen, egal wie unansehnlich die Beute ist: »Letztlich ist das Diebstahl.«

»Dann iss sie auch 'ne Diebin«, tröstet Maxi seinen großen Bruder, den ich gerade dazu verdonnert habe, sich mit fünf Mark zu beteiligen.

»Das wüßte ich aber«, protestiere ich.

»Jetzt hat sie auch noch Alzheimer.« Mein Zwölfjähriger zitiert aus dem Biologieunterricht und dem reichen Schatz von Erinnerungen, die Jochen Rosenfeld bei jedem Zusammentreffen mit seinen Söhnen aktiviert, um die Bilder von allen Mißgeschicken und Fehlern am Leben zu erhalten, die mich jemals ereilt haben. Nur sich selbst läßt er aus, dafür hat er die paar Schippen städtischen Sandes, die ich dringend für unseren Balkon brauchte, zu einer Düne aufgebauscht.

»Außerdem war's für euren blöden Sandkasten, mir reicht's.« Ich verschwinde treppauf und drohe noch im Hinaufgehen jedem Mord und Todschlag an, der sich traut, mich vor dem Abendessen bei meiner Arbeit zu stören.

»Fesselspiele«. Da steht es dick und fett auf dem Bildschirm, darunter steht mein Name, aber vor meinen Augen steht noch immer das Gesicht meines Jungmannes, der äußerlich so gar nichts von seinem Erzeuger, Typ Heino, hat. Ganz im Gegenteil könnte Fabian glatt als glutäugiger Südländer durchgehen, was in glücklichen Ehezeiten und in Erinnerung an den Zeugungsort unseres Ältesten gelegentlich zu Witzeleien geführt hat, mit denen mein Ex bewies, wie sicher er sich schon damals meiner Treue war. Egal wie glutvoll die Blicke waren, die jener Enzio mir damals in Südtirol zuwarf, nie im Leben wäre ein Jochen Rosenfeld auf den Gedanken gekommen, ich könnte seine damals schon doppelbödige Moral nachahmen. Was mich im nachhinein wurmt, weil es meine Anständigkeit trottelig aussehen läßt. Enzio war ein Bild von einem Mann und unglaublich romantisch, was mir besonders auffiel, als Jochen abends immer schwerer von der Hotelbar loskam, wo ihn eine Herrenrunde aus Venezia fesselte, mit der er italienisch parlierte und international soff: »Geh doch schon mal hoch, Schatz! Ich komme gleich nach.« – Er kam Stunden später, alles mögliche hätte derweil passieren können.

Ich starre auf das Flimmern des Monitors vor mir und male mir aus, was heute wäre, wenn ich damals Enzios wortlosem Drängen – diese Augen! Mamma mia! – nachgegeben und pünktlich zur Scheidung all die Späßchen über »den kleinen Papagallo, den Lea mir untergejubelt hat« verifiziert hätte. Jochen Rosenfeld wären die läppischen Klagen über meine ehelichen Verfehlungen vor dem Familienrichter im Hals steckengeblieben.

Obwohl das Schuldprinzip angeblich vom Tisch ist, hat mein Ex darauf bestanden, sein Leid mit einer Ehefrau, die seinem »natürlichen Liebesbedürfnis« stets ein Kind in den Weg respektive ins Bett packte, öffentlich auszubreiten. Er stieß auf lebhaftes Interesse, wohingegen ich mir zweimal einen Verweis wegen Mißachtung

des hohen Gerichtes einhandelte. Die Vorstellung, wie diese Männerseilschaft reagiert hätte, wenn plötzlich die Saaltür aufgegangen, das gereifte Ebenbild meines Ältesten hereinspaziert und mich an seine Brust gerissen hätte, läßt mir Wonneschauer über den Rükken laufen. Das hätte sie alle geschafft, und ich wäre im Arm meines Enzio entschwebt. Und wenn sie nicht gestorben sind ... Die reinste Seifenoper, aber eine von der authentischen Sorte, die sogar mir Tränen der Rührung in die Augen treibt. Eine »Romantic comedy«, wie nur das Leben sie schreibt. Copyright »Lea Wilde«.
»Abendessen! Bist du taub?« Es hämmert gegen meine Tür, ich schrecke hoch, das grobkörnige Flimmern rund um ein fettgedrucktes »Fesselspiele« ist Wörtern gewichen. Nicht viele, nur eben die von professionellen Scriptwritern zu erbringenden paar Zeilen, welche die Geschichte in ihrem Kern zusammenfassen sollen:
Ein junger Ehemann bleibt an der Hotelbar hängen, seine Frau sperrt ihn (versehentlich!!??) aus, er verschafft sich im Morgengrauen über den Balkon Zugang, starrt verwundert auf das Bett und feiert Versöhnung – mit Folgen. Es ist ein Sohn.
Achtzehn Jahre später begreift er, wie berechtigt seine Verwunderung damals war. In dem sonderbar zugerichteten Bett ist ein Kind gezeugt worden, allerdings nicht von ihm.
»Es gibt Spaghetti pomodori.« Das Hämmern verstärkt sich. »Meinetwegen bezahl ich auch die fünf Mark, nun spiel nicht die beleidigte Leberwurst, Muttchen!«
»Frische?«
»Glaubst du, Antonella panscht mit Dosentomaten rum? Nun mach schon auf!«
Ich tu's, leider habe ich beim Wechsel von meiner Traumwelt zum kulinarischen Highlight unseres Au-pairs den Monitor vergessen, der brav alles herzeigt, was ich gedichtet habe.
»He!« Fabian baut sich vor meinem Schreibtisch auf. »Ich denke, du schreibst 'ne Seifenoper, das da liest sich eher wie der Vorspann zu 'nem Krimi. Wenn ich der Ehemann wär, und die jubelte mir 'nen Sohn unter, also das überlebte die nicht.«

»Aber daß der reizende Ehemann sich allabendlich in Sappada die Hucke vollsoff und komische Spielchen draufhatte, das ist okay, wie?«
»Von Sappada steht da nichts.«
»Könnte auch Kleinkleckersheim heißen«, sage ich und hoffe, daß er nichts merkt.
»Wo liegt Sappada?«
»Südtirol.« Ich gebe per Mausklick den Befehl, das Programm zu beenden. Aber dalli!
»Warst du nicht damals mit Paps in so 'nem Kaff in Tirol?«
»Kann sein, ist jetzt auch egal, war sowieso vor deiner Zeit. Hast du nicht was von Spaghetti pomodori gesagt?«
»Sprechen die in Südtirol nicht auch Italienisch?«
»Kluger Junge!« Fehlt nur noch, daß er seinem Vater erzählt, unser Familienleben erfreue demnächst als Thriller die Fernsehnation.
Mein Geschiedener steht zwar auf Thrilleffekte, trotzdem glaube ich nicht, daß er gern als der Gelackmeierte aufträte. Was natürlich schon deshalb nicht zutrifft, weil ich in Wahrheit eine romantische Komödie fabriziere, deren Komik sich allerdings erst im Wortwitz der Hauptpersonen voll entfalten kann. Darüber hinaus schreibe ich selbstredend nicht mein eigenes Familienleben ab, sondern peile im Gegenteil einen Entwurf an, bei dem sich nur die Ausgangsbasis ähnelt. Dann werden die männlichen Helden ausgetauscht ...
»Und wo war das mit deinem komischen Kellner? Ernesto oder so?«
»Erstens hieß er Enzio, zweitens war er der Sohn vom Patrone, und drittens geht dich mein Liebesleben einen feuchten Kehricht an.« Diese Abstufung zum einfachen Kellner stammt natürlich ebenfalls von Jochen und indiziert, daß er nicht einmal in seinen eigenen Witzen Geschlechtsgenossen duldet, die nicht deutlich unter ihm rangieren.
»Also war doch was?«
»Natürlich nicht. Wieso bezahle ich eigentlich drei Viertel von et-

was, was allein auf dein Schuldenkonto geht? Juristisch betrachtet bist du voll haftbar.«

»Weil du ein liebes Muttchen bist.«

Ich erliege dem glutäugigen Charme meines Ältesten und dem Duft von aromatischem Tomatenfleisch mit frischem Basilikum. Einfach, aber einfach Klasse. Könnte sein, daß ich eine Schwäche für alles habe, was aus dem Land kommt, das geographisch ein Stiefel, sprachlich die pure Poesie und kulinarisch der Himmel ist – von jenen anderen Verheißungen ganz zu schweigen.

Ob ein um achtzehn Jahre gealterter Enzio mich noch immer »dolce ragazza« nennen, mir den Rücken mit Sonnenmilch eincremen und ein auseinanderdriftendes Doppelbett – hatte Jochen an der Rezeption moniert – mit einem Bademantelgürtel fesseln und mich bettelnd ansehen würde?

Diesmal wäre ich ihm erlegen. Hundertprozentig.

Tempi passati.

Und Jochen hat sich eingebildet, die Fesselnummer stamme von mir. Damit er im Suff nicht durch die Ritze fiel? Meinetwegen hätte er durchsausen und sich alle Knochen brechen können.

Erotik muß sein

In Hinblick auf meine neue Karriere als Seiteneinsteigerin beim Film habe ich meine Garderobe, die vorzugsweise auf den Umgang mit staubiger Kreide und undichten Kopiergeräten sowie Familienaktivitäten ausgerichtet ist, um ein Teil erweitert, das weder zu lässig noch overdressed wirkt. Einfach nur schick. Unauffällig schick, egal wie meine Söhne sich über die Kellerfalte äußern, die beim Gehen oder auch beim Sitzen mit übereinandergeschlagenen Beinen aufspringt und zeigt, was ich sonst noch zu bieten habe. Dezent, weil ich ja nicht mitbekommen muß, was der Wind oder eine Änderung meiner Sitzpose anrichten.

»Dann mach ich mir ’nen Schlitz ins Kleid!« tönt es mir noch im Ohr, als ich bereits außer Rufweite bin und nicht einmal mehr Frau Olfe kontrollieren kann, was an dem Spottgesang meines Pfiffikus dran ist. Ist etwas dran?

Die Auslage der Bäckerei an der Ecke verrät mir, daß ich zufrieden mit mir sein kann. Hoffentlich sieht Herr Hollerbusch das gleich genauso. Bei unserem Meeting möchte ich haargenau so auftreten, wie er das von seiner neuen Drehbuchautorin erwarten darf. Ob er den Vertrag schon dabei hat? Besser noch den ersten Scheck, dieses Kleid war geradezu unanständig teuer! Raffinement hat eben seinen Preis. Ich finde mich sehr cool und ein bißchen hot, was in der Summe *den* visuellen Verstärker zu dem Plot nebst erster Szene, die ich ihm geschickt habe, ergibt.

Wie ich nach zweihundertvierundzwanzig Seiten Fachlektüre ohne Register nunmehr definitiv weiß, muß die Story gleich zu Anfang den wunden Punkt – der auch ein komischer oder romantischer oder die Mischung von allen dreien sein darf – anpicken. In meiner Einleitung sind dies zwei aneinander gefesselte Betthälften (komisch), das irritierte Gesicht des Bräutigams (Pick! Au!) und zwei als Erinnerung der Braut (Weichzeichner) in seine besoffene Balznummer (abgeblendet, weil Vorabendprogramm) plazierte Glutaugen, welche der Zuschauer sofort mit dem feurigen Hoteliersohn koppeln wird, der im Vorspann die Bettpfosten gefesselt hat (zum Jodeln komisch, voll dramatischer Spannung und zutiefst romantisch). Filmleute sind nun mal Augenmenschen und auf Action aus.

Gilt das auch für den ehemaligen Hersteller von Durchlauferhitzern?

»Ja-ja-ja!« Wie käme ausgerechnet ich dazu, jemanden auf eine Rolle festnageln zu wollen, der er entwachsen ist. So wie ich selbst. Avanti! Sonst verpasse ich noch meine Bahn.

»Ja, dann greif doch zu, kannst es dir ja leisten.« Pause. »Fürs Sackhüpfen siehst du übrigens reichlich overdressed aus, Lea.«

»Eh-äh-hallo!« Tolle Begrüßung für eine langjährige Mitstreiterin in unserer Elterninitiative, so unglaublich cool, heiß wird mir

auch, wie hieß sie doch noch gleich? Renate? Erika? Doris? Auch egal. Ich erkläre, daß ich lediglich einen inneren Monolog nach außen getragen habe, der in keinster Weise die frischen Teilchen unseres Bäckers betraf, und daß ich heute leider auch keine Zeit für das von ihr organisierte Freiluftprogramm habe: »Sorry, aber ich muß mich sputen. Es ist geschäftlich.«
»Nennt man das jetzt so?« Die Bauchtasche aus praktisch-abwaschbarem Kunstleder vibriert über einer Wölbung, die nahelegt, daß diese Mutter schon seit langem hemmungslos bei Puddingteilchen & Co zugreift. In dem Gesicht obendrüber legt der Heiterkeitsausbruch ein dringend sanierungsbedürftiges Gebiß frei. Der Ansatz zum Doppelkinn ist ebenfalls nicht von schlechten Eltern, beim Sackhüpfen sticht der garantiert jedes abstürzende Puddingteilchen aus. Die Stimme dazu trieft förmlich vor Gehässigkeit, als sie hinzufügt: »Wußte gar nicht, daß du neuerdings auch Pauker in deine Sammlung aufnimmst.«
Das ist eindeutig ein Seitenhieb, den ich ihrem eigenen Lehrer-Ehemann verdanke. Anläßlich eines Straßenfestes hat dieser meine geschlechtsspezifische »Kollegialität« neulich so unverschämt getestet, daß ich nicht nur ihm persönlich auf die Grabschfinger geklopft, sondern gleich einen Rundumschlag gegen eine Zunft gestartet habe, der starke Frauen und männliche Weicheier zuströmen. Jedenfalls hat mich noch kein Pauker schwach gemacht, was ich dann auch, bedrängt von diesem bierseligen Explorer – der seine weiblichen Anteile in meinem Tiefparterre suchte –, unverblümt auf den Punkt gebracht habe: »Da ließe ich mich schon eher von einem Kaktus als von einem Kollegen befummeln«, habe ich gesagt, »bei dem piksen wenigstens die Stacheln!« Danach hatte ich Ruhe. Ruhe vor dem Sturm? Mit neunundneunzigkommaneunprozentiger Sicherheit hat dieser Schirmherr einheimischer Piepmätze und des scharfen »ß«, der sogar im Fußballstadion Unterschriften gegen die Rechtschreibreform sammelt, seiner Frau nicht verraten, was der Auslöser zu meinem Statement war. Eher schon hat er mich als arrogante Ziege (trinkt noch nicht mal Bier, *der* Beweis, wenn er wüßte!) hingestellt. Anscheinend ist sie sich aber

trotzdem noch nicht sicher, ob meine Kaktus-Doktrin abschrekkender als ihr eheliches Freizeitprogramm wirkt.
»Falls es dich beruhigt, ich fahre nicht zum Pädagogentreffen ›Rettet unsere Singvögel‹. Zufälligerweise habe ich noch einen Nebenjob.«
»Deine Histörchen im Wochenspiegel? Neulich beim Kartoffelschälen hab ich wieder was von dir gelesen, wirklich interessant, muß besonders für die Väter deiner Kinder irre komisch sein, ha-ha.«
»Leider muß ich dich nochmals enttäuschen«, unterbreche ich die sich hochschraubende Lachsalve, die das zeltartige Gewand vor mir – ob sie ihre Kleider aus alten Hüpfsäcken schneidert? – erneut zu erschüttern beginnt, gebe mich als Autorin einer romantischen Komödie fürs Fernsehen zu erkennen und renne los. Das näher kommende Quietschen ist unmißverständlich, ich erreiche die Kreuzung zeitgleich mit meiner Bahn, die Ampel springt um, ich habe das Nachsehen. Und wer ist schuld? Diese Schnepfe!
Mit dem Taxi treffe ich dann doch noch halbwegs pünktlich in dem Hotel ein, das Herr Hollerbusch mir genannt hat, verkneife mir den Gang zur Toilette und absolviere einen Inspektionsgang durch die Lobby. Die einzelnen Sitzgruppen werden von Pflanzenkübeln separiert, notgedrungen dringe ich in jedes von Blattgrün abgeschottete Versteck vor, schrecke vorwiegend Businessmänner und zwei Pärchen auf, entschuldige mich, lehne die Einladung zu einem »Likörchen, oder bevorzugen Sie was Härteres?« ab und plaziere mich an exponierter Stelle auf einem Sessel, den weder Palmenwedel noch Spiegelsäulen blockieren. Dann beobachte ich die Drehtür, die ins Freie führt.
»Möchten Sie etwas bestellen, gnädige Frau?« fragt der erste Ober.
»Danke nein, ich erwarte jemanden.« Nach dem Auftritt des dritten Kellners, diesmal ohne »gnädige Frau« in der Anrede – wie lange darf man hier sitzen, ohne etwas zu konsumieren? –, und einem Blick zur Uhr – mein Hollerbusch ist geschlagene vierunddreißig Minuten über die Zeit – steuere ich die Rezeption an und

frage nach einer Nachricht für »Rosenfeld-eh-Wilde«. Bei emotionalen Krisen schlägt gelegentlich mein alter Familienstand durch, dann werde ich wieder zur »Leamaus«, für die ein Rosenfeld begeistert alle Stolpersteine und die Glücksbringer gleich mit aus dem Weg räumte.

Die Hotelangestellte wartet meine Korrektur nicht ab, sondern versichert mit einem geschulten Blick auf eine goldgerahmte Memomagnetwand, daß niemand etwas für »Madame Rosenfeld de Wilde« hinterlassen habe.

Ich lasse ihr den französischen Slang durchgehen – im Moment ist mir nicht nach Fighten, dabei vergeude ich nur unnötig Energie – und frage ersatzweise nach Herrn Hollerbusch.

»Welche Zimmernummer?«

»Gar keine, weil wir uns nur so hier treffen, jedenfalls glaube ich nicht ...«

Ihr Blick, einmal hoch und einmal runter an meinem todschicken Etuikleid, verrät ihre schmutzige Phantasie. Nur weil ich mir nicht sicher bin, ob mein zukünftiger Vertragspartner sich hier einquartiert hat, muß sie mir nicht gleich unterstellen, daß ich es einem Fuzzi so hoch wie breit anheimstelle, ob er sich mit mir in einem überteuerten Hotelbett tummeln will. Mitnichten.

Weil die Person mich mit ihren anzüglichen Blicken verfolgt und ich keine Lust habe, mich erneut von trinkgeldgeilen Kellnern belästigen zu lassen, ziehe ich es vor, das Hotel wieder zu verlassen und draußen zu warten. Taxis fahren vor, diese und jene »gnädige Frau« wird mal hinaus- und mal hineinkomplimentiert, je nachdem, was der Begleiter aus seiner Trinkgeldhand gleiten läßt, gibt's noch ein »Schönen Tag auch, gnädige Frau!« als Nachschlag.

Noch vier Minuten, dann ist die Stunde voll. Was für ein Gauner! Von wegen Filmproduzent, dieser Mickerling kann seine Durchlauferhitzer ebensowenig verleugnen wie mein Geschiedener seine Installationsrohre. Schuster, bleib bei deinem Leisten!

»Hi!«

Ich wirbele herum, was bei diesen Temperaturen höchst schweißtreibend ist, sehe genau in die Sonne und davor einen dunklen

Schatten, der schon deshalb nicht mit meinem Herrn Hollerbusch identisch sein kann, weil er sehr viel länger als breit ist. Nach mehrmaligem Blinzeln unterscheide ich außerdem Jeansröhren an Beinen, die mich an ein staksiges Füllen erinnern, und ein falsch geknöpftes Hemd, was ebenfalls für ein noch nicht ausgereiftes Exemplar der Spezies Homo sapiens spricht. Auch das »Hi!« könnte glatt von meinem Nachwuchs stammen, lediglich das Gesicht paßt nicht. Der Mann hat in jedem Fall die Dreißig passiert und ist mir zudem wildfremd. Sehe ich so aus, als ob ich mich von jedem x-Beliebigen anmachen ließe? Mir kommen nachgerade Zweifel an der Seriosität dieses First-class-Hauses. Demonstrativ drehe ich mich wieder um und erblicke einen feixenden Pagen. Scheißspiel, mir langt's!

»Können Sie mir bitte ein Taxi rufen!«

Der Page feixt nun bis zu beiden Ohrläppchen. »Reichen drei?«

Erneute Kehrtwendung, leider hat der Knabe bei all seiner Unverschämtheit recht, dort parken drei leere Mietwagen und warten auf Kundschaft, dazwischen steht noch immer dieser Typ. Wenn er Ärger haben will, bitte!

Er kommt mir zuvor. »Falls Sie Herrn Hollerbusch suchen ...?«

»Spionieren Sie immer wildfremde Damen aus?«

»Wildfremd stimmt nicht. Wir kennen uns von der ›Lindenstraße‹.«

Sehe ich so aus, als ob Mutter Beimer mein Vorbild wäre?

»Zufälligerweise verabscheue ich Maultaschen, Übermütter und Seifenopern.« Besonders, wenn ich auf meiner eigenen sitzenbleibe, füge ich stumm hinzu und überlege, ob es sich bei meinem Gegenüber um einen der Stars handelt, die ich anläßlich jener Jubiläumsfeier live erlebt habe. Als »Hansemann« scheidet er aus, dazu ist er nicht fad genug, und für Sohn »Klausi« ist er zu alt. Einer wie er hätte es gar nicht nötig, mit seinem Starruhm zu protzen, finde ich. Eine deprimierende Vorstellung, was ein paar TV-Auftritte aus einem Menschen machen, der auf den ersten Blick »molto simpatico« wirkt.

»Das freut mich«, behauptet er, »ich kann mich ebenfalls nicht mit

diesem Genre anfreunden, jedenfalls nicht in der Form, die hiesige Produzenten bevorzugen. Banaler als die Seifenwerbung zwischendurch. Reine Geschäftemacherei, wenn Sie mich fragen.«
Unterbrochen von Gästen, die zwischen Lobby und Auffahrt hin und her pendeln und denen wir notgedrungen immer wieder ausweichen, setzt er mir auseinander, wie irritierend er es fände, wenn eine Frau wie ich tatsächlich einem ins Netz ginge, der seine eigene Oma ebenso bereitwillig wie das Image des deutschen Films verkaufte, solange nur die Kasse klingelte: »Nichts gegen Pragmatiker, doch ›Holly-bush‹ ist nicht Hollywood, der Mann wäre mal besser seinen Heißwassergeräten treu geblieben. Das überbietet nur noch ein Steve Küsgen mit ›KissMe-films‹, jetzt bekommt er die Rechnung, den hat der Pleitegeier fest am Wikkel.«
Obwohl ich mich dagegen wehre, entsteht bei dieser unangeforderten Charakteristik von zwei Filmproduzenten – den einzigen, die ich kenne – vor meinem inneren Auge ein sehr plastisches Bild, in welchem sich mir die Bauernschläue und das quadratisch-praktische Format eines Hollerbusch hier und die finanzielle Schwachbrüstigkeit eines Fellträgers dort – der sich auf dem Umweg über meine Söhne sanieren möchte, na warte! – sinnvoll erschließen. Was ich natürlich so nicht herauslassen werde, zumal die »EineFrauwieSie«-Masche abgedroschen wie sonst etwas ist. Allerdings wirkt dieser Schmäh bei ihm echt und gerade so, als ob er jedes Wort ehrlich meinte. Ein Oberschlauer, der die seriöse Variante ausreizt? Ist das sein Pferdefuß?
»Und Sie haben sich die Aufgabe gestellt, unschuldige Opfer vor bösen Produzenten zu retten?« frage ich bewußt spöttisch.
»Sagen wir mal, ich sondiere die Spreu vom Weizen und picke mir ein paar hoffnungsvolle Kandidaten für meine Stiftung heraus.«
»Auch noch umsonst. Sie heißen nicht zufällig Weihnachtsmann?«
»Schlimmer.« Sein Grinsen wirkt unglaublich ansteckend. »Ich heiße Ottokar. Ottokar Reblein.« Er bricht sich bald die Hand bei der Fahndung in seiner engen Hosentasche und überreicht mir ge-

nau in dem Moment seine Visitenkarte, als es hinter mir »Na, so was!« ruft.
Die Karte trudelt zu Boden, ich will mich automatisch danach bücken, stoppe jedoch auf einer Höhe von gut ein Meter sechzig vor der ebenso besitzergreifenden wie ungeduldigen Miene des Produzenten, der mich versetzt hat. Was er in Abrede stellt.
»Sie hätten bloß einmal an der Rezeption nachfragen müssen, hab extra 'ne Message von ›Holly-bush‹-Productions hinterlegt. Die Herren von der Filmstiftung«, hier ereilt Ottokar Reblein ein anzüglicher Blick, »haben sich wieder mal alle Zeit der Welt gelassen, um uns freie Produzenten mit Auflagen zu bombardieren, ohne die sie keinen Penny für unseren Nachwuchs herausrücken. Ein elitärer Haufen, so als ob irgend jemand ständig Hehres sehen wollte. Die Leute möchten wenigstens vor der Glotze entspannen.«
Der folgende Schlagabtausch der beiden Männer rauscht, wie ich zu meiner Schande gestehen muß, mehr oder weniger an mir vorbei. Und warum? Weil sich in meinem Kopf Detailfragen vordrängen, die nicht nur beim Bau einer Filmsequenz absolut tödlich sind, weil sie vom Hauptthema wegführen.
Trotzdem komme ich nicht gegen Mutmaßungen über Ottokar Rebleins Augenfarbe, die Gründe für diesen grauenvollen Vornamen und die Gier nach dem Spiegel in meiner Puderdose an. Spieglein, Spieglein ...! Bestimmt glänze ich wie eine Speckschwarte, habe Lip-gloss an den Schneidezähnen kleben und den Kajal bis zu den Augenbrauen verschmiert.
So gesehen bin ich förmlich erleichtert, als Herr Hollerbusch mich energisch zurück ins Hotel und weiter in das französisch getaufte und piekfeine Restaurant bugsiert, weil ihm mittlerweile der »Magen auf den Knien« hängt und er um drei Uhr schon den nächsten Termin hat: »Packen wir's an! Übrigens ein hübsches Kleid, sehr raffiniert!« Er schnipst nach dem Ober, der glatt als Höfling von Sonnenkönig Louis durchgehen könnte, solange er nicht redet. Sein Dialekt ordnet ihn eher dem Bergischen Land als Versailles zu, ein Hauch Kohlenpott mischt ebenfalls mit: »Da künnt isch Ihnen dat Carpaccio vom Rehkitzlein empfehlen, woll?«

Meinen Begleiter läßt das Rehkitz ähnlich kalt wie mich, doch das hat andere Gründe, wie seine Stielaugen mir beweisen. Ich raffe meinen großzügig klaffenden Rock zusammen und stelle brav beide Beine nebeneinander. Bin ich zum Vergnügen hier? Keineswegs, mit diesem Fuzzi wär's sowieso nie im Leben eins, obwohl sein Vorname allemal erträglicher ist als »Ottokar«.
OTTOKAR!!!
Wie kann ein Mannsbild im vollen Saft und mit derart romantischen Augen nur so heißen? Grau, ich glaube, sie waren schiefergrau. Soweit ich weiß, bin ich nie zuvor einem mit Augen in der Farbe meines Couchtischs begegnet, der wahnsinnig edel ist und dank natürlichen Einschüssen eine Vielfalt von Grautönen bietet, die ihresgleichen sucht.
»... also nicht, daß Sie mich da falsch verstehen, Frau Wilde.«
Irritiert starre ich in das Gesicht meines Tischherrn, der sich schon einmal vorab bei dem obligaten Brotkorb und dem Töpfchen mit Kräuterbutter bedient hat, mit vollen Backen kaut und gleichzeitig redet, was ich nicht einmal meinem Jüngsten ungerügt durchgehen lasse. Trotzdem ist nicht nur die Mansche in seinem Mund schuld daran, daß ich weder falsch noch richtig, sondern überhaupt nicht verstehe. Einfach, weil ich nicht zugehört habe.
»Wenn Sie vielleicht noch einmal wiederholen könnten, was Sie eben gesagt haben?« Aber bitte erst runterschlucken, bitte ich wortlos.
»Gut, drücken wir es anders aus.« Er schluckt nicht, dafür nimmt seine Stimme einen Tonfall an, den ich mir wunderbar in einer Schule für extrem Lernbehinderte vorstellen könnte. »Sie haben mir da ein hübsches Treatment geschickt.«
»Plot«, werfe ich ein.
»Das ist dasselbe und jedenfalls recht hübsch, ebenso wie der Titel. ›Fesselspiele‹, da kommt Spannung auf. Wild vibrations.« Zwecks Dokumentation der von mir ausgelösten wilden Zuckungen bei Zuschauer XY läßt er seine Stummelfinger zuerst auf dem Tischtuch und dann oberhalb meines nun züchtig verhüllten Knies zukken.

Ich rücke mit meinem Stuhl zurück, ein paar neugierige Schlemmer ringsum sehen auf, die Fummelhand greift ins Leere, ein Kellner stürzt herbei, hebt mein zu Boden gegangenes Besteck auf und kommt Sekunden später mit einem neuen zurück – falls er das alte nicht nur mal eben an seiner Höflingsmontur abgewischt hat.
»Sie sollten sich über das Lob eines Fachmannes freuen.« Der Tadel in der Stimme von Herrn Hollerbusch ist nicht zu überhören.
Ich taxiere den Sicherheitsabstand zwischen ihm und mir. Jede weitere Demonstration an meinem Body kippte ihn vom Stuhl. »Schon«, sage ich vorsichtig. Schließlich will ich meinen Drehbuchvertrag haben.
»Aber der Rest«, sagt er und fährt ein neues Stück Baguette ein. Knirschknarsch, er spült mit der »Baßgeige« nach, die er für sich bestellt hat, »also sozusagen der Einstieg in Ihren ersten Akt, daran müssen wir arbeiten, so geht das nicht.«
Ich zitiere, was mein schlaues Handbuch für die ersten fünfzehn Normseiten vorschreibt. Daran habe ich mich gehalten, alle Hauptpersonen werden eingeführt, der Konfliktstoff wird in Szene gesetzt, die Komik springt förmlich ins Auge: Der Bräutigam besteigt in der Pose des Eroberers das von seinem heimlichen Rivalen gefesselte Bett & Braut. Zum Brüllen komisch! Und dank Einblendung in Weichzeichnertechnik tief romantisch. Bei der ehelichen Pflichtkür mit einem Saufbold klammert sich meine Heldin an ein Liebeserlebnis, das kam wie die Flut.
»Sie kommt wie die Flut, dudeldijöh, so absolut, dudeldijöh, daß du dich nicht wehren kannst«, heißt der Ohrwurm eines Popsängers, der obendrein Kölner ist, was ihn förmlich dazu prädestiniert, die Musik für meinen Film zu liefern. Purple Schulz ist ganz unverkennbar ein Songwriter, der zu den wenigen seiner Spezies gehört, die diesen Ansturm von Gefühl kennen, der Leberwurst wie Kaviar und Kranenberger wie Schampus schmecken läßt und alles, einfach alles dem Drang unterordnet, *es* zu tun, zu haben oder sich wenigstens daran zu erinnern: »O Enzio!«
Ganz kurz schießt mir der Gedanke durch den Kopf, daß bei

einem »O Ottokar!« der Lachreiz über die Sehnsucht triumphieren könnte. Doch das gehört nicht hierher.
Ich versichere Herrn Hollerbusch nochmals, daß ich felsenfest davon überzeugt bin, mit meinen »Fesselspielen« den Nerv der deutschen Fernsehnation getroffen zu haben.
Herr Hollerbusch sieht das anders. Während er ein weiteres Glas Wein und den Brotkorb zur Gänze leert, setzt er mir die Moral eines Genres auseinander, in dem die Heldin stets sympathisch bleiben müsse und nur Bösewichte, mit denen sich garantiert kein Zuschauer identifiziert, zu Fall gebracht werden dürften: »Schließlich hat Ihr Ehemann sich nichts zuschulden kommen lassen, was nicht tausend andere tagtäglich genauso praktizieren. Wollen Sie Mißtrauen in deutsche Fernsehstuben tragen? Es soll romantisch und entspannend sein, sonst schalten die Leute aus oder nie mehr ein.«
Mein Ehemann? Diese Type kann nicht mal Realität und Fiktion auseinanderhalten, es fällt mir schwer, den stabilen Brotkorb aus Edelstahl – oder gar Silber? – nicht als Wurfgeschoß zu mißbrauchen. Zum Helm taugte er auch, dieser Hollerbusch hätte das Zeug zum Seifenoperritter, sein Bild von Romantik ist platt, seine Moral bewegt sich auf einer Einbahnstraße, leider schlägt mir diese unverblümte Kampagne zugunsten der Reproduktion frauenfeindlicher Klischees via Television direkt auf die Stimmbänder. Ich räuspere mich, hole tief Luft und erwische einen trockenen Brotkrümel, was mich erst recht losjapsen läßt.
»Wir bekommen das schon auf die Reihe.« Troststimme, sein Stuhl hoppelt vor, die Stummelfinger verlassen erneut das Tischtuch, der Sicherheitsabstand schrumpft dramatisch, hinter mir wird es leise, kein Klappern und kein Klirren, Bühne frei für die Gratisnachhilfe in Sachen lebensechte Seifenoper.
»Sie müssen das immer aus dem Bauch heraus angehen, Frau Wilde. Sie sind doch eine Frau, das hat man Ihnen doch in die Wiege gelegt …« Kunstpause.
Ich entscheide mich für die Blumenvase. Sehr filigran, die Silhouette ähnelt einem zarten Frauenkörper, die Blütenkelche neigen sich demütig. Laßt Blumen sprechen …

»Wie würden Sie beispielsweise als Bauchmenschin reagieren, wenn ich Ihnen hier und jetzt eröffnete, daß ich Sie heiß begehre?«

»Mit Fleurop«, erwidere ich wie aus der Pistole geschossen. Die Blumen sprechen. Das Wasser tröpfelt an seinen Ein-Meter-sechzig entlang, allzu frisch riecht es nicht, eher schon leicht modrig, was nicht unbedingt für diesen Nobelbunker spricht.

Der Geschäftsführer ist gleichfalls ein waschechter Kerl. Im Hinausgehen höre ich ihn trostreich von einem »bedauerlichen Malheurchen« schwafeln, was ebenfalls symptomatisch ist. Solange die Heldin sympathisch – sprich brav – bleibt, erwischt es *ihn* gar nicht, doch falls sie denn doch einmal aus ihrer Seifenopernrolle fällt, spielt *er* ihre Großtat runter, damit sein Absturz lediglich wie ein Stolpern ausschaut.

Ob ein Jochen Rosenfeld auch zwecks Gesichtswahrung von einem »Malheurchen« redete, wenn ich ihm seine Erstgeburt als Kuckucksei enthüllte? Was ich leider nie werde herausfinden können, weil spätestens ein erbbiologisches Gutachten die Wahrheit an den Tag brächte. Lea Rosenfeld war eine allseits beliebte – sprich brave – Ehefrau. So'n Ärger aber auch.

»Sie tropfen«, sagt es jenseits der Drehtür.

»Gnädige Frau wünschen ein Taxi?« fragt gleichzeitig der Page von vorhin.

»Mindestens drei, wissen Sie doch«, fauche ich. Was dann passiert, ist unglaublich peinlich und schlicht eine Überreaktion auf meine Empörung, in die sich die Enttäuschung über meine Knall auf Fall geplatzte Karriere als Scriptwriterin mischt. Ich heule, und Ottokar Reblein zückt ein nach Menthol duftendes Papiertaschentuch, mit dessen Hilfe er meinem Make-up zielsicher den Todesstoß versetzt.

»Ich bin allergisch gegen dieses Stinkezeug.«

Er nimmt ersatzweise sein Hemd. Seelenruhig zieht er vor den fassungslosen Augen des Hotelboys, etlicher Gäste, Taxifahrer und einer Vier-Sterne-Fassade sein Hemd aus der Hose, um mir mit einem reichlich verknitterten Hemdzipfel meinen grünen Kajalstift

nebst Tränen in die empfindliche Hautpartie rund um die Augen einzumassieren.
Vielleicht folge ich ihm nur deshalb in die schummrige Pinte ein paar Häuserblocks weiter, weil ich mich geniere, als Clown allein durch die Straßen zu irren. Egal. Zuletzt taufe ich ihn auf der Basis von Weinschorle, Reibekuchen und meinem ersten Bier – ich hasse Bier – »Ritter Otto«. Er grinst lieb, dann begleitet er mich zur U-Bahn.
Diesmal fährt die Linie drei mir nicht vor der Nase davon. Leider!
Leider habe ich auch vergessen, meine Adresse einfließen zu lassen. Genaugenommen weiß er nicht mal, wie ich heiße. Ich sehe schwarz für meine vermeintliche Karriere beim Film und überhaupt. Lieber sähe ich schiefergrau mit schwarz blitzenden Einschüssen. Mußte er seine Biedermannrolle so übertreiben, daß er nicht mal en passant meine Telefonnummer erfragen konnte?

Schuster, bleib bei deinem Leisten!

Passend zu meiner trübseligen Stimmung, schickt unser Schulleiter mich in meiner Freistunde in die absolute Horrorklasse, wo ich zu allem Überfluß anstelle des seine Darmflora hegenden Fachkollegen Mathematik unterrichten soll. Laut Protokoll unserer letzten Lehrerkonferenz dürfen wir die bis zu drei Stunden pro Woche gratis zu erbringenden Vertretungen nämlich nicht länger mit Vorlesen-Filmgucken-Völkerball oder gar »Macht was ihr wollt, nur seid still!« verplempern, sondern sind im Gegenteil gehalten, nach besten Kräften Fachunterricht zu erteilen. Was uns als Absolventen der Alma Mater – wieder laut Direx – ja wohl bei jedem Jahrgang einer Realschule möglich sein sollte. Hat der eine Ahnung!
Nachdem ich mich mit dem Klassenprimus geschlagene fünfundvierzig Minuten um die Anwendung einer binomischen Formel

bemüht habe, ist die Konfusion vollständig, und hinter meinem Rücken höre ich die Schüler erregt diskutieren, inwieweit sie jetzt das Recht haben, die nächste Klassenarbeit unter Berufung auf meine Fehlinstruktionen für ungültig erklären zu lassen – natürlich nur bei denen, die »mangelhaft« abschneiden.

Weil mir die Freistunde zur Präparation fehlte, gehört auch die folgende Deutschstunde zum Zähesten, was ich mir seit langem geleistet habe. Natürlich sollte sich jeder pflichtbewußte Lehrer zu Hause im stillen Kämmerlein angemessen vorbereiten, was bei mir jedoch wegen besagter »Fesselspiele« für ein Millionenpublikum entfiel.

Hat sich was mit TV-Ruhm!

Es wundert mich kein bißchen, daß ich zusätzlich die letzte Aufsicht aufgebrummt bekomme und der Metzger genau in der Sekunde sein Rollgitter zur Mittagspause herunterläßt, als ich vorfahre. Ersatzweise steuere ich den einzig mir bekannten Supermarkt mit einer akzeptablen Fleischtheke an, finde sogar erfreulich schnell einen Parkplatz und versteinere angesichts des Schildes, das mich höflich um Verständnis dafür bittet, daß dieses Geschäft heute wegen Inventur geschlossen bleibt. Warum nicht gestern? Oder morgen?

Heute sollte es Lammkoteletts geben, ich habe Antonella hoch und heilig versprochen, alle Rohstoffe mitzubringen und mir laut freier Übersetzung von Maxi »keinen alten Bock oder Schrumpelgemüse« andrehen zu lassen. In diesem Punkt kann ich meine Familie beruhigen. Ich habe mir gar nichts andrehen lassen. Niente. Nulla. Wenn Antonella mich nicht lyncht, tun's meine Söhne. Am liebsten ginge ich gleich ins Bett.

Bett. Bettfessel. Es kommt wie die Flut. O Ottokar! Nee, Enzio! Scheiß drauf!

Erwartungsgemäß mosert mein Nachwuchs, der mir schon hungrig auflauert, weil wegen der am Nachmittag stattfindenden Bundesjugendspiele früher schulfrei war. »Wußteste ganz genau, wegen dir kriegen wir jetzt keine Urkunde, und *wir* sollen immer pünktlich sein und an alles denken. Du hast hoch und heilig ...«

Ich setze erschöpft zur Verteidigung an, als unser Au-pair mir zu Hilfe kommt. Ein verwirrter Blick aus ihren tiefbraunen Kulleraugen erinnert meine Söhne daran, daß wir ganz oben in den Charts für deutsche Gemütlichkeit rangieren, und alle fünf tun wir rasch so, als ob unser erregter Wortwechsel nur ein Jux gewesen sei. Mein Ältester schlägt milde vor, ich solle eben eine »Runde Entschuldigungen« für Sport schreiben. Bei einem Hungerloch so groß wie ein Krater im Bauch wäre »Unwohlsein« nicht mal gelogen.

Nachtigall, ick hör dir trapsen! Fabian ist zwar ein Tanzgenie, lehnt aber jede sportliche Betätigung ab, die ihm Shorts oder Jogginghosen aufnötigt. Was weniger an seinen im übrigen tadellosen Beinen, als vielmehr an einer Musterkollektion von »Asi-Typen« liegt, die dieser Mode rund um die Uhr huldigt und mit der er sich keinesfalls gemein machen möchte.

»Wie wär's statt dessen mit 'ner Runde Tiefkühlpizza zum Auffüllen des Lochs?« halte ich mit nicht weniger sanfter Stimme dagegen und nenne rasch die Sorte, die von meinen Kids favorisiert wird, die ich aber gewöhnlich nicht kaufe, weil sie maßlos überteuert ist. In Anbetracht von Antonellas feiner Zunge habe ich mich beim letzten Großeinkauf jedoch nicht getraut, etwas anderes mitzubringen. Sozusagen eine eiserne Reserve »von Gourmets für Gourmets«, so steht es zumindest auf der Packung mit Gütesiegel aus der Insektenabteilung.

»Pizza Kribbeldikrabb«, übersetzt Maxi für unser Au-pair, »deepfrozen-brrr.«

Der einzige Wermutstropfen in unserem neuen Familienglück ist Antonellas beharrliche Weigerung, endlich das von ihrem Vater angepriesene Sprachgenie auch im Deutschen zu beweisen, weshalb es noch immer dieses seltsamen Kauderwelschs bedarf, das mein Zwölfjähriger bereits so perfekt beherrscht, daß ich seinem nächsten Aufsatz mit Sorge entgegensehe.

»Ma no!« protestiert sie.

Meine Söhne stimmen ihr unisono zu. »Nee!«

»Aber ...«, wende ich ein und überlege, wie ich in Anbetracht der zu erturnenden Siegerurkunden heute nachmittag in aller Kürze

rüberbringe, daß wir spätestens in einer halben Stunde essen müssen und ich leider gar nichts eingekauft habe, nicht mal Salat oder Steak.
Antonella kommt mir mit einem italienischen Satz zuvor, in dem ich immerhin ein Wort verstehe. Es lautet Mozzarella. Dazu spitzt sie verheißungsvoll die Lippen und verschwindet ohne Lamm, dafür mit einem Lied auf den Lippen in der Küche. Sie trällert von Amore und schluchzt zwischendurch ein paarmal, was ich jedoch eher mit dem beißenden Geruch frisch geschälter Zwiebeln in Verbindung bringe, weil es wenig später ähnlich riecht wie neulich beim Kaninchen mit Estragon und reichlichst Zwiebeln zum Eindicken der Sauce.
Die kluge Hausfrau baut vor, in diesem Fall war's ersatzweise eine gerade volljährige Padrona. Ich könnte Antonella küssen. Wie das duftet! Köstlich! Im Zweifelsfall verwandelt sie wohl noch Schuhsohlen in einen Gaumenkitzel. Ich ergebe mich der Muße und der Zeitung und spüre gerade so etwas wie die Vorahnung künftigen Wohlbefindens in mir aufsteigen, als es klingelt.
»Bin nicht da«, grummele ich aus den Niederungen meines Ohrensessels. Die Mittagszeit ist mir ähnlich heilig wie die Nachrichten am Abend, daran dürfen allenfalls nahe Verwandte partizipieren. Wir sind komplett, weshalb ich auf einen Hausierer oder Missionar tippe. Frechheit!
»Man darf nicht lügen«, dröhnt Maxi.
»Mann nicht«, bestätige ich und stelle erneut fest, daß die Ähnlichkeit mit seinem Vater geradezu abartig ist. Jochen in seiner Blütezeit! Wehret dem Macho in seinen Anfängen! Ich stemme mich hoch und traue meinen Ohren nicht.
Mein Jungmacho hat gegen meine ausdrückliche Anordnung aufgedrückt und hält einen Schwatz an der nunmehr offenen Korridortür ab. Soeben teilt er dem Störenfried ante portas mit, daß *sie* gerade wieder mal »'ne total männerfeindliche Schote« abgelassen und obendrein zugegeben hat, daß »alle Frauen lügen«.
»Quatsch nicht blöd rum!« Ich springe aus meinem Sessel, sprinte los und kann meinen Geschiedenen nur mit Mühe davon abhalten,

mich beim Einbiegen in die Diele aufzufangen. »Nicht so stürmisch, Leamaus!« Nachdem er sich davon überzeugt hat, daß ich wirklich nicht von ihm an die bekanntermaßen haarlose Brust gedrückt werden möchte – die obersten vier Knöpfe stehen auf, hofft er auf Flugbesamung? –, fügt er hinzu, daß er selbstredend verstehe, daß ich momentan nicht sonderlich gut drauf bin: »Nimm's nicht so schwer!«
»Wenn du verschwindest, nehm ich sogar deine Informantin aus dem zweiten Stock auf die leichte Schulter. Hat sie wieder löchrige Gefühlsechte in meiner Mülltonne gefunden und dich alarmiert? Keine Sorge, das waren noch alte von dir, ich hab nur dein Zimmer radikal ausgemistet.« Ich schiebe Maxi, den ich glatt vergessen habe, weil er sich ungewöhnlich dezent im Hintergrund hält, energisch Richtung Gästeklo. »Und du wäschst dir sofort die Hände, in fünf Minuten wird gegessen.«
»Keine üble Idee«, Jochen schnuppert, »riecht phänomenal gut, seit wann kannst du sooo kochen?«
»Hat dich einer eingeladen?«
»Ich hab sogar ein Gastgeschenk dabei, meine Intuition ist eben nicht zu übertreffen.« Sein Siegerlachen auch nicht, wie er umgehend beweist, ein markiges Hoho, dann folgt die Mitteilung, daß der Pappkarton zu seinen Füßen die Blumen ersetzen soll, die er ursprünglich für mich vorgesehen hatte: »Kam mir irgendwie doch zu intim vor, Leamaus!«
»Eben. Wozu solltest du mir auch Blumen schenken? Wo's noch nicht mal für 'nen Schwung Badezimmerkacheln reicht.«
Weil mein Geschiedener ein notorischer Knauserer ist, was erst recht dort zum Tragen kommt, wo für ihn im Gegenzug nichts mehr herausspringt, schmückt unser Badezimmer seit dem Wasserrohrbruch letzten Jänner im hinteren Drittel nackter Estrich. Die Kacheln aus dem Sonderangebot, die vor Jahr und Tag in uns investiert wurden, sind leider nirgends mehr aufzutreiben. Ersatzweise hat Jochen mir auf mein Drängen hin schon Teppichbodenfliesen für die blanken drei Quadratmeter vorgeschlagen: »Ist auch viel wärmer!« – »Und rund ums Klo so praktisch!« habe ich gekon-

tert und angefügt, daß sein »Männer lassen sich von keiner Frau auf die Brille zwingen«-Wahlspruch sich nach wie vor in Geträpfel rund um meinen Topf manifestiere. Das fand er komisch, obwohl es ihn beschämen sollte. Nach der Kostprobe, die ich gestern bei seinem Exlieferanten Hollerbusch genossen habe, sollte ich natürlich endgültig wissen, wie es um den Humor einer Spezies bestellt ist, die über alles ihre blöden Witze reißt – außer über sich selbst. Mich packt die Wut. Er strahlt.

»Ihr Wunsch ist mir Befehl, Madame!« Er produziert einen Kratzfuß, wedelt mir mit einem imaginären Hut vor der Nase herum und kommandiert sodann: »Schere!« Alles weitere geht in »Ahs« und »Ohs« über quadratische weiße Kacheln unter, die mit denjenigen identisch sind, auf denen wir gerade stehen.

Okay, er hat einen Restposten aufgetan. Herzlichen Dank! Trotzdem hätte er sich wie jeder Mensch mit Manieren anmelden können, schließlich ist Mittagszeit.

»Sehr nett von dir. War's das?«

Bettelaugen antworten mir, wasserblau mit blondem Wimpernschlag, seine Ragazza aus der Eisdiele hat anno dazumal von »occhi celesti« geschwärmt, was er mir selbstgefällig mit »Himmelsaugen« übersetzt hat, korrekt wäre »himmelblau«. Es gab mal eine Zeit, da bin auch ich auf diesen Blick hereingefallen. Ob er eventuell wirklich gerade einen Sehnsuchtsschub erleidet? Soll ja vorkommen, hatte ich auch schon ...

Sein Blick wandert, gleitet an mir vorbei, heftet sich auf die gußeiserne Form, die Antonella mit schüchtern abgesenktem Kopf und einem piepsigen »Buon giorno!« in Jochens Richtung auf dem Eßtisch abstellt. »Omelett, dafür könnte ich sterben.«

Ich grinse, diesmal habe ich ihn. Eiergerichte brät man bekanntlich in der Pfanne, am besten immer in derselben, nicht einmal Antonella käme auf die Idee, derlei in einer Kasserolle zu versuchen. Außerdem hat es eben eindeutig fleischig gerochen. »Leider mußt du das Sterben woanders erledigen, weil es bei uns kein Rührei, Spiegelei und schon gar kein Omelett gibt.« Seit seinem Auszug koche ich nur noch Sachen, die ich auch selbst runterbringe.

»Leamaus, worum wetten wir? Für Omeletts bin ich Spezialist.«
Ich mache es kurz, er gewinnt. Meine Niederlage wird lediglich dadurch gemildert, daß ich noch nie zuvor etwas so köstlich Flaumiges wie dieses Eiergericht italienischer Prägung mit saftigen Tomaten, mildcremigem Mozzarellakäse und krossem Speck zu mir genommen habe und dabei den blanken Neid in seinen Augen lese.
Endlich habe ich ihm etwas voraus, was ihn voll über den Bauch erwischt, wo laut Mister Hollerbusch auch all jene anderen Gelüste parken, die der Möchtegernproduzent mit seinen Stummelfingern aus mir herauskitzeln wollte. Und was das Schönste ist, ich muß mich ausnahmsweise nicht sorgen, Jochen könnte mir meine Neuerwerbung streitig machen. Denn obwohl er der einzige in dieser Runde ist, der meinem Au-pair eine Unterhaltung in astreinem Italienisch zu bieten vermag, zieht sie ihm eine saubere Küche und die Einladung Maxis, sie zu seinen Bundesjugendspielen zu begleiten, vor.
Mein Tief steuert ein mittleres Hoch an. Wir bleiben allein mit meinen beiden Jüngsten, von denen nur einer auf sein Konto geht, zurück. In Anbetracht des Kartons Fliesen biete ich ihm einen Cappuccino an, für den Antonella mir noch die Milch, der ich selbst nur ein müdes Kräuseln entlocke, aufgeschäumt hat. Vorsorglich hat sie die doppelte Menge gerichtet, was natürlich auch daran liegen kann, daß sie keine Details zu diesem Mann kennt, den drei meiner Söhne am Eßtisch munter »Paps« genannt haben. Sei's drum.
»Freut mich wirklich, daß du es diesmal so gut getroffen hast.«
Seine Oberlippe ziert nun ein Schaumbärtchen. Ich unterdrücke ein Kichern.
»Danke vielmals«, sage ich statt dessen artig.
»Höchstens ein bißchen mühsam mit der Konversation, wie?«
»Null problemo«, erwidere ich.
»Das ist übrigens kein Italienisch, falls du damit bei deiner Perle landen willst.«
»Was du nicht sagst!« Sondern?

»Alf-Slang, du erinnerst dich an deine Lieblingssoap jeden Freitagabend?«
»Ich hasse Soaps.«
»Verstehe! Du hattest schließlich gerade 'ne Bauchlandung bei ›Holly-bush‹, vielleicht solltest du doch besser beim ›Erlkönig‹ und der ›Heiligen Inquisition‹ für Realschüler bleiben. Drehbücher schreiben sich nun mal nicht mit links.«
»Irre komisch!« Meine erste Publikation erschien unter dem Titel »Mom schafft das mit links«, was Jochen damals unglaublich wurmte. Billige Retourkutsche, die er sich jetzt leistet, gepaart mit Neid. Steh ich drüber. Haushoch.
»Nimm's nicht persönlich, dafür bring ich dir jetzt dein Badezimmer in Schuß. Übrigens solltest du dir wirklich überlegen, ob du unseren Söhnen etwas vorenthalten willst, bloß weil's bei dir nicht geklappt hat. Ich könnte morgen den Vertrag bei ›KissMe-films‹ für sie abschließen.«
»Als jugendliche Kriminelle, die 'ne Oma beklauen?«
»Es ist Fiktion. Spiel. Spaß. Phantasie, darauf stehst du doch. Ich könnte sie dir auch selbst verlegen.«
Es dauert ein paar Sekunden, bis ich den letzten Satz auf die Bodenfliesen in meinem Bad beziehe, obwohl seine Technik im Umgang mit Kultur kaum weniger quadratisch-praktisch-platt ist. Auf den Reibach kommt es an!
»Vergiß es!« Ich weiß, daß es im Umgang mit meinem Geschiedenen allemal klüger ist, sich auf knappe Statements zu beschränken, trotzdem lasse ich eine Begründung folgen, in welcher ich mich ohne Namensnennung auf die fundierten Äußerungen eines unparteiischen Filmförderers über »KissMe« und »Holly-bush« stütze: »Auf solch eine Karriere verzichten wir gern, da erwartet einen eher der Kuckuck vom Gerichtsvollzieher als ein Scheck über zwanzig Mille.«
Geldsegen ade! ergänze ich stumm und wehre mich gegen die Einspielung von *den* Inline-Skates und im Wind rauschenden Palmen. Paradies ade! Das Glück meiner Söhne rast davon, gestern früh raste es noch frontal auf mich zu, zwischen zwei und halb drei

Uhr raste es sogar paarig unter den Fittichen eines entschiedenen Gegners banaler Seifenopern, dessen Visitenkarte dem Auftritt von Mister Hollerbusch zum Opfer gefallen ist. Ottokar ade! In meinem Telefonbuch steht auch kein »Reblein«, erst recht nicht in Kombination mit diesem fürchterlichen Vornamen. Hoffnung ade!

»Hört sich glatt so an, als ob du Meister Reblaus in die Finger gefallen wärst. Dem vernebeln die Gelder, die er für seine Stiftung verteilt, glatt jedes Gefühl für die Realität deutscher Fernsehstuben.«

»Reblaus?« Hoffnung retour! Am liebsten stürmte ich sofort zum Telefonbuch und suchte von neuem. In der Aufregung muß ich nicht richtig hingehört haben, oder er hat genuschelt, weil es ihm peinlich war, nicht nur Ottokar, sondern obendrein wie ein Tier zu heißen, das nicht nur Winzer kategorisch ablehnen. Wofür er nichts kann, und mir ist es jedenfalls lieber, einer übertrumpft seinen Namen realiter als umgekehrt. »Rosenfeld« verheißt Romantik pur, doch nach fünfzehn Ehejahren weiß ich es besser.

»Nur Laus träf's noch besser, der killt nicht nur Weinstöcke. Gestern hat er doch tatsächlich ein rundes Dutzend hoffnungsvolle Talente über die Wupper gehen lassen, weil ihm die Plots nicht gut genug waren. Dabei hat er reichlich Mittel übrig und sogar noch Plätze in seinem Seminar zum Kurzfilm frei. Was ist ein *serial* von fünfundzwanzig bis dreißig Minuten anderes als ein *short film*, he?«

»Herr Reblaus sieht das womöglich eher aus der Warte des jungen deutschen Films, falls dir das was sagt.«

»Die Reblaus gibt's nur ohne ›Herr‹. Mit ›Herr‹ davor, sprich offiziell, heißt er nämlich Reblein, so geht's schon mal los. Außerdem ist er Österreicher.«

Ade! Ade! Ade! Über meiner Enttäuschung bekomme ich weitere Grundsatzerklärungen, die diesem von mir auch noch verteidigten »Spinner« die Schuld daran geben, daß demnächst alle, vom Filmagenten bis zum Drehbuchautor, arbeitslos unter der Hohenzollernbrücke herumlungern werden, nur bruchstückhaft mit. Erst

der mit viel Pathos vorgetragene Schlußsatz erwischt mich vollständig: »Das trifft dich dann gleich doppelt, Leamaus, deine ›Fesselspiele‹ gehörten nämlich ebenfalls zu den gecancelten Plots, und wenn ich keine Künstler mehr vermittele, muß ich dir leider den Unterhalt für unsere Söhne kappen.«
Obwohl ich noch wohlig satt in meinem gemütlichen Wohnzimmer sitze und Cappuccino schlürfe, fühle ich schon die Kälte einer hungrig unter einem Brückenpfeiler zugebrachten Nacht an meinen Waden hochstreichen. Und warum? Weil mein Ritter Otto heimtückisch mein Erstlingswerk für Schrott erklärt hat. Gerade so, als ob irgend jemand sich auf der Grundlage von drei bis vier Zeilen ein Urteil bilden könnte. Das war nur das Gerippe, in dem offensichtlich nicht einmal mein Geschiedener sich wiedererkannt hat. Obwohl er damals live anwesend war.
Ich beschließe, den hochgestochenen Schutzpatron des deutschen Films aus österreichischen Landen – da fängt der Betrug doch schon an! – umgehend aus meinen Gedanken und Träumen zu verbannen, und akzeptiere ersatzweise das Angebot von Jochen, mir höchstpersönlich und kostenlos drei Quadratmeter Fliesen zu verlegen. Besser der Spatz in der Hand als die Taube auf dem Dach!
Wer mag schon Tauben? Die kacken mir bloß den Balkon voll.

Drei Tage später überrascht mich Maxi bei meiner Heimkehr mit der Botschaft, daß sein Vater uns eine Doppelspüle nebst Einhandmischbatterie spendieren will. »Paps hat gesagt, wir müßten uns ja schämen, so wie das aussieht.«
Ich schäme mich schon, seitdem dieser Pfiffikus zusammen mit seinem Freund in der weißbeschichteten Emailleschüssel seine Jeans umgefärbt hat. Die anfangs schwarzen Sprenkel widerstanden jedem herkömmlichen Scheuerpulver, deshalb habe ich mein Glück schließlich mit einer Chemiekeule versucht, was die sommersprossengroßen Punkte zwar gebleicht, aber zugleich ihr Wachstum stimuliert hat und so permanent den Eindruck erweckt, als ob jemand sich gerade in der Küche seine Drecksfüße

gewaschen und auf die Entfernung der Spuren verzichtet hätte. Mein geschiedener Hausbesitzer sah bislang jedoch keine Veranlassung, für die Folgen meiner verfehlten Erziehungspolitik einzustehen.
Wem verdanke ich diese unglaubliche Wende? Zuerst neue Fliesen fürs Bad und jetzt das, ich beginne an Wunder zu glauben. Ich darf sogar zwischen Emaille und Edelstahl wählen, was bedeutet, daß Jochen mir kein Supersonderangebot anschleppen will. Antonella plädiert für Rot, was ich sogar ohne Maxis Übersetzungskünste verstehe, und weil sie auf absehbare Zeit mit Abstand am häufigsten an dieser Spüle arbeiten wird, entspreche ich ihrem Wunsch und ordere rote Emaille und eine gleichfarbige Armatur.
»Kommt teurer«, sagt Jochen am Telefon, »aber was soll's. War sonst noch was?«
»Na ja«, ich zögere kurz, weil ich mich an die Empfehlung meiner Schwiegermutter erinnere, Wünsche wohldosiert zu äußern: »Du bist so kompromißlos, Lea, geradezu radikal.« Der Hersteller, den mein Au-pair mir mit leuchtenden Augen nahegelegt hat, steht für italienisches Design und ist folglich sehr teuer, was gleichbedeutend mit radikal ist. Versuchen kann man's trotzdem. »Antonella schwört übrigens auf die Marke von deinem Gästeklo«, füge ich hinzu.
Jochen verwahrt sich dagegen, meine Perle mit seiner Sanitärkeramik konfrontiert zu haben. »Wo denkst du denn hin? Ich hab sie schließlich erst einmal gesehen.«
Obwohl das bislang noch nie ein Hinderungsgrund für diesen notorischen Schürzenjäger war, lenke ich ein. Erstens lege ich für Antonella die Hand ins Feuer. Zweitens weiß ich, daß sie grundsätzlich nicht ohne einen von uns vor die Tür geht. Drittens wollte ich ihm lediglich verklausuliert klarmachen, daß seine Marke auch für uns nicht übel wäre und sogar bei unserem Au-pair hoch im Kurs steht.
»In diesem Fall nehm ich dir das sogar ab«, sage ich und unterdrücke den Zusatz, daß seine Anständigkeit kaum sein Verdienst ist.

»In diesem Fall kannst du das auch blind, schließlich hab ich noch nie auf pummelige Girlies der Sorte Rühr-schau-sprich-mich-nicht-an! gestanden, weißt du doch.«
Ich weiß. Ein Jochen Rosenfeld mag's gern à la Lolita, jung und lasziv, damit liegt er bei meiner Italienerin glücklicherweise grundfalsch. Weil das so ist und er zur Zeit ein Störprogramm mit TV-Sternchen Clementine durchläuft, darf er sogar noch einmal bei uns zu Mittag essen, wenn er mir das neue Becken installiert: »Natürlich nur, wenn unsere Antonella deinen ästhetischen Ansprüchen an eine Köchin genügt.«
Jochen akzeptiert meine Einladung. »Kochen kann sie ja wenigstens, aber sonst! Vielleicht solltest du ihr mal ein paar Nachhilfestunden geben, diese Batikkleider sind echt zum Davonlaufen, und erst die Schuhe, Jesuslatschen sind nichts dagegen. Gegen 'ne ordentliche Maniküre wär auch nichts zu einzuwenden. Ohne rosa Nagellack. Altrosa, mein Gott!«
»Dein Gott wartet seit zwanzig Jahren vergeblich auf den Obulus für seine Stellvertreter auf Erden«, erwidere ich, »bis Samstag dann.«
»Leamaus, manchmal denk ich, mir fehlt richtig was ohne dein spitzes Mundwerk. Also bis Samstag. Ich freue mich.« Klick.
Er freut sich schon darauf, mir zuliebe in die Rolle des Handwerksmeisters zurückschlüpfen zu dürfen? Ohne seine Designerklamotten, obwohl er ähnlich wie unser Ältester am liebsten noch im Nadelstreifen zu Bett ginge? Ich fasse es nicht und starre auf das Plastikding in meiner Hand, als ob dieses mir die wundersame Wandlung meines Geschiedenen erklären könnte. Clementine muß ihm arg zugesetzt haben, eine andere Erklärung finde ich nicht. Ein Glück, daß er mich nicht sieht, reichlich zerzaust und in einem jener Hängerchen aus Batikstoff, die billig und wunderbar luftig sind. Ob ich es Antonella schenke? Sie liebt diese Flattermänner. Am Samstag könnte ich meine heißen Höschen anziehen, schließlich muß ich nicht auf dem Fußboden rumkriechen, sondern Jochen allenfalls mal den Spachtel anreichen. Und obendrüber die Weste ohne alles …

»So wie du den Hörer anstrahlst, hat gerade einer deine Seifenoper gekauft.« Maxi taxiert mich auf eine Weise, die jedes erbbiologische Gutachten ersetzt. Kinder!
»War nur dein Vater wegen der Spüle«, sage ich und lege endlich auf.
»Hat er gleich 'ne Einbauküche draufgelegt?«
»Ich muß dich schon wieder enttäuschen, mein Süßer.«
»Und warum grinst du dann so selig das Telefon an?«
Ja warum? Wie erkläre ich einem Zwölfjährigen, daß es trotz oder gerade wegen eines heftigen Rosenkriegs durchaus erhebend ist, vom Exmann die Fähigkeit zugestanden zu bekommen, einem knackfrischen Girlie als Vorbild und Coach in Sachen Weiblichkeit zu dienen. Vorbild ist okay, auf aktive Trainingsrunden in Mode und Make-up verzichte ich lieber.
Gefährlich ist's, den Leu zu wecken, weiß schließlich jedes Kind und keiner besser als ich. Also verkünde ich lediglich die frohe Botschaft, daß wir am Wochenende von unserer schwarz gefleckten Emaille befreit und im Gegenzug mit einem guten Mittagessen aufwarten werden.
»Wir?« spöttelt zur Abwechslung mein Ältester. »Du meinst wohl Antonella, oder wolltest du für Paps kochen?«
»Bitte nein, dann geht er wieder stiften.« Meine Söhne kreischen vor Vergnügen, während sie laut alle Varianten ihnen bekannter Kochflops nebst Reaktion ihres Vaters ausmalen. Letztere schätzen sie durchaus realistisch sprich machomäßig ein, während meine weniger glücklichen Experimente am Herd wie üblich heftig übertrieben werden.
Eine entsprechende Stellungnahme meinerseits erübrigt sich jedoch, weil das Telefon klingelt und mich mit einer Anfrage konfrontiert, die alles andere in den Schatten stellt. Dabei erwarte ich, als ich abhebe, lediglich ein grußloses »Iss der ... da?« und habe schon einen pädagogischen Spruch zu den schlechten Telefonmanieren von Kindern auf den Lippen, die grundsätzlich keine Verabredung in der Schule treffen, nicht die Mittagsruhe heiligen oder wenigstens ›Hallo!‹ sagen können. Immer nur dieses stereo-

type »Iss der Fabi-Maxi-Joni-Luca da?«, das mich zur Weißglut bringt.
»Spreche ich mit der Autorin Lea Wilde?«
Kommando retour! Meine Laune bessert sich, ich überlege fieberhaft, worum es gehen mag. Interview? Geil! Abdruck einer alten Story? Her mit der Knete!
»Sie tun's«, sage ich nonchalant und warte ab, weil es immer klüger ist, den anderen kommen zu lassen. Sonst sieht es nachher noch so aus, als ob ich der Presse nachliefe.
»Als freie Kulturschaffende haben Sie doch bestimmt schon etwas vom ›Puschenkino‹ gehört?«
Macht diese Person Witze? Auch noch eine Geschlechtsgenossin, die mich mit umgangssprachlich »Puschen« genannten Leisetretern fürs Haus verkuppeln will. Davon habe ich schon in meinem Familienalltag die Nase voll, weil meine Jungs sich durch die Bank gegen Pantoffeln wehren, die meinen Teppich vor Schmutz, ihre Socken vor Löchern und meine Nerven vor Trittschall schützen. Mit Kunst hat das rein gar nichts zu tun.
»Ach so, sie sind ja Kölnerin«, sagt die Fremde in mein Schweigen hinein. »Bei Ihnen heißt das ja wohl eher ›Schluffen‹, aber gemeint ist dasselbe.«
»Interessant«, sage ich und denke: Scheiße! Was soll der Quatsch?
»Sie haben also davon gehört?« Die Stimme ereifert sich. »Natürlich haben Sie, Sie sollen ja eine ganz besonders rührige Person sein, also wenn Sie Lust hätten, wir haben nämlich noch einen Platz vakant, allerdings bräuchte ich dann heute noch Ihre Bewerbung mit Lichtbildern, Vita, Exposé und Nachweis Ihrer Veröffentlichungen.«
»Fürs Puschenkino?« frage ich und suche vergeblich nach einem Bindeglied zwischen den Alltagsgeschichten, die ich gelegentlich schreibe, und der Welt laufender Bilder. Movies laufen in Medienpalästen oder im Heimkino, leider ohne mich im Vorspann. Der Verriß meiner »Fesselspiele« ist mir noch allzu gegenwärtig.
»Der Name hat etwas, nicht wahr? Atmosphäre, da riecht man

förmlich die Filzpantoffeln und die Chipstüte, unsere Chancen auf einen Preis sind nicht übel, aber das nur am Rande, schließlich könnten Sie ja frühestens nächstes Jahr am Wettbewerb teilnehmen.«
»In Puschen?« frage ich.
»Hach, haben Sie einen süßen Humor, das ist goldrichtig, genau so etwas suchen wir. Ungekünstelt und vor allem diametral zu diesen fürchterlichen Soaps aus der Retorte. Also Sie meinen, Sie könnten das bis siebzehn Uhr schaffen? Heute abend fallen nämlich die Würfel, alle anderen Seminarteilnehmer liegen uns schon auf dem Tisch, bildlich gesprochen, die Jury ist schon sehr gespannt auf eine Puschen-Delegation aus dem Rheinland.«
Die Person ist überdreht, soviel steht fest. Sie mag wissen, wovon sie redet, und vielleicht käme auch ein absoluter Insider mit, doch dazu gehöre ich nicht. Leider! Normalerweise legte ich auf, doch weil mein Vorsatz, mich nie mehr mit Filmleuten einzulassen, noch keine zweiundsiebzig Stunden alt ist und darunter prompt ein Funken Hoffnung aufspringt, tue ich es nicht, sondern klammere mich an das Wort »Delegation«, das bekanntlich eine Abordnung in spezieller Sache meint.
»Und wohin wollen Sie mich abordnen?«
»Nun, die anderen hatten schon ein erstes Meeting mit ihrem Tutor, aber für Köln wäre wohl das ›Underground‹ die richtige Anlaufstelle. Dort trifft man sich, Momentchen ...«, ich höre es rascheln, »... hier hab ich's, also das wäre morgen abend, alles Weitere erfahren Sie vor Ort. Immer vorausgesetzt, die Jury läßt Sie noch zu. Haben Sie Fax?«
Ich nicke.
»Also wenn Sie keins haben – sollten Sie aber! –, dann ist es natürlich schon schwieriger wegen der Unterlagen. Ohne ...«
Ich höre auf zu nicken und nenne meine Faxnummer. Dem kurzen Schweigen am anderen Ende entnehme ich, daß nun die andere den Kopf schüttelt. Wenige Minuten später rattert mir die Anmeldung zu einem Workshop entgegen, der aus einem länderübergreifenden Topf finanziert wird und das Ziel verfolgt, die un-

terschiedlichen Regionen in all ihrer Eigenart mit viel Lokalkolorit im Film rüberzubringen. Wozu es Scriptwriter braucht.
Gestern verrissen, heute engagiert. Hire and fire! So herum ist mir das allemal lieber. Ottokar-Hollerbusch-Exmann, bitte alle mal herhören! Ich schaff's doch. Randvoll mit innerem Jubel, fülle ich die Bögen aus. Der Countdown läuft, es sind nur noch drei Stunden bis zum Abgabetermin. Fünf Paßfotos brauche ich ebenfalls, anscheinend legt jedes der Jurymitglieder Wert darauf, mich für sich allein abgelichtet vorliegen zu haben. In der U-Bahn-Station steht ein Automat, doch die Bilder daraus könnten jeden Steckbrief schmücken, also werde ich die Sofortbildkamera des Optikers subventionieren. Überteuert, aber schließlich werde ich nur einmal fürs Kino entdeckt.
Ich habe schon alles zusammen, den fünffachen Ausdruck meiner »Fesselspiele« inklusive, als mir eine handschriftliche Anmerkung unter dem allgemein gehaltenen Anschreiben der Drehbuchbörse ins Auge sticht. Können die sich nicht mal den mitreißenden Titel für mein erstes Œuvre merken?
»... dürfen wir Sie höflich bitten, fünf Ausdrucke Ihrer Publikation ›Mom schafft das mit links‹ beizufügen.«
Na, so was! Zwei Uhr vorbei, keine Zeit zum Sinnieren, wahrscheinlich brauchen die etwas, was schon mal durch die Druckerpresse gelaufen ist. Meinetwegen. Weil ich nur noch ein einziges Belegexemplar von meinem Romanerstling besitze, steuere ich notgedrungen auch noch die nächste Buchhandlung an und bitte darum, mich fünfmal – mit Quittung nebst Titelvermerk fürs Finanzamt – kaufen zu dürfen. Natürlich verrate ich nicht, daß ich die Verfasserin bin.
»Wollen Sie nicht erst mal reinlesen, bevor Sie alle Ihre Freundinnen damit beglücken?« fragt der Verkäufer. »Wir haben auch ...«
»Danke vielmals, ich kenne das Werk bereits bestens.«
»Wenn Sie meinen, ist ja Ihr Geld.«
Noch im Hinausgehen höre ich ihn lautstark mit seinem Kollegen über diese »Weiber« lästern, die sich jetzt überall ihre Altäre errichteten: »Dreist, die reinste Selbstbeweihräucherung, früher haben

sie sich wenigstens mit Rührstorys über den Onkel Doktor oder Graf von und zu aus dem Kiosk begnügt, weiß gar nicht, warum wir den Plunder nicht rausschmeißen, ehrlich.«
Ich grinse und winke dem Duo fröhlich durch die Ladenscheibe zu, was mir zwei selten belemmerte Gesichter beschert. Die Herren hatten es offenbar darauf angelegt, mich ihre Meinung über meinen literarischen Geschmack wissen zu lassen, und wenn es bei mir nicht so pressierte, würde ich ihnen sogar glatt ihre letzte Frage beantworten. Sie schmeißen »den Plunder« nicht raus, weil sie sich eine goldene Nase daran verdienen, ganz einfach. Außerdem kommen sie nicht gegen die Power von »Weibern« an, die auf *seinen* Doktortitel und *sein* Grafenkrönchen pfeifen. Nicht auf den eigenen Ruhm, das ist etwas anderes.
Im Weitergehen gelobe ich spontan, mich in Zukunft nie mehr vom Inhalt einer Popcorntüte davon abhalten zu lassen, dem Vorspann meine volle Aufmerksamkeit zu schenken. Zuerst kommt der Titel – der ebenfalls meiner ist, weil niemand freiwillig auf solch einen Knüller verzichtet –, und dann komme ich: »Nach einer Idee von Lea Wilde«. Trärä. Und dann noch einmal: »Drehbuch: Lea Wilde«. Träräträrä. Eigentlich könnte ich auch die Kostüme entwerfen, ich sehe sie schon vor mir, damals trug ich vorzugsweise Minis und dazu Korksandalen mit Plateausohlen, mein Gott, bin ich auf den Dingern gekippelt, in Südtirol blieben die Münder offenstehen vor Staunen.

»Wieso fünf Fotos in derselben Größe?« Der Optikermeister muß mit den Bücherfritzen verschwägert sein, denn ich habe alle Mühe, seinen Redefluß zu unterbinden und ihm klarzumachen, daß es mich nicht interessiert, ob acht Aufnahmen billiger, wechselnde Kopfhaltungen interessanter und unterschiedliche Formate gefälliger kämen.
»Es geht um eine Bewerbung«, sage ich, »da nützt mir auch Ihre Gratisdekorbildtasche bei Abnahme einer Serie nichts.«
»Aber Sie sind doch die Mutter von den vier Jungs um die Ecke.«

»Haben Sie etwas gegen berufstätige Mütter?«

»Keineswegs, meine Frau hilft mir auch in der Buchhaltung, aber Sie sind doch schon Lehrerin, wenn ich nicht sehr irre. Als wir unseren Sohn in der Realschule am Mauspfad angemeldet haben, hab ich Sie gleich erkannt.« Sein »Durch diese Gläser schaut die Welt«-Blick verharrt auf meinem Kassengestell mit Kassengläsern aus dem Kassenbrillendiscount. »Hundertprozentig, ich habe ein fotografisches Gedächtnis, obwohl Sie damals ...«

Rasch setze ich meine Brille ab, was nichts mit seiner Musterung zu tun hat, sondern mit meiner Eitelkeit. Über dieser Hetzjagd habe ich glatt vergessen, daß ich mich nie »mit« in die Öffentlichkeit begebe, weshalb diese unkleidsame Billigmarke auch völlig ausreichend ist. Zum Ausgleich deute ich dezent an, daß ich neben meiner hauptamtlichen Tätigkeit am Mauspfad eine Filmkarriere ansteuere: »Es ist noch nicht ganz sicher, aber so gut wie, wenn Sie bitte mal etwas fix machen könnten.«

Er legt die Sofortbildkamera ab und stemmt beide Hände in die Hüften. »Na, so was! Wissen Sie auch schon den Sender, wo Sie ausgestrahlt werden? Das sehen wir uns an, ist doch klar, schon aus Nachbarschaftsgeist, das ist dann wie Klaaf aus dem Veedel.«

Tratsch aus dem Viertel??? »Erst mal muß ich das Drehbuch schreiben, damit geht's los. Und ob TV oder Kino, ist auch noch nicht raus.« Sehe ich etwa so aus, als ob es bei mir nur zum Heimkino reichte? Wie kommt er auf »Klaaf aus dem Veedel«? Hält er mich für eine zweite Mutter Beimer, die auch jeder automatisch in der Lindenstraße ansiedelt?

»Und wie kommt man da dran? Meine Frau schreibt nämlich ›kölsche Verzällcher für die Bütt‹ und über Katzen, außerdem ist sie im Kirchenchor und Leiterin vom Krippenspiel, erinnern Sie sich noch an die letzte Maria? Das war sie.«

»Wettbewerb«, erwidere ich hastig, »man hat mich angerufen, einfach so, wenn Sie jetzt bitte endlich die Fotos fertig machen könnten.«

Fünf Stück. Gleich groß, gleiche Pose, gleich teuer, noch auf der Fahrt im Taxi zu der angegebenen Adresse im Mediapark – wo die

Jury, eingebettet in das neunte Medienforum NRW, ihre Auswahl trifft (Stop, Jungs! Noch fünf Minütchen! Ich komme!) – sinne ich meinem abgelichteten Gesichtsausdruck nach, der mir die Frage widerzuspiegeln scheint, die jener Optikermeister in aller Unschuld aufgeworfen hat: »Und wie kommt man da dran?«
Ich starre auf die fünfmal gleiche Mischung aus Ratlosigkeit und Märchengläubigkeit, leise Panik mischt ebenfalls mit. Wenn mich da nur jemand aufs Glatteis führen will? Dagegen sprechen allerdings der Briefkopf und der professionelle Text, ich erinnere mich sogar dunkel an eine Reportage zu den internationalen Kurzfilmtagen in Hamburg. In der Hansestadt heißt es wirklich »Puschen«.
Und in Austria? Keine Ahnung!
Ich wüßte wirklich gern, wer mich dem hohen Gremium vorgeschlagen hat.

»Puschenkino« im Wohnwagen

Beim »Underground« handelt es sich um ein Szenelokal. Diese Information stammt von Fabian, der in dieser Kante gelegentlich mit seinen Kumpeln eine Cola trinkt oder sich einen alten Film reinzieht, weil beides nirgends so billig ist wie in dem ehemaligen Arbeiterviertel, wo sich zunehmend Künstler ansiedeln. An mir ist das, wie ich offen heraus gestand, bislang vorbeigegangen, was Maxi mit den Worten kommentierte, das wäre wohl auch nicht mehr mein Jahrgang.
Sicherheitshalber habe ich mich daraufhin wieder umgezogen. Schicke Klamotten heben mich aus der Masse hervor, während die üblichen Jeans Individualität und Fältchen einebnen. Immerhin trage ich unter meinem Flatterhemd ein Top, das nicht von schlechten Eltern ist. Wer weiß …! Trotz dieser Undercover-Reserve plagt mich die Frage, was es zu bedeuten hat, wenn eine in-

ternationale Jury first class im Mediapark tagt und den hoffnungsvollen Nachwuchs im billigsten Szenelokal empfängt?
Ich beruhige mich damit, daß »billig« nicht gleich »schlecht« sein muß, verlasse die Straßenbahn, passiere alle Gerüche des Orients und jede Menge kölsche Töne und komme vor einem hölzernen Jägerzaun an. Es sieht aus, als hätte jemand eine Parzelle aus einem Campingplatz an der Agger ausgeschnitten und hierher verpflanzt. Nichts fehlt, weder die mit buntem Markisenstoff bezogenen Campingstühle noch die Klapptische und Sonnenschirme. Das Gefährt in der Mitte ist in zartem Lindgrün lackiert und beherbergt laut Wegweiser – der in der Plastikfaust eines Gartenzwergs steckt – das kleinste Kino Kölns, genannt »Puschenkino«.
Ob ich kehrtmachen soll?
Im Inneren des Wohnwagens erkenne ich rötliches Licht, höre Rascheln und Durcheinanderreden, ein Typ mit gepiercten Nasenflügeln, kahlrasiertem Hinterkopf und giftgrüner Tolle im Frontbereich tritt gebückt aus der Tür. Eine Art Vampirella folgt ihm, eine Hand umschließt seine linke Pobacke, die andere gräbt sich nun in gleicher Höhe unter seinen Hosenbund – aber vorn. Der Gartenzwerg aus Plastik grinst beharrlich. So einer steht bei meiner Schwiegermutter auf dem Balkon, aber die grinste nicht, darauf leiste ich tausend Eide. Vampirella verschlüge ihr auch ohne Fingerübungen die Sprache. Sie ist bleich, von Kopf bis Fuß trotz Schwüle schwarz vermummt, Augen und Lippen dank Kohlestift doppelt so groß, beim Küssen läßt sie ihre gepiercte Zunge vorschnellen.
In mir wallt tiefe Zuneigung zu Stars und Produzenten à la Lindenstraße auf. Spießig? Mag sein, aber irgendwie doch so, daß ich keine Hemmungen hatte, mich hinzusetzen und loszulästern und mir einen winzigkleinen Schwips anzutrinken. Weiß der Geier, was hier beigemischt wird.
»He, Tussi, komm rein! Oder biste zum Knutschen hier?«
Ich zucke zusammen, relaxe bei der zweiten Satzhälfte und erleide gleich den nächsten Schock, als nämlich die Gepiercte der Halbglatze ihre Zunge kurz entzieht und zurückbrüllt.

»Solang diese Übermutter noch nicht da ist? Vier Kinder und mit Männern rummachen und auch noch drüber schreiben, ist ja abartig, und dann in dem Alter.«
??? Nicht dein Jahrgang, echot es in mir. Originalton Maxi, er kennt sich aus, kluger Bursche!
»He, da sind Sie ja, Sie müssen die Lea Wilde sein!« dröhnt es aus dem lindgrünen Prachtstück.
Muß ich? Ich rühre mich nicht von der Stelle, sondern starre wie gebannt auf den Mann, der nun näher kommt. Breit wie hoch, könnte ein Zwillingsbruder von Meister Hollerbusch sein, sofern er sich eine Rasur nebst Haarschnitt und Hosen gönnte, die nicht unter dem Wanst anfangen und in Wadenhöhe aufhören. Kariert sind sie obendrein. Gelbgrün, darüber spackt ein T-Shirt mit der treffenden Selbstauskunft »Schrill & Billich«.
»Bin der Organisator vons Ganze, jedenfalls für die Kölner Sektion, ganze fünf Männeken, die wir nach Hamburg schicken, die beiden da –« Kinnzeiger zu den Küssern – »haben 'ne irre Trickfilmanimation vorgelegt, die andern drei sind schon fast alte Hasen, unser diesjähriger Favorit ist ›Killing Heinz‹. Aber kommen Se erst mal rein, dann können Se rausgucken, ha-ha.«
Ich bin zu gut erzogen worden, und das gleich zweimal, einmal auf der Nonnenschule und einmal in fünfzehn Jahren Ehe, die Bemühungen meiner Eltern nicht mitgerechnet. Folglich trete ich brav ein, vor mir tut sich kleinbürgerliche Gemütlichkeit auf, wie nicht einmal »Ekel Alfred« sie zustande brächte. Eine rote Neonröhre illuminiert die mit Samt umspannte Sitzgarnitur, den rustikalen Einbauschrank, den Gaskochherd und die Vase mit Goldrand, aus der ebenso üppig wie künstlich Blumen ragen. Vor den Rüschengardinen steht ein Fernseher aus der Nierentischära, das Blumenmuster des Teppichs unterbrechen drei marokkanische Sitzkissen, von denen aus drei Gestalten fasziniert das Geschehen auf der Mattscheibe verfolgen. Einer erinnert mich von der Seite vage an einen bekannten Regisseur, der andere könnte glatt der Star aus Na-wie-hieß-die-Serie-noch? sein.
Er ist es. Nach dem Abspann, der mir verrät, daß es sich um eine

Vorschau auf die in zwei Wochen beginnenden internationalen Kurzfilmtage in Hamburg handelt, wird der Apparat ausgeschaltet. Die Vorstellung beschränkt sich auf die Vornamen: »Hallo, ich bin der Manfred!« Unser Organisator erläutert die Themenschwerpunkte des Festivals und nebenbei auch das Motto »Schrill & Billich« auf seiner Brust, das keineswegs rein persönlich zu verstehen ist, sondern signalisiert, in welche Richtung der diesjährige Wettbewerb zielt.

Okay! Ich verstehe, oder ich fange jedenfalls damit an. Dieses Szenario ist Kunst und steht für »billich«, die Anwesenden in Filzpantoffeln und dreimal Punkklamotten repräsentieren die »schrille« Komponente, was natürlich ebenfalls nur Staffage und somit Kunst ist.

Aber wie ist das mit der gepiercten Zunge und dem kahlrasierten Hinterkopf? So weit ginge mein Kunstsinn niemals, hundertprozentig nicht.

Außerdem sehe ich trotz der Filzpantoffeln, die mich nun mit den sechs Leutchen um mich herum einen, kaum Berührungspunkte für eine gemeinsame Arbeit. Trickfilmanimationen sind nicht mein Fall, ganz gewiß werde ich auch keinen Kultfilm über Schwule kreieren, und falls einer auf die Idee käme, mich mit diesem Topschauspieler rechts von mir auf Bretter, die die Welt bedeuten, zu stellen, dann wäre ich mit Gewißheit das Mordopfer und binnen weniger Minuten mausetot.

Der Kriminalspezi mit der gutgehenden Anwaltskanzlei scheint zu spüren, daß ich mich soeben geistig neben ihn ins Rampenlicht geschmuggelt habe. »Und wie lautet Ihr Beitrag?« will er wissen.

»Fesselspiele«, antworte ich brav, »jedenfalls hieß so mein erster Entwurf, aber dann haben sie meine ›Mom‹ angefordert, eigentlich habe ich keinen blassen Schimmer ...«

»Österreich«, schaltet sich der Organisator ein. »Sie sind für Austria bestimmt.«

»Das wüßte ich aber.« Herzklopfen bis zum Hals. Zufall? Gibt's das? Hat Ritter Otto, der einzig Aufrechte in einem Heer von

Beutegeiern, mich mal schnell eben auf Kosten seiner Stiftung zu seinem persönlichen Vergnügen geordert? Miese Tour, spiel ich nicht mit, käuflich bin ich schon gar nicht.
Und auch überhaupt nicht eingebildet, Leamaus! Die unsichtbare Stimme gehört zu meinem Geschiedenen und verbündet sich mit meiner Kopfzentrale, die bereitwilligst alles beisteuert, was die Idee, ein bekanntermaßen wählerischer Erfolgstyp hätte ausgerechnet eine nicht mehr ganz taufrische Vierfachmutter zum Lustobjekt erkoren, ad absurdum führt.
Dann eben nicht! Und wie geht's jetzt weiter? Mir ist nach Lakritzkätzchen oder einer Runde Überirdischer aus der Glotze.
»Sorry, irgendwie hab ich in dem ganzen Brassel vergessen, Ihnen das da zu geben.« Der Breit-wie-hoch-Mann drückt mir einen Brief in die Hand, den ich mit zitternden Händen aufreiße. Unter dem Briefkopf, der mir bereits aus meinem Fax entgegengekommen ist, entziffere ich, daß die Jury mich zu dem Seminar in Spittal zuläßt, wo ich mich zusammen mit elf weiteren Probanden am zwanzigsten Juni zur Auftaktveranstaltung einfinden möge. Meine Fahrtkosten werden gegen Quittung übernommen, für Unterkunft und Verpflegung sorgt der Veranstalter, alle Schulungen sind kostenfrei.
»Na?« fragt Manfredo so warmherzig, daß daneben sogar die TV-Herzlichkeit verblaßt, die ihn zum Liebling von Millionen macht. »Jetzt alles klar, Mädchen?«
»Wann ist der zwanzigste Juni?« stottere ich.
Mädchen!!! Wann hat mich zuletzt einer so genannt? Er könnte schon Großvater sein, wahrscheinlich ist er's sogar, diesbezüglich bin ich einfach nicht mehr auf dem laufenden, seitdem ich die Yellow press meines Ex abbestellt habe und uns die Haare in Schwarzarbeit daheim schneiden lasse. Doch auch ohne die Rangfolge der beliebtesten TV-Stars zu kennen, ist mir klar, daß dieser Mann ganz oben rangiert. Zeitlos. Menschlich. Wen stört da das Mißverhältnis von Bauch und Kopfhaar? Er hätte wahrlich eine andere Reaktion verdient, doch leider blockiert dieses Datum mein gesamtes Denkvermögen. Der erste war ein Sonntag, da fei-

erte die »Lindenstraße« ihr Jubelfest, am zweiten kam Antonella, eine Woche später folgte mein Gang nach Canossa, das exklusiv für mich aus dem Nordapennin an den Rhein ins Fünf-Sterne-Ambiente umgesiedelt wurde, folglich schreiben wir heute den dreizehnten.

Freitag, den dreizehnten? Ich schaue mich um, ob es schon irgendwo heimlich brennt oder ein Amokläufer mir ans Leben will, doch ich sehe nur von rotem Schummerlicht rosabräunlich gefärbte Muskelpakete an den Armen meines Manfredo. Einem wie ihm traue ich glatt zu, daß er alles vom Schaufelbagger bis zur Amtsstube bändigt, gar nicht zu reden von all den Halunken, die er serienmäßig dingfest macht. Ich verordne meinen Gesäßmuskeln Entspannung.

»Nächsten Freitag.«

Mein Pulsschlag flattert. Ich hab's ja gewußt, bei diesem Datum und meinem sprichwörtlichen Glück. »Aber da hab ich Schule, ich bin Lehrerin, wie soll ich verdammt noch mal ...?«

Es ist unglaublich, wie sympathisch diese Leute sind. Flüge werden ausgetüftelt, Krankheiten erfunden, ein Telefonat mit dem Kultusminister gegen einen Appell an meinen Direx abgewogen, ich darf auf gar keinen Fall feste Schuhe und einen Abstecher ins Schloß Porcia vergessen, dort werden gute Sommerspiele geboten, und Baden in den Kärntner Seen ist überhaupt das Größte: »Muß ja nicht unbedingt der Wörthersee sein!«

»Soap opera, wie?« Diesmal verstehe ich auf Anhieb. Diese Oberschnulze habe ich mir sogar ein paarmal zusammen mit Lucas angeschaut, dem das noch nichts ausmachte, weil er zu jener Zeit ein Winzling war. Ich befand mich damals gerade in einer sehr kritischen Phase zwischen einem Noch- und einem Fast-Ehemann und fühlte mich ungeheuer trostbedürftig.

Vorbei. Passé. Passato.

Ich bin frei und, von gelegentlichen Gefühlsschwankungen abgesehen, glücklich. »Tu felix Austria«, habe ich schon in der Schule gelernt. Heute hätte ich nichts gegen Austria live und hautnah. Auch das Filmhandwerk will schließlich von der Pike auf gelernt

sein. Obendrein gibt's alles gratis und eingebettet in eine Bilderbuchlandschaft. Mädchen, ran an den Speck!
Söhne! meldet meine Mutterinstanz mit Grabesstimme. Ewig hungrig, nicht ins Bett rein- und noch schwerer herauszubekommen, ständig auf Kriegsfuß mit Zahnhygiene, Ordnung und Hausaufgaben, Neigung zu Schienbeinbrüchen beim Fußball und Sehnenzerrungen beim Tanzen, manchmal geht beim Kicken auch 'ne Fensterscheibe drauf, und-und-und …
Und Antonella?
Perle. Goldstück. Megaköchin. Jung. Blutjung. Zu jung!!!
Ich bringe es nicht übers Herz, meinen neuen Freunden im kleinsten Kino Kölns zu gestehen, daß sie sich völlig umsonst meinen Kopf zerbrochen haben. Es geht nicht. Da müßte schon ein Wunder geschehen, aber die gibt es nur im Kopf und im Film, der nun leider ohne mich auskommen muß.
Vorbei. Passé. Passato.

Der nächste Tag beginnt gleich mit einem Schock. Es ist Samstag, wir können ausschlafen, ausnahmsweise hat auch keiner meiner Söhne mich mit Popmusik oder einer Runde Tischfußball geweckt, weshalb ich ohne Umweg durch die Kinderzimmer durstig die Küche ansteuere. Alles still, alles leer, nicht mal ein Apfelkitsch fliegt herum, nur die Sonne zankt mich. So kurz nach dem Aufstehen soll sie sich gefälligst bremsen.
Ich ziehe die Kühlschranktür auf, schreie, springe zurück. Zu spät. Der kalte, glitschige Klumpen titscht auf meine nackten Zehen, hüpft weiter über die weißen Bodenfliesen, hinterläßt blutige Spuren, grauenvoll. Ich schreie Zeter und Mordio.
»Haben se dich oder kriegen se dich?« Maxi schiebt in die Küche und beugt sich interessiert über das rote Etwas. Er grinst von unten nach oben. »He, Muttchen! Wen haste umgebracht?«
»Hat se in echt wen gekillt?« Mein Jüngster rückt nach, Träumerle Jonas folgt nur zögernd und mit abgewandtem Blick.
»Unser Muttchen killt höchstens mit Worten oder Haarspray.« Fabian sagt's – letzteres gilt meinem Angriff auf ein besonders ekliges

Krabbeltier in unserer Wanne – und hält galant unserem Au-pair die Tür auf. Das notdürftig umgewickelte Handtuch signalisiert mir, daß Antonella geradewegs aus dem Bad kommt. Offensichtlich bestürzt geht sie in die Knie und greift mit ihren leicht patschigen Händen in den Glubber. Es sieht aus, als ob sie ihn streichelte. Von allem, was sie dazu verlautbart, verstehe ich nur »cuore«.
Automatisch sehe ich Maxi an. Er ist der Übersetzer.
»Heißt Herz«, sagt er ohne Zögern, »sieht auch so aus. Ich frag mal eben, ob es von 'nem Homo sapiens oder 'nem höherwertigen Lebewesen ist.«
»Maximilian.« Mir wird übel, sauübel, dabei wollte ich nur etwas trinken, und dann das.
»Reg dich ab, Muttchen, iss vom Rind und für Paps.«
Ich rege mich nicht ab, sondern erst richtig auf, was ich auch lauthals kundtue. Soweit kommt es noch, daß Jochens Innereien bei mir Einzug halten.
»Wär's dir umgekehrt lieber?« Mein Pfiffikus gibt zu bedenken, daß der Verzehr von Menschenherzen Kannibalismus, somit strafbar und im Hinblick auf die Spüle, die sein Vater heute installieren soll, auch nicht besonders vorteilhaft wäre.
»Ist ja widerlich.« Ich mache kehrt und verschwinde erst einmal unter die Dusche. Das Rätsel erschließt sich mir eine halbe Stunde später am Eßtisch. Reanimiert von Kaffee und frischen Brötchen, lasse ich mir von Maxi übersetzen, wie unser Au-pair in unnachahmlicher Intuition und dank der mitgebrachten Rezepte ihrer Großmutter höchst sachkundig beschlossen hat, einem Jochen Rosenfeld seine Dienste nach getaner Arbeit mit einem seiner Leib- und Magengerichte zu vergelten.
»Und woher weiß Antonella, daß euer Vater auf so was steht?« Schwein oder vom Rind, Geflügel darf es ebenfalls sein, mein Geschiedener mag alles, was in Bäuchen glitscht und quillt, er liebt Kutteln und Leber und natürlich Herz, das vor allem.
»Na, von ihm doch. Schließlich kann *er* Italienisch.«
Antonella nickt und bestätigt, daß der »Signore Rose di Campo« ihre Muttersprache »perfetto« beherrsche.

Zum ersten Mal fällt es mir schwer, ihre Arglosigkeit zu verzeihen. Wie kommt sie dazu, meinen Geschiedenen noch in ihre Muttersprache zu übersetzen?

Zur Strafe verzichte ich wenig später auf die kleinste Handreichung, nicke unserem fluchenden und ächzenden Schwarzarbeiter – garantiert meldet er seinem Finanzamt das Herz nicht als geldwerten Vorteil! – nur huldvoll zu und setze mich ab. Seit Wochen habe ich mir vorgenommen, mir wieder mal eine kosmetische Behandlung zu gönnen, heute folgt die Umsetzung. Geschlagene zweieinhalb Stunden relaxe ich, umschmeichelt von Wohldüften und Händen, die kneten und streicheln, einen einsamen Mitesser ausquetschen, sogar die Tortur des Augenbrauenzupfens erträglich gestalten, mich, umwogt von heißem Dampf, auf Traumstation schicken, cremen und salben und mir zuletzt ein Make-up verpassen, das ich nur deshalb dulde, weil es ohnehin in der Pauschale enthalten ist. Bei den Preisen kann ich unmöglich etwas auslassen.
Es lohnt sich. Obwohl ich mir leicht fremd bin, finde ich dieses Gesicht mit dem geradezu wollüstig ausgemalten Mund unter bräunlich akzentuierten Wangenknochen und katzigen Augen im blauschwarz gefärbten Wimpernkranz höchst interessant. Geradezu herausfordernd. *So* hätte die Gepiercte mich nie im Leben für eine mittelalterliche Vierfachmutter gehalten, sondern mich im Gegenteil vielleicht um Tips gebeten. Lediglich meine brav hochgesteckte Frisur, die genaugenommen gar keine ist, paßt nicht ins Bild.
Weil ich weiß, daß der Hairstyler meines Ältesten sich grundsätzlich nicht an die gängigen Geschäftszeiten hält, und mir schon bei dem bloßen Gedanken an »cuore« auf meinem Eßtisch übel wird, verbringe ich weitere drei Stunden bei dem Mann und überlasse mich seinen Figarokünsten. Zwar stimmt die Reihenfolge nicht, andererseits gibt mein Trend-Make-up mir das Gefühl, hierher zu passen. Vielleicht ist allein dieses noble Feeling, es endlich mit dem Design der Trockenhaube aufnehmen zu können, den Differenzbetrag zu meiner Hausfriseuse wert?

Zufrieden vernehme ich, daß die »gnädige Frau« haargenau dieselbe »formidable Haarkonstitution« wie »cher Fabian« hat. Ist das nicht schön? Lediglich die Anmerkung, daß es bei mir sogar zu den Rastalocken reichte, die der große Meister in jüngster Zeit bei seiner Kundschaft mit viel Erfolg appliziert, läßt mich jäh hochfahren.
»Bitte nein! Bitte nicht!«
»Entspannen Sie, chère Madame.«
Ich tue so als ob, beobachte ihn aber sicherheitshalber unter abgesenkten Wimpern. Das Blauschwarz ist schuld, daß ich zu spät gegen das energische Ritschratsch an meiner Frontpartie protestiere. Die Strähne, die ich seit Monaten züchte und mit Hilfe von Klämmerchen bändige, bis sie endlich so lang wie die restlichen Haare ist, landet auf meiner Schulter, ehe ich nur Pieps sagen kann. Ich verlasse den Salon mit wetgegelten Fransen vorn, Wallemähne hinten, sehr viel ärmer und schwankend, wem ich glauben soll.
Den Begeisterungsschreien des Meisters?
Den Pfiffen von einem Baugerüst herab?
Dem Kopfschütteln von Frau Olfe aus dem zweiten Stock, die mir an der Haustür entgegenkommt?
Sicherheitshalber binde ich auf dem Zwischenpodest rasch mein übliches »Frikadellchen« am Hinterkopf ab. In Wirklichkeit handelt es sich um eine vereinfachte Variante der klassischen Hochsteckfrisur, die ich erfunden habe, um trotz Überbelastung wieder lange Haare tragen zu können. Die Bezeichnung »Frikadellchen« ist wie üblich eine Kreation meines Zwölfjährigen.
Mal sehen, was sie sagen!
Als ich aufschließe, sehe ich frontal auf Jochen, der zwei Meter von mir entfernt am Boden und nun zu meinen Füßen kniet und sich an der Fußleiste zwischen Küche und Diele zu schaffen macht. Das Metall stippt seit Wochen an einer Seite hoch, weil die Schraube herausgegangen und unser Hammer wie üblich verschwunden ist.
Rührend!

»Willst du mich jetzt rundum sanieren?« frage ich im vollen Bewußtsein der Tatsache, daß ich ihm zumindest heute keinen Grund liefere, diese Frage für eine billige Retourkutsche zu mißbrauchen. Ich bin so perfekt saniert, wie man das für zwei Blaue inklusive Trinkgeld nur sein kann.
Wie es aussieht, denkt er jedoch gar nicht daran, mich zu provozieren. Leider entgeht ihm auch meine geballte Pracht. Hat er plötzlich einen Narren an dieser wenig originellen Messingleiste gefressen? Er spricht sogar mit gesenktem Kopf, was in diesem Haushalt bislang nur Antonella für angebracht hielt. »Deine Perle meinte, wo ich doch schon mal dabei bin ... Den Boiler hab ich dir auch schon entkalkt, Löwin.«
Löwin? Automatisch packe ich mir an den Kopf. Also hat er mich doch angesehen. »Na ja«, sage ich und überlege, ob ich die Spange eventuell doch wieder entfernen und meine Löwenmähne herabfallen lassen soll. So rein zufällig. En passant. »Irgendwie war mir auf einmal nach Friseur und so«, ergänze ich lässig, friemele hinterrücks, schwups, das Manöver hat geklappt. Schon spüre ich die Wärme im Nacken, früher fuhr Jochen voll darauf ab.
»Nicht übel, so richtig schön wild.« Bewunderung pur aus Himmelblauaugen, na bitte!
»Klar«, posaunt es hinter mir, »wo sie doch jetzt schon ins ›Underground‹ geht.«
»Das war beruflich«, protestiere ich. Wie hört sich das denn an? Untergrund, richtig halbseiden.
»Pädagogentreff in der Szenekneipe? Eigentlich dachte ich ...« Jochen runzelt die Augenbrauen und kommt, ohne sich abzustützen, aus der Hocke hoch. Sieh mal einer an! So gelenkig war er doch früher nicht. Irgend etwas scheint ihm die Lust an der Heimwerkerpose vergällt zu haben.
»Weniger«, antworte ich knapp und überlege, welche von seinen Verflossenen sportliche Ambitionen hatte, »schließlich habe ich nicht nur Deutsch und Geschichte im Kopf.«
»Also hat's doch noch geklappt?« Jochens Dackelfalten glätten sich, er strahlt mich an. Der geborene Sonnyboy.

»Was geklappt?« frage ich und jage einen Fussel, der sich auf meinem Marineblau niederlassen will. Kann Jochen neuerdings hellsehen? Oder ist es ein Schuß ins Blaue?
»Na ja, wo es dich doch mit aller Macht zum Film drängt, könnte ja sein, deine ›Mom‹-Geschichten schreien ja förmlich nach 'ner Verfilmung, und wo jetzt alle wichtigen Leute bei uns im Mediapark tagen, hab ich mir gedacht, also da denke ich mir ...«
»Vor ein paar Tagen hast du dich noch anders angehört.« Schuster, bleib bei deinem Leisten! Es hat mir heftig mißfallen, auf meine Lehrerinnenrolle festgenagelt zu werden, aber das lasse ich mir natürlich nicht anmerken. Von wegen offene Flanke zeigen, ich bin ja nicht blöd.
»War vielleicht ein bißchen voreilig. ›Fesselspiele‹, das mußte wirklich nicht sein, aber so ...«, er unterbricht sich. »Hast du dir überhaupt schon die neue Spüle angesehen?«
Ein Fachmann war am Werk, keine Frage! Ich komme nicht umhin, die saubere Arbeit zu loben, mich an dem Jubel in Antonellas Kulleraugen – was muß sie unter der leprafleckigen Emaille gelitten haben – zu erfreuen und zu guter Letzt zu berichten, wie es mir denn nun gestern abend im »Untergrund« wirklich ergangen ist. Ich sehe keinen Grund, meinen Verzicht nicht wenigstens kundzutun.
»War echt stark, Starbesetzung, und wenn ich wollte, wäre ich sogar nächste Woche mit von der Partie.«
»Und warum bist du's nicht?« fragt Jochen überstürzt, ja geradezu bestürzt.
Dämliche Frage! »Weil ich zufällig noch einen klitzekleinen Job und vier Kinder habe und nicht einfach am Freitag für vier Tage zum Drehbuchschreiben entschwirren kann. Dabei ist das nur die Auftaktveranstaltung, insgesamt kämen noch diverse Wochenenden und ein Kompaktseminar dazu. Drei Wochen. Das kannst du vergessen, besser gesagt ich. Natürlich wär's toll gewesen.«
»Und genau das Richtige für dich. Wo du die Berge doch so liebst.« Jochens Hände malen steile Zipfel in die Luft. Von seinen Fingern bröckelt rote Fugenmasse.

»Jödeldijeh.« Maxi imitiert einen Schuhplattler.
Wider Erwarten kommt sein Vater mir zu Hilfe und betont, daß es ein Zeichen von Dummheit sei, sich über Dinge auszulassen, die man nicht kennt: »In deinem Alter war deine Mutter schon zu Fuß oben auf der Zugspitze.« Die Luftzeichnung erwischt beinahe den Niederflutstrahler an der Decke.
»Und in ihrem Alter steigt sie auf den Drachenfels, notfalls kann sie da auch auf 'nem Esel hochreiten.« Maxi bricht bald zusammen vor Lachen, doch diesmal zieht er seinen Vater nicht auf seine Seite. Jochen bleibt bei seiner Bewunderung für meine alpinen Leistungen und versichert, daß er felsenfest davon überzeugt sei, daß ich heute noch »wie eine Gemse« auf jeden »Johnny« raufkraxele.
Zur Strafe wird er ebenfalls zum Lachopfer. Ich bin froh, daß unser Au-pair die sexistische Komponente nicht versteht, die Fabian ins Spiel bringt, und stelle klar, daß unter einem »Johnny« in diesem Fall ein besonders hoher und schwierig zu erklimmender Berg zu verstehen ist: »Was im übrigen ein unvergleichliches Erlebnis ist.« Ich gerate unversehens ins Schwärmen, als ich mich an besonders spektakuläre Gipfelbesteigungen zurückerinnere. An etlichen war auch Jochen beteiligt.
Ist unser »Weißt du noch ...« schuld?
Liegt es an meiner wunderschönen neuen Küchenspüle oder an dem Frieden, den unser neues Familienmitglied verbreitet und soeben mit Krapfen fördert, die Jochen ohne Zögern als »sgonfiotti da Ticino« wiedererkennt?
Ich habe keinen blassen Schimmer. Ich schmecke lediglich Marsala und Zabaglione, die Tessiner Rezeptur mischt sich auf meiner Zunge mit der Rührseligkeit eines kölschen Mädchens, und dann erleide ich einen mittelschweren Hustenanfall, als nämlich dieser Jochen Rosenfeld ohne irgendeines der sattsam bekannten Anzeichen von Spott kundtut, daß ich seiner Meinung nach unbedingt diesem Wink des Himmels folgen sollte: »Du hast es dir verdient, Lea. Wir schaukeln das hier schon.«
Ich verdien's, jubelt es in mir. Her damit! Her mit dem dicken

»Johnny« zum Hochkraxeln! Her mit dem Filmruhm und vielleicht sogar mit Ritter Otto! Warum eigentlich nicht?
Mein schlechtes Gewissen zwickt mich, als ich in die occhi celesti meines ahnungslosen Gatten a.D. sehe. Darf ich, eine alleinerziehende Vierfachmutter, die sich seit Jahr und Tag über diesen treulosen Vater lustig macht, nun genau ihn in die Pflicht für meine Lustkür nehmen?
»Na ja«, sage ich, »wenn Antonella mitspielt. Vielleicht könntest du ja mal dolmetschen, und natürlich müßte ich noch mit meinem Direx klarkommen. Beurlaubung oder so.«
»Klarer Fall von Fortbildung!« Jochen bietet sich an, mir sogar das abzunehmen, natürlich hat er aus seiner »Handwerk hat goldenen Boden«-Zeit auch noch einen heißen Draht zum Kultusministerium, wo er jemandem privat etwas gerichtet hat: »Für lau, man weiß ja nie, wofür es gut ist, Leamaus! Aber jetzt wissen wir's.«
Alle spielen mit. Voller Rührung mustere ich meine Lieben, wie sie da mit mir rund um den Eßtisch sitzen, die unvergleichlich guten Tessiner Krapfen unseres Au-pair verdrücken, die sozusagen die italienische Variante unserer altgedienten deutschen Windbeutel mit Schlagobers sind, und kreuz und quer rufend verkünden, daß sie keine Probleme damit haben, mich mal zu beurlauben: »Null problemo!«
Obwohl Jochen mir noch unlängst klargemacht hat, daß es sich hierbei um übelsten Alf-Slang handelt, stimmt er ein: »Null problemo!«
Ich könnte heulen vor Glück. Was für eine Familie!

Schrill & Billich macht Front

Mein Schulleiter versichert mir, daß er es »grundanständig« von meinem geschiedenen Mann findet, sich so vehement und uneigennützig für meine Belange einzusetzen. Mit dieser Nachricht überfällt er mich am Montag noch vor der ersten Unterrichtsstunde, mir verschlägt es die Sprache. Als ich sie wiederfinde, ertönt der Gong bereits zum zweiten Mal, und ich betrete den Klassenraum mit der Gewißheit, daß Jochen Rosenfeld einfach übers Ziel hinausgeschossen ist. Was fällt ihm ein, meinen direkten Vorgesetzten am heiligen Sonntag anzurufen und den Übervater herauszukehren.

Aber ist er's denn nicht diesmal wirklich?

»Ehre, wem Ehre gebührt!« Meine Hand umschließt die Kreide, um wie gewohnt das Thema an der Tafel zu fixieren. Darunter kommen später Leitfragen, was beides zusammen die Chancen erhöht, daß immerhin die Hälfte meiner Schüler in der nächsten Deutschstunde nicht nur die richtige Lektüre dabeihaben, sondern sich sogar vage an deren Inhalt erinnern wird.

»Aber wir sind doch bei den ›Räubern‹«, protestiert es hinter meinem Rücken.

»Wie?« Ich wende mich der Klasse zu.

»Von Schiller«, bestätigt der Klassensprecher.

Der Vergleich mit dem Tafelbild ergibt, daß ich offensichtlich meine Gedanken nicht beieinander hatte. Hastig wische ich mit dem Handballen die Laudatio für meinen Geschiedenen wieder aus und gebe mir Mühe, an nichts als an dieses Drama zu denken, das es in den Köpfen vor mir zu verankern gilt. Wie meist ist es sehr mühsam, dreißig Fans von »Bravo« und den »Toten Hosen« – wahlweise »Backstreet Boys« – davon zu überzeugen, daß hinter der altertümlich anmutenden Sprache Inhalte stehen, die bis heute kein bißchen von ihrer Bedeutung verloren haben.

»Stellt euch einfach einen modernen Karl Moor vor, der sagen-wir-mal Abgeordneter im Bundestag ist und irgendwann schnallt, daß er nur den Interessen einiger weniger dient. Was täte er?«
»Nachfragen, wer von den wenigen ihm am meisten Bakschisch zahlt, damit er die Klappe hält, ist doch klar!«
Als es zur Fünf-Minuten-Pause klingelt, weiß ich partout nicht, was ich als Stundenthema ins Klassenbuch eintragen soll. Zwar haben meine Schüler mir zugestanden, daß auch der cleverste »Räuber« gelegentlich auffliegen könne, doch statt die Räubereien, wie von mir angeregt, mit metaphysischen Freiheitsbestrebungen zu erklären, haben sie ebenso emsig wie lernzielkonträr nach Schlupflöchern gesucht, die es dem Helden erlaubten, sich das auf seine Ergreifung ausgesetzte Kopfgeld unter den Nagel zu reißen und es keinesfalls einem namenlosen Hungerleider in den Rachen zu werfen.
»Scheintod« gegen »flotten Deal mit dem Fiskus«, diese Kinder kennen sich besser aus als ich, die Mehrheit votierte für falsche Papiere und dann ab ins Ausland.
Ausland? Mein Füllfederhalter stockt. Brauche ich für Austria einen Paß?
Die zeitlose Botschaft von Schillers Frühwerk verschwindet hinter der Sorge, Jochen könnte völlig umsonst für mich beim Direx interveniert haben. Vier sich endlos dehnende Unterrichtsstunden lang bohrt in mir die Frage, ob ich überhaupt noch einen gültigen Ausweis besitze und was ich sonst noch benötige. Von Kärnten ist es nur ein Katzensprung bis nach Italien, also tippe ich auf sehr warm, andererseits darf ich die Gebirgslage nicht unterschätzen, also mittelwarm? Der Transfer auf meinen Garderobenbestand stoppt vor der Frage, ob das Motto »Schrill & Billich« lediglich für die Kölner Sektion oder auch auf überregionaler Ebene gilt und sich im Outfit der Screenwriter niederschlägt. Wäre ja peinlich, wenn ich als einzige overdressed daherkäme. Oder umgekehrt. Unser Familienpaß ist verlängert worden, jetzt fällt es mir wieder ein, mein Personalausweis leider nicht, also muß ich schleunigst zum Bezirksamt pilgern, um mich als Solistin mit jener neuen Pla-

stikidentitätskarte auszustaffieren, die ich dann sogar ohne Hinterlassung von Spuren mit Kaffee vollsüppeln oder mit in die Badewanne nehmen kann. Wie lange braucht ein Amt für etwas so Progressives? Notfalls akzeptiere ich eben Behelfspapiere, *frau* ist ja flexibel, dank der Hartnäckigkeit unseres Optikermeisters habe ich sogar noch drei Paßfotos de luxe übrig.

Fehlanzeige!
Das geht nicht mit rechten Dingen zu, denke ich, als ich gegen Mittag bei uns im Wohnzimmer den Inhalt der Schublade, in der wir seit Urzeiten alle Dokumente aufbewahren, auf dem Teppich auskippe. Es bleibt dabei, einer hat »mich« gestohlen, dafür hat der Dieb etwas anderes zurückgelassen. Ich will den Wisch schon zusammenknüllen, als ich das Logo »Drehbuchbörse« obendrüber erkenne. Ist ja ein Ding! Wer läßt meine Post zwischen Sparbüchern und Geburtsurkunden verschwinden?
Der Jemand kann sich nur aus den bei mir lebenden Personen rekrutieren, weil ich weder den Postboten noch den Eiermann in die gute Stube bitte und sich selbst überlasse. Handwerker waren auch schon eine Ewigkeit lang nicht mehr bei uns zugange, weil dear Jochen bekanntlich keine Veranlassung sah, für die Folgeschäden meiner schlechten Erziehung aufzukommen. Das galt keineswegs nur für Maxis selbstgefärbte Hosen, sondern auch für den Wasserrohrbruch im Bad. Angeblich hatte sich wieder mal einer meiner Söhne auf das Hängeklo gestellt und Weitsprung geübt. Lächerlich! Das ist nur ein einziges Mal passiert und endete mit fünf Stichen in der Unfallambulanz, so etwas vergißt kein intelligentes Kind. Passé. Passato. Nachdem Jochen nun höchstpersönlich alles in meinem Haushalt gerichtet hat, Messingleiste inklusive, ist dieses Streitthema glücklich vom Tisch. Halleluja!
Drehbuchbörse!
Wie? Leicht irritiert folge ich der Mahnstimme in mir zu dem Schreiben am Boden, hebe es dicht vor die Augen und bin erneut baff. Ich bin gar nicht angesprochen, wenigstens nicht persönlich, es handelt sich lediglich um ein allgemein gehaltenes Info-Blatt,

welches die »sehr geehrten Damen und Herren« darauf hinweist, daß Bewerber für eine Gratisausbildung im Drehbuchschreiben auch noch nach der Bewerbungsfrist erster Juni berücksichtigt werden können, soweit sie den Nachweis erbringen, daß ein Filmproduzent bereits Interesse an ihrer Arbeit bekundet hat und eine Veröffentlichung vorliegt: »In diesem Fall schicken Sie uns einfach beides mit einem formlosen Anschreiben nebst Foto. Wir melden uns.«

Habe ich ein Glück! Diese Info ist völlig an mir vorbeigezischt, trotzdem hat man sich bei mir gemeldet. Unaufgefordert, inspiriert von einer zufälligen Begegnung mit meinen Werken oder Ritter Otto, nichts ist unmöglich. Besser ich nehme doch die Verführpelle mit. Mister Durch-diese-Gläser-schaut-die-Welt wird sich wundern, wenn ich erneut die Dienste seiner Sofortbildkamera in Anspruch nehme. Mein Portemonnaie auch. Zum Glück bekomme ich die Reisespesen ersetzt. Jochen kümmert sich um die Fahrkarten für den Schlafwagen, es geschehen noch Zeichen und Wunder, als Organisator ist er sowieso unschlagbar.

Natürlich begnüge ich mich mit einem Damen-Double der Deutschen Bahn AG, alles andere wäre dreist. Eine nette Reisebegleiterin unten und ich oben – wo logischerweise die Luft besser und das Rattern weiter weg ist –, so komme ich ausgeruht an. Wirklich eine gute Idee, neulich habe ich solch ein rollendes Komforthotel in der Werbung gesehen, da bleibt einem die Spucke weg. Der nackte Wahnsinn! Apropos nackt, brauche ich ein Nighty, wenn der fesche Zugbegleiter mir wie im Fernsehen morgens das Frühstück nebst Zeitung am himmelblau bezogenen Bundesbahnbettchen serviert? Logo, schließlich bin ich eine anständige Frau. Meistens.

Ich raffe alles vom Boden auf und stopfe es zurück in den Eicheschub, beim letzten Schwung flattere ich mir koloriert in Paßbildformat entgegen. Leicht fragend, quasi Lächeln in der Schwebe, Lea ante portas. Jetzt bin ich mit von der Partie. Ein Gefühl wie an Wochenenden, die waschküchengrau beginnen und urplötzlich die Sonne durchlassen. Sogar das Mysterium von zwei verschwun-

denen Fotos hat sich geklärt. Das dritte ist wahrscheinlich irgendwo dazwischengerutscht ...
Und hat sich selbst abgeschnitten?
Klappe! Hab jetzt keine Zeit für lästige Fragen!
Und das Infoblatt »Drehbuchbörse« ist auch von selbst dazugehüpft?
Ich ignoriere die Miesmacherin in mir. Hüpfen macht Laune, am Donnerstagabend hüpfe ich in die »Donauwelle«, so heißt mein Zug. Nie zuvor bin ich unter einem so romantischen Namen gereist. »Ritter« klingt ebenfalls sehr romantisch, finde ich. Ich komme.

Es ist gut, daß die Abfahrt erst nach elf Uhr abends erfolgt und meine Söhne folglich nicht mit von der Partie sind. In diesem Fall wäre es mir lieb, auch Jochen hätte von seinem Plan Abstand genommen, mir den Koffer nebst Beautycase und Reisetasche zum Bahnhof zu transportieren. Bis gerade eben fand ich sein Anerbieten allerdings noch rührend und darüber hinaus ungeheuer praktisch, weil er im Gegensatz zu mir keinerlei Probleme mit Wagenstandsanzeigetafeln hat und auf den Meter genau auszurechnen vermag, wo die gesuchte Platznummer liegt.
»Ganz durch!« sagt er und dirigiert mein Gepäck und mich energisch durch das Gewühl. Erstaunlich, wie viele Leute nachts noch nach Austria wollen. Hoffentlich erwische ich eine nette Dame für mein Double. Im Gegensatz zu den meisten meiner Mitreisenden werde ich es sehr komfortabel haben, weil dieser Bandwurm von Zug zwar jede Menge Liegewagen, aber nur einen einzigen Schlafwagen führt.
Ein Traum! Im Kontrast zu den vollgepferchten Käfigen, die nun hinter uns liegen und denen man förmlich den Wettstreit von Schweißsocken und Käsestullen ansah, ist dieser blitzende Wagen eine Wucht. Mein Blick fällt auf einen Herrn, der sich im sanft abgedimmten Licht einer Lampe mit königsblauem Textilschirm in seinem königsblau-silbergrau gemusterten Sessel mit einer Flasche Rotwein verlustiert, die vor ihm auf einem mahagonifarbenen

Tischchen steht. Kein Grund zum Meckern, wahrlich nicht. Im Nachbarabteil ist bereits das blau bezogene Bett ausgerichtet, die Tür zu einem schnuckeligen kleinen Duschbad steht offen.
»Du, da gibt's sogar 'ne Praline auf dem Kopfkissen und Gratisseife und so, echt wie im Hotel.« Ich bleibe stehen und staune.
»Könntest du dir deine Bewunderung bitte für dein eigenes Prunkgemach aufheben.« Der alte Jochen schlägt durch, allerdings spreche ich ihm wegen meines Gepäcks mildernde Umstände zu, vermutlich bekommt er schon lange Arme. Den Hinweis auf eine möglicherweise schnarchende Beischläferin könnte er sich allerdings sparen. Frauen sondern derlei Geräusche höchst selten ab, für den Notfall habe ich aber Ohrstöpsel eingepackt, überhaupt ist dies ein glatter Fall von Rechthaberei. Jochen hat mich nämlich vor einem »Double« gewarnt: »Wo du doch so empfindlich bist, Leamaus!«
»Darf ich den Herrschaften behilflich sein?«
Er darf. Ich strahle den Zugbegleiter an, der fast so fesch wie sein Kollege aus der TV-Werbung aussieht, und teile ihm mit, daß ich wohl heute nacht auf seine Betreuung angewiesen sein werde. Bei der Betonung der Ich-Form verzieht Jochen das Gesicht, dafür lächelt der Bahnbeamte.
»Wird mir ein Vergnügen sein, gnädige Frau. Wenn ich bitte Ihre Abteilnummer …?«
Ich fange an, in meiner Handtasche zu kramen, mein Geschiedener kommt mir zuvor, über der Fahndung zwischen Geldbörse und Tampons für alle Fälle bekomme ich die Reaktion auf meine Nummer sechs, Wagen hundertvierunddreißig, nicht mit, sondern strahle munter weiter, als ich meine Fahrkarten zücke. »Bitte sehr!«
»Tut mir wirklich leid.« Der Mann schüttelt bedauernd den Kopf, der meinige schießt zu meinem Geschiedenen herum. Wenn er falsch gebucht hat, bringe ich ihn um.
Niedertracht, dein Name ist Jochen Rosenfeld!
Wie konnte ich nur so naiv sein, auch nur eine Sekunde an seine Wandlung zu glauben?

Wolf im Schafspelz!
»Ich bring dich um!« sage ich laut.
»Nun mach mal halblang, wir müssen nur ans andere Ende.«
»Angehängt«, sagt verbindlich lächelnd und leicht blaß der Fesche. »Ihr Kurswagen wird erst noch angehängt, dieser Wagen ist für Wien bestimmt und wechselt in München.«
»Danke vielmals.« Beschämt folge ich Jochen, diesmal ohne Stopp vor fremden Abteilfenstern, unser Marathon endet in Quietschen und Jaulen und bei Kaiser-Franz-Gott-hab-ihn-selig, wenn dieser mein Kurswagen nicht sogar in die Zeit der »Räuber« zurückragt, die allerdings ein solches Vehikel keines Blickes gewürdigt hätten.
Dunkel, eng, es riecht nach Mottenkugeln und schalem Bier, für letzteres zeichnet ein Bataillon mehr oder weniger leerer Flaschen auf einem Tischchen im Gang verantwortlich, dessen Kante sich mir in die Hüfte bohrt, weil ich nicht so schlau wie Jochen war, der sich seitlich daran vorbeigequetscht hat. Unter den Nummern vier-fünf-sechs empfängt mich ein kackbrauner Holzcontainer mit drei Hängebetten, einem Verdunklungsrollo, moosgrünen Plüschnetzen zur Milderung des Absturzes auf ehemals ebenfalls moosgrünen, mittlerweile tarnfarbenen Teppichboden in der Größe eines Duschlakens. Kein Stuhl, geschweige denn Sessel oder gar Bad, unter einem aufklappbaren Kasten verbirgt sich ein Witz von Waschbecken, an dem Plüsch baumeln drei verbogene Bügelgerippe. Fini. Das war's.
»Ich glaub's einfach nicht«, sage ich und kollidiere bei dem Versuch, mich zu drehen, höchst schmerzhaft mit der kackbraunen Wand und einem unsichtbaren Nachbarn, der brüllend auf seine Nachtruhe verweist. Hier? Jedes Grabfach wäre anheimelnder.
»Ich glaube, du müßtest mal allmählich der anderen Dame Platz machen.« Jochen veranschaulicht seine Empfehlung mit einem Kick der linken Kniescheibe gegen mein Beautycase, den ich mit anderem Kleinkram auf dem untersten Bett ausgebreitet habe. Für mich ist das Oberbett vorgesehen, hier gibt es gleich zwei davon, der Zwischenabstand ist kürzer als mein Unterarm.

»Du beliebst zu scherzen«, sage ich und finde ihn hundsgemein. »Hier passe ich nicht mal allein rein, das ist ein klarer Fall von Körperverletzung, so was gibt's doch gar nicht, das ist Betrug.«
Gut eine Stunde später weiß ich definitiv: Es ist die Wahrheit.
Die volle Wahrheit ist, daß ich mich gegen Zuzahlung von der übergewichtigen Person, die ich garantiert weder unter noch über mir überlebt hätte, freigekauft habe und nun zum Preis eines Hilton im untersten Bettfach liege und überlege, wie lange meine Blase dem Druck wohl noch standhält.
Meine Tür hat zwei Schlösser, und wenn ich die öffne, bin ich dran. Originalton Zugbegleiter.
»Und wenn ich mal muß oder so?« habe ich gefragt.
Achselzucken. »Kritisch, das ist dann Ihr Risiko, entweder es erwischt Sie oder Ihr Gepäck, wollen Sie Frühstück?«
»Hier? Ich will erst mal die Nacht in diesem Scheißzug überleben.«
Der kein bißchen fesche und wie das Leergut auf dem Gang müffelnde Mann hat mir daraufhin sehr steif mitgeteilt, daß er Stammgäste hätte, die diese letzte echte »Donauwelle« jedem modernen Plastikschnickschnack vorzögen: »Natürlich Männer, also mich sehen Sie dann gegebenenfalls morgen früh wieder, gute Nacht!«
Gegebenenfalls? Ich muß mal! Ich will nicht gemeuchelt werden, nicht mal beklaut, ich muß ganz-ganz-ganz-dringlich. Not macht erfinderisch, heißt es, mich nicht. Oder doch? Mein Blick heftet sich auf das kackbraune Holzverhüterli über dem Miniaturwaschbecken, zu dem ein Stück Gratisseife und ein verschweißter Becher mit sterilisiertem Wasser gehören.
Ich pfeife aufs Zähneputzen. Wasser ade!
Doppelt verriegelt, das Rollo ist unten, es pieselt erst zögerlich und dann kräftiger, das Rattern erschwert die Balance, zweimal Zwischenleerung, mehrmals Nachspülen mit heißem Wasser – es lebe die Bahn! –, Hämmern mit Gebrüll von nebenan, zurück ins Schlaffach. Kaputt. Fix und alle. Groggy. Ich träume von Wasserfällen und Rollschuhlaufen, Rittern und Burgen, um halb sechs in der Frühe weckt mich energisches Klopfen an der Tür.

Jochen Rosenfeld hat für mich das Frühstück geordert, das aus einem cellophanverschweißten Schokocroissant und einem angekatschten Becher bitteren Kaffees besteht und sogar etwas weniger als im Hilton kostet. Nicht viel weniger, aber Kleinvieh macht auch Mist, wenn ich nur oft genug die einzig noch überlebende »Donauwelle« beehre, habe ich in zehn Jahren glatt ein »petit déjeuner« raus.
»Ist ja geschenkt«, sage ich laut.
»Sie können gern aufrunden. War sonst noch was?«
»Ja«, sage ich, »Wasser zum Zähneputzen wäre nicht übel. Ich bezahl's auch.«
»Steht in Ihrem Waschkabinett. Gratis.«
»Da steht nichts mehr, ich putze eben öfter.« Notlügen zählen nicht, weiß jedes Kind, meine besonders.
Die kackbraunen Wände sind dünn wie Papier, er trägt die Kunde von meinem Wasch-Putz-Zwang ins Nachbarabteil und erntet markige Zustimmung von dem Ruhebrüller.
Mir egal! Ich habe nicht einmal schlecht geschlafen, und draußen tauchen schon die ersten Berge auf. Jodeldijeh.

Die »Alte Post« liegt im Zentrum der Altstadt von Spittal und empfängt mich mit Geranien in allen nur denkbaren Rottönen und nicht weniger farbenfrohen Sonnenschirmen, unter denen fröhlich dreinblickende Menschen mit über den Tellerrand lappenden Schnitzeln oder gigantischen Eisbechern zugange sind. Mir läuft das Wasser im Mund zusammen. Alle Erschöpfung fällt schlagartig von mir ab. Hier bin ich richtig. Eine heiße Dusche, und dann ran an den Speck! Machte sich total schlecht, wenn ich den Kollegen bei der Vorstellung ausgehungert in die Arme sänke. Noch gut zwei Stunden, bis dahin bin ich wie neugeboren. Frohgemut betrete ich die Halle, die rustikal eingerichtet ist, ohne jedoch spießig zu wirken. Gutbürgerliche Gemütlichkeit, nichts gegen zu sagen, quasi naturgewachsen, passend zu Gipfelkreuzen und panierten Fleischlappen und der schmucken Tracht der Angestellten vor mir an der Rezeption.

»Guten Tag! Ich bin die Frau Wilde aus Köln.«
»Grüß Gott!« Die fesche Dirndlfrau lächelt mich an. »Sie wünschen ein Zimmer?«
»Ich habe ein Zimmer.« Ich lächele zufrieden zurück, doch Sekunden später lächele ich nicht mehr die Bohne, weil ich leider aufgrund meiner verspäteten Anmeldung nicht mehr wie die anderen elf Drehbucheleven im Haus untergebracht werden konnte.
»Und jetzt?« Ich sehe mich schon unter einer Brücke am Ufer der Drau nächtigen.
»Wir haben Sie im ›Haus Madl‹ einquartiert, zur Zeit ist Spittal wegen der Spiele nämlich total ausgebucht. Sie gehen einfach bis zum ADEG-Großmarkt, biegen nach rechts ab, nach der Bahnunterführung die zweite links, dann immer nur geradeaus, wenn keiner aufmacht, fragen Sie unten im Laden nach der Keuschen.«
???
Immer mit der Ruhe! Frauen werden in Freudenhäuser verschleppt, aber nicht zu Nonnen, die sich Keuschheit aufs Banner geschrieben haben. Im übrigen eine aussterbende Tugend, weil der Nachwuchs ausbleibt.
Eben!!! Nepper, Schlepper, Nonnenfänger, das Frischfleisch in den unkeuschen Amüsierbetrieb und die reiferen Jahrgänge zum keuschen Krankenpflegen-Meditieren-Unkrautrupfen ins Kloster. Tschüs, Ottokar!
Denk doch einmal praktisch, Mädchen!
Mit Schwielen überall? Hände wie Füße, Quallenquaddelsalat, fehlt nur noch der Essigschwamm, den mir einer zwecks Erfrischung ans Maul hält. Ich gehe keinen Schritt mehr zu Fuß, keinen einen-einzigen-winzigen.
»Gibt es Taxis?« Das ist praktisch gefragt, muß sogar die Klugschwätzerin in mir zugeben, kein Anpfiff!
»Ja sicher, nur zur Zeit, Sie wissen ja, die Spiele ...«
Ich weiß nichts, es ist mir auch herzlich egal, wer gegen wen oder was spielt, am liebsten führe ich wieder heim. Lediglich der Auftritt eines Menschen mit unglaublich schiefen Zähnen, die alles vom Mund bis zur Nase in die Schräge zu rücken scheinen, hält

mich davon ab, umgehend den Bahnhof anzusteuern. Wie sein Kollege im Kölner Puschenkino weiß er auf Anhieb, daß ich die Frau Wilde sein muß, und stellt sich mir als mein Tutor vor: »Hajo Schocklitsch, aber Hajo reicht, ohne Sie wär ich glatt arbeitslos geworden, jetzt ist meine Gruppe doch noch komplett, also ich freu mich.«

Ich freue mich ebenfalls von ganzem Herzen, als er sich meines Gepäcks und meines Outlaw-Gefühls erbarmt und mich zu einem Kastenwagen lotst, in dem ein total verdreckter Rauhhaardackel hin und her springt und sich, kaum daß ich auf dem Beifahrersitz Platz nehme, über mich hermacht.

»Das ist der Struppi. Er mag Sie.«

Mich oder Kaiser-Franz-Gott-hab-ihn-selig und alles, was von dieser Nacht auf Rollen sonst noch an mir haftet, denke ich und passe auf, daß die Dackelschnauze immer hübsch im oberen Bereich bleibt. Weiß man ja schließlich, wo Hunde am liebsten schnuppern.

»Süßer Kerl«, sage ich laut, »höchstens ein bißchen schmutzig, oder?«

»Moorschlamm«, teilt mein Tutor mir mit, »sehr gut gegen Rheuma und Allergien und eigentlich alles, müssen Sie unbedingt ausprobieren.« Ungeachtet meines Zurückzuckens – ich will sauber werden, verdammt! –, erzählt er mir voller Begeisterung von morastigen Seen, gletschergekühlten Gumpen, sekundenschnell im Nebel abtauchenden Bergen, bis auf den Stumpf abgebröckelten Burgen und Most, immer wieder Most.

Als wir endlich an dem Schild »Unterortenkeusche« (hier muß ein Nest sein) abbiegen und inmitten beschaulichen Grüns vor einem Haus halten, dessen Schieflage sehr viel Ähnlichkeit mit den Zähnen meines Betreuers aufweist, weiß ich, daß ich mich glücklich preisen darf, weil ich dem Rummel in Spittal –»die Komödienspiele, Sie wissen schon!« – entkommen und im Mekka von Apfelmost, Birnenmost, Mostschaum, Mostbraten, Mostspalten und Mostsuppe gelandet bin: »Und wenn's Ihnen kalt ist, trinken S' halt einen Glühmost bei der Keuschen.«

??? Ich fasse mir ein Herz, jetzt will ich es genau wissen. »Handelt es sich bei der Dame um eine Nonne?«

»Bestimmt nicht.«

Ich überlege, ob das Wort »keusch« in Österreich eine andere Bedeutung besitzt, verspüre aber eine gewisse Hemmung, das zu thematisieren, weil damit auch automatisch die Kehrseite der Enthaltsamkeit angesprochen würde.

Hajo Schocklitsch scheint meinen Zwiespalt zu erahnen. »Ach so, verstehe, aber machen Sie sich da mal keine Gedanken, die ›Keusche‹ heißt nur so nach dem Most, den sie nach Altvätersitte preßt. Galt im Mittelalter als Keuschheitstrank, ›liquamen castimoniale‹, auf die Weise konnten die klugen Mönchlein sich mit viel Pläsier läutern und gegen ›Erhitzung‹ schützen, so steht's wortwörtlich in den Annalen. Ich besorge Ihnen gleich einen Willkommensschluck.«

Weil ich so aussehe, als ob ich erhitzungsgefährdet wäre? »Tut mir leid«, sage ich steif, »aber das wäre wohl nicht so günstig, weil ich auf leeren Magen nicht mal einen Fingerhut voll Alkohol vertrage. Ich wäre sofort hinüber.«

»Dann essen S' halt eine Brett'ljausen bei der Keuschen dazu.«

Keine fünf Minuten später weiß ich, daß die »Keusche« die »Tanten« des Schenkwirts ist, der zugleich als ältester Sohn den Hof bewirtschaftet, von dem reichlichst gesunde Landluft durchs Fenster weht. Ich zwinge mich, mir nicht die Nase zuzuhalten. Wer im Glashaus sitzt, sollte nicht und so weiter. Während ich der Frau durch das Stiegenhaus des »Madl« ins Obergeschoß folge, überlege ich, wie lange ihre letzten »Erhitzungen«, die nicht von vereiterten Mandeln herrühren, zurückliegen mögen. Angesichts dieses vor mir hochstampfenden Kraftpaketes kann Mann sich nur wünschen, daß die Keusche keinen Rückfall erleidet oder aber prophylaktisch in ihrem Most badet. Die Waden machten jedem Kicker Ehre, dem Schwitzkasten dieser vor- und zurückschwingenden Armschlegel entkäme niemand.

»So!« Stimme wie Donnerhall, wir sind oben angekommen, rechts ein Butterfaß auf den Bodendielen und links die biblische Übermutter in Öl an der Wand, dahinter ein schmaler Flur mit sechs Türen, davor die Hüterin der blitzsauberen Gastzimmer, die sie mir nun eines nach dem anderen zeigt. Sechsmal Kruzifix, Weihwasserbecken und Maria als Reprint, die Möblierung ist eher spartanisch, das Bettzeug türmt sich gewaltig, außerdem gibt es fließendes Wasser und ein »Häuserl« am Ende des Ganges, bis vor kurzem war's noch draußen im Hof, hab ich ein Glück.

»Welches Kammerl wollen S'?«

Wo liegt der Unterschied? Ich entscheide mich für das hinterste Zimmer, weil ich dort nun schon einmal mitsamt Gepäck angekommen bin.

»Bürstlböden.« Die Keusche nickt zustimmend.

Ich blicke nach unten, offenbar habe ich, ohne es zu wissen, genau jene Kemenate gewählt, die doch etwas Besonderes zu bieten hat. »Bürstl« dürften Borsten sein, das erinnert mich spontan an meinen Sisalteppich daheim und an meine Kids, die ich unbedingt anrufen muß.

»Draußen«, dröhnt die Stimme. »San S' gut zu Fuß?«

»Eh – ja – grundsätzlich schon ...« Ich bin hoffnungslos verwirrt.

Meine Wirtin hat Erbarmen und erklärt mir, daß die Bürstlböden zum Aufstieg aufs Goldeck gehören, das ich nur von diesem Eckzimmer aus sehen kann: »Da wachen S' auf und schauen drauf, Sie san mir eine ganz Gescheite, und wenn S' das zweite Bettzeugl stört, räum ich's Ihnen geschwind ab.«

Diesmal schalte ich rascher und versichere, daß ich mich von einer komplett bezogenen zweiten Betthälfte nicht belästigt fühle. Stumm ergänze ich, daß ich diese nichtsdestotrotz keinem Zweck zuführen werde, der mir die Mostkur ersetzt, einfach weil ich nicht auf Schieflage stehe und mich auch sonst kein Mannsbild anlacht.

Lachen mit Gefälle. Parkt downstairs. Ein paar Minuten, habe ich gesagt. Ich drehe den an einer Holzbirne befestigten Schlüssel herum und starte zur Katzenwäsche mit Wasser, das direkt aus einem Gletschersee stammen muß, sprinte wenig später treppab

und finde meinen persönlichen Betreuer mit Struppi und der »Keuschen« unten im Laden sitzend, wo alles rund um das Thema Most verkauft wird. Momentan sind die beiden die einzige Kundschaft, es riecht fruchtig und auch ein wenig bitter, dazu gesellt sich der Duft von noch warmen Laugenbrezen.
»Müssen wir nicht los?« frage ich und zwinge meinen Blick von den Brezen weg. Allerdings könnte ich eine auf die Faust nehmen ...
»Keine Eile, ich hab telefoniert, heute mittag gehen wir's kommod an, Ihre Kollegen sind auch noch nicht parat, die Hatz heut abend reicht.«
Na dann. Da war doch noch was? Mädchen, beweg die grauen Zellen! »Anrufen müßte ich auch mal.« Tolle Mutter, vergißt glatt ihre eigene Brut.
»Nehmen S' mein Handy, geht alles auf die Stiftung.«
Ich greife zu. Zu Hause ist alles bestens, leider hat man jetzt gerade absolut keine Zeit für mich, weil das Aqualand ruft, welches ich meinen Söhnen mit diversen Ausreden seit Monaten vorenthalte. Na gut! Soll der Übervater von eigenen Gnaden sich statt meiner in dunkle Wasserrutschröhren quetschen, welche die nackte Panik in mir erzeugen und obendrein meine Löwenmähne dem Fell von Dackel Struppi ähneln lassen. Lieber nehme ich den Hund auf den (gletscherwassergereinigten) Schoß und greife bei dem Laugengebäck zu, das in Gesellschaft von ein, zwei Gläsern Most glattweg das Zeug zur Himmelsspeisung hat.
Solcherart gestärkt kann mich nichts mehr umhauen, höchstens die Mitteilung meines Tutors auf der abendlichen Fahrt zurück nach Spittal, daß er es wirklich prima findet, daß ich nicht den ganzen Nachmittag beim Frisör verplempere, um mich für ein paar »Lackafferl aus Wien« herzurichten.
»Sie haben Hatz gesagt.« Mir schlägt das Herz bis zum Hals und gegen das Jeanshemd, das mir haargenau passend erschien, um mit den Kollegen die zukünftige Arbeit »kommod« anzugehen, was in der Terminologie unseres Tutors doch wohl nur zünftig und hochprozentig heißen kann.

»Ist dasselbe.«
Ich verordne mir Entspannung. »Und wo findet das Besäufnis statt?«
»'türlich im Schloß.«
Ohne das keuschfruchtige Gären in Kopf und Bauch wäre ich vermutlich ausgestiegen oder hätte zumindest auf Umkehr beharrt, um mich meinerseits für die Herrschaften zu schmücken, welche uns heute abend würdig in einem der schönsten und bedeutendsten Renaissancebauten nördlich der Alpen willkommen heißen werden. Selbstredend sind auch Vertreter des hiesigen Kulturamtes (»lauter Schlafmützen«) und der Presse (»kommen immer, wenn's gratis ist«) anwesend, lediglich der Oberboß (der mit dem Geld) hat seine Teilnahme absagen müssen, weil er sich nicht vierteilen kann: »Sah ja fast so aus, als ob wir nicht mal zwölf Teilnehmer für Kärnten zusammenbekämen, obwohl doch alles die Stiftung zahlt. Die Leute wollen halt samt und sonders direkt nach München oder Berlin oder meinetwegen Hamburg, sogar Köln boomt, für die sind wir tiefste Provinz. Sie haben mich sozusagen gerettet, ohne den Job hier müßte ich glatt zurück ans Lyzeum gehen.«
Ich habe ihn gerettet. Er mich nicht. Das nehme ich ihm übel, sogar hochgradig, und die Miesmacherei meines Hauptjobs finde ich auch nicht nett. Sein Lyzeum rangiert eine Stufe über meiner Realschule; wenn einer Grund zum Jammern hätte, dann ich. Ersatzweise verfrachte ich seinen verdreckten Dackel umgehend auf den Rücksitz und tue kund, daß ich durchaus Wert darauf lege, mich zu festlichen Anlässen angemessen zu präsentieren: »Sie können von Glück reden, daß Ihre oberste Heeresleitung heute abend nicht erscheint, sonst hätte ich mich gleich über Sie beschwert.«
»Zapperlot, so'n bißchen Rage steht Ihnen richtig gut.« Er grinst, Struppi kläfft und besteigt mich zur Abwechslung auf dem Umweg über die Schulter. Prima, jetzt ist das Pfotenmuster wenigstens durchgängig.
»Wie heißt der Herr, damit ich mich schriftlich an ihn wenden kann?«
»Sie erleben ihn schon noch persönlich, keine Bange! Der reist von

hier nach dort, ich übrigens auch. Bis zum großen Finale suche ich Sie und meine anderen drei Schreiberlinge nämlich vor Ort heim, man ist ja flexibel, überhaupt wollt ich schon immer mal nach Düsseldorf.«

»Köln«, ich gebe dem Dackelhintern einen Schubs, »schleich dich.«

»Gibt's da einen Unterschied?« Augenzwinkern. »Meinen Sie mich?«

»Zwischen Köln und Düsseldorf liegen Welten. Übrigens wüßte ich nicht, daß Sie bei mir auf dem Schoß sitzen.«

»Gäb Schlimmeres!«

»Vergessen Sie's.«

»Schade.«

»Gibt ja noch mehr Schreiberlinge«, diese Bezeichnung nehme ich ihm zusätzlich übel, »obendrein frisörgestylte und so.«

»Verzichte dankend.«

»Ist der Friseur in Spittal so schlecht?« In mir keimt Hoffnung.

»Sie wären mir halt lieber, Sie haben so was Erfrischendes, außerdem mag Struppi Sie. Was halten Sie von 'ner Tour aufs Goldeck?«

»Was sagt Ihr Oberboß eigentlich dazu, wenn er erfährt, daß Sie seine Stiftungsgelder bei Kraxeltouren verjubeln?«

»Im Zweifelsfall kommt er mit, der ist schwer in Ordnung und kann im Gegensatz zu den meisten von der Filmhochschule sogar 'ne ›Lila Pause‹-Kuh von 'ner echten unterscheiden, das ist kein Geschniegelter, und außerdem hat er echt Ahnung von der Materie.«

Ich versichere Hajo Schocklitsch, daß ich auf seinen Boß pfeife.

»Beschwören Sie's nicht. Da wären wir übrigens.«

Ich sehe auf einen monumentalen Turm, wehrhaft-trutzig, steige notgedrungen aus, betrete im Schlepptau meines Tutors – Struppi muß im Kastenwagen bleiben – einen Arkadenhof mit symmetrisch runden Säulen, die in allen drei Geschossen denselben Abstand aufweisen, lasse Hinweise zu »toskanischen Kapitellen« und »seitlichen Voluten« (wohl doch nicht nur Most im Kopf, wie?) an

mir vorbeirauschen und spüre dem Echo der näher rückenden Stimmen auf meinem Dekolleté nach. Rosig mit niedlichen roten Tupfern, dürfte wie Fleckfieber aussehen, dann erreichen wir die Gesellschaft, welche sich um etliche Flaschen Schampus nebst Büffet und eine Gedenktafel schart.
Die Presse zieht es unverkennbar zu den kulinarischen Genüssen, im Dunstkreis von Käselauch und glacierten Äpfeln – ein gebakkener Kalbskopf im Kartoffelsalatbett mischt ebenfalls mit (muß nicht sein!) – mache ich gleich fünf Kameraaugen aus (und ich in Jeans!). Eine Handvoll sehr würdiger Herren zieht es wiederum unverkennbar zu den startklaren Objektiven (die Kulturträger aus Wien?), während das verbleibende runde Dutzend sich immerhin den Anschein gibt, nicht bloß auf das Startzeichen zum Futterfassen respektive Geblitztwerden zu warten. Bei diesen Menschen mit Sinn für Etikette unterscheide ich drei Grüppchen, jedes hat sich seine eigene Säule gesichert.
»Ihre Kollegen!« Hajo knufft mich sanft, was ausgesprochen unfein und in jedem Fall viel zu intim ist. »Gehen wir's an, oder brauchen Sie erst ein Glas?«
»Bestimmt nicht.« Mein Kopf verteilt bereits die zum Erscheinungsbild passenden Genres. Soviel hat mein Tutor mir, eingebettet in seinen Exkurs über Most-Keusche-Kraxeltouren, immerhin verraten, daß wir entweder »mit Thrilleffekten«, »historischem Kern« oder »heiter« arbeiten werden. Mischformen sind unzulässig, und mich hat man bei Hajo Schocklitsch (»Ich gelte als chronische Ulknudel!«) untergebracht, weil meine Geschichten aus dem Leben einer alleinerziehenden Mutter mit vier Söhnen und ab und zu einem Mann eindeutig ins heitere Fach schlügen. Haben die eine Ahnung. Oder ich? Fesselspiele ade!
Zielsicher steuere ich das Quartett an, das für die »Vier von der Tankstelle« die ideale Besetzung böte. Unverkennbar meine Crew, lauter in Schlips und Kragen abgepackte Humorbomben, obendrein hochprozentige. Die Jungs haben heute nachmittag offenbar »Frisör« und Schenkwirt verwechselt, sofern sie nicht gerade ein Vollbad in Most absolviert haben. Nun albern sie herum und mal-

trätieren hochherrschaftliche Ornamente derer von Salamanca und Porcia (sogar das Kaiserpaar höchstselbst ist hier schon lustgewandelt) mit ihren Ellbogen und Schwitzhänden. Ich stutze und zähle rasch die oberen Extremitäten nach. Ich zähle noch einmal. Da stimmt was nicht. Die vierte im heiteren Bund bin doch ich.
»Da ist einer zuviel«, flüstere ich meinem Betreuer zu.
»Da ist keiner zuviel, vier Möchtegern-Thriller und meine für Spannung zuständige Kollegin.« Hajo Schocklitsch zeigt auf ein zierliches Persönchen, das bislang von seinen herumalbernden Schülern verdeckt worden ist, obwohl es wahrlich das Zeug zum Hochspannungselement hat. Feuerrote Haare, Porzellanteint, das Grün der Augen gereichte im Gegensatz zu meiner Erbsensuppenfarbe jeder echten Nixe zur Ehre, alle Achtung! Natürlich ist auch ihr Kleid ein Traum.
Ich gebe brav Pfötchen, versuche nicht an mein eigenes Outfit zu denken, und konzentriere mich auf den verbleibenden Rest. Gehöre ich nun zu dem Kaffeekränzchenduo mit Gockel (bitte nein!) oder den Flippig-Schrillen-und-kein-bißchen-Billichen?
Ich gehöre, wie könnte es anders sein, zu dem gespreizten Glatzkopf im dauergewellten Hühnerhof.
»Vielleicht doch erst ein Glas zur Stärkung?« Unter dem Ansturm seiner Zöglinge lächelt mein Tutor nur noch halb so fröhlichschräg wie bei dem Ansinnen, mich aufs Goldeck zu entführen, was ich ihm nicht einmal mehr übelnehmen kann. Die da sind schrecklich, zumindest sehen sie so aus. Sogar Hajo Schocklitschs Sucht nach Most erscheint mir plötzlich nachvollziehbar.
Binnen weniger Minuten erfahre ich, daß sich um meinen einzigen männlichen Mitstreiter alle bekannten »Heinze« von Erhardt bis Rühmann gerissen hätten, wenn ein ungnädiges Schicksal sie nicht vor dessen Debüt abberufen hätte. Die Glücklichen! In die Sorge, ob es überhaupt noch lebende Schauspieler gäbe, die seinem bereits fix und fertig durchkonzipierten Luststück gerecht werden könnten, platzen die beiden Damen mit höchst praktischen Anmerkungen über den Frisör, den sie heute nachmittag gemeinsam aufgesucht haben, was sie mir fast schon wieder sympa-

thisch macht. Zumal in der Beschreibung hiesiger Lockwelltechniken und Stammkundenallüren tatsächlich eine Art bodenständiger Humor aufblitzt. Vielleicht sind die beiden doch nicht so übel und potentielle Bündnispartnerinnen gegen den kahlköpfigen Gent im Abendwestchen mit Hirschhornknöpfen. Trachtenbubi aus dem Kohlenpott, ei der Daus!

»Es geht los«, knurrt unser Tutor, »und das ohne Vorwarnung, Schweinerei, jetzt ist der Schampus erst mal weg.«

Wo er recht hat ... Ich schaue den beiden Kellnern nach, die den beeindruckenden Silberzuber nebst Eisstücken und Flaschen von dannen tragen und uns nur noch die Wahl zwischen petersiliengeschmücktem Kalbskopf hier und dem kaum weniger ausgeprägten Haupt des ersten Redners dort lassen. Ein reines Augenspektakel, versteht sich, zugelangt wird erst später.

Wieviel später? Ich überschlage die Zahl der potentiellen Festreden, komme auf die Zahl sieben und höre, wie mein Magen laut Kontra böllert.

Die anderen hören es auch. Peinlich! Etwas Krümeliges schiebt sich mir in die Hand, es handelt sich um eine Laugenbrezen, der Spender ist natürlich Hajo: »Hab ich bei der Keuschen als Notproviant eingesteckt, ich kenn das.«

Der nächste inwendige Knurrer überzeugt mich davon, daß jetzt weder Skrupel gegen den Aufbewahrungsort (Hosentasche? Ziegenlederblouson?) noch Benimmvorschriften gefragt sind. Ich trete dezent hinter die nächste Säule und beiße zu, während der Okkupator des Mikrofons eine Inschrift an der Säule zehn Meter weiter liebkost.

»Diese Rizzi-Gedenktafel erinnert uns an den Grillparzer-Verein und damit an die Bedeutung des hier in Spittal im Schloß geborenen Schriftstellers und Journalisten ...«

Blitzlichter. Beifall. Der Sprecher verneigt sich.

»In diesem Geiste werden nun Sie, verehrte Damen und Herren, an dieser würdigen Stätte ...«

Ich weiß schon, würdig mit toskanischen Kapitellen und Voluten (hat was mit Kringeln an ionischen Säulen zu tun, kluges Mäd-

chen!). Eigentlich war ich auf »schrill & billich« eingestellt, sei's drum! Die Brezen hilft mir über die Rede des ersten Wiener Lackafferl hinweg, bei Nummer zwei und drei plagt mich ungeheurer Durst, was an den groben Salzkörnern liegt, dann macht die Administration den Praktikern Platz. Jetzt wird's schon interessanter, auch wenn weder *der* Regisseur noch *die* beiden Produzenten es versäumen, ihre Verdienste herauszustreichen. Das Schlußlicht bildet *der* Screenwritercoach, dem ich seinen Ruhm sogar abnehme, weil ich ihn im Gegensatz zu allen Vorrednern tatsächlich schon einmal im Fernsehen oder einer Zeitung gesichtet habe. Darüber hinaus beweist er seine Kompetenz dadurch, daß er mit einem Fingerzeig auf den gebackenen Kalbskopf kundtut, daß er jetzt lieber dem »toten Kollegen« den Vortritt läßt, weil wir ihn selbst sowieso am übernächsten Tag nochmals auf dem »Speiseplan« haben: »Hoffentlich etwas lebendiger, wohl bekomm's!«
Frenetisches Klopfen belohnt die zwanglose Eröffnung des Büffets, auch die Getränkekellner kehren zurück, über unseren Köpfen schluchzen Streicher und vollausgebildete Gesangsstimmen ohne Ende. Als ich schließlich in das Taxi steige, von denen etliche auf das Ende des Komödienspiels mit Überlänge warten (schlecht gelaufen, diesmal für die anderen!), tue ich dies in dem satten Gefühl von diversen köstlichen Schmankerln in meinem Bauch und rhetorischen in meinem Kopf, die ich mit Nachschub aus dem Silberzuber allesamt bestens verdünnt und fast schon verdaut habe. Unterm Strich hat mir nicht einmal mein Jeansblau geschadet, und ein Make-up, das nicht vorhanden ist, kann sich auch nicht auflösen. So gesehen bin ich aus dem Schneider, guter Dinge und rechtschaffen müde.
»Und wo geht's hin?«
»Zu der Keuschen«, grummele ich.
Der Taxifahrer ist ein »Imi« oder wie immer man hier die depperten Zugereisten nennt. »Zu *der* Keuschen«, wiederholt er lustvoll, »hat's davon in ganz Spittal nur eine einzige? Leider hat mich die Dame noch nicht angefordert, wenn S' vielleicht ein Adresserl bei der Hand hätten.«

Seine blöden Späßchen kann er sich sparen. Leider gerät meine Erklärung über die Herkunft dieses Wortes leicht aus den Fugen, bei der Aufzählung aller der Erregung förderlichen Mosterzeugnisse lacht dieser ungehobelte Mensch sogar laut heraus.
»Dann eben Unterdrückung der Erregung«, schimpfe ich, »passen Sie lieber auf Ihre Straße auf, Sie Wiener Lackafferl, Sie.«
Der Wagen hält. »Wollen S' bittscheen aussteigen, beleidigen lass i mi net.«
In Erinnerung an die Wegbeschreibung der Empfangsdame von der »Alten Post« heute mittag und meinen jetzigen Zustand lenke ich ein, stelle ein ordentliches Trinkgeld in Aussicht und lande endlich bei der Keuschen mitsamt Weihwasserkessel, Marienbild und einer jungfräulichen Betthälfte. Zum Glück bekommt sie nicht mit, wie ich mich hochschleiche, gegen das Butterfaß donnere, das sich mir heimtückisch in den Weg stellt, und ob meines lästerlichen Fluchens bei der Goldgerahmten Abbitte leiste: »Sorry.«
Die Antwort ist ein schmerzensreiches Lächeln der Sorte Essigschwamm. Dann eben nicht!

Wo schon der Franzl mit dem Resl ...

Am nächsten Morgen bestätigt mir das Anerbieten der Keuschen, für die nächsten drei Tage ihren Drahtesel zur Fahrt in den Ort zu benutzen, daß sie meinen nächtlichen Frevel tatsächlich nicht mitbekommen hat. Ich akzeptiere dankend und fühle, wie der frische Fahrtwind (zum Glück geht's fast nonstop bergab) auch den Bodensatz dessen, was ich am Vorabend an geistigen Genüssen konsumiert habe, aus mir herauspustet. Das Frühstück war im übrigen auch nicht von schlechten Eltern, mit Wurst aus der eigenen Schlachterei und Eiern von unter meinem Fenster freilaufenden Hühnern.

Dem Gockel drehe ich allerdings den Hals um, wenn er mich morgen früh wieder vor meinem Wecker aus Traumgespinsten reißt, in denen ich Ähnlichkeit mit Maria Theresia hatte, die mit süßen neunzehn Lenzen ihr geliebtes Franzerl ehelichen durfte, ihm zunächst drei Mädchen (aber keinen einzigen Knaben, na so was!) gebar und just im Schloß Porcia mitsamt der fürstlichen Bettstatt zusammenkrachte. Hochnotpeinlich, war mein erster Gedanke, als Hajo Schocklitsch mir diese Anekdote gestern unter dem Triumphbogen, der noch heute an den kaiserlichen Besuch gemahnt, erzählte. Anscheinend sah man das damals aber völlig anders und wertete die Bruchlandung als Beweis dafür, wie herzhaft sich das junge Paar um einen Thronfolger bemühte. Na, wenn das so ist ...

Mit mir wäre das Franzerl – das sich diese Nacht Ottokar nannte, welch ein Schelm! – leichter an einen Sohn gekommen. Söhne kann ich aus dem Effeff. Fabi-Maxi-Jonas-Lucas-Leopold, Poldi ginge auch, gar kein so unübler Name für einen Filius. Doch dieses Thema ist für mich vom Tisch, zumal ich schon alles Zubehör von der Strampelhose bis zum Kinderwagen verschenkt habe.

Ob Jochen daran gedacht hat, sie die Haare nach dem Schwimmen fönen zu lassen? Maxi hat's rasch an den Ohren, und bei Lucas war der Schnupfen noch nicht völlig auskuriert. Bestimmt hat Fabian wieder eine neue Flamme aufgetan, die ihm unweigerlich ihren Knackpopo mit nichts als einem Läppchen vorn und einer Kordel hinten nachgetragen hätte, wenn, ja wenn seine Brüder nicht dabeigewesen wären: »Die blamieren einen bis auf die Knochen!«

Stimmt, dazu habe ich ebenfalls etliche Histörchen auf Lager. Freier in Not, bei einigen hat's auch nur das neue Auto oder den Kaschmirpulli oder die Protzuhr erwischt, trotzdem haben sie schlimmer gejammert als ich in den Wehen. Neun Hänger auf einen Sympathischen, und der hat dann gewöhnlich schon eine nette Frau oder einen Job, der sich nicht mit meinen vier Jungs verträgt. In der Computersprache nennt sich das inkompatibel, ein Problem, das mit fortschreitender Technik für immer weniger Geräte zutrifft. Ich habe schon seit langem den Verdacht, daß wir Zweibeiner gewaltig hinterherhinken.

»Baden Sie immer mit Zweiradantrieb?«

Mein Fuß erwischt die Rücktrittbremse in letzter Sekunde, die Wiese ist glitschig, ich begebe mich in Schräglage und lande sanft keinen Steinwurf vom Ufer der Drau entfernt. Es ist nicht unbedingt erhebend, schon zum zweiten Mal die Gelackmeierte zu sein. Gestern müffelnd und heute grün gesprenkelt, was ist so wahnsinnig erheiternd an meinem Anblick?

»Ist in Ihrem Vier-Sterne-Bunker das Frühstück ausgefallen?«

»Struppi hat Sie vermißt. Wollten mal gucken, wo Sie bleiben.«

Ich kraule den Dackel, der heute zur Abwechslung nicht aus dem Moor, sondern aus dem Flüßchen kommt und mir beweist, daß mich wahrlich Schlimmeres hätte ereilen können als ein Vollbad in derart klarem Wasser. Quellfrisch, so gut riecht nicht mal meine Seife mit Atlantikfrischegarantie. Lediglich dieses Gewusel von Fischleibern würde mich stören.

Maxi fordert Zierfische als Gegenleistung für vier Wochen Ordnunghalten, daran muß ich automatisch denken. Und falls er bis zu den Sommerferien durchhält, erwartet er sich einen Hund als Dankeschön. In einem Mietshaus? Solch ein Tier braucht Auslauf...

»Ihr Hund ist okay«, sage ich laut.

Der Hundehalter hockt sich neben mich ins Gras und grinst noch schiefer als sonst. »Haben Sie zufällig was gegen Männer?«

»Ich hab vier Söhne.« Struppi schüttelt sich, die Wassertropfen stieben, wahrscheinlich habe ich ihn zu fest geherzt.

»Von mir haben Sie in der Hinsicht nichts zu befürchten.«

Ich schweige. Bei jedem anderen hätte ich auf ein Faible fürs andere Ufer getippt, doch in diesem Fall gibt wohl die Schieflage von den Zähnen bis zu den Brauen den Ausschlag für soviel Abstinenz. Kann er sich nicht wenigstens die Haare anders kämmen? Sogar der Scheitel hat Schräglage. Wenn ich ihn jetzt ein bißchen wie seinen Hund knuddele, könnte er das falsch verstehen.

»Wie wär's mit Freundschaft?« Er starrt zielsicher an mir vorbei. »Ich schau Sie gern an, und Struppi ...«

Plötzlich habe ich sie beide auf dem Schoß. Zwei Köpfe, einer mit Schnauze und der andere mit einem schiefen Mund, zum Glück bekommt niemand mit, daß mir ganz mulmig wird und das Wasser vor mir eine Dependance in meinen Augen eröffnet. Der Juniorchef der Christenheit hat Wasser in Wein verwandelt, bei mir langt's nur für den Wechsel von süß zu salzig, und was das Ärgste ist, ich weiß nicht mal zu sagen, was mir am meisten unter die Haut geht.

Ein Mann, den die Natur so stiefmütterlich behandelt hat, daß er sich schon freiwillig zur Ulknudel macht? Lache, Bajazzo!

Ein Dackel, wie mein Tierfreund daheim ihn sich wünscht?

Eine Löwin, die schwarzbraunes Fell und schon schütteres Blondhaar (sehr fein, fast wie bei Babys) krault und dabei an einen dritten Schopf denkt, der zu Augen in der Farbe meines Couchtischs gehört? Klarer Fall von Selbstmitleid!

Oder alles zusammen?

Du bist so maßlos, Lea. Geradezu radikal!

»Wann fangen wir eigentlich an?« frage ich. Zumindest auf diese Frage müßte eine klare Antwort drin sein.

»Scheiße!« Die Babyzauseln rucken hoch, Struppi jault, weil es seine Pfote erwischt hat, leider ist auch das Rad der Keuschen nicht ganz unbeschadet davongekommen, die Kette ist abgesprungen, und während mein neuer Freund sie wieder aufzieht, läßt er mich wissen, daß ich mir wirklich einen günstigeren Zeitpunkt für meine Schlitterpartie hätte aussuchen können: »Gleich nach dem Frühstück geht's mit den Berufsverbänden los, die nehmen's besonders genau, also dalli.«

Leider bleibt mir keine Zeit, ihm klarzumachen, wie enttäuschend ich seine Vorstellung finde. Typisch Kerl! Kaum wird's brenzlig, dreht er den Spieß herum und ergreift das Hasenpanier. In diesem Fall mit meinem Leihrad, schon sitzt er vorn auf, weshalb ich notgedrungen auf den Gepäckträger klettere, die Beine spreize und in rasanter Fahrt durch das Stadttor und auf die »Alte Post« zubrause, hinter mir den kläffenden Dackel, rechts und links die Gaffer, eine Mordsgaudi.

Gemessen an dem, was folgt, ist diese Talfahrt wirklich für etliche Stunden das einzig Flotte. Wir sitzen rund um einen langen Konferenztisch, ultramoderne Rollos mit metallisch glänzendem Lichtfilter sperren Bergzipfel und Himmelsblau aus, der einzige Lichtkegel im Halbdämmer zwingt unsere Blicke auf ein Stehpult, an dem die Wasserfläschchen mit den Referenten wechseln. Bei letzteren muß es sich um Ableger der Wiener Lackafferln vom Vorabend handeln, man beruft sich großspurig auf alle möglichen Körperschaften und Schutzpatrone im deutschsprachigen Raum, paart völlig ungeniert Gewerkschaftsfäuste mit der Grußschrift eines Prinzen-von-und-zu und preßt die Flosse von einem Medienmogul obendrauf (Klüngel allerorten, ich sag's ja!).
»Und jetzt gehen wir in medias res«, verheißt Number three.
Na hoffentlich! Rein äußerlich vermag ich, abgesehen von der sehr üppig blühenden Krawatte, noch keinen Unterschied zu erkennen. Die Restmenge ist hier wie dort saharabeige verpackt. Lackafferluniform für tagsüber? Oder Sonderangebot?
Sei nicht immer so voreingenommen, Lea! Kannst du dir als Vierfachmutter doch gar nicht leisten!
Ich riskiere einen Blick zur Tür, ob Schwiegermuttern sich etwa heimlich eingeschmuggelt hat. Hat sie nicht, statt dessen bemüht sie wieder einmal unter Umgehung aller Kosten jene in fünfzehn Jahren installierte Pipeline. Fair ist das nicht. Bei amtlichen R-Gesprächen kann ich wenigstens die Annahme verweigern. Lieber schon höre ich der Schwätzbacke mit dem stillen Wasser zu.
GRRRGLUCK. Der Typ gurgelt beim Trinken lauter als ich beim Zähneputzen, kann er nicht wenigstens neben das Mikro bäuern?
Lea!!
Klappe!
Das Fläschchen ist leer. Halleluja! Nach einem energischen Räuspern höre ich von Urheberrechtsverträgen, die mir die wirtschaftliche Nutzung meines noch zu erstellenden Drehbuchs in allen Stadien vom Exposé bis zur dritten und vierten Wiederverfilmung

sichern sollen, was zugegebenermaßen nicht uninteressant und nach viel Knete aus allen möglichen Zapfhähnen klingt.
»Und wieviel kommt da so im Schnitt zusammen?« frage ich mutig. Nun aber mal Butter an den Fisch!
Unsummen, jedenfalls aus meiner Warte und gemessen an dem, was meine gelegentlichen Veröffentlichungen mir einbringen. Her mit der Karibik! Wo sind *die* Inline-Skates für meine Kids? Ich nehme auch welche, dann düsen wir zu fünft oder sechst, fast hätte ich unser Au-pair vergessen.
Fünfunddreißigtausend bei »Low-Budget-Projekten«, was bekanntlich die Sparversion ist, aber dann rasselt es in der Geldschatulle, hundert-, hundertfünfzig-, zweihunderttausend, wer bietet mehr? Her mit dem Zaster! Pro Wiederholung darf ich mit mindestens fünfzig Prozent des Grundhonorars rechnen. Nur zu!
»Und wann erfolgt so im Schnitt die erste Zahlung?« frage ich, wieder ich, so als ob es den anderen schnurzpiepegal wäre, wann sie den Kaufvertrag für alles, wonach es sie innerhalb der genannten Staffel gelüstet, unterschreiben können.
Ich hätte es mir denken können, die Sache hat einen Haken, welcher sich »gängige Vertragspraxis« nennt. Hier ist alles offen und der Willkür der »Verwerter« (vornehme Umschreibung für Produzenten und Fernsehanstalten) anheimgestellt, die sogar noch mein fertiges Kunstwerk ablehnen können, selbst wenn sie es offiziell angefordert haben: »Für die Beurteilung der künstlerischen Qualität eines Werkes gibt es nun einmal kaum objektive Kriterien, dazu kommen interne Strukturprobleme der Sender, überhaupt ist es für einen unbekannten Drehbuchautor sehr schwer, sich zu behaupten.«
»Fast unmöglich, von einigen Glücksfällen abgesehen«, bestätigt ein Saharabeiger ohne Blütenzauber um den Hals.
»Für deutschsprachige Scriptwriter sowieso«, echot Saharabeige Number three.
Ich schaue mich um. Ein paar betroffene Gesichter, einer meiner Mitstreiter widmet sich hingebungsvoll der Zerlegung seines Füllfederhalters, zwei Seufzer, Stille.

»Und warum sitzen wir dann hier?«

Diesmal trägt meine Frage mir bereitwilliges Strahlen ein. Die Vertreter sämtlicher anwesender Interessengruppen sind sich darin einig, daß wir zwölf zu den wenigen Glücklichen gehören, die immerhin kostenlos das Handwerk erlernen dürfen, welches die Voraussetzung zum Run auf alles Weitere bietet: »Damit sind Sie Ihren Mitbewerbern um Nasenlängen voraus, immer vorausgesetzt, Sie kommen zu einem brauchbaren Ergebnis. Für die beste Arbeit sichern wir einen Optionsvertrag bei einem namhaften Produzenten zu.«

»Wie sicher ist eine Option?«

Wir erfahren, daß in diesem Fall ein »Verwerter« für die Laufzeit von einem Jahr alle Verwertungsrechte an dem betreffenden Werk zum Preis von circa fünftausend Mark bei Anfängern Handbewegung zu uns hin – erwirbt und damit bei Fernsehsendern hausieren geht: »Manchmal ist sogar ein Kinofilm drin, und die Option muß in keinem Fall zurückgezahlt werden.« Die Mimik des Sprechers signalisiert, daß an dieser Stelle Freude angezeigt ist.

Meine Tischrunde zieht es vor, zu trinken. GRRRGLUCK.

Ich gluckse trocken mit, weil mein stilles Wasser bis auf wenige Tropfen aufgebraucht ist. Ziemlich deprimierend, finde ich, an einem einzigen Tag von Hunderttausenden auf läppische fünf Mille gedrückt zu werden.

Daran ändert nicht einmal die Mostkur etwas, zu der Hajo mich wenig später mit Struppi geleitet. Diesmal geht es bergauf, sein Drahtesel hat Gangschaltung, mein Muskelkater ist vorprogrammiert.

Am nächsten Tag, der ein Sonntag ist, tun mir alle Knochen weh, und nicht nur die. Am liebsten nähme ich eins von den Prunkkissen der Keuschen mit zum Seminar in die »Alte Post«, wo die Bestuhlung hypermodern und ähnlich straff wie das Material der Sonnenrollos ist. Natürlich tue ich es nicht, weil ich keine Lust habe, schon wieder aufzufallen.

Immerhin nähern wir uns heute dem Drehbuchschreiben von innen. Jener Screenwritercoach, der am Freitagabend einem gebakkenen Kalbskopf den Vortritt gelassen hat, federt höchst leger herein, setzt als erstes der Verdunklung ein Ende, reißt alle Fenster sperrangelweit auf und fordert uns mit einer unmißverständlichen Handbewegung auf, von unseren Plätzen hochzukommen.

Zwecks Ehrbezeugung? Wie man sich doch täuschen kann! Am liebsten bliebe ich sitzen, lediglich meine schmerzende Gesäßpartie läßt mich dem Beispiel der anderen folgen.

Diesmal war ich tatsächlich zu schnell mit meinem Urteil bei der Hand. Wir sollen nicht grüßen, sondern in die Hocke gehen. Einszwei-drei, auf und nieder, »I'm Bob« macht's vor, locker vom Hocker, bei mir sperren die Sonntagsstöckel, um mich herum knirscht es ebenfalls bedenklich. Mittlerweile ist unser Vorbild bereits bei Streckübungen angelangt, neben mir plopt es, etliche Augenpaare folgen besorgt dem kullernden Knopf und verpassen über der Sichtung ihrer eigenen Verschlüsse glatt die angesagte Kreiselfigur, die zwei Opfer fordert. Frontalzusammenstoß.

Sicherheitshalber rücke ich einen Stuhl zwischen mich und meinen Nebenmann, bevor ich brav auch noch die letzten »exercises« absolviere und zur Belohnung ein Sologrinsen von Bob ernte.

»There we are!«

Auf gut deutsch: »Da haben wir's!« Meint er sich und mich? Exklusiv? Bei diesem Ausspruch steht er nämlich unmittelbar vor mir, wippt lässig auf seinen wunderbar elastischen Turnschuhen und sieht aus wie die Fleisch gewordene Illustration zu »He's a very good fellow«. Frischfleisch ohne das winzigste Schweißtröpfchen. Hoffentlich läßt mich mein Deo nicht im Stich. Ich folge Bobs Sonnyboystrahlen zu meinem feuchten Haaransatz und dem Wärmestau darunter, sehe mich verstohlen um, registriere lauter erhitzte Köpfe gepaart mit Schnaufen und muß zugeben, daß unser Klima eindeutig umgeschlagen ist. Was wiederum laut Bob die Voraussetzung für gute Arbeit ist.

Mein Nachbar (den ich heimlich bereits »Kikiriki« getauft habe) neigt zustimmend seinen Glatzkopf Richtung Hirschhornknöpfe am heute türkisgrünen Westchen und übersetzt für alle, die nicht

auf Anhieb mit Bobs Akzent klarkommen, zuerst ins Lateinische – »Mens sana in corpore sana!« – und dann in sein eigenes Idiom: »Dat schöpferische Genie ankurbeln, woll?«
Aber Bob hält nicht viel vom Angeln im eigenen Wurzelsud, wie es aussieht. Höchst anschaulich mit dem Finger in der Schläfengegend kurbelnd, betont er immer wieder, daß wir uns bitte schön umgehend von allen genialen Anwandlungen verabschieden und das Handwerk des Drehbuchschreibens wie das Besohlen von ein paar Schuhen erlernen sollen.
Kikiriki sagt dazu nichts, schaut aber höchst verachtungsvoll auf die Füße unseres Trainers in der Lieblingsmarke meiner Söhne.
Die Historiker furchen unisono die Stirn, das mit ihrer Schulung beauftragte rotblonde Spannungselement läßt daraufhin ebenfalls Sorgenfältchen aufspringen, was aber nicht unbedingt an Bobs Statement liegen muß.
Die Thrillerexperten haben offenbar am wenigsten Probleme mit Bobs Pragmatismus, sie geizen nicht mit zustimmenden Klopfzeichen. Zu meinem Erstaunen schließen sich die beiden lockgewellten Köpfe aus der humoristischen Abteilung an. Wer hätte das gedacht!
Bob läßt nun zügig Besohltechniken fürs Drehbuchschreiben folgen, bei denen alles um den Stoff und die Hauptpersonen kreist, die sich gegenseitig bedienen müssen, weil sonst der Zuschauer abspringt.
Ein Blick zur Seite zeigt mir, daß ich den Knacklaut von Kikiriki richtig interpretiert habe. Er gähnt für mein Empfinden sehr gekünstelt und scheint andeuten zu wollen, daß Dienstleistungen ebensowenig sein Fall sind wie Handwerksarbeit. Das wird noch eine harte Nuß für Hajo Schocklitsch werden, der ihn schließlich bis zum bitteren Ende am Hals hat.
Poor Hajo, vielleicht kraul ich dir zum Trost doch noch einmal das Babyhaar.
Nach drei Kostproben zu jedem Genre, an denen Bob seine Thesen veranschaulicht (für uns gibt's eine Szene aus »Charleys Tante«), folgt das Mittagessen. Hinterher geht es in Kleingruppen weiter,

zu diesem Zweck siedeln wir vier Humoristen mit Hajo Schocklitsch in einen Raum unmittelbar neben der Küche um. Der Duft von Gebratenem weicht soeben demjenigen frischer Backwaren.
»Marillenkuchen«, äußert fachmännisch die Frau, die uns als Elli vorgestellt wurde und deren Erscheinung vermuten läßt, daß sie außer für höchst akkurat eingedrehte Locken auch noch ein Faible für gutes Essen hat.
»Aprikosen«, bestätigt Rosemarie, von der ich bereits weiß, daß sie als Mutter von zwei endlich flüggen Söhnen und Angetraute eines ihr erhalten gebliebenen Paschas hinreichend Erfahrung in Haushaltsdingen hat. Spaß daran weniger, sie hat durchblicken lassen, daß sie am liebsten nur noch auf Achse wäre, was wohl auch das Thema ihres Drehbuchs ist: Brave Hausfrau gewinnt Kreuzfahrt beim Preisausschreiben eines Tütensuppenherstellers, bringt System in die Männerwirtschaft an Bord und wird angeheuert.
»Penetrant«, findet Hans-Peter, Herr über fünf Hirschhornknöpfe und drei Büschel Kopfhaar, »wir sollten uns beschweren, wie soll man denn bei dem Küchenmief zu Potte kommen, woll?«
Nichtsdestotrotz besteht er Sekunden später darauf, genau das als erster zu tun. Er will ausgerechnet uns vier als erste Zuschauer seines quasi fertigen Œuvres testen: »The first view, woll?«
»Gedreht ist es also auch schon?« frage ich scheinheilig.
Kikiriki wendet, gequält ob soviel Phantasielosigkeit, den Blick gen Zimmerdecke. »Machen Sie einfach die Augen zu, woll?«
Hajo Schocklitsch rettet uns. Zwar lobt er den Mut des Autors und findet es sinnvoll, wenn wir alle kurz unsere Story skizzieren, wofür er aber jedem nur exakt zehn Minuten Zeit zubilligt. Abgestoppt. Ein Kurzzeitwecker, in dem ich mein eigenes Modell von daheim wiedererkenne (besonders robust und obendrein billig), wechselt aus der Tasche des speckig-gelben Ziegenlederblousons, dem sein Besitzer seit drei Tagen unbeirrt die Treue hält, auf die Tischplatte über. »Fangen wir der Einfachheit halber mit unserer jüngsten Teilnehmerin an!«
Ich räuspere mich. Kikiriki wirft mir einen schrägen Blick zu. Un-

ser Tutor scheint plötzlich Augenprobleme zu haben, denn er fixiert das bonbonrosa Kastenjäckchenkleid in mindestens Größe vierundvierzig.
»Wenn Sie dann so nett wären, Elli, und sich gleich auch nochmals persönlich vorstellten.«
Elli ist so nett. Immer vorausgesetzt, sie mogelt nicht absolut schamlos, ist sie erst sechsunddreißig, von Beruf Lehrerin (auch das noch!), ledig, kinderlos, Katzenfreundin: »Bei mir dreht sich privat alles um Marie Louise.«
Erbarmen! Hoffentlich entgleisen meine Gesichtszüge nicht, das verspricht ja heiter zu werden. Eine sooo blutjunge Frau und eine Mieze als Lebensinhalt, so was gehört nicht an die Drehbuchbörse, sondern auf die Couch zum Psychiater.
Hajo Schocklitsch fällt mir erneut in den Rücken und betont, wieviel Vergnügen er persönlich bereits bei der Lektüre der wie erbetenen eingereichten Kurzfassung von einer knappen Seite nebst achtseitiger Textprobe empfunden habe.
Schwätzer! Schleimer! Pack deinen Babyflaum demnächst gefälligst woandershin!
Den ersten Satz überhöre ich vor lauter Wut glatt, dann höre ich wider Willen doch hin, sogar Kikiriki hört auf, an seinen Hirschhornknöpfen zu kurbeln. Es ist ziemlich unverkennbar, daß Elli ebenfalls ein Stück von ihrer eigenen Lebensgeschichte eingebracht hat, sie erzählt aus der Perspektive der Katze, die für eine nicht real existierende Freundin steht, nach welcher die Hauptfigur sich immer schon gesehnt hat. Peu à peu nimmt das Tier auch äußerlich die Gestalt der Traumfigur an, die ihrerseits Mühe hat, der Katzenrolle gerecht zu werden. Es ist umwerfend, was da in wenigen Bildern losprescht.
»Toll!« sage ich und überlege, wie ich darum herumkomme, im Anschluß an diese Meisterleistung meine Solomutter vorzustellen, für die ich nicht einmal einen Plot habe, weil der ja für die abgelehnten »Fesselspiele« galt. Warum haben die mich überhaupt angenommen? Um das Seminar vollzubekommen und Hajo Schocklitsch seinen Job zu sichern?

»Hans-Peter, bitte!«
So heiße ich nicht, trotzdem reißt es mich bald vom Stuhl. Kikiriki ist ebenfalls jünger als ich, und das nicht ein, sondern ganze fünf Jahre. Bei ihm geht es um einen Ehemann, der alles für seine Frau tut und sie eines Tages mit der Renovierung ihres Pavillons überraschen will, in dem sie angeblich Seidenmalerei betreibt. Statt Pinsel und Farben entdeckt er jedoch Schmuck, den er als Liebeslohn enttarnt und verkauft, um sich fürs Gehörntwerden schadlos zu halten: »Ist ja nur fair, woll?«
»Und was kommt für Ihren Helden konkret dabei heraus?« frage ich.
Kikiriki tut geheimnisvoll, deutet dann aber an, daß er noch zwischen *den* zwei Autoherstellern schwankt.
»Und wo bleibt da die Komik?«
»Meine Frau ärgert sich schwarz, stellen Sie sich das in Großformat vor, es zerreißt sie förmlich vor Ärger, wenn ich mit zweihundertvier Pferdestärken vorfahre.«
»Wieso Ihre Frau?« Rosemarie, klein-zierlich-aber-oho, betont das besitzanzeigende Fürwort auf eine Weise, die dem Glatzkopf die Röte auf den Lollipop treibt.
»Eh – ja – also, ich versuche natürlich, mich an die Anweisungen von Mister Bob zu halten und ganz in der Perspektive des Helden zu bleiben, so gesehen ist seine Frau natürlich auch die meinige.«
»Haben Sie in echt eine?« frage ich.
Schräger Blick von der Seite. Knappes »Geschieden!«
»Fallen eigentlich die Klunker von Fremdlovern unter den ehelichen Zugewinn?« Eine berechtigte Frage, wie ich finde. Das Scheidungsthema ist mir bestens vertraut, und im Normalfall ist alles zu teilen, was als gemeinsam von den Eheleuten erbrachte Leistung anzusehen ist. Vielleicht hätte ich besser ein bißchen außer Haus lieben und so Jochens Habgier ein Schnippchen schlagen sollen?
»Ist ja pervers, woll?«
Auch wenn dieses »woll« am Ende jedes zweiten Satzes offensicht-

lich nur formal als Frage zu verstehen ist, bekommt Kikiriki eine Antwort. Diesmal sind wir drei Frauen uns einig, daß nichts, was das Leben diktiert, jemals abartig ist.
Der Autor protestiert energisch dagegen, in irgendeiner Weise vom wirklichen Leben abgepinnt zu haben, verweist exemplarisch auf den »Felix Krull« von Thomas Mann – »oder wollen Sie behaupten, einer der größten deutschen Dichter wäre selbst auch ein Hochstapler gewesen?« – und kurbelt dabei so energisch an einem Knopf, daß dessen Absprung nur noch eine Frage von Sekunden ist.
»Thomas Mann hätte nie im Leben einen gehörnten Ehemann mit einem überteuerten Flitzer entschädigt«, merkt Rosemarie höchst resolut an. »Hört sich ja an wie ein Fall für die Hausratversicherung.«
PLOP. Hirschhorn im Sprung, der Besitzer starrt verbittert hinterdrein. »Seit wann bezahlen die Brüder von der Versicherung für Kopien? Die echten Klunker lagen nämlich im Safe ihrer Bank.«
Wir sind uns einig, daß dieser Schluß einfach phantastisch gut ist, was Hans-Peter allerdings nicht sonderlich zu trösten scheint. Dabei könnte er mit den fünftausend Mark Option, die dem Gewinner unseres Seminars winken, immerhin schon einmal sein Traumauto anzahlen.
Der Nachmittag nimmt seinen Lauf. Aufgelockert durch die fremde Misere, gestehe ich frank und frei, daß ich leider nicht angemessen vorbereitet bin und lediglich vier Söhne, aber keinen einzigen Mann anbieten kann: »Jedenfalls nicht auf Dauer, meine Kids sind einfach unglaublich wählerisch, meistens haben sie sogar recht, im nachhinein betrachtet. Einmal hab ich sogar bei einem mordsmäßige Segelohren übersehen.«
»Und Ihre Jungs haben Sie darauf hingewiesen?«
»Indirekt«, sage ich.
???
»Na ja, die Dinger haben sich sozusagen verdoppelt, das war dann bei der Geburt meiner Nummer vier, so was von Mister-Spock-

Ohren hab ich noch nie gesehen, ich hatte glatt Angst, der ginge mir fliegen.«
Meine Mitstreiter finden tatsächlich, daß dies eine sehr komische und zugleich rührende Geschichte ist, was fast einer Generalabsolution gleichkommt. Muß ich unbedingt Jochen erzählen, der noch heute schwer an der Fremdproduktion trägt. Besser noch erzähl ich's der Fernsehnation, dann heiligt die Einschaltquote die Mittel der Segelohrproduktion. Glücklicherweise sprießen die Haare meines Jüngsten ähnlich wuschelig und dicht wie meine, weshalb die Erbmasse väterlicherseits nun weitestgehend zugewachsen ist.
Der Vater von Lucas ist ein Wolkenhüpfer, die Sorte taugt nicht für den Alltag hienieden. Leid tut es mir trotzdem nicht.

Heute ist der letzte Tag unserer Einführungsveranstaltung. Steifes Wort für etwas, was schon so persönlich gefärbt ist. Selbst Kikiriki hat bereits einen festen Platz in meinem Kopf, er oder seine Hauptfigur, doch der Unterschied dürfte minimal sein. Das gilt offenbar für uns alle, wir vier Komiker arrangieren unsere Geschichten um uns selbst, was in gewisser Weise gut so ist, weil wir so aus dem vollen schöpfen und keine Kunstwesen produzieren. Hoffentlich!
»Ihre Figur muß riechen, schmecken, rund werden. Stellen Sie sich eine leere Tasse vor, das ist Ihre Idee, und da hinein füllen Sie ein Stück pralles Leben. Und denken Sie dran, Kakao darf nicht wie Tee rüberkommen.« Diesen Satz von Hajo Schocklitsch habe ich im Ohr, während ich in der Blümchentasse rühre, die bei mir zu Hause ein Alptraum wäre, aber hierher paßt. Genauso wie die Eckbank, auf der ich sitze, das unvermeidliche Marienbild über mir, jenseits der karierten Raffgardinen Geranien, Hühner und Berge, die zum Greifen nah scheinen. Nicht mehr lange! Morgen sehe ich schon wieder auf den Kölner Dom und meine Jungs, in mir streiten allerlei konfuse Gefühle, das ist wie Kakao mit Cola gemischt und schlimmer.
Bin ich so?

Du bist so maßlos, Lea!
»Klappe!« Ich zucke zusammen, hoffentlich hat mich keiner gehört. Selbstgespräche als solche sind schon schlimm genug, mit Ton und in aller Öffentlichkeit sind sie fast schon die Eintrittskarte fürs Irrenhaus.
»Sie sind es wirklich«, sagt die Männerstimme hinter mir, »als ich Ihre Haare sah, hab ich gleich an Sie gedacht, andererseits ...«
Der Henkel in meiner Hand zittert, die Blümchen eifern nach, es reicht, eine Mixtur aus Coke und Trinkschokolade zu sein, Halluzinationen passen nicht auch noch in meine Tasse hinein. Schleich dich! Ich befehle mir, mich auf gar keinen Fall nach einer Spukgestalt umzudrehen.
Jeansblau, hoch aufgeschossen, Hemd über der Hose, der Schlaks schiebt sich auf die bis gerade eben leere Längsseite meiner Eckbank, mein Löffel fällt klappernd auf das Tischtuch. Die Keusche wird sich freuen, ich freue mich nicht, ich will mich nicht über etwas freuen, was ich geistig schon ad acta gelegt habe. Keiner jubelt über einen Nikolaus zu Ostern, dieses Schiefergrau mit seltsam changierenden Einschüssen reicht mir an meinem Couchtisch, das muß ich nicht ausgerechnet am letzten Tag in Austria auf zwei Beinen haben.
Feige Socke! Hievt mich mit Trick siebzehn auf die Bewerbungsliste für Drehbuchschreiber und taucht erst auf, wenn's ans Kofferpacken geht.
»Nee«, sage ich laut, »ich bin meine Zwillingsschwester.«
»Klar, Ihr Alter ego schreibt ja über Fesselspiele, während Sie laut meinen Unterlagen eine alleinerziehende Vierfachmutter an die Filmfront schicken. Sie sind doch Lea Wilde?«
Statt einer Antwort kippe ich mir Milch in die Tasse, sonst trinke ich schwarz, diese hellbraune Brühe sieht schon widerlich aus, was aber nichts gegen die Heuchelei eines Ottokar Reblein ist.
»Ich hab gedacht, ich trau meinen Augen nicht, als ich reinkam und Sie so dasitzen sah. Der Name paßt zu Ihnen, wilde Löwin, gefällt mir.« Seine endlos langen Beine schieben im Schutz der Leinendecke haarscharf an den meinigen vorbei. Trau dich! Er traut

sich nicht, was sein Glück ist, statt dessen setzt er dieser Groteske die Krone auf und fragt mich mit dem scheinheiligsten Gesichtsausdruck der Welt, wie ich das denn nur geschafft hätte, so kurzfristig mit einer zweiten Bewerbung zum Zug zu kommen.
»Das fragen *Sie* mich?« Ich lasse die persönliche Anrede wie einen Peitschenknall zischen, er zuckt zurück, Tolpatsch ist gar kein Ausdruck, sein Hemdzipfel erwischt den Kaffeelöffel, den ich in meiner Tasse vergessen habe, diesmal suche ich Deckung. Das ist meine letzte saubere Bluse, korrekt geknöpft und im Hosenbund verstaut, wie es sich gehört. Kann er nicht einmal wie jeder normale Mensch jenseits der Zwanzig daherkommen? Wie alt er wohl wirklich ist?
»Sorry, wenn's Ihnen peinlich ist, die Hintergründe aufzudekken ...«
Ich hole tief Luft. Mir verschlägt es die Sprache. Ihm nicht, wie der Folgetext beweist.
»Ihre ›Fesselspiele‹ waren übrigens ziemlich unsäglich, einfach unglaubwürdig, ich rede jetzt von dem Plot, den Ihr Produzent uns vorgestellt hat.«
»Erstens habe ich gar keinen Produzenten«, starte ich und fange vor lauter Zorn über soviel Unverfrorenheit glatt an zu stottern, was er nutzt, um mir erneut ins Wort zu fallen.
»Wegen mir müssen Sie nicht schummeln, ich verstehe schon, daß Sie diesen Hollerbusch in Gnaden wieder aufgenommen haben, um einen zweiten Vorstoß zu wagen.«
»Spinnen Sie eigentlich total? Man hat mich angerufen, einfach so, und schon war ich mit von der Partie.« Einfach so? Von wegen! Ich nehme sein Schiefergrau aufs Korn, die schwarzen Punkte darin irritieren mich. Meine Erfahrung mit Schummelaugen, die wie mein Couchtisch aussehen, ist gleich null.
»Niemand von der Drehbuchbörse telefoniert auf gut Glück in der Gegend herum.«
»Dann eben wegen meiner Erstveröffentlichung.« Unversehens gerate ich in die Verteidigung. Ob er am Ende doch nicht der Drahtzieher ist?

»Das reicht wohl kaum.« Er zitiert, was ich bereits aus jenem Informationsblatt weiß, das wie auch immer in dem Eicheschub in meinem Wohnzimmer gelandet ist. Angeblich hatte ich als Last-minute-Kandidatin nur deshalb eine Chance, weil ich sowohl eine Publikation nebst höchst werbewirksamer Selbstdarstellung wie auch das Interesse eines Filmproduzenten nachweisen konnte. Er schlägt einen Ordner auf, die Gesichter meiner Mitstreiter huschen vorbei, das Paßbildformat kappt Kikirikis Hirschhornknöpfe ebenso wie Ellis Jäckchenkleid, ganz zuletzt komme ich.
Postkartengroß, die Sonnenbrille ist getigert, Chiffon umflattert mein Haupt, dafür bin ich vom Schlüsselbein bis zum Lenkrad blank – sieht ja aus, als chauffierte ich nackert, dabei hatten wir nur die Corsage etwas verschoben. Fotogag, Lea in Jochens erstem Jaguar, gefahren bin ich damit nie, ein halbes Jahr später brach sowieso der Rosenkrieg aus. Dieses Schwein!
»Paßbild«, krächze ich und sehe die Schublade aus Eiche antik vor mir. Dreimal »Lea ante portas«, dann waren's nur noch zwei, schnippschnapp, gibt keinen Sinn, zwischen diesen beiden Aufnahmen von mir liegen Welten und Jahre.
»Hübsches Foto, eigentlich war ein anderes Format vorgeschrieben, aber der Jury hat's gefallen. Indiz für Originalität, fand mein Stellvertreter, da war ich schon in München. Ihre Vita ist auch sehr – hm – professionell.«
??? Mein Lebenslauf mit angeheftetem Paßfoto und in fünffacher Ausfertigung war tabellarisch, ordentlich und identisch mit dem, was ich meinen Schülern für Bewerbungsschreiben im Deutschunterricht vermittle.
»Wenn ich mal einen Blick draufwerfen könnte?«
Die schwarzen Einschüsse ballern Fragezeichen aus dem schiefergrauen Munitionslager auf mich ab, dann folgt die ebenfalls säuberlich in einer Aktenhülle verstaute Vita, die wunderbar zu der heißen Jaguarbraut mit wenig Gesicht und reichlichst Dekolleté paßt und mir die Schamröte ins Gesicht treibt. Nie im Leben schreibe ich dieses Gesülze über mich selbst, hört sich ja an wie aus einem Groschenroman, total peinlich, der Stil ähnelt dem Liebes-

blabla, das ich mit sweet seventeen irre romantisch fand, weil in diesem Alter einfach alles zum Schwärmen ist, was vor Gefühlen trieft. Jochen Rosenfeld hat es geschafft, einen ganzen Aktenkoffer mit seinen Briefen zu füllen, die nun auf der Mansarde Staub ansetzen oder den Mäusen als Nistplatz dienen. Einmal habe ich tatsächlich eine in unserer Hamsterstreu gesichtet und voll Panik den Kammerjäger bestellt, was mein Geschiedener irre komisch fand.

»Komisch«, echot Otto Reblein und blättert zurück. Es gibt noch eine Seite zu Lea Wilde in seinem Ordner, diesmal unter dem Briefkopf eines Steve Küsgen, den meine Erinnerung mir flugs mitsamt Cowboystiefeln, Rüschenhemd, Goldknopf im Ohr und Zopf im Nacken einspielt, und der hier schwarz auf weiß »konkretes Interesse an der Verfilmung einer Familienserie aus der Feder von Lea Rosenfeld-Wilde« bekundet.

»Das nennen Sie komisch?« Ich nenn's kriminell, fängt auch mit »k« an, aber dann hört die Ähnlichkeit auf, da setzt das dritte »k« ein, diesmal »k« wie »Komplott«. Jochen Rosenfeld hat mich an einen Typ verhökert, der unsere gemeinsamen Kinder (viertes »k«) in einer Seifenoper als Klaubrüder (»k« number five) verheizen will. Bildet er sich ein, ich spiele aus lauter Dankbarkeit mit, wenn mein eigener Name auf dem Drehbuch steht?

»Na ja, als wir uns kennengelernt haben, waren Sie mit diesem Hollerbusch zugange, aber hier steht Küsgen, so gesehen stimmt da was nicht, oder?« Ritter Otto ist weit weg, diese Augen erinnern an eine Schultafel, und sein Flatterhemd wirkt zugeknöpft, obwohl alle Knöpfe aufstehen.

Wie recht er doch hat, da stimmt jede Menge nicht. Aber ich habe keine Lust, ihm etwas lang und breit auseinanderzusetzen, was er selbst riechen müßte. Statt dessen behandelt er mich wie eine Tasse, die er erst einmal auskippen muß, um dann fein säuberlich den Inhalt zu sondieren. Da spiele ich nicht mit, das kann er mit seinen Zelluloidpuppen so handhaben, ich bin aus Fleisch und Blut, meinetwegen auch aus Kakao und Cola und allem durcheinander. Wenn ihm meine Mischung nicht paßt, soll er abzischen.

»Finden Sie's raus oder nicht, ich bin hier als Ulknudel engagiert, die Thrillnummer haben Sie mir ja höchstpersönlich gecancelt.«
»Sind Sie jetzt beleidigt? Ich hatte keine Ahnung, daß Sie die Verfasserin waren, als wir da zusammen in der Kneipe gehockt und geredet haben. Sehr schön war das, und dann kam Ihre Bahn, plötzlich waren Sie weg, einfach so.«
Einfach so gibt es nicht, hat er mir eben selbst noch verklickert.
»Hätten Sie damals anders entschieden, wenn Sie gewußt hätten, wer ich bin?«
»Nein, aber ich hätt's Ihnen selbst gesagt.«
»Echt stark!« Ich stehe auf, wahrscheinlich falle ich gleich vom Rad. Mit nichts im Bauch außer einer halben Tasse Kaffee bin ich schlapper als jedes Neugeborene.
»Bei der Vorstellung, daß ich diese Nacht Wand an Wand mit Ihnen geschlafen und nichts davon gewußt habe, wird mir ganz schwach. Sie sind doch die Nummer sechs?«
»Ich bin überhaupt keine Nummer, capito?«
Er stottert, gleichzeitig springt er auf und landet auf meinem Fuß, unser Gezeter lockt die Keusche herbei, wir verstummen abrupt.
»Möchten S' noch a Kipferl oder an Kaffee?« Ihr Blick fällt auf die beiden eingedeckten Tische mit der Blumenbank dazwischen. Zwei randvolle Brotkörbe, makellose Butterkugeln, je drei Scheiben Schinken und hier wie dort ein Eierhäubchen über dem lustigen Becher in der Form eines Hahns, die Kaffeekannen sind aus Isoliermaterial, bei meinem Milchgießer hängt ein Tropfen aus der Schnute, die Sprenkel rund um meine Tasse gehen auf sein Konto.
Wir versichern unisono, daß wir satt sind, keine Wünsche mehr haben und umgehend an die Arbeit müssen. Dann steige ich auf das Rad der Wirtsfrau und spüre in rasender Abwärtsfahrt dem Hohlraum in meinem Inneren nach, während es gleichzeitig hinter mir hupt und gelegentlich auch bremst: »Nun steigen Sie schon ein, ist doch kindisch, wo wir doch dasselbe Ziel haben.«

Mitnichten. Ich verlasse die Straße, holpere über Wiese, ein paar Wurzeln sind auch dabei, denke an die Drau und streiche diese Idee umgehend wieder. In dem Flüßchen ersäuft keiner, ich schon gar nicht. Es reicht, wenn ich meine Hauptfigur zur Ulknudel entwickle. Gleich, das ist heute unser Thema, und dann steige ich in den Zug und fahre heim nach Köln, während dieser Ritter weiterreist und fleißig seine Stiftungsgelder verteilt.
Seine Maria diese Nacht war ein Zwilling von meiner Maria, selbst die Betten unter den Reprints waren identisch, ich habe ihn sogar rumpeln gehört. Ein später Gast, habe ich gedacht, der einzige im Haus Madl außer mir, und habe mir eine Frau vorgestellt, wohl weil ich bislang außer dem Neffen der Keuschen noch kein männliches Wesen oberhalb vom Laden gesichtet habe, und der Jungbauer hat auch nur nach der Dachtraufe geschaut. Geschnarcht hat mein Ritter nicht, die Wände sind dünn, das hätte ich gehört, außerdem stand seine Balkontür auf, genau wie meine. Wir hätten nur beide gleichzeitig hinaustreten müssen, um dem Goldeck gute Nacht zu wünschen. Abendstimmung, die Luft war wie Streicheln, dann ist alles anders, viel weicher und zarter, warum konnte er verdammt noch mal nicht zusammen mit mir Lust verspüren, dem Goldeck zuzuwinken?
Weil nur die Nummer sechs ein Eckzimmer mit Blick auf den Hausberg ist, deshalb!
Klappe!
In den nächsten Stunden mühe ich mich redlich, so wie alle anderen meiner Hauptfigur Leben einzuhauchen und die Gegenwart des Oberbosses zu ignorieren, der seine Anwesenheit gerecht auf alle drei Gruppen und innerhalb derselben auf jeden einzelnen verteilt. Ein Beckmesser, ich hab's ja geahnt, fehlt nur noch, daß er die Zutaten für meine Heldin nachmißt: zu extrem, bitte etwas mütterlicher, so in der Richtung.
Er sagt nichts. Immer wenn er auftaucht, schreibe ich wie wild drauflos, dazwischen gibt es längere Pausen.
»Ist was?« fragt Hajo Schocklitsch.
»Nichts ist«, antworte ich.

»Struppi wird Sie vermissen, vielleicht bringe ich ihn mit nach Köln, mal sehen.«
»Maxi wird sich freuen, das ist mein Sohn.«
»Weiß ich.«
»Woher?«
»Steht doch alles da, vielleicht sollten Sie besser die Namen ändern.«
Ehe ich dazu komme, nach weiteren verräterischen Spuren in meinem Text zu suchen, mischt Ritter Otto von der traurigen Gestalt sich ein, führt seine Hand über meine Schulter und tippt auf den Schluß, der den Standpunkt meiner Figur ausleuchten soll. Die Leitfragen stammen von »I'm Bob« und präsentieren sich auf der Folie des Overheadprojektors: »Wie steht Ihre Figur zu Astrologie-Regenbogenpresse-Musik-Emanzipation-Arbeit-Haustieren-Umwelt-Ehe?«
Gar nicht, habe ich auf mein Papier gekritzelt, sehr groß und raumgreifend, weil das Thema »Ehe« für mich endgültig vom Tisch ist, jedenfalls bis auf einen Dreierpack Söhne und ein paar niedliche Segelohren mit Sommersprossen als Nachschlag.
Und was meint mein Ritter dazu? Leise, im Flüsterton, damit keiner ihn hört.
»Ich hab auch welche, früher hat meine Mutter sie mir mit Hansaplast festgeklebt, aber genützt hat es wenig.« Zum Beweis schiebt er ganz kurz seine Haare beiseite.
In dieser Nacht träume ich in einem kackbraunen Holzcontainer aus der Ära Kaiser-Franz-Gott-hab-ihn-selig von erwachsenen Segelohren. Das Franzerl hatte keine, aber ich bin ja auch kein Reserl.

Daheim blüht die Idylle

Mein Zug läuft pünktlich um sieben Uhr sechsundfünfzig im Kölner Hauptbahnhof ein. Weil diesmal weder außerplanmäßig an- noch abgehängt wird, hält der Kurswagen genau dort, wo der Wagenstandsanzeiger das vorsieht, und ich lande sozusagen in den offenen Armen von Jochen Rosenfeld. Bilde ich mir nur ein, daß der Zugbegleiter – diesmal einer mit mindestens fünfzig Prozent vom Charme seines TV-Kollegen – geradezu eifersüchtig blinzelt, als ich in aller Herrgottsfrühe an einem stinknormalen Arbeitstag so innig empfangen werde? Nicht mal die Begrüßungsblumen fehlen. Üppig, bunt, Sommer pur und obendrein aus einem richtig teuren Laden. Mein Gott, ist das rührend! Dazu der Blick auf die Domspitzen, Vater Rhein habe ich auch schon begrüßt. Mein Köln, du hast mich wieder! In meinem Überschwang verpasse ich genau die entscheidenden Sekunden, um meinen Standpunkt unmißverständlich klarzumachen.

Wohlgemerkt, meinen eigenen und nicht den meiner Hauptfigur, die noch gefühlsduselig von Segelohren schwärmt. Ich, die Lea aus Fleisch und Blut, bin stinksauer auf diesen Mann, der mir sein »Laßt Blumen sprechen!« entgegenreckt, mich mit herbfrischem Duftwasser betäubt und schwungvoll mein Gepäck dem Rollwagen überantwortet, den er selbstredend organisiert hat, was mir so gut wie nie gelingt. Bei ihm pariert das Gefährt sogar aufs Wort, bricht weder nach rechts noch nach links aus, sondern rollt schnurgerade vor mir her durch das Gedränge.

Soll ich Jochen hinterherschreien, daß er ein Betrüger ist und mir den Buckel runterrutschen kann?

»Und du willst wirklich direkt zur Schule?« fragt er am Aufzug, der Gleis sechs mit der Halle verbindet. Wir sind umzingelt, notgedrungen wäge ich jedes Wort ab, von »wollen« kann natürlich keine Rede sein.

»Ich muß«, sage ich, »schließlich habe ich einen Job. Am besten springe ich gleich unten in die U-Bahn, wenn du nur freundlicherweise mein Gepäck mitnimmst.« Und dich direkt hinterher zum Teufel scherst, ergänze ich stumm.
»Natürlich fahre ich dich, Löwin, ist doch klar. Wir haben schließlich extra letzte Woche dein Auto an der Schule stehengelassen.«
»Wir« ist ja wohl der Witz des Jahrhunderts. Ich! Die Götter mögen wissen, wie er das wieder spitzgekriegt hat. Das ältere Ehepaar, das nun mit uns einsteigt und über keine wie auch immer gearteten Insiderkenntnisse verfügt, nickt wohlwollend ob soviel Fürsorge.
»Nett von dir«, sage ich matt und spüre, wie die Chance, reinen Tisch zu machen, immer weiter wegrückt. Andererseits brauchen wir um diese Zeit bis zu meiner Schule mindestens zwanzig Minuten, aus seinem Jaguar gibt's für ihn auf der Autobahn kein Entweichen, allenfalls einen Crash. Mit mir als Beifahrerin? Okay, ich geh's behutsam an.
»Gut schaust du aus.« Jochen beschleunigt, das Schild vor uns signalisiert freie Fahrt.
»Mir ginge es auch gut, wenn da nicht ...«
»Keine Bange, den Kindern geht's auch prima, wir regeln das wunderbar.«
»Könnte es sein, daß du ganz zufällig noch ein bißchen mehr geregelt hast, als vereinbart war?« Ich bemühe mich um eine gerade Haltung, was bei diesem Tempo und diesen Sitzen verflixt schwierig ist. Eine, die ihre Gardinenpredigt mit krummem Buckel hält, verfehlt ihre Wirkung ebenso wie ein Pfaffe, der auf seiner Kanzel herumlümmelt. Die innere Haltung muß nach außen durchbrechen, der wahre Charakter offenbart sich beim Köpfen vom Frühstücksei ebenso wie in der Art, wie einer sein Hemd zuknöpft. Gestern noch bei der Drehbuchbörse gelernt, jetzt schon umgesetzt, jedenfalls soweit diese Kiste das zuläßt.
»Paß auf, gleich stößt du dir das Köpfchen, Leamaus!«
»Wir reden von dir, was fällt dir eigentlich ein, so hinter meinem Rücken ...? Scheiße!«

»Ich hab dich gewarnt.«
Ich unterdrücke den Impuls, meinen Kopf zu massieren, und visualisiere jenes postkartengroße Foto von mir mit wenig Gesicht und viel Busen, gerate wie erhofft bei diesem Innenbild in Rage und lege los. »Das war ein ganz intimes Foto, und du hast es mißbraucht, außerdem hast du dich heimlich an meiner Schublade bedient und ein Gesülze über mich abgelassen, schlimmer als in jeder Oberschnulze, ich hab gedacht, ich werd nicht mehr.«
»Da siehst du mal, wie emotional ich noch immer auf dich reagiere, Löwin.« Blick zur Seite. »Vielleicht sollte ich doch wieder auf Cabrio umsteigen, stand dir unglaublich gut, Marke vom Winde verweht, hat ja offenbar auch die Knacker von der Jury umgestimmt, mit den Brüdern kenne ich mich aus, andersrum hättest du bei denen keine Chance gehabt. Das Paßfoto kriegst du selbstredend zurück.«
»Das war eine ganz hinterfotzige Tour, und dann dieser Küsgen, wenn du dir ernsthaft einbildest, ich spiele bei deiner Seifenoper mit, hast du dir in den Finger geschnitten.«
»Keep cool!« Lichthupe, klarer Fall von Nötigung, der Kleinwagen vor uns schlägt einen erschrockenen Haken nach rechts, wir jagen voll durch. Sollte ich mir mal erlauben, mich hätte sofort eine Bulette in Zivil am Wickel. Ihn nicht. Er brettert weiter, zieht quer über alle drei Bahnen und hilft mir vor den staunenden Blicken meiner Schüler, des Direx und zweier Kollegen galant aus dem Wagen. Das prägt sich ein, das macht die Runde, dazu der Schwenk mit den Blumen nebst Küßchen rechts und Küßchen links. Her mit dem Oscar für die beste soap opera, und wenn es den noch nicht gibt, muß er jetzt in dieser Sekunde kreiert werden.
Hau drauf!
Pssst! Bitte später, okay? Wär ja peinlich, guter Ruf, muß an die Kinder denken, sind doch auch seine, wenigstens drei davon, vielleicht hat er mir ja wirklich nur helfen wollen, schließlich hat er auch freiwillig mein Bad gefliest und 'ne neue Spüle springenlassen und die Messingfußleiste festgenagelt und ein Auge auf die Kinder gehabt.

Wie wär's mit Füße küssen?
Klappe!
Zum Glück habe ich dienstags nur vier Stunden. Laut Stoffverteilungsplan sind heute die »Räuber«, weiche und scharfe S-Laute, die Französische Revolution und die alten Ägypter dran, doch statt dessen erzähle ich von »I'm Bob« und den Bürstlwiesen und natürlich von Kaiser-Franz-Gott-hab-ihn-selig auf Rollen und quietschlebendig auf einer zusammenkrachenden Bettstatt anno 1738, mische solcherart Historie und Neuzeit, Dramaturgie und Geografie, lasse nicht einmal die Gymnastikübungen *des* Screenwritercoachs aus und erlebe ein kleines Wunder: Keiner kippt mit dem Stuhl um, niemand muß unbedingt aufs Klo, weder werden, abgeduckt im Schutz des Vordermannes, »Schiffe versenkt« noch Hausaufgaben abgepinnt, summa summarum lauschen hundert sechzehn Realschüler zwischen elf und sechzehn mucksmäuschenstill meinem Ausflug nach Kärnten. Ich überhöre sogar das erste Klingelzeichen, vergesse den mir zustehenden Anteil an dem in jeder Pause frisch aufgebrühten Kaffee und spiele versonnen mit meiner leeren Tasse herum, als es an der Tür des Lehrerzimmers klopft.
»Einer aus der Fünf für Sie«, teilt mir mißmutig der Kollege mit, der am nächsten an der Tür sitzt und aufgemacht hat. Dieser Raum gilt als Refugium, weshalb Schüler hier nur höchst ungern gesehen werden, besonders wenn es außer dem üblichen Kaffee noch Geburtstagssekt oder Kuchen gibt und wir Pädagogen »aus dienstlichen Gründen« zu spät zum Unterricht kommen. Soeben verschwindet unmittelbar neben meinem linken Ellbogen ein Tablett mit Bienenstich, das ich allerdings bislang noch nicht realisiert hatte, hinter einem Aktenkoffer. In dem Türspalt diesseits der ledernen Sichtbarriere erspähe ich ein verlegenes Gesicht und winke den Jungen näher. Er scheint noch mehr als die von mir vergessene Tasche loswerden zu wollen, druckst herum und flüstert mir schließlich ins Ohr, daß ich genau wie das Reserl von dem Franzerl aussehe.
»Und wie sieht das Reserl aus?«

»Na, eben so wie die Sissi, die haben wir im Fernsehen gesehen, mit der Romy Schneider, die kann sooo schön traurig gucken.«

Daheim sieht es aus, als ob Meister Proper eine Delegation vorbeigeschickt hätte. Keine Dreckstapfer im Treppenhaus, keine herumfliegenden Schuhe, meine Söhne begrüßen mich gekämmt und mit Puschen an den Füßen, nicht mal Lucas hat Trauerränder unter den Fingernägeln. Auf dem Eßtisch präsentieren sich Jochens Begrüßungsblumen, aus der Küche wehen köstliche Düfte, lediglich der schwache Geruch von Terpentin aus der entgegengesetzten Richtung paßt nicht ins Bild.
Ob wieder jemand mit Farbe herumgekleckst hat?
»Wirklich alles in Ordnung?« frage ich nach und schnuppere.
Viermal Breitwandgrinsen, jenseits der Milchglasscheibe ruft Antonella, daß wir »subito« essen können, was mich an meine eigenen Hände (schwitzig) und meine Blase (randvoll) erinnert.
»Fünf Minuten«, rufe ich zurück. Natürlich habe ich nicht auf die Uhr gesehen, trotzdem bin ich mir sicher, daß zwischen dieser Zeitansage und meinem Aufschrei höchstens sechzig Sekunden liegen.
Ich sitze noch auf dem Topf, sinne dem Duft nach, der keineswegs mir entsteigt, und habe eine Erscheinung: Jochen Rosenfeld im Durchtritt vom Balkon zum Bad, einen Farbtopf nebst Pinsel in der Hand, es tropft blau. Ich schreie, was das Zeug hält, jedenfalls bis mich die Wirkung meines Gebrülls schlagartig verstummen läßt. Blaue Farbe auf den neuen weißen Kacheln muß wahrlich nicht sein, außerdem sieht er nichts, was er nicht schon kennt.
»Könntest du vielleicht freundlicherweise …?« Gedämpft. Maßvoll. Drei Blättchen Klopapier sind ein sehr dürftiges Feigenblatt. Meine Frage ist keine, kapierte jeder, er nicht.
»Ja?« Himmelblau. Unschuldsvoll.
»Abzischen.« Ich klemme die Beine zusammen.
»Eigentlich wollte ich nur den Pinsel ausspülen, sonst trocknet die Farbe ein, wär schade drum, aber wenn du meinst.«
»Ich meine.«

Er macht achselzuckend kehrt, ich beende meine Toilette, dann hole ich mir die Erklärung für sein Gestinke auf meinem Balkon. Die Bank, die schon in glücklichen Ehetagen abzublättern begann und jeden ungeschützten Kontakt mit gezogenen Fäden und Farbresten am Gesäß ahndete, präsentiert sich mir kornblumenblau, hochglänzend, ein Kunstwerk.
»Die Kids haben gemeint, du würdest dich freuen.«
Also freue ich mich. Natürlich freue ich mich. Dann freuen wir uns alle zusammen an Ricottaravioli aus hauchdünnem Teig und Wiener Schnitzeln, zarter als zart, obendrein als Verneigung gen Austria unglaublich rührend, ich lobe und schwelge und merke zu spät, wieso es möglich ist, daß mir das Fleisch wie Butter auf der Zunge zergeht. Es handelt sich um Kalbsleber, dear Jochen zwinkert der Köchin zu und freut sich, nun endlich auch unsere Vorbehalte gegen Innereien aus dem Weg geräumt zu haben.
»Immer erst kosten und nicht gleich meckern«, sagt er und folgt mit seinem Blick dem Cappuccino, der von Antonella soeben am Eßtisch vorbei zur Couchecke getragen wird. Was soll der Blödsinn?
»He! Stopp! Wir sitzen hier!«
Ein verlegenes Lächeln antwortet mir, aber da stehen die drei Tassen schon auf der schiefergrauen Platte mit den schwarz changierenden Einschüssen, zwei davon nebst Zuckerdose direkt in Reichweite des Sofas, das früher einmal Jochens Stammplatz war, der Süßstoff präsentiert sich vor meinem Lieblingssessel. Ich verstehe »piacevole« und »Signore Rose di Campo«, ersteres heißt soviel wie gemütlich, letzteres gilt meinem Geschiedenen, der – o Wunder! – nun ebenfalls rasch die nicht sonderlich eindrucksvollen, weil zu hellen Wimpern niederschlägt und mir dann anvertraut, daß er neulich nach dem Schwimmen »mit dieser Rasselbande« regelrecht geschafft war und sich »da drüben« ein wenig ausgeruht hat: »Stört dich doch hoffentlich nicht? Du weißt ja, wie das so ist.«
»Aqualand«, sage ich mechanisch und bin mir im Zweifel, wie ich es finden soll, daß er die Folgen seiner Erschöpfung als Vater ausgerechnet in meinen vier Wänden auskuriert hat.

»Besser«, darauf er, »diese Spaßbäder sind einfach zu überlaufen, das haben wir uns nur einmal angetan, am Sonntag habe ich was anderes entdeckt, richtig schnuckelig, Geheimtip von einem Kollegen.«

Jetzt aber! Ich rechne mit Protestgebrüll, weil meine Söhne auf Krawall und Riesenrutschen schwören und allem abhold sind, was abgeschieden und demzufolge fad ist.

Nichts dergleichen. Wie es aussieht, hat Jochen schon wieder einen Treffer gelandet. Dieser See ist zehnmal cooler als »so 'ne betonierte Badewanne«, man kann fischen und mit einem alten Kahn herumfahren, kraxeln kann man auch: »Dagegen ist deine Zugspitze 'ne lahme Schote.«

Meine Geografiekenntnisse mögen nicht die besten sein, trotzdem gibt es im Radius von hundert Kilometern rund um Köln meines Wissens keinen Hügel, dessen Neigungswinkel mehr als einen gemächlichen Spazierschritt erfoderte.

»Und wie weit mußtet ihr fahren?« Meine Söhne verabscheuen lange Autotouren.

»Stunde oder so.«

»Muß in den letzten Tagen so was wie 'ne Erdverschiebung im Bergischen Land oder in der Eifel stattgefunden haben.«

»Alpenverein«, ruft Maxi, der soeben die mitgebrachten Geschenke in meiner Reisetasche entdeckt hat. »Welches iss für mich?«

Ich stehe auf, verteile Päckchen, es sind insgesamt sechs an der Zahl, Antonella ist schon wieder in ihre respektive meine Küche entwischt, weshalb Jochen Rosenfeld gleich nach den Jungs drankommt: »Bitte sehr! Wußte gar nicht, daß du neuerdings auf Vereinsmeierei stehst.«

»Lieb von dir, Leakind, was ist denn da drin? Ist ja richtig spannend. Natürlich bin ich kein Mitglied beim Alpenverein, alles Connections ... das sieht ja gut aus.«

Der »stamph«, den ich im Laden von der Keuschen entdeckt habe, ist nichts anderes als eine Miniaturausgabe des Mörsers, mit dem früher das in der Sonne gedörrte Obst zur Mostgewinnung zer-

kleinert wurde. Schließlich konnte ich Jochen schlecht als einzigen leer ausgehen lassen und habe ihm folglich etwas für seine edelstahlgebürstete Regalwand mitgebracht, die er mit allerlei unsäglichen Souvenirs von seinen zahlreichen Junggesellenreisen vollzustopfen pflegt. Auf die Rosenfeldsche Sammelsucht ist eben nach wie vor Verlaß.
»Kletterfelsen mit Steigeisen und so«, wirft mein Träumerle ein und löst sorgsam jeden Klebestreifen einzeln, während bei seinen Brüdern schon die Papierfetzen fliegen, »und 'ne Sommerrodelbahn gibt's auch in der Nähe. Sind das Knieschoner?«
Ich nicke. Viermal Knie- und Handgelenkschoner der Nobelsorte, sozusagen als Vorboten zukünftiger Skaterfreuden gedacht, dieser Einkauf stammt nämlich noch aus Köln und der Zeit, als ich via Drebuchschreiben rasch und bequem an das große Geld zu kommen glaubte. Immerhin ist jetzt schon mal das Zubehör first class.
»Kann ich gut für die Rodelbahn gebrauchen, die iss irre schnell, da wollen wir nächstes Mal unbedingt hin.«
Das hört sich nach einem festen Plan mit fester Besetzung an, was nicht weiter tragisch wäre, wenn ich etwas davon wüßte. Ich bücke mich nach Papier, Tesafilm, der übliche Sauladen, sie haben sich nicht geändert, wieso auch? In meinem Kopf hämmert es »klare Verhältnisse schaffen«.
»Wenn euer Vater mir 'ne Wegskizze macht, fahr ich am nächsten schönen Wochenende mal mit euch hin.«
Mein Geschiedener schüttelt eindeutig ablehnend den Kopf. »Geht nicht!« fügt er ebenso energisch hinzu.
»Wieso? Hast du 'ne private Anwartschaft auf öffentliche Freizeitanlagen und die Kraxelwand vom Alpenverein?«
»Lea, denk doch mal nach, bis du wieder Zeit für derlei hast, ist der Sommer vorbei. Außerdem wimmelt es da nur so von Stechmükken, und bei deiner empfindlichen Haut ...«
Letzteres stimmt, trifft allerdings gleichermaßen auf meinen Jüngsten zu, der trotz kurzer Hosen und Achselhemd nicht mehr Stiche aufweist als üblich. Ersteres kann sich wohl nur auf meine neue Tätigkeit beziehen. Natürlich kann Jochen nicht wissen, daß die

avisierten Arbeitstreffen am Wochenende nun wahrscheinlich per Hausbesuch erledigt werden.
»Kann sein, daß ich erst im August wieder weg muß«, sage ich, »für uns vier Leutchen aus NRW ist Wien einfach zu weit weg, von zwei Tagen wären wir ja mindestens einen auf Achse. Wahrscheinlich besucht unser Tutor uns jetzt reihum, einer wohnt in Bottrop, zwei Frauen kommen aus dem Taunus, mal sehen ...«
Jochen kraust die Stirn. »Und warum trefft ihr euch nicht sagen-wir-mal in der Mitte?«
»Weil die Stiftung in der Mitte kein Schulungsheim besitzt und Hotels zu teuer kämen, schätze ich.«
»Alles eine Sache der Organisation, die mauscheln doch sonst alle untereinander, gibt's doch gar nicht, wie wollt ihr denn da mit euren Scripts fertig werden, das ist rausgeworfenes Geld, wenn du mich fragst.«
Ich frage mich, warum er sich so erregt.
»Bekommt Antonella eigentlich nix?« Maxi schwenkt seine Knieschoner an meiner Kaffeetasse vorbei, die Schaumkrone vibriert.
»Paß doch auf, du Doof!« Ich trinke rasch ab, wäre ja schade drum.
»Ihr Päckchen ist das mit dem Enzian drauf.«
»Hoffentlich kein echter, der steht unter Naturschutz.«
»Hundertprozentig nicht.«
Ich sehe zu, wie mein Sohn das Präsent aus dem Trachtengeschäft in die Küche trägt und wenig später zusammen mit unserem Aupair zurückkommt. Ihre leicht patschigen Hände umklammern den Enzian aus Dekostoff, zerknuddeltes Papier und Stoff, die Kulleraugen fallen ihr beinahe aus dem Kopf: »Per me?«
Ich nicke und frage mich, was an ihr anders ist. Die Entdeckung, daß sich heute kein einziger Malklecks an ihren Fingern befindet, kreuzt sich mit ihrem begeisterten »Che bello!«
In Anbetracht der Tatsache, daß sie vierzehn Tage nach ihrer Ankunft bei uns trotz ihres sprachlichen Handicaps bereit war, mich vier Tage und Nächte lang rund um die Uhr zu vertreten, hat meiner Meinung nach ein besonderes Dankeschön erfordert. Eine Al-

ternative zu ihren ewigen Flatterkleidern, das Oberteil gleicht im Schnitt einem Dirndelmieder, ist aber ebenso wie der kurze Rock aus Jeansmaterial und müßte ihr dank eingewebter Stretchfaser in jedem Fall passen.
Beides paßt. Sogar wie angegossen. Oben lugt ein sehr zarter und praller Brustansatz heraus, in der Taille blitzt ein rundes Bäuchlein mit einem kreisrunden Nabel, das brave Unterhöschen malt sich ab, die Schenkel sind füllig, die Knie eher zierlich, sie sieht sehr hübsch aus. Ich kann zufrieden mit meiner Wahl sein.
Mein Blick streift Jochen, der ebenfalls begutachtet, was Antonella uns vorführt. Höchst interessiert, mein »stamph« entgleitet seinen Händen und scheppert auf den Couchtisch.
»Idiot!«
»Hab dich nicht so mit deinem blöden Tisch, ist doch nur Schiefer und sonst nichts.«
Es ist wieder wie immer. Fast.

Mitte der Woche ruft Hajo Schocklitsch an und fragt, ob es mir recht sei, wenn er mich am Samstag besuche. Der Rollplan, den er sich ausgedacht hat, orientiert sich an seinen vier Schützlingen, von denen zwei zeitlich flexibel sind. Meine Kollegin Elli kann als Studienrätin immerhin einen freien Tag in der Woche beisteuern, womit das Wochenende schwerpunktmäßig auf mich entfällt: »Ich käme dann so gegen zehn, halb elf aus dem Taunus rüber, den Struppi bringe ich auch mit, er freut sich schon.«
Meine Kids reagieren auf meine Ankündigung, ich bliebe ihnen bis zum August als treusorgende Mutter rund um die Uhr erhalten, nicht besonders überschwenglich. Wenig später ruft auch Jochen an und beschwert sich, weil er doch meinetwegen bis auf weiteres alle Wochenendverabredungen gecancelt hat: »Wie steh ich denn da?«
»Dir gehen die Ersatzbräute bestimmt nicht aus, die aus der Arztserie war doch genau deine Kragenweite, so schön naiv, bei der fällt die Erinnerung an deinen letzten Fehltritt garantiert innerhalb von einer Woche durch den Rost. Ruf sie einfach an.«

Jochen findet es nicht gut, wie ich auf seinen Vatergefühlen herumtrampele.
Meine Söhne geben ihm recht. Sie wollen wie versprochen zu der Sommerrodelbahn fahren, was bei mir schon deshalb flachfällt, weil ich Besuch erwarte.
»Herr Schocklitsch kommt extra von Österreich nach Köln, um mit mir an dem Script zu arbeiten«, den Taunus und Bottrop als Zwischenstation unterschlage ich, »da kann ich ihn ja wohl nicht auf 'ne Schlitterpartie schicken.«
»Und wegen so 'nem doofen Filmfritzen sollen wir uns in der Stadt mopsen, wie?«
»Wenn ich ein gutes Drehbuch abliefere, sind vielleicht sogar eure Inline-Skates drin.«
»Das ist Erpressung!« findet Maxi, und fast bin ich soweit, Jochens Vorschlag zu akzeptieren und ihm dieses Gemeckere zu überantworten, als ausgerechnet der Obermeckerfritze die Wende einläutet. Der Auslöser ist Struppi. Kaum hört mein Tierfreak, daß ein echter Hund mitkommt, verliert er jegliches Interesse an dem Ausflug zu Jochens Geheimtip: »Ich bleibe.«
Wie üblich schließen Jonas und Lucas sich an, mein Ältester zögert noch: »Kommt drauf an, was mit Antonella ist.«
»Sie wird ganz gewiß nicht allein mit deinem Vater auf 'nem Übungsfelsen vom Alpenverein das Kraxeln erlernen wollen«, sage ich.
Fabian weist mich darauf hin, daß auch Au-pairs ein Recht auf unzensierten Freizeitspaß hätten, gibt aber ebenfalls klein bei, als Maxi zwecks Abklärung der Sachlage in der Küche verschwindet und mit der Botschaft zurückkehrt, daß »die Nella« selbstverständlich bei ihm bleiben will: »Und Hunde mag sie auch ganz doll, besonders so kleine, vor den großen hat sie schon mal Angst, und rodeln will sie überhaupt nicht, weil ihr so leicht schwindelig wird.«
Ich komme nicht dazu nachzufragen, wie das dann auf der Kraxelwand geklappt hat, weil meine Söhne bereits die Mansarde stürmen, um für Struppi nach einem Ruhelager (soll er etwa stunden-

lang auf deinem pieksigen Sisal rumliegen?), ausrangiertem Spielzeug und der Hundeleine zu suchen, die wir einmal für unser Kaninchen Cäsar gekauft hatten, welches sich aber beharrlich weigerte, mit uns im roten Zwergpudelgeschirr Gassi zu gehen.
Antonella ist also nicht schwindelfrei, interessant. Hat sie sich auf dem Übungsfelsen anseilen lassen? In jedem anderen Fall hätte ich auf handfeste Unterstützung meines Geschiedenen gewettet, doch pummelige Girlies sind nun mal nicht sein Fall. Irgendwie erleichtert es mich trotzdem, daß unser Au-pair weiterhin so gar kein Interesse an Freizeitvergnügungen ohne meine Kleinen zeigt und das Abkochen von Innereien, wie Jochen sie liebt, offensichtlich nur eine Art Respektsbezeugung vor einem »pater familias« ist, der im Vergleich zu ihrem eigenen »papà«, den sie zärtlich »babbo« nennt, nicht sonderlich gut wegkommen dürfte. Selber schuld!
Ich beschließe, nun umgehend die Arbeit an meinen Figuren voranzutreiben, die Vorbereitungen für die Schule nicht völlig zu vernachlässigen und mich vielleicht sogar schon einmal an der ersten Szene zu versuchen.
Wie fange ich an? Im Kreißsaal und dann lauter Rückblenden?
Über der Erinnerung an drei Paar echte Segelohren vergeht die Zeit wie im Flug. Schritte poltern durch das Treppenhaus, »Mom, guck mal!«, notgedrungen verschiebe ich mein kreatives Schaffen auf den Abend, bewundere statt dessen das angestaubte Hundehalsband und genehmige die beim Ausmisten übersehene Babymatratze nebst Kuscheldecke und Rassel. Noch bei den Abendnachrichten habe ich das Bild vor Augen, wie zuletzt mein Jüngster zwischen diesem lokomotivenbedruckten Drillich und pasteligem Flausch gelegen hat, ein Fäustchen um das Holzspielzeug, das einem Hundeknochen mit Troddeln ähnelt, und die andere Hand an den Abstehohren. Immerzu hat er daran gefriemelt, an seinem Babyköpfchen sahen sie wie Henkel aus, genau wie bei seinem Vater und einem, den ich nicht benenne, weil ich ihn aus meinem Programm gestrichen habe. Privat.
Beruflich ist das natürlich etwas völlig anderes, zur Zeit ist er in Hamburg, wo soeben der internationale Studenten-Oscar für den

besten Kurzfilm verliehen worden ist. Drei Deutsche waren an der Endrunde beteiligt, ein Kölner war auch dabei, selbstredend liegen Welten zwischen solchen Arbeiten für die Freaks von Programmkinos und den Fingerübungen von einem Dutzend Seiteneinsteigern, die bestenfalls eine winzige Chance im Mainstream-Kino haben. Ob Ritter Otto schon seine persönliche Favoritin in der Hansestadt ausgeguckt hat?
Wird er dir gerade auf die Nase binden, wie?
Wird er nicht! Ich teile meinem Alter ego mit, daß ich keineswegs so blöd bin, mir ernsthaft einzubilden, daß der Chef über einen Sack Stiftungsgelder und jede Menge künstlerische Ambitionen auch nur einen ernsthaften Gedanken an die Alltagsgeschichte einer alleinerziehenden Vierfachmutter verschleudern wird. Einmal Segelohrlupfen ist schon fast zuviel der Ehre! Schleich dich!

An jedem zweiten und vierten Samstag im Monat haben meine beiden Gymnasiasten Schule, was für Fabian regelmäßig ein Grund zum Fluchen ist, weil er dann entweder seine Freitagabendexzesse einschränken oder sich am nächsten Morgen hundemüde aus dem Bett quälen muß. So wie heute. Er stampft treppab, brüllt nach seinem Deodorant, weckt damit seine beiden jüngsten Brüder auf, welche die Entleihung glaubwürdig in Abrede stellen, und beschuldigt daraufhin »dieses Schlitzohr Maxi«.
Ich selbst bin auch noch nicht voll da, frage mich nun aber, wo mein pfiffiger Frühaufsteher abgeblieben ist, der niemals eines Weckers bedarf, sondern diesen im Gegenteil sogar für uns alle spielt und darüber hinaus auch keine Probleme mit Schulsamstagen hat, weil zwei Stunden auf seinen heißgeliebten Fußball entfallen.
»Maxi!«
»Willst du, daß mir das Trommelfell platzt?« Fabian sieht mich anklagend an, ein ewig langes Elend mit Stoppeln im Gesicht und Mickymäusen auf dem Pyjama, der noch von seiner letzten großen Liebe stammt. Leider vergißt er das Schüttmanöver, das er gerade aus der Frühstücksflockenpackung eingeleitet hat, es rieselt und knirscht, ich sehe mich schon Putzfrau spielen, statt mich für Hajo

Schocklitsch hübsch zu machen. Nur weil einer mit einem schiefen Gesicht gestraft ist, kann er trotzdem ein netter Mensch mit einem Feeling für eine weniger mißratene Physiognomie sein. Angeblich sieht er mich sogar ganz besonders gern an. Wenn dieser Lulatsch hier allerdings weiter so herumferkelt und Maxi nicht endlich auftaucht, wird die Bewunderung meines Besuchers eher in Entsetzen umschlagen.

Wortlos drücke ich meinem Jungmann Handfeger und Kehrblech in die Hand und mache mich auf, um nach Maxi zu fahnden. Ich finde ihn eingegraben unter seinem Plumeau, die Stöpsel seines Walkmans in den Ohren, angeblich hat er den Wecker total überhört.

Sehr eigentümlich. Statt sich nun wenigstens besonders zu beeilen, drömelt er weiter herum, sucht dies und das, bemäkelt die Knitterfalten an seinen Shorts und findet, daß seine Fußballschuhe dringend neue Schnürsenkel bräuchten: »Wie soll ich denn damit ordentlich kicken?«

Ich treibe ihn treppab und will ihn mit Geld für den Bäcker auf den Weg schicken, was er sonst sehr zu schätzen weiß und nun energisch ablehnt: »Haben wir gerade noch in Bio besprochen, wie verantwortungslos das ist, wenn Eltern ihre Kinder ohne ordentliches Frühstück aus dem Haus lassen.«

Ich lege mein Portemonnaie zurück auf die Dielenkommode, stoße die Küchentür auf und kollidiere um ein Haar mit Antonella, die auf dem Boden kniet. Die tropfnassen Haare bilden kleine Pfützen, während sie die Schweinerei von Fabian auffegt, der einen Meter weiter hingebungsvoll seine Flocken knirscht.

»Fauler Sack! Daß du dich nicht schämst!« Ich greife nach der Packung mit dem fröhlichen Hahn.

»Antonella hat drauf bestanden«, grummelt er, »schließlich muß ich mich auch noch rasieren.«

Mit Blick auf die Uhr verzichte ich darauf, sein persönliches Timing in den Mittelpunkt zu rücken, und fülle Maxis Schüssel, diesmal sogar die richtige in den Farben seines Lieblingsfußballvereins.

Trotzdem verweigert mein Zwölfjähriger kopfschüttelnd die Annahme. »Das iss total ungesund, allein der ganze Zucker da drin.«
Ich steuere auf eine handfeste Krise zu, als meine beiden Ältesten mit geschlagenen zwanzig Minuten Verspätung das Haus verlassen und ich Sekunden später ihre Fahrradhelme und Maxis Sportsachen entdecke. Wollen sie sich einen Schädelbasisbruch einhandeln? Will mein Pfiffikus heute in Unterwäsche und Sandalen Torwart spielen?
Denk mal scharf nach, Leamaus!
Wenn ich etwas hasse, dann von einer mir selbst innewohnenden Instanz à la Jochen Rosenfeld tituliert zu werden. KLAPPE! STRUPPI! verbessert es in mir.
Mir dämmert, daß mein Zweitgeborener nichts unversucht läßt, um sich heute zumindest um die letzten beiden Stunden zu drükken, weil für diese Zeit der Dackelbesuch avisiert ist. Dieser Schweinebuckel!
»Könnte vielleicht einer von euch beiden Maxi seinen Turnbeutel nachbringen?«
Zweimal Unlust in Potenz, es folgt ein Rapport über alles, was bei Lucas und Jonas Vorrang hat, sie lassen nicht einmal Waschen und Zähneputzen aus: »Außerdem sagst du immer, wir sollten nicht allein über die Vogelsangerstraße gehen, weil die viel zu gefährlich ist.«
»Nur in der Mitte«, korrigiere ich, »ihr geht bis zur Ampel, das ist okay.«
Kopfschütteln. »Viel zu weit, da müssen wir ja umsonst bis zur Kreuzung rauf und wieder zurück.« – »Bis wir angezogen sind und so, ist es eh zu spät.«
»Es reicht, wenn ihr bis halb elf dort seid.«
»Wir sind doch nicht dem seine Diener.« – »Wo er uns nicht mal auf seinem Nintendo spielen läßt.«
Antonella erbarmt sich. Sie ist ein Schatz! Gerührt sehe ich ihr zu, wie sie auch noch stillschweigend die Einkaufsliste für die nächste Woche von der Pinnwand nimmt, ihren superschicken Rucksack

schultert und mit immer noch feuchten Haaren, deren Spitzen fast bis zum Saum des von mir mitgebrachten Jeansröckchens reichen, hinausschwenkt. Sie sieht zum Anbeißen aus, so herrlich jung und unschuldig, sogar dieses Röllchen nackte Haut zwischen Bund und Oberteil ist irgendwie wonnig. Zwanzig Jahre, mein Gott!
Im Bad überzeuge ich mich davon, daß bei mir nichts speckt, weil derlei mit fortschreitendem Alter genau die gegenteilige Wirkung hat, rubbele mich prophylaktisch nach dem Duschen von oben bis unten mit meinem Luffahandschuh ab, massiere die hochwirksame Anti-Cellulitis-Creme ein (bei dem Preis muß der Werbeslogan einfach stimmen), tupfe und zupfe und sehe im Dialog mit den Beipackzetteln diverser Schönheitsmittel spöttische Blitze in schiefergrauen Augen aufzucken, die mich so intensiv verfolgen, daß ich offenbar sogar das Klingeln überhört habe und völlig perplex auf den Anblick von Hajo Schocklitsch reagiere, dessen Augen wirklich da und braun sind.
»Sie?« frage ich.
»Ja, hatten wir doch so vereinbart, oder bin ich zu früh? Struppi, laß das!«
Der Dackel erkennt mich auch frisch gewaschen wieder, ich herze ihn ebenfalls, überbrücke so meine Verlegenheit und bitte meinen Tutor in die gute Stube und gleich die Treppe hoch in mein Arbeitszimmer. Damit wir wirklich ungestört bleiben, gestatte ich den beiden Kleinen heute ohne Angabe eines Zeitlimits Kinderstunde. Einmal ist keinmal.
Die erste Verlegenheit überbrücken wir mit Kaffee und den Kipferln, die mein Besucher aus Spittal mitgebracht hat, was ich unglaublich rührend finde. Von der Keuschen soll er mich ganz herzlich grüßen, sagt er, sie fände es richtig schade, daß ich im August dann bei den anderen in der »Alten Post« wohne: »Aber besuchen tun Sie sie auf jeden Fall, gell?«
»Am liebsten hätte ich auch wieder mein altes Zimmer mit Blick auf das Goldeck und die Bürstlwiesen«, sage ich spontan.
»Ehrlich?« Hajo Schocklitsch versichert mir, daß ich ihm aus der Seele spreche, und nicht nur ihm: »Meinen Boß zieht's auch im-

mer wieder ins Haus Madl, eigentlich müßten Sie sich sogar am letzten Morgen begegnet sein, jedenfalls gäb ich sonst was dafür, wieder bei der Keuschen abzusteigen, was natürlich nicht geht, weil die ganze Meute in der Post logiert. Sie haben da natürlich freie Hand, die Stiftung freut sich nur, wenn sie Geld spart.«
»Und was ist mit dem Herrn Reblein? Also ich meine, muß der nicht auch …?«
»Der hat Glück, weil er ja nie genau sagen kann, wann er kommt, und jetzt noch das Desaster mit unserer Vierergruppe, glücklich macht ihn das nicht.«
Desaster? Weil wir zu schlecht, zu banal, zu weit weg vom künstlerischen Kurzfilm sind? Ich hab's ja geahnt! »Klar«, sage ich, »verstehe, er hat's nicht gern trivial.«
»Das Wort sollten Sie bei ihm besser nicht fallenlassen.« Mein Gegenüber grinst.
Ich grinse nicht, sondern starre ihn nur an, wahrscheinlich mit einem höchst dämlichen Gesichtsausdruck, der allerdings in pure Erleichterung umschlägt, als ich zu hören bekomme, daß es für meinen Ritter Otto ehrlich und wahrhaftig keine Unterscheidung in »E« wie »ernsthaft-hochwertig-top« und »U« wie »unterhaltsam-seicht-buh« gibt: »Dem ist eine hautnahe Alltagsstory tausendmal lieber als hochgestochenes Geschwafel, mit dem kein Mensch was anfangen kann, so gesehen ist er ein ganz Praktischer.«
Seltsam, plötzlich bekommen meine Hauptfiguren Leben, ich kritzele in meine Papiere und entwerfe aus dem Stegreif Vorschläge zur ersten Szene, die nun völlig ohne Rückblenden auskommt, weil derlei die Bilder in meinem Kopf nur auseinanderrisse. Mein Tutor gibt mir recht, er ist offensichtlich zufrieden mit mir, wir arbeiten angespannt und hören erst auf, als Struppi unmißverständlich an meiner Tür kratzt.
»Er muß wohl mal Gassi!«
Zusammen gehen wir nach unten. Eine Runde durch den Stadtgarten tut mir auch gut, und dann ist es schon bald Zeit zum Mittagessen. Was für ein Glück, daß wir Antonella haben, auf ihre Küche ist blind Verlaß.

Obwohl wir nur einmal um die Ecke biegen und die Teichbrücke überqueren müssen, um den Dackel einer reichhaltigen Auswahl an Duftnoten – wahlweise an alten Platanen oder neuen Hundeklos – zuzuführen, hebt Struppi bereits vor den Wasserspielen in der Ringanlage das Bein. Dabei bleibt es. Schuld sind unser Eismann Nicco, die früher im horizontalen Gewerbe erfolgreiche Besitzerin der Boutique nebenan, unser Feinkosthändler, der Parkhauswächter, der Apotheker, die Mutter eines Mitschülers von Maxi und der Postbote, die sich allesamt vorgenommen zu haben scheinen, meinen Begleiter in ein harmloses Schwätzchen über das tolle Wetter zu verwickeln: »Da kann man doch einfach nicht widerstehen, wie im Bilderbuch, Sie sind wohl nicht von hier?«
Hajo Schocklitsch stimmt zu und erzählt bereitwillig von seinem Österreich, flicht ein, daß ich ja nun auch wisse, wovon er spricht, und wie sehr er sich freue, endlich auch meine Heimat näher kennenzulernen: »Im August ist dann wieder Spittal dran, übrigens das reinste Sonnenloch, und dann die Berge, wo Frau Wilde solch eine begeisterte Bergsteigerin ist.«
Weil ich zwar viel Wert auf gute Nachbarschaft lege, gleichzeitig aber meine Intimsphäre wahre, sind all diese Leute bis auf Nicco weder über meine alpine Passion noch über die Drehbuchbörse informiert, weshalb sich das nun glatt so anhört, als ob mein Begleiter in die private Abteilung fiele.
Die Schöne und das Schiefgesicht?
Na ja, sooo schön bist du ja nun auch nicht!
Klappe!
Mein Pfeifen gilt Struppi, der mittlerweile die Treppe zur Tiefgarage abschnüffelt, wo sowohl Vier- wie Zweibeiner gerne im Schutz von Mauerwerk und Grünzeug ihr Wasser abschlagen, doch statt des Hundes tauchen die Köpfe von Maxi, Antonella und Jochen in dem Schacht auf. Alle drei wie zum Zeichen ihrer Verbundenheit mit einem Eis am Stiel in der Hand. Die ohnehin eher jämmerlichen Pfeiftöne ersticken mir in der Kehle. Das fehlt mir noch.
»Hi!« Maxi rast auf mich zu, sein Turnbeutel schleudert mir gegen

die Kniescheibe, er peilt Hajo Schocklitsch an: »Sind Sie der mit dem Hund?«
»Maximilian!« Mit einem Auge erdolche ich meinen Filius, mit dem anderen erbitte ich bei meinem Gast Pardon, was beides zusammen aussehen muß, als ob ich tierisch schielte.
»Der bin ich, und du mußt der Maxi sein.« Mein Tutor grinst schiefer als schief, offensichtlich verfügt er über ein dickes Fell. Sodann beäugt er interessiert mein Au-pair und meinen Geschiedenen, die nun ebenfalls bei unserem Grüppchen haltmachen, das bald das Zeug zum ausgewachsenen Verkehrshindernis hat.
Hallo, bitte eine Streifenbulette zum Ordnung schaffen!
Obwohl die Polizeiwache sich in Sichtweite befindet, denkt niemand von den Brüdern daran, mir zu Hilfe zu eilen. Lediglich der Dackel reagiert, beschnüffelt nun ersatzweise die dreckgeschwärzten Fußballknie meines Sohnes und läßt sich kraulen. Das Spannungsbarometer steigt. Offenbar wird von mir eine ordnungsgemäße Vorstellung erwartet. Ich will nicht. Bin ich hier die Animateurin?
»Ich glaub, es wird so allmählich Zeit zum Mittagessen.«
Diesmal grinst Jochen, was bei ihm auch ohne schiefes Gebiß sehr schräg herüberkommt. »Und was gibt es heute Leckeres?« Das gute Händchen zu Hajo Schocklitsch hin: »Ich bin übrigens der Jochen und Leas Ex und Vater von ...«, Blick zu mir hin (Achtung! Lebensgefahr!), »... na ja, also an der Rasselbande bin ich auch beteiligt.«
Ich hole tief Luft. Sein Glück, daß er seinen Anteil nicht numerisch korrekt wiedergegeben hat. Von den Umstehenden haben die meisten aufgrund meiner Diskretion keine Kenntnis von pikanten Details dieser Lovestory nebst Rosenkrieg. Jedenfalls hoffe ich das. Über meinem Aufatmen verpasse ich den ersten Teil des Dialogs zwischen Antonella und Jochen, steige erst bei den »Panzerotti« wieder bewußt ein und realisiere etliche Minuten später vor unserer Haustür, daß mir gleich mehrere massive Fehler unterlaufen sind: Ich habe zugelassen, daß Jochen Rosenfeld sich stiekum zum Essen einlädt, bei meinem Gast einschleimt und diesem

ein Bild vermittelt, dessen ganze Tragweite mir allerdings erst klar wird, als Hajo Schocklitsch zwei Stunden später seine Tasse mit Cappuccino hebt und einen Toast auf die Köchin ausbringt.
Das Lob auf Antonellas Küche als solches wäre harmlos, wenn es nicht diesen leicht verlegenen Nachsatz gäbe: »Also, das muß jetzt einfach heraus, ich finde es einfach unglaublich gut, wenn sich eine geschiedene Frau und deren Nachfolgerin so gut vertragen, daß die eine sogar für die andere mitkocht.«
Meint er uns? Er meint doch nicht etwa ...? Ich schnappe nach Luft.
Um mich herum bricht ein Heiterkeitstumult aus, lediglich Antonella kugelt verständnislos mit ihren wunderschönen Braunaugen, bei dear Jochen gesellt sich zu dem Lachen noch haargenau jener Gesichtsausdruck, den Männer draufhaben, die sich mit Beutestücken aus der Kinderabteilung großtun. Nur daß er sich in diesem Fall mit falschen Federn schmückt und mein Besucher sich nicht entblödet, ihm diese Eroberung zuzutrauen.
»Antonella ist unser Au-pair und hat mit meinem geschiedenen Mann genausoviel am Hut wie ich mit Dschingis-Khan.«
»Den kenn ich nicht«, posaunt Jonas dazwischen.
»Den hatte sie vor deiner Zeit«, informiert Maxi.
»Ich glaube ...«, setzt Hajo Schocklitsch an und erleidet einen mittelschweren Hustenanfall.
»Der Dschingis-Khan ist längst hinüber und war Mongole«, springt Fabian hilfreich ein.
»So'n Krummbein mit Schlitzaugen?« Maxi zieht seine Blauaugen in die Länge. »War der nicht viel zu klein für dich, Muttchen?«
»Dafür war er ein großer Eroberer«, wirft mein Geschiedener ein.
»Ach so!« Meine Söhne nicken verständnisinnig, die beiden erwachsenen Mann-Exemplare jodeln vor Vergnügen, sogar der Dackel und unser italienisches Au-pair beteiligen sich an der allgemeinen Ausgelassenheit, und irgendwie erwischt es zuletzt mich selbst, und ich stimme ein, obwohl ich alle vor die Tür setzen sollte, die mir so etwas zutrauen.

Und wer ist schuld? Eine rhetorische Frage, versteht sich.
»Kümmert Ihr Mann sich immer so nett um die Familie?« fragt Hajo Schocklitsch, als wir endlich wieder zu zweit an meinem Schreibtisch sitzen. Ohne Hund, weil der natürlich bei Maxi bleiben muß, der bereits aufteilen wollte, wer von seinen jüngeren Brüdern wie lange die Leine halten darf und so schon im Vorfeld den ersten Streit ausgelöst hat. Jochen bot daraufhin an, die Wartezeiten mit Minigolf zu verkürzen, woraufhin sie endlich allesamt abgezogen sind, Antonella inklusive.
»Besonders dann, wenn er sich was davon erhofft«, antworte ich.
»Von ihnen? Also, wie man sich irren kann.«
»Natürlich von mir, was dachten Sie denn?«
»Na, wegen dem Mädel, ich dachte die beiden wären verbandelt, wie sie da so einträchtig aus der Tiefgarage stiefelten und an ihrem Eis schleckten. Natürlich ist der Altersunterschied heftig, auf Dauer geht so was ja selten gut. Also will er zu Ihnen zurück?«
»Gott bewahre!«
»Sie haben doch gerade noch gesagt, er will was von Ihnen.«
»Aber nicht so was, Jochen stand noch nie auf Pflichtkür, lieber glänzt er mal ab und zu und erntet dafür den dicken Applaus.«
»Verstehe.« Hajo Schocklitsch grinst so, wie Männer eben grinsen, wenn sie hinter ihrer Stirn Gedanken wälzen, die nicht stubenrein sind, was in diesem Fall geradezu absurd ist.
Im Zweifelsfall ist Jochen einfach scharf auf die Innereien, die er bei uns aufgetischt bekommt, obendrein gratis und gewürzt mit einer Prise Familienleben (solche Anwandlungen hat er sonst nur zu Weihnachten oder Ostern, aber er wird eben auch nicht jünger). Außerdem leidet er zur Zeit wohl tatsächlich an Nachschubproblemen oder hat endlich selbst spitzbekommen, wie hohl sein Clementinchen ist.
Damit mein Gast sich nicht weiter in mein Privatleben vertieft (dafür wird er schließlich nicht bezahlt), rege ich die Rückkehr zu unserem Script an, wir arbeiten dann tatsächlich ein paar Stunden höchst intensiv, er beweist bemerkenswertes Fingerspitzengefühl bei der Herausarbeitung von Neigungen der Hauptpersonen, die

auch ohne Ton erkennbar werden müssen: »Denken Sie in Bildern! Vergessen Sie den Spannungsbogen nicht!«
Es dauert, bis mein Gefühl für Spannungseffekte sich von sehr realen Handlungsträgern löst und erneut diesem Drehbuch zugute kommt, dann allerdings lasse ich mich so vollständig von den Segelohren eines Neugeborenen und allem, was an Verkettungen dranhängt, erwischen, daß ich darüber weder die Heimkehr meiner Truppe noch die Abendbrot-Frage durch die geschlossene Tür richtig mitbekomme.
»Meinetwegen«, rufe ich zurück, »noch 'ne halbe Stunde, okay?«
Als wir vierzig Minuten später nach unten kommen, ist schon alles für ein abendliches Picknick gepackt. In der Mitte meines Wohnzimmers präsentieren sich Kühlbox, Decken, Grillgerätschaften, vier Kids, ein Au-pair, ein Dackel und Jochen Rosenfeld, der mich sonnig anstrahlt und höchst rührig jedem sein Lastgut zuweist, die Kleinen vor dem Herumalbern mit spitzen Zinken warnt, seinem Ältesten die Obhut über »Cidre für alle und was Ordentliches für uns Große« anvertraut und gerade so tut, als ob es die selbstverständlichste Sache der Welt wäre, daß er neuerdings bei uns den Überpapa markiert.
»Hattest du nicht eine Verabredung mit Clementinchen?« frage ich spitz.
»Sei nicht so garstig, Löwin, was soll denn dein Gast von dir denken?« Änderung der Blickrichtung. »Was halten Sie vom Muschelstrand, Hajo?«
»Ich dachte, hier gäbe es nur den Rhein?«
»Und eben da ein idyllisches Fleckchen mit Sand, Muscheln, Wiese und allem Pipapo, also packen wir's. Wer fährt bei mir mit?«
Was ist mein Kleinwagen gegen seinen Jaguar? Ich darf den Transport der toten Güter übernehmen, zuletzt steigt auch noch Antonella bei mir ein, was mich schon wieder versöhnlicher stimmt. Wir fahren im Konvoi die Rheinuferstraße entlang, es ist noch immer schwül, doch am Wasser weht eine kühle Brise.
In der absinkenden Sonne und eingebettet in fremde Grilldüfte

von rechts und Gitarrenklänge von links, vor uns die bunt illuminierten Boote und Möwen, die frech nach allem Eßbaren schnappen, rücken wir zusammen, und alles, was den Alltag betrifft, gleitet weit weg. Antonella hat eine wunderschöne Stimme, sehr melodisch und ein klein wenig belegt, heute abend findet sie es nicht nur gemütlich mit uns, sondern »romanzo«, was keiner Übersetzung bedarf.

Zuletzt chauffiert Jochen meinen Gast zu seinem Hotel, während Fabian bei uns das Steuer übernimmt, weil er sich nie im Leben »angeschickerten Weibern« überließe. Diesmal versteht sogar Antonella, was er meint, sie lächelt spitzbübisch und zwängt sich zusammen mit mir und den beiden Kleinen auf die Rückbank, während Maxi sich mit Struppi (Gast für eine Nacht) auf dem Beifahrersitz plaziert und vollmundig Sprüche produziert, die seines Erzeugers würdig wären. Egal. Ich befinde mich in einer Stimmung, die mich sogar unempfindlich für den Gedanken macht, daß mein Tutor innerhalb der nächsten Viertelstunde vermutlich an einem Tresen in irgendeiner Kneipe landen und dem Gesülze von Jochen Rosenfeld lauschen wird, bis sie beide hinreichend vollgedröhnt sind, um ihre Betten oder das Nachtleben anzusteuern.

Time to Say Hello

Obwohl es noch zwei Wochen dauert, bis die Sommerferien anfangen, macht sich in mir schon jetzt so etwas wie Ferienstimmung breit. Das liegt daran, daß ich in diesem Jahr keine eigene Klasse habe, so um den Streß des Zeugnisschreibens herumkomme und – Hipphipphurra!!! – ausnahmsweise keine Abschlußfahrt organisieren oder zumindest begleiten muß. Weil ich vor allem in den zehnten Klassen unterrichte, die pünktlich zum Wochenende losgefahren sind, reduziert sich meine Tätigkeit schlagartig auf ein paar läppische Stunden in der Orientierungsstufe, wo wiederum

jedwede Vorbereitung entfällt, weil dort gerade die Vorbereitungen für eine Projektwoche auf Hochtouren laufen, bei der ausnahmsweise nur die lieben Kollegen zuständig sind.
Keine Überstunden. Kein Gedrängel auf dem Hof. Keine Raucher auf den Klos und keine Scherben auf dem Hof, nicht mal ein zerschnittener Fahrradschlauch, und so sitze ich friedlich mal am Pult, mal im Lehrerzimmer, stricke fleißig weiter an meinen ersten Drehbuchszenen und statte die Handlungsträger mit all jenen auf den ersten Blick so nebensächlich erscheinenden Details aus, die sie erst richtig lebendig machen.
Hoffentlich nimmt Lucas als lebendige Vorlage es mir nicht übel, daß ich das Filmbaby als Glatzkopf zeichne, weil ein solcher die Flatteröhrchen einfach noch schärfer hervorhebt, und ihn weiter südlich mit Qualitäten ausstatte, die in Wahrheit seinen Bruder Maxi auszeichneten, der mich zielgenau bei jedem Windelwechsel erwischte. Die Vorliebe fürs Wettpinkeln muß er von seinem Vater haben, der sich auch in fortgeschrittenem Alter daran ergötzte, mit seinem Schniedelwutz die entfernteste Zielmarke zu treffen oder selbigen als Malstift einzusetzen und gelbe Inititialen in jungfräulich weißen Pulverschnee zu zeichnen.
Sofern ich später irgendwann einmal den echten Daddy auftreten lasse, könnte mein Webmuster aus zwei unterschiedlichen Vorlagen allerdings problematisch werden. Etwa, wenn der Zuschauer solche Ausdrucksformen übersteigerten Geltungsdranges vergeblich bei dem ausgewachsenen Segelohrträger suchte und dann mir respektive meiner TV-Mom zuordnete, weil der Lütte es ja irgendwoher haben muß. Ich mache mir eine entsprechende Notiz, schreibe weiter und wechsele am Nachmittag lediglich auf den Balkon bei uns daheim über, wo nun auch der Sommer Einzug hält.
Ringsum in der Nachbarschaft wird es still, alle möglichen Leute sind schon verreist, unser Metzger hat Betriebsferien, bei Nicco stehen sie Schlange an der Eistheke, meine Kinder verkünden einer nach dem anderen, daß sie nun echt keinen einzigen Handschlag in der Schule mehr tun, weil keiner so blöd ist, sich bei der

Hitze und in Anbetracht feststehender Noten noch großartig anzustrengen. Statt dessen verschwinden sie mit ihren Freunden zum Baggersee, ausnahmsweise ohne Antonella, weil diese keinen Badeanzug besitzt und auch energisch die Anschaffung eines solchen mit der Begründung ablehnt, daß sie sich nicht gerne halbnackt in der Öffentlichkeit präsentiert und schon gar nicht in einem Baggerloch schwimmt.

Wie war das wohl an Jochens idyllischem See?

Jochen ist übrigens geschäftlich unterwegs, was keine Seltenheit ist, nur daß wir normalerweise nicht über seine Reisen auf dem laufenden gehalten werden. Er hat angerufen und mir schöne Grüße an meinen Tutor aufgetragen: »Vielleicht ruf ich ihn auch gleich noch mal selber an, der Mann ist in Ordnung, bis die Tage denn, ich bin in jedem Fall rechtzeitig zurück.«

Rechtzeitig wofür? Bis zu meiner Abreise nach Kärnten sind es noch vier Wochen hin. Doch nicht einmal diese seltsame Formulierung bringt mich ernsthaft aus der Ruhe oder nimmt mich gar gegen meinen Tutor ein. Ein Phlegma, das möglicherweise auch ein Nebenprodukt der Hitze ist, die einfach keinen Raum für überflüssigen Ballast bietet.

Es ist so warm, daß wir zweimal täglich gießen müssen. Die Stauden, die ich viel zu spät zusammen mit Antonella nachpflanze, wachsen beim Zusehen. Wir spannen den gelben Sonnenschirm mit den weißen Fransen über der frisch gestrichenen Bank auf und lassen so das häßliche Plexiglasdach über uns verschwinden, in den knatschgrünen Longdrinkgläsern vor uns klirren Eisstücke, und während Antonella Johannisbeeren zupft, Hosen ausbessert oder voll Hingabe mondäne Frauen und vorwitzige Dandys malt und dabei vor sich hinsummt, fließen mir bereitwillig die Gedanken in den Trackball, der an Fabians Laptop die elektronische Maus ersetzt. Es kommt fast einem Ritterschlag gleich, daß mein Ältester mir dieses Gerät anvertraut hat, damit ich nicht an mein Arbeitszimmer gefesselt bin und mit Antonella die Stunden, in denen die vier sich im Baggerloch tummeln, auf Balkonien verbringen kann.

Manchmal füllen wir die große Emailleschüssel, die ich im Winter für Dampfbäder einsetze, mit kaltem Wasser und setzen beide die Füße hinein, sie ihre Größe vierunddreißig, ich meine Größe neununddreißig. Es kitzelt, wenn wir aneinanderstoßen, sie kichert jedesmal laut heraus und kann sich gar nicht mehr beruhigen; oft lachen wir dann beide völlig unmotiviert über den Anblick unserer Zehen und der Gänsehaut, die sich an unseren Beinen hochzieht, während wir oberhalb der Tischkante weiterdampfen. Ein irres Gefühl, unten kalt und oben heiß.
Es sind Stunden, in denen ich sogar jenen Ritter vergesse, von dem ich ohnehin erst im August wieder etwas zu sehen bekommen werde, weil er grundsätzlich nur dort in Erscheinung tritt, wo unsere Meetings offiziell stattfinden. Derzeit dürfte er in Wien bei den Historikern und Thrillerspezis sein, die offenbar im Job flexibler sind und keine Mühe haben, mal schnell eben nach Austria zu jetten. Sei's drum!
Mir geht es auch nicht schlecht, das gilt nicht nur für die Fortschritte an meinem Drehbuch, vielleicht kann ich es demnächst sogar mit Jochen Rosenfeld in der italienischen Sprache aufnehmen, weil sich zugleich mit den Summlauten auch der Text von Antonellas Liedern in mich hineinfrißt. Seitdem wir herausgefunden haben, daß wir einen gemeinsamen Lieblingssänger haben, singt sie besonders viel und gern aus dem Repertoire von Andrea Bocelli, der sich seit Wochen mit seiner jüngsten CD »Romanza« in den europäischen Top ten hält und nicht nur mit einer absolut göttlichen Stimme alles vom Popsong bis zur klassischen Opernarie zum Ohrwurm macht, sondern darüber hinaus noch ein persönliches Schicksal zu bieten hat, das unter die Haut geht: der schöne Blinde mit dem Dreitagebart, der Jura studierte, nachts in Pianobars spielte und schließlich mit dem Abschiedslied für Henry Maske seinen Durchbruch erlebte: »Time to Say Goodbye«, längst eine Hymne, bei der aus dem »Auf Wiedersehen!« für einen Boxer von Weltrang ein »Willkommen!« für einen Tenor derselben Güteklasse geworden ist.
Dank Antonella weiß ich nun, daß unser gemeinsamer Held in seiner Heimat »il cantante grandioso« genannt wird, in einem Ort in

der Toskana namens Lajatice aufwuchs, »cavalli«, sprich Pferde, und Enrica, seine Frau, liebt, von der er sein zweites »bambino« erwartet, daß er sogar schon »il papa« im Vatikan ein Ständchen geben durfte und im übrigen keinerlei Vorbehalte gegen »musica leggera« hat, wie in seiner Disziplin die leichte Muse heißt. Sicherheitshalber habe ich mir das noch einmal von Nicco übersetzen lassen, aber es bleibt dabei: Ähnlich wie ein gewisser Otto Reblein ist auch dieser Troubadour der Auffassung, daß nicht das *Was*, sondern stets das *Wie* zählt: »Es kommt nicht darauf an, was man singt, sondern daß man es gut singt. Alle berühmten Opernsänger unseres Jahrhunderts haben populäre Lieder gesungen, um das große Publikum zu erreichen!«
Amen! sage ich da nur und stelle mir vor, wie es wäre, wenn demnächst die Scharen vor dem Fernsehbildschirm dem Charme von zwei hinreißenden Segelohren an einem Babykopf erlägen, der vor nunmehr sechs Jahren in natura aus mir herausgeschlüpft ist. Millionen, die sich von meiner Story aus dem prallen Leben mitreißen lassen, bei der bloßen Vorstellung kribbelt es mir eiskalt und gleichzeitig heiß über den Körper, was diesmal nicht an dem Wechselspiel von Zuber unten und Gluthitze oben liegt.
Wird das Gewerbeaufsichtsamt es überhaupt zulassen, daß einem TV-Baby mit Durchschnittsohren Attrappen aufgesetzt werden?
Wäre derlei möglicherweise im nachhinein einfacher mit Trick siebzehn zu bewerkstelligen? Wenn im Studio sogar Dinosaurier zu leben beginnen, dürfte es doch kein Problem sein, mittels moderner Schnittechnik ein paar Henkelohren zu applizieren, finde ich.
»Da iss ein Mann für dich!«
Ich zucke zusammen, was Bewegung in unser Fußbad bringt. Es spritzt. Antonella quiekt. Ich tue es ihr nach, weil eiskaltes Wasser auf warmen Schenkeln nun mal ein Schock ist.
»Wo?« krächze ich und mustere meinen Sohn, der gegen die Sonne steht, unter dem Arm sein Schwimmzeug und im Hintergrund reichlich Schatten und die Konturen unserer Sanitärkeramik. Er wird doch nicht einen Wildfremden hier herausbitten?

»Na, wo wohl?« Der feuchte Kopf von Maxi (wieder mal nicht gefönt!) taucht erneut im Schatten ab, ich höre ihn kundtun, daß seine Mutter im Moment gerade »in 'ner Bütt Wasser und ziemlich bekloppt auf dem Balkon rummacht« und er nicht wisse, wann ich wieder empfangsbereit sei: »Könnte ja sein, daß sie 'nen Sonnenstich hat, das dauert.«
»Ich bin gar nicht da.« Rock runter, Bluse über, wo ist was zum Abtrocknen? Antonella gerät nun ebenfalls in Panik, in Ermangelung eines Handtuchs (die liegen zwei, drei Meter weiter weg im Bad) benutzen wir das Tischtuch.
»Sie sagt, sie ist nicht da, rufen Sie eben später noch mal an.«
Anrufen? »Halt! Stop!« Sprint ins Bad, ich reiße das Handy an mich, entschuldige und erkläre und höre erst auf, blind draufloszuschwätzen, als der Anrufer ein »Eigentlich wollte ich nur ...« dazwischenschiebt. Zugegebenermaßen kein sehr aufsehenerregender Text, dafür schafft mich die Stimme, die unzweideutig zu dem Mann gehört, dessen Berufsauffassung laut Hajo Schocklitsch mit derjenigen meines Gesangshelden identisch und nicht die Spur elitär ist.
Time to Say Hello!
»Hello«, sage ich, und noch einmal »Hallo«, weil in meinem Kopf plötzlich alles um die Frage kreist, ob ein »Cantante« die amerikanische oder die englische Version des Willkommens bevorzugt.
»Füti«, antwortet es mir, »ich bin noch in Wien, aber dank Ihrer aktiven Mithilfe können ja jetzt endlich auch die Humoristen ordentlich arbeiten, so ein Workshop in Einzelarbeit wäre reichlich unsinnig, es braucht einfach den ständigen Kommunikationsfluß und die lebendige Kritik, Ihre drei Kollegen haben schon spontan zugesagt, also nochmals vielen Dank.«
Wovon redet er? Mit wem redet er? Mich kann er unmöglich meinen!
»Ich bin Lea Wilde«, sage ich beherzt und zugleich wütend, »nur falls Sie's vergessen haben.« Bring dich doch als »Lea Ballaballa-Riß-in-der-Schüssel« ein, an die erinnert er sich hundertprozentig!

KLAPPE!
»Natürlich, das vergesse ich schon nicht, auch wenn unser Hajo sie zwischenzeitlich Rosenfeld tauft. Wilde war wohl Ihr Mädchenname.«
»Ist, ist es wieder, also ich bin geschieden.« Wie kommt Hajo Schocklitsch dazu, meinen Geschiedenen ins Spiel zu bringen? In welchem Kontext?
»Da war ich mir plötzlich nicht mehr sicher, also sind Sie's doch, jedenfalls ist es dann um so bemerkenswerter, wie Ihr Mann sich da für Sie ins Zeug legt.«
Es dauert, bis ich begreife, daß Jochen Rosenfeld wieder einmal »Nägel mit Köpfen« gemacht hat, was in diesem konkreten Fall bedeutet, daß er nach dem Picknick mit meinem Tutor nicht nur ein Saufgelage gestartet, sondern obendrein meine Wochenenden wieder hübsch vor die Tore der Stadt verlagert hat. Seine zahlreichen Connections machen's möglich, und jenes Schiefgesicht hat sich einwickeln lassen und »Hurra!« geschrien, als mein Ex im Rahmen einer Sauftour die Möglichkeit aufzeigte, in einem alten Zisterzienserkloster zu tagen, das mehr oder weniger »in der Mitte« von uns vier Probanden liegt, geografisch korrekt im Murgtal beheimatet ist und von seiner Mutter einmal jährlich zum Heilfasten heimgesucht wird. Seitdem er selbst kostengünstig Installationsmaterial für die ersten Etagenbäder geliefert hat (als ob so ein Mönchlein seine Preise nachvollziehen könnte, ein Jochen Rosenfeld schlägt einfach vorab hundert Prozent drauf und läßt dann die Hälfte nach), glaubt man dort, ihm noch einen Gefallen schuldig zu sein.
Eine tolle Idee, er schickt mich in die Einöde, wo außer Quellen für gichtkranke Schwiegermütter die Natur in grauer Vorzeit das »Große Loch« in die Felslandschaft gehauen hat. Es ist nicht zu fassen, daß sogar der King über einen Sack Stiftungsgelder schwach wird, sobald einer ihm ein paar gesparte Groschen und ein Teufelsloch in Aussicht stellt. *Er* muß ja nicht hin, doch ich weiß aus den Schilderungen von Jochens Mutter nur zu gut, wie's dort ausschaut. Mir ist nicht nach Askese, egal ob ich den Veranstaltungsort

nun in drei Stunden mit dem Zug erreiche oder nicht. Gicht habe ich auch keine.
»Sorry«, unterbreche ich die Laudatio auf meinen Ex, »aber waren Sie überhaupt schon mal in diesem Kaff? Da klappen die Bürgersteige hoch, bevor es dunkel wird, und den größten Kick erzeugen das Klimpern der Rosenkränze und die knurrenden Bäuche der Heilfaster.«
»Sie wollen doch damit nicht etwa sagen, Sie machen nicht mit? Wo der Vorschlag doch indirekt von Ihnen kam, also ich habe gleich zugegriffen, als Hajo Schocklitsch mich anrief, und uns sechs umgehend für diesen Samstag avisiert.«
Sechs-sechs-sechs. Summ-summ-summ. Wir sind vier, plus Tutor macht fünf, plus ...?
»Sie kommen auch?«
»Natürlich.«
Es niest. Die reinste Niesorgie, das ist ein Reflex ähnlich wie die roten Verlegenheitstupfen, in diesem Fall aber entschieden günstiger, weil es mir Zeit gibt, die Wende einzuleiten oder zumindest darüber nachzudenken. Frauen sind bekanntlich flexibel, was schadet es mir schon, wenn ich eine Nacht lang mit diesem oder jenem die Dusche und meinetwegen auch die Kemenate teile?
Teile-teile-teile, ja mit wem denn, Leakind? Wie hätten wir's denn gerne?
»Kusch!«
»Wie bitte?«
»Ich meine, kuschelig ist es da bestimmt nicht, aber im Sommer läßt es sich wohl aushalten, und natürlich will ich meine Kollegen nicht enttäuschen.«
»Sie sind also mit von der Partie?«
Anstandshalber lege ich noch eine »Hatschi!«-Runde ein, damit es nicht so aussieht, als ob ich immer sofort umkippte. Dann zähle ich bis drei und sage zu, verabschiede mich nicht weniger formvollendet, halte die Luft bis zum Ertönen des Freizeichens an und lege los. Veitstanz rund um den Zuber, sonnenbeschienen und eisgekühlt, time to say hello, ich brülle es laut heraus: »HELLOOO!«

»Iss schon gut, die Nachbarn wissen jetzt alle Bescheid, wollteste das Handy eigentlich ersäufen?«
Ganz unrecht hat mein Filius nicht, weil das Telefongehäuse in meiner Hand tänzerisch eher unbegabt ist, meinem Zugriff zu entgleiten und in die Wasserschüssel zu stürzen droht, über der mein Arm lustig hin und her schwingt. Trotzdem geht es nicht an, daß ein Zwölfjähriger in diesem Ton mit mir spricht und mich eben am Telefon schier unmöglich gemacht hat. Was soll mein Ritter denn bloß von mir denken? Also lese ich Maxi die Leviten, scheine aber heute mit der Visualisierung meiner Message (in diesem Fall heißt die »gefürchteter Mutterblick«) nicht ganz durchzudringen, was wiederum, wie ich spätestens seit der Kontaktierung der Drehbuchbörse weiß, der Tod jeder Textbotschaft (trocken) ist.
Maxi erkundigt sich breitflächig grinsend, ob mir eine Wimper ins Auge gekommen ist.
Auch als Mutter muß frau flexibel sein, ich verzeihe diesem Youngster seine fehlende Reue, passe meine Mimik dem Überschwang in meinem Inneren an und erzähle kurzerhand vom Nordschwarzwald, wo ich nun an vier Wochenenden in Folge an meinem Drehbuch weiterarbeiten werde.
Obwohl meine Kids weder das Teufelsloch noch die Gichtquellen ihrer Oma väterlicherseits aus eigener Anschauung kennen, schlägt diese Botschaft voll ein. »Geil! Dann fahren wir endlich doch zu unserer Sommerrodelbahn.«
Ich bin abgeschrieben, tutto completto, aber das macht nichts, weil in mir ein Föhn weht und Ideen sprudeln, an denen gemessen der Black Forest ein Biotop für all jene ist, die kein größeres Wonnegefühl als die Freude am mittigen Knick in ihren Brokatkissen kennen.
Ich komme!

Pünktlich am Samstagmorgen fahre ich los, erneut mit der Eisenbahn, doch diesmal ohne Geleit meines Geschiedenen. Natürlich könnte man sagen, soviel Aufwand wäre angesichts einer einzigen

Reisetasche und einer Trennung, die gerade mal bis zum übernächsten Frühstück währt, auch reichlich übertrieben, doch ich tippe darauf, daß Jochen Rosenfeld sich noch aus einem anderen Grund rar macht. Schließlich kenne ich meinen Pappenheimer nicht erst seit gestern. Wetten, er befürchtet, daß ich ihm eine Szene hinlege, die sich gewaschen hat, weil er wieder einmal die Wühlmaus gespielt hat?

Normalerweise täte ich haargenau das, wenn, ja wenn nicht in mir »Balkonien« heiß und kalt mit dem Soundtrack eines begnadeten Tenors und der Telefonstimme eines leicht konfusen Ritters nachwirkte.

Statt die Fahrt zu nutzen, um meine fertige erste Szene kritisch gegen den Strich zu lesen oder wenigstens den Stapel Magazine anzugehen, den ich eben am Kiosk erstanden habe (eine wohlausgewogene Mischung, die auf ein feminin-kulturbegeistertes Leserprofil ohne einseitige Fixierung Richtung »trivial« oder »anspruchsvoll« schließen läßt), starre ich aus dem Fenster und träume vor mich hin. Leider nichts, was zur Weitergabe an verwöhnte Endverbraucher taugte, sondern lauter wirres Zeug. Bei der Einfahrt in den Bahnhof von Karlsruhe, wo wir uns alle treffen, mischen sich in meinem Kopf die Sorge um die Butterdose aus Metall, die auf gar keinen Fall in die Mikrowelle darf, um das Streichfett weich zu machen (Explosionsgefahr! Ob ich mal kurz anrufe?), mit der Frage, ob die Normaluhr am Vordereingang oder am Hintereingang gemeint war, sofern es hier überhaupt wie in Köln zwei Zugänge gibt.

»Ihre Zeitungen!« ruft es hinter mir.

WUFF. Der Kläffer vor mir ist Struppi.

Mit dem nachgereichten Topleserprofil im Arm und Dackelpfoten am Bein verlöre ich glatt die Balance, wenn mich nicht von hinten zwei Arme auffingen, von denen ich blind spüre, daß sie nicht zu dem rechtmäßigen Hundehalter gehören.

»Hello. Oder war's ›hallo‹?«

»Füti«, antworte ich und rühre mich nicht von der Stelle. Meinetwegen können wir ruhig noch ein Stündchen so stehenbleiben, die Wärme von seinem Brustkorb kraucht mir den Rücken hoch, heiß und kalt, er muß sein Hemd schon wieder falsch geknöpft haben, etwas sitzt quer und piekst, ich stelle mir vor, wie der Abdruck von seinem Knopf auf meiner nackten Haut aussehen wird ...

»Füti ist schön. Du frierst ja, ist dir kalt?«

Du. Er hat »du« gesagt. Das Du ist mit ihm durchgegangen. »Mir ist alles.«

»Alles ist auch schön. Wir müssen uns sputen, die anderen werden sonst ungeduldig.«

Zugegebenermaßen fällt es mir momentan schwer, mich auf die Existenz von anderen Individuen zu besinnen. Struppi hilft mir auf die Sprünge. Geradezu eifersüchtig drängt er sich zwischen meine Waden und Ottos Schienbein, woraufhin ich endlich die übliche Aug-in-Aug-Position für zwei miteinander kommunizierende Menschen einnehme und »Wo?« frage.

»Na, an der Normaluhr, wissen Sie doch, die beiden Damen sind schon eingelaufen, fehlt uns nur noch Hans-Peter aus Bottrop, er kommt als einziger mit dem PKW, wahrscheinlich findet er keinen Parkplatz.«

Ich brauche einen Augenblick, um die Rückkehr des »Sie« zu verdauen. Daran müssen wir arbeiten. »Was für'n Glück, daß ihr (neutral, kluges Mädchen!) mich in dem Gewühl hier gefunden habt.«

»Das hat Struppi allein erledigt, deshalb hat Ihr Tutor ihn mir ja überhaupt mitgegeben. Er meinte, Sie hätten's nicht so mit der Orientierung und wären froh, wenn einer Ihnen hilfreich unter die Arme griffe.«

»Danke vielmals.« Prima Bild von mir, mit Hajo Schocklitsch rede ich noch ein paar Takte. Ersatzweise bücke ich mich nach seinem Hund, klemme ihn mir unter den einen und die Lifestylemagazine unter den anderen Arm und überlasse Otto Reblein meine Tasche. Viel mehr läuft vorläufig sowieso nicht, fürchte ich.

Leider behalte ich recht. In der folgenden Stunde versickert jeder Wiederbelebungsversuch für verlorengegangene »Du«s in rein

theoretischem Gerede über »die Lebenslust des im Residenzschloß zu Karlsruhe dokumentierten Barockzeitalters«. Selbige erläutert mein Ritter uns höchst fachkundig und staubtrocken bei einem Rundgang durch den Schloßgarten (warm up für Drehbucheleven), während um uns herum moderne »Tulpenmädchen« die historische Lustspur mit nackten Bäuchen und Knackpopos, auf Brikettschuhen oder Inline-Skates, so appetitlich herüberbringen, daß sogar die hohen Richter gleich vis-à-vis im Bundesverfassungsgericht Kinnwasser bekommen müßten.
Otto Reblein kündigt statt dessen »Hasen auf Kraut mit Sahnepüree« (wahlweise Fasan oder Wildsau) in der Pfarrstraße an.
Nomen est omen?
Wir steuern die »Künstlerkneipe«, verteilt auf Ottokar Rebleins Kombi (Allerweltsmarke mit reichlich Patina und etlichen Blötschen, die Stiftung muß wohl wirklich sparen) und den nagelneuen Superflitzer von »Kikiriki« (waren die gefundenen Juwelen im Script eventuell doch echt?), an. Der Wirt ist ein kantiger Kauz, das Ambiente sehr kneipenmäßig, trotzdem muß es sich hier um eine besondere Adresse handeln, weil alles knubbelvoll ist und etliche Gesichter mir höchst bekannt vorkommen, ohne daß sie mir jemals persönlich vorgestellt worden wären. Während meine Kollegen in spe ohne Rücksicht auf die frühe Tageszeit und den eigentlichen Grund unseres Zusammenkommens ungeniert zulangen und einen angeblich »fulminanten 78er Hermitage von Jaboulet« auf das »Karnickel-gleich-um-die-Ecke-aus-den-Rheinauen« kippen, grübele ich, was es wohl zu bedeuten hat, wenn wir hier weiterhin kostbare Arbeitszeit vergeuden.
These eins: Unsere Arbeit wird nicht ernst genommen.
These zwei: Das von Jochen Rosenfeld organisierte Kloster ist so asketisch, daß wir uns vorher nochmals kräftig stärken sollen.
These drei: Hosenschiß! Ritter Otto hat Angst vor dem Rückfall ins Du und anderen Intimitäten, welche meine Phantasie in einem Etagenbad (Meeting beim Zähneputzen) und einer Klosterzelle ansiedelt.
Meinetwegen faste ich auch! Bloß hin!

Die Mönche haben sich aus dem Staub gemacht, zumindest erspähe ich keine einzige Gestalt in Kutte, dafür aber zwei Dutzend Heilfasterinnen, die der Grund dafür sein mögen, warum die Betreiber dieses Etablissements sich in strenge Klausur zurückgezogen haben. Der nachträgliche Einbau von insgesamt vier Bädern, ebenso vielen Wasserklosetts, einer modernen Küche und zweier Tauchbecken für Kneippgänge mag den Rückzug zusätzlich forciert haben, denn was dabei herausgekommen ist, stellt in meinen Augen einen Stilbruch par excellence dar.

Kein Wunder, daß Jochens Mutter dieses Haus zu ihrem Lieblingsdomizil auserkoren hat. Die Kacheln sind fliederfarben. Becken und Duschtassen präsentieren sich in Bonbontönen. Die verwaschenen Emanzenfarben machen nicht einmal am Herd halt, der inmitten von rosenberankter Keramik prangt und sein Echo im Speisesaal findet, wo Veilchendekor das Porzellan, abwaschbare Moosröschen die Tische und alle Farbabstufungen von Zartrosé bis Kirchenlila Latzhosen wie Jäckchenkleider der Gäste schmücken.

Ein Alptraum, gesponsert von dear Jochen, der nun stellvertretend mich in den Genuß desselben kommen läßt, was schon deshalb ungerecht ist, weil wir schließlich geschieden sind. Mit mir leiden ein Dackel und fünf Menschen, die aus eigenem Antrieb niemals hierhergefunden hätten.

Ich schäme mich, leiste nachträglich dem Wirt der Künstlerkneipe Abbitte und wünsche mir nur, ich hätte noch ein paar Fläschchen 78er Hermitage eingepackt, was garantiert nicht billig gewesen wäre, aber den indirekt von mir ausgelösten Kulturschock gedämpft hätte. Dem Ansinnen, mit Blick auf verknöste Moosröschen meinen gestern noch so überzeugenden Einstieg vorzutragen, komme ich mit dem Elan eines jener ausgestopften Piepmätze nach, die mich aus ihren Glasaugen von der Wand herab anstarren, verschludere die stärksten Effekte und bin heilfroh, als Hajo Schocklitsch Erbarmen mit mir zeigt und vorschlägt, uns nicht gleich in Details zu verbeißen. Kikiriki hat nämlich umgehend die Kombination von Extremohren und zielgenauem Anpinkeln als »unglaubwürdige Effekthascherei« moniert.

Also geht es nun mit den falschen Klunkern weiter, die dieser Besserwisser seinen gehörnten Stellverteter im Drehbuch finden läßt, was wiederum ich in der beschriebenen Form beanstande, die zwar witzig klingt, aber grundlegende psychologische Erkenntnisse außer acht läßt. Meine beiden Geschlechtsgenossinnen stimmen mir zu, dieser Fund ist kein Zufall, sondern ein Schachzug der Ehefrau, um den Gatten mit dem vollen Ausmaß seiner Dummheit zu konfrontieren.
»Meine Frau hatte nicht mal Abitur«, protestiert Kikiriki, von dem ich mittlerweile weiß, daß er im realen Leben diplomierter Betriebswirt im Kohlenbergbau ist.
»Reden wir jetzt von Ihrer Scriptfrau oder der echten?«
Der so Befragte findet, daß die Luft in diesem »Bunker« absolut gräßlich ist, schüttelt zum Beweis einen künstlichen Moosröschenstengel, der gehorsam Staubflocken durch die Luft wirbelt, woraufhin Hajo und Otto in einem Anflug männlicher Solidarität vorschlagen, uns doch in den Klostergarten zu vertagen, wo alles noch genau so ist, wie es sein sollte: historisch, idyllisch, mittlerweile auch entvölkert, weil das Klickklack auf der Treppe nebenan signalisiert, daß sich soeben alle Heilfasterinnen geschlossen vor dem Abendbrot auf ihre Zimmer zurückziehen.
Zimmer. Kemenate. Raum ist in der kleinsten Hütte, ich habe eine für mich allein, sogar mit drei Treppenstufen Abstand zu meinen Nachbarn. Die Zuweisung erfolgte gleich nach unserer Ankunft über ein »Saaltochter« genanntes Wesen. Wir sechs münden auf denselben Gang, teilen uns ein Bad und einen Innenhof, die drei Männer logieren unmittelbar im Anschluß an das Treppenhaus, dann folgen wir Frauen. Alles muß seine Ordnung haben, im Black Forest ist die Welt noch heil. Es sei denn, eine mutige Kölnerin brächte die offizielle Formation heimlich durcheinander. Nachts sind alle Katzen grau und alle Heilfasterinnen mit ihrem Notproviant unter dem Plumeau beschäftigt, auf diesem Gang wirkt zusätzlich der edle Tropfen zum nicht weniger edlen Wildbret sedierend. Es müßte doch mit dem Teufel zugehen ...

Meine Heimkehr erfolgt im Dunkeln, was in Anbetracht der Jahreszeit tiefe Nacht bedeutet. Schließlich wollten wir den Sonntag noch vollständig nutzen, um unser Werk voranzutreiben, dementsprechend habe ich meine Lieben daheim instruiert, und erwartungsgemäß pilgere ich nicht nur durch menschenleere Straßen, sondern betrete wenig später auch eine Wohnung, in der sich nichts rührt. Sie schlafen friedlich.
Wetten, daß ich selbst heute nur höchst schwer in den Schlaf finde? Wenn überhaupt!
Ich knipse die Stehlampe an, bewundere mein gemütliches Heim und frage mich, warum ich nicht einfach zufrieden mit dem bin, was ich habe. Vier prächtige Söhne, die heranwachsen und mich irgendwann statt mit Hamstern mit Enkeln beglücken werden, die ich dann beaufsichtigen, dabei Ohrform und Pinkeltechnik vergleichen und alle Befunde humoristisch in einer Story verbraten darf, die mit viel Glück sogar einen Verleger oder gar Filmproduzenten findet, sofern nicht zuvor die Gicht meine Finger lahmlegt.
Ich pfeife auf Filmruhm und ganz besonders auf all jene, die sich einbilden, die Umsetzung von einem Stück Wirklichkeit in die Welt des Zelluloids aus dem Effeff zu beherrschen. Einer, der nicht mal zwölf Meter Korridor in einem alten Kloster im Griff hat, muß kläglich scheitern, sobald es an größere Aufgaben geht, wie ein Filmopus sie erfordert. Da toben die Leidenschaften, es wird geliebt und gemordet, bis den Zuschauern Hören und Sehen vergeht. Niemand bringt etwas glaubwürdig rüber, was er nicht zuvor am eigenen Leib erlebt hat.
Bin ich zu alt? Häßlich? Kinderreich?
»AIUTO!«
Der Schrei ertönt hinter mir und hört sich an, als ob dort jemand um sein Leben bangte. Das Licht meiner Stehlampe erreicht lediglich die Füße im Durchtritt der Tür zur Diele. Sie sind nackt, winzig und ein wenig pummelig, darüber sehe ich nur Schatten, trotzdem ist mir klar, daß es sich um Antonella handelt. Warum schreit sie um Hilfe? Ein Alptraum? Paßt wunderbar zu dem Film, der in mir selbst abläuft.

»Ist ja schon gut, ich bin's doch, Lea.« Scheiße, was heißt das auf italienisch? Ich habe keinen Schimmer, also stehe ich auf, gehe auf sie zu und produziere beruhigende Laute, die mir noch vom letzten zahnenden Säugling geläufig sind. Das ist international verständlich.

Die Angstlaute wechseln zu Tränen über, statt »Aiuto!« schluchzt sie nun »Babbo«.

Sorry! Mit dem Papa kann ich nicht dienen.

»War was? Che cosa?« Meine Arme umschlingen warme Haut, sie muß geradewegs aus dem Bett kommen, denn ihr Körper dünstet diesen spezifischen Geruch aus, der unter einer Decke entsteht, die Antonella auch dann nicht abzustreifen pflegt, wenn die Schwüle nachts anhält. Einmal habe ich das Fenster bei einem Gewitter in ihrem Zimmer geschlossen und sie so liegen gesehen. Keusch, ein quasi geschlechtsneutrales Paket in bunt bedrucktem Wäschebatist, das nicht einmal ihre langen Haare oder die Zehen herausgucken ließ. Eine echte »annunziata«, die sich öffentlich nicht einmal im Badeanzug zeigen mag, die sich stets in das größte Badetuch wikkelt, die Unterhosen mit angeschnittenem Bein und Gummizug bis zum Nabel trägt, was in Kombination mit dem von mir mitgebrachten Stretchrock, der das brave Untendrunter voll abmalt, höchst lustig aussieht.

Meine Hände spüren die dünnen Träger des Shortys, darunter gekrausten Stoff, sie ist viel kleiner als ich, ich fühle das volle Fleisch unter dem Rippenbogen, hier müßte der Gummizug einsetzen, von dem ich annehme, daß er sich allabendlich als rotes Muster auf ihrer Haut wiederfindet. Nichts. Schläft sie ohne Höschen?

»Babbo! Ho paura! Animale!«

Langsam, immer hübsch der Reihe nach, ich komme schon noch dahinter, was sie so in Angst und Schrecken versetzt hat. »Paura« heißt »Furcht«, dieses Wort taucht auch bei unserem gemeinsamen Lieblingssänger auf. »Animale« heißt »Lebewesen«, selbiges muß sie aus dem Schlaf gerissen und zu mir ins Wohnzimmer getrieben haben (also war gar nicht ich der Spuk), wo sie nun nach ihrem

»babbo« verlangt, was völlig normal ist, weil Kinder in ihrer Not immer nach dem ihnen nächsten Elternteil verlangen.
Wer war das »animale«?
»War etwa – also ich meine – ist mein Mann – wo steckt Jochen Rosenfeld?«
»Signore Rose di Campo?« Entsetzte Kulleraugen starren mich an, der Kopf fliegt von rechts nach links, Abwehr pur, dann erneut dieses »animale«, diesmal mit dem Zusatz »ragno«, was mir leider gar nichts sagt. Woraufhin Antonella von der Wand auf ihr Gesicht zeigt, ihre Finger über Wangen, Hals und Brust kriechen läßt und dazu Laute tiefen Ekels produziert.
»Ein Tier?« frage ich zögernd. »Eine Spinne?«
Es ist eine Spinne, eine mit fettem Mittelstück und Beinstiften, die trotz Knickung unglaublich behend sind. Ein »animale«, das reglos über Antonellas Bett an der Rauhfaser verharrt, in der nächsten Sekunde nur noch ein Schattenspiel ist und lediglich darauf zu warten scheint, daß wir beide es mit unseren Schlappen jagen. Zuletzt betäuben wir es mit Haarspray. Allein der Knacklaut beim Kill mit einem dicken Klumpen Küchenrolle ist widerlich.
»Tot. Kaputt. Tutto caputto.« Alf-Italienisch? Egal! Ich atme tief durch.
Antonella tut es mir nach und strahlt. »Morto.«
»Aber nichts Maxi verraten.« Ich lege den Finger beschwörend vor meine Lippen, und Antonella versteht auf Anhieb, was für ein Mordstheater unser Tierfreund veranstaltete, wenn er von unserem Gemeinschaftsmord mit eindeutig tierquälerischen Elementen erführe.
»Nulla.« Sie hebt die Hand zum Schwur.
Wir sind uns einig, genehmigen uns eine süß-herbe Trinkschokolade und dazu ein paar Biskuits. Im klaren Licht der Eßtischlampe wird das Shorty Antonellas komplett durchsichtig, was sie offensichtlich nicht mitbekommt oder in Anbetracht unserer neuen Vertrautheit nicht weiter tragisch findet. Sie trägt übrigens doch ein Höschen, allerdings ein sehr raffiniertes, winziges Ding, wie ich es noch niemals zuvor an ihr gesehen habe. Sieh mal einer an!

Ob sie heimlich im Bett ausprobiert, was später einmal sein wird? Ich gönne es ihr von Herzen, zumal sie mir mit ihrem »Aiuto!« zwar zunächst einen Mordsschrecken eingejagt, letztendlich aber den Weg gewiesen hat, wie ich einen Zauderer vor dem Herrn inmitten ehrwürdiger Klostermauern überlisten kann.
»Zu Hilfe!« Leise, damit nicht der Falsche mir Beistand leistet, dann jagen er und ich die Spinne, die es nicht gibt (hoffentlich nicht, weil ich dann in echt das Grausen bekäme), und fallen endlich erschöpft auf die Bettstatt, die sehr schmal und jungfräulich ist. Noch!!!

Einst waren zwei Königskinder

Vier Stunden Schlaf sind generell zuwenig und in Anbetracht einer doppelten Hatz (Spinne erlegt, Ritter entkommen) geradezu ein Witz, allerdings einer von der üblen Sorte. Dementsprechend gerädert erscheine ich morgens in der Schule, um meine sechs Stunden Aufsicht abzusitzen, plane ein Mittagsschläfchen und lande dann doch am späten Nachmittag vor meinem PC, weil hinter meinen geschlossenen Lidern schlicht der Teufel los ist. Einer, bei dessen Tun der Kollege im historischen Teufelsloch des Black Forest blaß vor Neid würde. Was habe ich nur verbrochen, um mit einer Phantasie gestraft zu sein, die mir genüßlich ausmalt, was alles an meinen Plänen für das nächste Wochenende schiefgehen kann? Die Variante, in welcher meine Beute mir zwar ins Netz sprich die Kemenate geht, dort aber mit einem härenen Spinnenbein aufwartet, das mich lauthals »Aiuto!« schreiend das Weite suchen läßt, treibt mich jedenfalls umgehend von meinem Ruhesessel an den Schreibtisch.
Mechanisch betätige ich die Starttaste, verfolge träge das Aufspielen aller möglichen technischen Daten und stutze, als mich ohne mein Zutun direkt die erste Szene anspringt.

Hallo, hier bin ich!
Und wie kommst du dahin?
Rate mal!
Ich überlege, ob ich beim letzten Abspeichern auf Diskette in einem Anfall von Genialität erstmalig daran gedacht habe, mich wie ein Profi von meinem Text zu verabschieden.
Schön wär's! Leider habe ich längst wieder vergessen, was mein Computerexperte Fabian mir eingetrichtert hat. Ob *er* sich heimlich in mein Programm eingeschlichen hat? Wehe!
»Fabian!« Mein Brüllen kreuzt sich mit einem Schrei aus der unteren Etage, letzterer stammt eindeutig von Antonella, woraufhin mein Ältester prompt aus seinem Zimmer und an mir vorbei treppab stürmt, so als ob ich selbst nicht gerade nach ihm persönlich verlangt hätte.
Bei Antonella ist wieder einmal der »babbo« Thema. Sie steht dort unten am Fuß der Treppe, sieht zu uns hoch, das Mobiltelefon noch in der Hand und diesen Klagelaut auf den Lippen, ein Bild des Jammers. Diesmal allerdings klingt es nicht wie »Papa, zu Hilfe!«, sondern eher schon wie »Achtung, der Papa!«
Meine Intuition trügt nicht. Soeben hat Herr Annunziata kurzfristig seinen Besuch in Aussicht gestellt. Morgen abend muß er in London sein, normalerweise fliegt er nonstop, aber diesmal baut er eine Zwischenlandung in Köln ein, um seine Tochter zu sehen. Ankunft circa vierzehn Uhr, jedenfalls steht das so auf dem Zettel, den Antonella uns mit zittrigen Händen hinhält.
»Keine Sorge, wir bringen dich natürlich zum Flughafen, wann fliegt dein Vater denn weiter?«
Kopfschütteln, die Panik scheint unser Au-pair sogar ohne Übersetzungshilfe auskommen zu lassen, sie hält mir erneut den Wisch hin, der eine zweite Uhrzeit am frühen Abend benennt, womit die Besuchsdauer sich auf summa summarum fünf Stunden beläuft, was für einen Aufenthalt am Airport allerdings reichlich lang ist. Nun gerate ich ebenfalls ins Schwitzen. Muß ich etwa binnen einundzwanzig Stunden den Chef über zwei Tophotels nebst Nobelgastronomie hier bei mir empfangen und bewirten?

Ich muß. Die avisierte Ankunftszeit bezieht sich bereits auf das Eintreffen in unserer Wohnung, Abholen erübrigt sich, weil der Leihwagen bereits geordert wurde, und mir ist sonnenklar, daß der besorgte Papa sich endlich höchstpersönlich davon überzeugen will, wie seine einzige Tochter denn so untergebracht ist.
»Aufräumen!« kommandiere ich. »Altpapier, Altglas, Pfandflaschen, kaputte Schuhe wegbringen! Was koche ich?«
»Duuu?« Maxi verdreht die Augen. »Bitte nicht, sonst nimmt er uns Nella gleich wieder weg.«
»Kochen?« echot diese. »No.« Wir erfahren, daß der »babbo« keinerlei Umstände wünscht, schon sein Spezialmenü im Flieger geordert hat und höchstens ein Täßchen Kaffee zu sich nehmen würde.
»Kaffee ist gut.« Ich atme auf. Meine Maschine ist frisch entkalkt, über meine »beste Bohne« hat sich noch nie jemand beschwert, das Service stammt noch aus meiner Aussteuer und ist vom Feinsten (mein Papa hat sich die Hochzeit seiner einzigen was kosten lassen, viel genutzt hat es allerdings nicht), den Kuchen besorge ich im besten Café, Blumen wären auch nicht übel. Umgehend verdonnere ich meinen Ältesten zum Kauf der Tischdekoration, dafür hat er beziehungsweise die Floristin, die ihn anhimmelt, seitdem er ihr einmal ein paar Töpfe von der Straße in den Laden geschleppt hat, ein Händchen. Und Maxi als Süßschnabel muß das Gebäck besorgen, weshalb ich ihn umgehend auffordere, mit Antonella die diesbezüglichen Vorlieben ihres »babbo« abzuklären.
»Come?« Sie ist hoffnungslos daneben, was meine Söhne ausnutzen, um sich blitzschnell aus dem Staub zu machen. Urplötzlich ist ihnen eingefallen, was sie noch Wichtiges für die Schule besorgen müssen, die seit einer Woche keine Stätte der Arbeit mehr ist, sondern allenfalls ein Kindergartenersatz.
Schlitzohren, alle miteinander!
»Mag er Kirschtorte?« Ich überlege, die italienische Vokabel fällt mir nicht ein, ich bilde die Form mit Daumen und Zeigefinger nach, ergänze die Farbe »rosso« und führe symbolisch den Fingerkreis mit der imaginären Frucht zum Mund.

»Acquavite? No!«
Ich löse meine Finger aus der Form, die sie mit einem Flaschenhals verwechselt, belege statt dessen eine nicht weniger unsichtbare Torte, heimse mir für mein Luftgemälde ein »torta di ciliege« ein, was stimmen kann oder auch nicht und im übrigen nichts an Antonellas ablehnender Haltung gegenüber meinen Vorschlägen ändert. So habe ich sie noch nie erlebt. Eine höchst seltsame Art, ihre Vorfreude auf den heißgeliebten Papa zu dokumentieren.
Zum ersten Mal bekommen wir an diesem Abend Schnitzel, die innen zäh und außen verkokelt sind. Meine Söhne säbeln jedoch mit Todesverachtung drauflos, sagen keinen Mucks und nutzen lediglich einen unbeobachteten Moment, um blitzschnell größere Brocken ihres »costoletta alla milanese« in den Servietten verschwinden zu lassen, die sie ausnahmsweise vorschriftsmäßig auf dem Schoß ausgebreitet haben. Ich folge ihrem Beispiel. Dies ist ein Notfall.
Unser Au-pair scheint von alldem nichts mitzubekommen. Sie stiert Löcher in die Panade, kaut endlos, merkt nicht einmal, daß wir längst fertig sind, und bringt mit ihrem seltsamen Gebaren meine Kids dazu, freiwillig beim Spülen zu helfen und hinterher Kriegsrat zu halten, dessen Ergebnis mir im Flüsterton übermittelt wird, als ich zum Gutenachtkuß die Runde mache.
»Wir wissen jetzt, was die Nella plagt.« Offenbar wurde Maxi dazu ausersehen, den Wortführer zu mimen.
Ich bin gespannt.
»Sie hat Schiß, daß ihr Papa merken könnte, daß wir keine ordentliche Familie sind, ist doch klar.«
»Wieso sind wir, bitte schön, keine ...?« Weiter komme ich nicht, weil mein Ältester mir nahelegt, doch bitte einmal scharf nachzudenken.
»Ich denke, du bist Geschichtslehrerin. Schon mal was von der traditionellen Zusammensetzung der bürgerlichen Familie gehört?«
»Soll ich für Signore Annunziata einen Alibivater backen?« raunze ich. So weit kommt es noch.

»Iss nicht nötig.«
»Das beruhigt mich aber.«
»Wir haben nämlich gerade eben schon mit Paps telefoniert. Also, er spielt mit.«
Das beruhigt mich kein bißchen, ganz im Gegenteil, meine Stimme klimmt in ungeahnte Höhen, woraufhin mir tatsächlich einer die Hand vor den Mund legt, vier Paar Bettelaugen mich anflehen und das Ende vom Lied meine Einwilligung in die Teilnahme von Jochen Rosenfeld an unserem Auftritt als bürgerliche Kleinfamilie ist: »Aber nur, wenn ihr den Kuchen und die Blumen besorgt und euch manierlich aufführt.«
»Was denkst du denn von uns? Bussi!«
Viermal Küsse, für jeden einmal rechts und einmal links, die beiden Kleinen mögen es auch noch vollmundig, allerdings erst nach dem obligaten »Haste auch echt keinen Lippenstift drauf?« Habe ich nicht, ehrlich nicht, für wen denn?
In dieser Nacht erlebe ich im Traum einen Familienkaffee, der es in sich hat. Das fängt mit den nicht entsteinten Sauerkirschen auf der Torte an und hört am Kopf der Tafel auf, wo statt meiner der falsche »pater familias« residiert und mein Au-pair mit Kirschkernen bombardiert, die blutigrote Punkte hinterlassen, was den in seiner Vaterehre gekränkten »babbo« auf die Barrikaden treibt und in einer handfesten »vendetta« mündet.

Träume sind Schäume, was in diesem Fall ein Glück ist. Statt Kirschen habe ich sicherheitshalber auf Erdbeerkuchen umdisponiert, den Stuhl für meinen Geschiedenen zwischen die Triptraps der beiden Kleinen gerückt und spätestens beim Anblick von Antonellas Vater nicht mehr die geringsten Bedenken, daß dieser Mann einer Fliege etwas zuleide täte. Ein Gentleman vom blankpolierten Schnürschuh bis zum gewellten Grauhaar, dem bei der Umarmung seiner Tochter Tränen der Rührung in die Augen steigen.
»Gut schaust du aus!« Nach dem ersten Schwall italienisch klingender, vermutlich aber in keinem Wörterbuch wiederzufindender Laute spricht er sogar mit Antonella deutsch, was eindeutig eine

Verneigung gegen uns ist, hält sie bei diesen Worten ein Stück von sich ab und mustert voll Wohlgefallen ihr Flatterkleid. Von diesem Modell besitzt sie jede Menge Kleider, die sie aber neuerdings nicht mehr trägt, ebenso wie sie sich seit jüngstem auch von ihren kochfesten Undies verabschiedet hat. Der Wulst in Taillenhöhe signalisiert mir, daß die Baumwollunterhosen heute gleichfalls ein Revival erleben.

Als nächstes klappt Signore Annunziata sein Handköfferchen auf und läßt dem phantastischen Blumengebinde, das er mir bereits vorab überreicht hat, drei kunstvoll eingewickelte Päckchen folgen. Selbstgebackene »biscotti« von »la mamma«, ein Süßwein namens »Torcolato« mit den besten Empfehlungen der Brüder und ein Glas mit höchst seltsamen Gebilden darin, die sich als konservierte Alba-Trüffel entpuppen, vom »babbo« persönlich.

»Geburtstag hat sie aber erst im August«, trompetet Maxi, »sie iss gleichzeitig mit dem Ersten Weltkrieg ausgebrochen, nur ein paar Jährchen später, aber sonst paßt alles.«

»Ein Schlingel«, sage ich verlegen lächelnd und streichele über den Schopf dieses Großmauls, wobei ich rein zufällig ein wenig fester zupacke, »aber er meint es nicht so.«

»Grrrbrrrauuu.«

Diesmal wirkt mein Mutterblick. Maxi hält umgehend die Klappe, und unser Gast bestätigt mir, daß er ebenfalls über hinreichend Erfahrung mit solchen »monelli« verfügt, von denen er schließlich selbst zwei großgezogen hat: »Aber meine Kleine ist völlig vernarrt in Ihre Schlingel, das muß ich schon sagen, übrigens gehen die vier natürlich nicht leer aus, hoffentlich habe ich richtig gewählt.«

Er hat. Gerecht, spendabel, vier Original-Schweizer-Taschenmesser mit allen Schikanen, nicht mal der Korkenzieher und die Lupe fehlen. Der Jubel wird erst durch erneutes Anschlagen des Türgongs gestoppt.

»Das wird mein, eh ...«

»Das ist unser Paps, er kommt extra wegen Ihnen früher von der Arbeit.« Maxi düst an mir vorbei. Ausnahmsweise bin ich ihm dankbar dafür, daß er mir ins Wort gefallen ist.

»Signore Rose di Campo?« Antonella sieht keineswegs so aus, als ob per Ankunft meines Ex ihr Wunschtraum, uns als komplette Familie präsentieren zu können, in Erfüllung ginge. Eher erinnern Tonfall und Mienenspiel an »Aiuto! Babbo!«

Zum Glück hat Maxis Ausruf das Interesse von Signore Annunziata Richtung Korridortür gelenkt, durch die Sekunden später Jochen Rosenfeld forsch wie immer eintritt, sein Zöpfchen wippen, seine Blauaugen strahlen und lauter Töne in astreinem Italienisch aus sich herausperlen läßt, was zwangsläufig sein Gegenüber auf Anhieb für ihn einnimmt.

Für mich hört sich das glatt wie romantisches Liebesgeschnäbel an, allerdings eines, bei dem es um berühmte Automarken geht. Es dauert, bis die beiden Herren sich wieder auf unsere Anwesenheit und die wartende Kaffeetafel besinnen, endlich Platz nehmen und beim Angriff auf meine Obsttorte nebst bester Bohne übersetzen, was Sache war. Mein Ex hat eben bei seiner Ankunft natürlich sofort den fremden Mercedes Benz vor seinem Haus gesichtet, den Antonellas Vater am Flughafen gemietet hat, obwohl diese Woche der Jaguar für denselben Preis zu haben gewesen wäre (der Wissensfundus meines Ex sprengt alle Grenzen, oder ob er auf Royal Jaguars Prozente kassiert?). Jochens Insiderinfo löste jedenfalls den Disput über Automarken aus, bei welchem der Ferrari obsiegte, der leider nicht zum Repertoire auf dem Köln-Bonner Flughafen gehörte.

Kerle!

Es wundert mich kein bißchen, als dear Jochen unserem Gast kurz vor sechs sein Geleit anbietet: »Das spart Ihnen Zeit, den Wagen gebe dann ich für Sie zurück.«

Signore Annunziata ist gerührt. »Und wie kommen Sie heim?« Beim letzten Wort sieht er mich an. Mein Gewissen pocht, ich sehe zur Seite. Wenn er wüßte!

Jochen kennt derlei Skrupel natürlich nicht, er setzt sogar dem dreisten Spiel noch die Krone auf, indem er gattenmäßig meine Hüfte tätschelt. »Unser Ältester protestiert bestimmt nicht, wenn er mir in meinem Jaguar folgen darf.«

Wie wahr! Fabian jubelt, seine Brüder ziehen Maulgesichter, bis Antonella anbietet, meinen Jüngsten bei der Rückfahrt auf den Schoß zu nehmen, damit alle Kids mitkommen können, was mein Geschiedener mit einem seltsamen Blick quittiert, dann aber doch genehmigt. Die Jubeltruppe verschwindet lautstark polternd im Treppenhaus.
Das war's. Arrivederci babbo! Aber laß dir etwas Zeit mit dem Wiedersehen, zwei Papas an einem Tisch sind verdammt anstrengend.

Im Umgang mit Mutter Rosenfeld gibt es feste Regeln und Zeiten, wozu seit der Trennung von Jochen auch Abschiedsbesuche vor ihrem Start zum Heilfasten im Frühjahr, zum Kuren im Sommer und zum Kulturfassen im Herbst gehören. Immer mittwochs, weil der Montag dem Fußpfleger, der Dienstag dem Friseur, der Donnerstag dem Absprechen der Geranienwässerung mit der Nachbarin und der Freitag der Deutschen Bahn AG gehören. Über all der Aufregung habe ich glatt vergessen, daß am Ende der Woche wieder ihre Begehung warmer Thermen ansteht, weshalb mich die Botschaft aus der Telefonmuschel, ich möchte bitte ihren Spezialkaffee nicht vergessen, den Kuchen brächte sie wie immer selbst mit, fast vom Hocker fegt.
»Du meinst ...?« Ich grabsche nach der Tageszeitung, vergleiche das Datum mit dem vagen Dämmern in meinem Kopf, sie hat recht. Scheiße, auch das noch!
»Ich meine den Kaffee ohne Koffein und den Riemchenkuchen, für den meine Enkel sterben könnten, genau wie ihr Vater. Übrigens hast du doch nichts dagegen, wenn er mich bringt?«
Nur mit allergrößter Anstrengung verkneife ich mir ein »Nicht schon wieder!« Schließlich haben wir erst gestern mit ihm den Erdbeerkuchen geteilt. »Wenn's sein muß!« sage ich gedehnt und übermittele als nächstes meinen Söhnen und Antonella die Botschaft, daß gleich die Oma antanzt.
»Welche?«
»Die Kochoma«, sage ich zwecks Vereinfachung, was keineswegs

bedeutet, daß meine eigene Mutter nicht ordentlich zu kochen verstünde. Sie verbringt nur nicht den größten Teil des Tages in der Küche und den verbleibenden Rest in der Kittelschürze, die bei meiner Schwiegermutter lediglich abends mit dem Nachtgewand oder dreimal per annum dem Reisekostüm vertauscht wird.
»Mit oder ohne Tätschkuchen?«
»Selbstverständlich bringt sie euch wieder euren Lieblingskuchen mit.« Sieh mal einer an, wie die Geschmäcker sich ändern, muß mit Antonella zusammenhängen, bis dato standen die von Aprikosen durchgematschten Heferiemchen bei meinen drei Söhnen aus der ehelichen Produktion nämlich hoch im Kurs.
Während der Diskussion um alles, was der »Kochoma« mißfallen und möglicherweise die Höhe des Urlaubsgeldes beeinträchtigen könnte, decke ich mit Antonellas Hilfe rasch den Tisch, registriere aus den Augenwinkeln die Rückkehr der flotten Undies unter dem körperbetonten Stretchstoff des Minirocks, den ich ihr geschenkt habe, denke mir mein Teil (auch eine kleine Unschuld weiß also schon, was ›babbos‹ nicht an ihrem eigenen Fleisch und Blut mögen) und harre halbwegs gefaßt der Dinge, die da kommen mögen.
Dann habe ich's wenigstens für die nächsten drei Monate hinter mir.
Es geht mit den beiden Blumensträußen los, die Jochens Mutter auf Anhieb ins Auge stechen. »Gleich zwei?« Sie schickt einen vernichtenden Blick zu mir und sieht dann beifallheischend ihren Sohn an, der ihr versichert, daß zumindest ein Gebinde von einem ausnehmend netten Herrn stammt, den er gestern persönlich bei mir kennengelernt hat.
»Und der zweite Strauß?«
»Da mußt du Lea schon selbst fragen, Mutter.«
Ich habe gerade beschlossen, mich geheimnisvoll zu geben, als Maxi laut herausposaunt, daß ich mir »das bunte Gemüse« selbst gekauft habe, um die Kaffeetafel für den Schenker »von-dem-anderen-Johnny-da-war-bestimmt-nicht-billig« aufzumotzen.

»Interessant.« Der Blick meiner Schwiegermutter übersetzt in »skandalös«.
Maxi läßt vor lauter Begeisterung über Omas Anteilnahme an meinem vermeintlich doppelt besetzten Liebesleben den Tortenheber fallen, was umgehend ihn selbst in den Mittelpunkt rückt. Geschieht ihm nur recht! Seine Skaterhosen, die zwecks Befestigung der Straßenschuhe beim Skaten rechts und links Schlaufen an den sackartigen Beinen haben, in denen nun das silberne Vorlegebesteck ankert, werden ebenso aufs Korn genommen wie seine Haare, die er sich zunächst im Rahmen einer Wette naturblond und dann aufgrund der unerwartet positiven Reaktion seitens diverser Mädchen gelbblond gefärbt hat, was ihm nun Ähnlichkeit mit einer struppigen Dotterblume gibt. Nicht einmal seine Oma glaubt ihm, daß dieses Werk auf das Konto der Sonne geht.
»Ihr müßt nicht glauben, nur weil ich die Gicht in den Knochen habe, bröckelt es bei mir auch im Gehirn!« Diesmal macht ihr Blick die Runde und läßt nicht einmal ihren geliebten Sohn aus, obwohl der sich heute doch von seiner besten Seite zeigt. Eben hat er seiner Mutter, sogar ohne zu drängeln, die Treppe hochgeholfen, die scheußliche Lockwelle (zu Ehren anderer Besucher des Thermalbades mit Haubenzwang?) gelobt und ihr den einzigen »vernünftigen Stuhl« in meinem Haushalt von der Mansarde geholt, der im Gegensatz zu meinen Freischwingern vier solide Holzbeine und einen Samtbezug hat und noch aus unserer Aussteuer stammt (von der Seite des Bräutigams, versteht sich).
»Aber Mutter, das tut doch keiner, wie wär's mit einem Windbeutel?«
»Und wofür habe ich trotz Kofferpacken und Friseur und Fußpflege euren Riemchenkuchen gebacken, eh?« Giftblick zu mir hin. »Seit wann backt Lea denn wieder selbst?«
»Sie läßt backen.« Maxi greift sich mit den Fingern eines der luftigen Gebilde, die »italico« und allenfalls vage verwandt mit Mutterns Brandteigkolossen sind und nun mit ständig neuem Innenleben auf den Tisch kommen.
»Komische Dinger! Ihr hattet doch früher immer einen ganz or-

dentlichen Bäcker.« Es folgt die Beschreibung von Normgröße und Normfüllung bis hin zum obligaten Puderzucker obenauf.
»Antonella ist tausendmal besser.« Diesmal langt Jonas zu.
Die von unserem Au-pair bestückte Platte leert sich blitzschnell, während die Aprikosen unter den Heferiemchen im eigenen Saft stehenbleiben. Die Tortenspitze darunter macht schlapp, meine Schwiegermutter rüstet zur nächsten Attacke, die von unserer italienischen Backqueen automatisch zu mir überschwenkt, als zwei, drei direkte Giftpfeile an einem kulleräugigen »Come?« abprallen.
»Ist ja nicht zu fassen, Lea! Das Mädchen versteht ja keinen Pieps Deutsch.«
»Deshalb ist sie hier.«
»Das grenzt an Ausbeutung.«
»Die Ausbeutung ist international abgesegnet.« Ich verzichte darauf, laut kundzutun, daß ich sogar freiwillig mehr Taschengeld zahle, als empfohlen wird. Am Ende kommt Jochen noch auf die Idee, uns ginge es zu gut.
»Ich rede nicht von Geld, sondern von dem da.« Die Thermallockwelle wippt die Tortenplatte an, die jetzt nur noch Puderzuckerkrümel zu bieten hat.
»Die Windbeutel waren zum Verzehr bestimmt, Antonella fühlt sich hundertprozentig nicht gekränkt von der Eliminierung ihrer Kunstwerke.«
»Aber Au-pair-Mädchen sind nicht dazu da, dir das Kochen und Backen und den ganzen Haushalt abzunehmen, dieses ›Come?‹ schreit ja zum Himmel, soll dieses Wesen von deiner Dunstabzugshaube die deutsche Sprache erlernen?«
Protest. Die Stimmen meiner Lieben überschlagen sich. Occhi celesti blitzen mit vier Paar Knabenaugen um die Wette, die Schäfchenlöckchen auf dem Haupt von Schwiegermuttern machen schlapp, zutiefst beleidigt droht sie an, sich auf der Stelle für die Heimfahrt ein Taxi zu bestellen: »So könnt ihr mit mir nicht reden, so nicht.«
Taxi klingt gut. »Ich ruf dir eins«, biete ich eilfertig an.

»Typisch.« Mit Hinweis auf den Aufschlag, den das kostet, und meine symptomatische Verschwendungssucht besteht Jochens Mutter darauf, den nächsten Taxistand anzusteuern, der gleich um die Ecke und vis-à-vis von der U-Bahn-Station ist.
Ich hole ihr umgehend Hütchen (Schutz der Lockwelle), Mantel (könnte ja ein Wintereinbruch stattfinden) und Krokodilledergroßraumtasche (für alle Fälle, gleich zähl ich das Tafelsilber!).
Sie erhebt sich. Halleluja! Atemlos verfolge ich den Aufbruch bis hin zum Einschnappen der Haustür unten. Gewonnen! Natürlich hatte sie niemals vor, einen Mietwagen anzuheuern, dazu ist sie viel zu knauserig. Wozu gibt es schließlich leibliche Söhne und notfalls öffentliche Verkehrsmittel?
»Wetten, daß sie die Bahn nimmt?« Ich grinse breit und erlöst.
Diese Wette verliere ich, aber das liegt an Antonella, die so unglücklich mit den Augen kullert und sich die Schuld an der Gewitterfront in unserem »gemütlichen Familienleben« gibt, daß Jochen Rosenfeld umgehend seiner Mutter hinterhereilt, die als »la mamma« von einem Sohn anscheinend genau jene ergebene Liebe erwarten darf, die dem »babbo« seitens der Töchter zukommt.
Fassungslos beobachte ich unser Au-pair, das mir den matschigen Aprikosenkuchen, den ich in den Mülleimer kippen will, entreißt, als ob ich ein Sakrileg plante, sich sodann, ohne eine Miene zu verziehen, gleich zwei Stücke auflegt, losspachtelt und zu hoffen scheint, sich auf diese Weise noch nachträglich die Sympathie von Jochens Mutter sichern zu können.
»Non me piace!«
Na und? Was schert es sie, wenn meine Schwiegermutter sie nicht mag?
Beim soundsovielten »la mamma«, das nur noch von »babbo« übertroffen wird, dämmert mir, daß in Antonella derzeit nicht nur der letzte Babyspeck mit dem erwachenden Weibchen konkurriert, sondern zugleich die Nestwärme mit dem Abenteuer, der »babbo« mit dem ersten Liebhaber und die »mamma« mit Stretchmini und Tangaslip streiten. Die Mama, wie Antonella sie sieht, ist wohl keine von meiner Webart, eher eine mit Kittelschürze und

Lockwelle, in jedem Fall aber mit »bambini«, die im italienischen Dialog mit deutschem Riemchenkuchen so unweigerlich kommen werden wie der nächste Winter, das Alter und der Tod.
»Quando che sia!« Antonellas Achselzucken und die Art, wie sie den Teller mit den Backwaren einer amtierenden »mamma« von sich schiebt, signalisieren mir, daß dieses »quando« noch ungewiß und weit weg ist. Irgendwann einmal wird sie auch Kinder haben, mindestens vier, bei der Zahl »quattro« schaut sie mich schelmisch an, zieht mit einem Seufzer den Teller zurück und vernichtet mit Todesverachtung den durchgesuppten Rest.

Maxi hat mir aufgetragen, ihm diesmal einen schwarzen Turmalin oder wenigstens grünen Flußspat mitzubringen, am liebsten wäre ihm natürlich ein Klumpen Silber. »Wie wär's mit Gold oder Platin?« habe ich zurückgefragt und mir anhören müssen, daß ich wirklich abgrundtief dumm bin, soweit es sich um »Computer, Autos, uns Männer und Mineralien« handelt.
Bei der Erwähnung meines PC, der mich nach meinem ersten Trip ins Zisterzienserkloster höchst fachmännisch willkommen geheißen hat, fiel mir wieder ein, daß ich Fabian noch immer nicht zur Rede gestellt hatte, weil in dieser Woche einfach zuviel anderes los war. Mit mir, mit Antonella, in dem Drehbuch, das ich keinesfalls für die Glotze oder die Kinoleinwand plane. Darüber ist sogar die Auftragsarbeit an den nächsten Szenen aus dem Leben einer alleinerziehenden Mutter, die sich mit einem Bambino und zwei potentiellen Erzeugern herumplagen muß, zu kurz gekommen. Segelohren aus der Klamottenkiste, dabei rollen längst neue Modelle an. Live. Gepaart mit Augen in der Farbe meines Couchtischs. Mit schwarz funkelnden Einschüssen. Und da soll ich mich auch noch mit Kenntnissen über totes Gestein belasten? Bewahre!
Unerwarteterweise kommt mir jedoch die gebetsmühlenartige Wiederholung dessen, was mein Zwölfjähriger sich von mir als Mitbringsel erwartet, schon kurz nach meiner Ankunft im Black Forest zugute. Ebenso wie der amerikanische Coach auf gymna-

stisches Vorspiel schwört, scheint Ritter Otto größten Wert auf geistiges Warmlaufen mit Lokalkolorit zu legen. Diesmal führt er uns zu diesem Zweck über glitschige Leitern in eines jener grünlich leuchtenden Mineralgewölbe, von denen mein Pfiffikus noch heute früh geschwärmt hat. Im Gegensatz zu meinen Kollegen, die sich eher um ihre Haarpracht und durchfeuchtetes Schuhwerk sorgen, gelingt es mir mühelos, eine Achatdruse mit Quarz als eine von über dreihundert verschiedenen Mineralien allein hier in der Grube Clara im Inneren des Königswaldes zu identifizieren.

Andächtiges Schweigen. Dann räuspert sich Kikiriki. »Ich dächte, Sie unterrichten Deutsch, woll?«

»So etwas interessiert einen halt«, sage ich und löse damit meinem Ritter die Zunge, der in einem früheren Leben in Schwarzwälder Höhlen und Teufelslöchern gehaust haben muß, jedenfalls kennt er jeden verdammten Stollen, mischt nun Sage und Gesteinskunde und ignoriert dabei völlig das Schaudern seiner Schützlinge. Erst als Elli nach dem soundsovielten »Hatschi« vermeldet, daß sie nun wirklich keinen trockenen Zipfel mehr in ihrem Taschentuch frei hat und sich auch sonst ziemlich klamm anfühlt, führt er uns widerwillig zurück ans Tageslicht und sieht mich, speziell mich, mit einem warmen Blick und dem Hinweis an, daß er selbstverständlich am Feierabend für eine Vertiefung dieses Gesprächs zur Verfügung stehe.

Wenn das keine Aufforderung ist!

Wir arbeiten, natürlich tun wir das.

Wir essen auch, keine Frage, allerdings weiß ich nicht, ob Fisch oder Fleisch oder Körner, lediglich der Anblick der unechten Moosröschen auf den Tischen ist mir erinnerlich.

Ich wasche mich, das versteht sich von selbst, marschiere mit meinem Kulturbeutel unter dem Arm ins gemeinsame Etagenbad und präpariere mich für alle Eventualitäten, die sich bei der oberirdischen Erörterung von Fundstücken aus Höhlen ergeben mögen.

Das neue Parfümflakon vibriert in meiner Hand, ein Duft von Zitronengras und Zedernholz umweht mich. Das Faible meines schüchternen Ritters für die natürlichen Schätze dieser Erde schürt in mir den Verdacht, er könne seinerseits auf dem Umweg über seine Mineraliensammlung Vorsorge dafür getroffen haben, daß wir diesmal nicht jene legendären Königskinder nachahmen müssen, die einander über einen viel zu tiefen Fluß anschmachteten, verschmachteten, mein Gott, was habe ich vorige Woche geschmachtet.

Aber jetzt!

Dürfte ich Ihnen vielleicht meinen grünen Flußspat zeigen? (ER)

Ich liebe Flußspat. (ICH)

Und dann ... Vielleicht überläßt er mir sogar ein Stück aus seinem Fundus. Mit dem ich dann meinen Pfiffikus daheim beglücke, so schließt sich der Kreis.

Es klopft, mein Herz pocht und schlägt Purzelbaum, als der Sprecher sich als mein Ritter zu erkennen gibt. Gedämpft, vertraulich, leider geht es zunächst nur um den »Absacker«, auf dem meine Kollegen als Gemeinschaftserlebnis bestehen. Sei's drum, das bekommen wir auch noch hin, zumal Otto Reblein beim Abstieg über die modrige Treppe in das als gemütlich gepriesene Kellergewölbe scheinbar versehentlich meine linke Pobacke touchiert, sich zwecks Entschuldigung über meine Schulter dem erregten Pochen meiner Halsschlagader annähert und mir ins Ohr flüstert, ich röche so gut, süß und herb, alles in einem, das erinnere ihn glatt an den Tannenwabenhonig bei der Keuschen: »Absolut göttlich!«

»Göttlich« ist in Ordnung, die Assoziation »keusch« treibe ich ihm schon noch aus. Mit dem Gefühl, wahrlich keinen Schlummertrunk mehr nötig zu haben, nähere ich mich dem Arrangement von niedrigen Baumstammscheiben um einen größeren Klotz, auf dem ein Tablett mit Zinnbechern die abwaschbaren Moosröschen aus dem Obergeschoß ersetzt.

»Prost!« Hajo Schocklitsch mimt den Barkeeper. Armer Kerl, hat ja sonst nichts vom Abend.

Während die anderen sich brav niederhocken, beschließe ich, mit Rücksicht auf meine Nylons stehenzubleiben, und wähle einen Standort, der es mir erlaubt, den Kopf zu heben, ohne feuchtkaltes Mauerwerk zu kontaktieren. Dieses Klima mag gut für die Lagerung von Käse oder Spargel sein, ich persönlich hätte es dagegen gerne etwas wärmer und vor allem trockener, weil sich bei dieser Feuchtigkeit binnen kurzem meine Fönwelle in einen Krauskopf verwandeln wird. Muß ja nicht sein, daß ich ihn gleich zu Anfang mit meiner enormen Vielfalt verwirre.

Klappe zwei.

Dürfte ich Ihnen vielleicht meinen grünen Flußspat zeigen? (ER)

Ich liebe Flußspat. (ICH)

Einen Moment lang bin ich völlig durcheinander, als sich ein Zinnbecher in die Vorwegnahme dessen, was gleich folgen wird und folgen muß, schiebt. Kaum größer als ein Fingerhut, obendrein die Wiederholung des hochprozentigen Absackers, den wir gerade erfolgreich hinter uns gebracht haben, was soll der Quatsch? Verzögerungstaktik? Mißgunst?

»Aufs Haus!« sagt Kikiriki zu meiner Linken, »aber wenn Sie nicht mögen, ich würde mich schon opfern, woll?«

»Nicht nötig!« Mit Todesverachtung kippe ich das Zeug herunter, es brennt mir im Schlund, was allerdings nichts gegen das Rundumfeuer ist, von dem keineswegs nur meine Wangen rot werden und dessen Erzeuger haargenau dort stehen sollte, wo sich nun mein Kollege breit und obendrein wichtig macht. Es scheint eine Spezialität meines Ritters zu sein, sich immer dann zu verdünnisieren, wenn ich ihn ein paar Sekunden lang aus den Augen lasse. Soeben palavert er mit einem Mensch in Kutte, der offensichtlich aus Freude darüber, daß die für heute avisierte Busladung mit Heilfasterinnen einen Platten auf der Autobahn hatte, seine Klausur verlassen und diese zweite Runde geschmissen hat. Netter Zug, trotzdem dürfte er jetzt abschwirren. Was ist denn das für 'ne Gebetsmoral?

»Frau Wilde ist Expertin«, höre ich Otto sagen und fühle, wie eine weitere Hitzewallung in mir aufsteigt. Wie kann er nur in aller Öffentlichkeit …? Hoffentlich hat er nicht zuviel geschluckt, zumal ich keinen blassen Schimmer habe, wieviel er verträgt. Irgendwann schlägt die enthemmende Wirkung ins Gegenteil um und macht träge, dann haben wir die Bescherung.

Ich zwinkere ihm warnend zu.

Seine grauschwarzen Augen zwinkern komplizenhaft zurück.

Das Mönchlein schließt sich an. »Oho!« Zur Belohnung für meine Kenntnisse, von denen er garantiert nichts haben wird, hebt er erneut seine Flasche, schenkt aus, wünscht allerseits »Wohl bekomm's!« und rückt nun zielgenau auf mich zu: »Also, Frau Wilde, wenn das so ist, ich wäre da hoch interessiert.«

Zurückweichen geht nicht, weil Kikiriki und die Wand des Kellergewölbes mich stoppen, ich entsende einen hilfesuchenden Blick zu Ottokar Reblein. Rette mich gefälligst!

»Flußspat«, sagt dieser, »sie hat ihn auf Anhieb erkannt und bei sich zu Hause sogar eine Sammlung höchst ausgefallener Mineralien aus dem Bergischen Land, das ja ebenfalls reich an Steinen, Wasser und Kultur ist.«

Ich glaube es nicht, besser gesagt, ich will es nicht glauben. Es geht um Jäger, die schon um neuntausend vor Christus die Wälder rund um das heutige Overath durchstreiften, sodann folgen in Gesellschaft einer weiteren Runde Schnaps die Römer, welche sich aus dem Bergischen Land Eisen, Blei und Kupfer liefern ließen. Sieben Zecher, eine Flasche, schon präsentiert unser Gastgeber den Nachschub, hübsch staubig und mit Spinnweben verziert: »Ein besonders guter Tropfen!«

Die Spinnennummer gehört zu mir, verdammt!

Die Attraktion bin ich!

Es nützt nichts, daß ich stumm appelliere, verfluche, beschwöre. Gegen die »Schlacht von Worringen« im Mittelalter und die »Hämmer« von Solingen und den Bau der Aggertalbahn im Jahr des Herrn 1880 komme ich nicht an, und zu jedem »Wohl bekomm's!« gesellt sich ein persönliches Augenzwinkern für mich, die Expertin.

Mein einziger Trost, als wir endlich alle unsere Kemenaten ansteuern, ist die Gewißheit, daß alle potentiellen Lauschohren auf unserem Gang gut schlafen werden. Und dem einen einzigen, dem ich solches nicht anraten möchte, kippe ich notfalls einen Eimer kaltes Wasser über.

Sehr erotisch, Lea!

Na gut, bleibe ich eben bei Antonellas »Aiuto! Animale!«

Fünfmal Tür auf, Tür zu, meine Gefährten begnügen sich mit Pipimachen und Katzenwäsche, dann treibt es sie in den Schlaf. Gut so! Eine kurze Inspektion meiner persönlichen Duftnote, eine intensive Erfrischungsrunde für meine Mundhöhle (hoffentlich hat er auch ordentlich gegurgelt, in dem Punkt bin ich heikel), dann rücke ich aus.

KLOPFKLOPF.

Es brummt. Verschlafen.

»Ich bin's, Lea.«

»Was ist?«

»Wilde.«

»Ist was?«

Was denkt er wohl, warum ich hier im nagelneuen Nighty (gegen's Licht unglaublich scharf, auf den ersten Blick fast keusch) und mit nackten Füßen vor seiner Tür stehe und mir einen abbibbere?

»Ja«, säusele ich retour und hoffe, daß diese einsilbige Message ihn mit genau dem richtigen Tonfall zwischen »ängstlichem Weibchen« und »sexy Hexy« erreicht, was durch eine geschlossene Tür aus massiver Eiche und etliche Absacker aus Mönchleins Spirituosen gar nicht so einfach ist.

»Komme.«

Ich bitte drum. Stumm. Meine Füße ähneln Eisklumpen. Könnte sein, ein Span aus den Bodendielen hat sich in meinen Ballen gebohrt. Man reiche mir eine Pinzette!

Enorm erotisch!

Klappe!

»Jaaa?« Kopf mit Wuschelhaaren und Schummeraugen im Tür-

spalt, weiter unten sieht's nach Boxershorts und sonst nichts aus.
Nicht übel, mein Herr! Dieser da hat sogar Haare auf der Brust statt des üblichen Entenflaums, den meine Verflossenen präsentierten, wenn es ans Eingemachte ging. Schließlich bittet keine anständige Frau das Objekt ihrer Begierde im Frühstadium, mal eben das Hemd zu lupfen, damit sie sich vergewissern kann, ob es sich lohnt. Ich liebe Brusthaar, das weder spärlich ist noch affenmäßig wuchert. Ich liebe *dieses* Brusthaar, sogar ganz doll.
Junge, mach die Tür auf, sonst ramm ich sie ein!
»Haben Sie Kopfschmerzen? Ich hätte da Aspirin, glaube ich.«
»Wie?« Ich schüttele den Kopf. Benommen. Noch mal von vorn, Lea, immer hübsch langsam und eins nach dem anderen. Im Suff schalten Kerle offenbar noch langsamer als sonst.
»Ich hab 'ne Spinne, so einen Johnny.« Meine Hände konturieren ein karnickelgroßes Gebilde, rücken angesichts seines dreisten Grinsens näher zusammen, ersatzweise schaudere ich unter Berücksichtigung des Lichteinfalls aus der Funzel, die meine Reize in Taillenhöhe abschneidet. Immerhin sieht er so schon mal, was ihn obenherum erwartet. Na, ist das nichts?
»Ist bestimmt nur ein Schneider.«
»Ist es nicht, und wenn es einer wäre, wär's auch egal, weil ich alle Viecher mit Krabbelbeinen hasse, da krieg ich die Krise. Allein die Vorstellung, so was krauchte mir übers Gesicht und so ...« Ich schaudere ganz fürchterlich und sorge dafür, daß alles, was sonst in Cup C parkt, nun ganz ohne Maidenform ordentlich Auftrieb erhält.
»Tun die nie.«
»Wetten?« Meine Unterarme drängen Naturgewachsenes ans Funzellicht, sogar diese Spaghettiträger kapieren, was angesagt ist. Es kommt wie die Flut, duddeldijöh, so absolut, duddeldijöh, erst eins, dann zwei, meine Schultern sind ebenfalls vom Feinsten. Bist du blind, Junge?
»Jedenfalls stechen sie nicht und fangen Mücken, sehr nützliche Tiere, ehm.«

Bei diesem langgezogenen »ehm« schnappt er hörbar und sichtlich nach Luft, seine Grauaugen ankern an der richtigen Stelle, er hat's. Heureka!

»Aber ich habe Angst, wenn Sie so lieb wären ...«

Er ist so lieb, folgt mir, wirft einen ängstlichen Blick nach rechts und nach links, bevor er über meine Schwelle tritt, die wirklich nur Raum für dieses spartanische Bett, einen Hocker, Haken und Spiegel läßt.

»Und wo ist die Spinne?«

»Wahrscheinlich hinter dem Vorhang.«

»Hier gibt es nur Holzläden.«

»Hinterm Bett«, schlage ich vor. Ob ich ganz zufällig gegen ihn rempele? Huch, da war sie, so ein Johnny. So auf die Art?

»HUCH ...«

»Keine Bange, ich hab's. Ich hab *die* Lösung.« Seine Hand berührt meine nackte Schulter.

Na endlich! Ich schließe beseligt und auch leicht erschöpft die Augen. Das war die reinste Schwerstarbeit.

Die Hand gleitet von mir ab. Als nächstes sehe ich ihn sein Bettzeug durch die Tür wuchten und schlucke, weil ich schon eine Menge verrückte Knilche kennengelernt habe, aber einen, der es nur im eigenen Plumeau bringt, hatte ich noch nicht dabei, ich schwöre.

»Wir tauschen einfach.« Schwups, schon schnappt er meine eigene Decke nebst Kopfkissen und Laken und marschiert in seine Kemenate vor, die er mir, ganz stolzer Kavalier, für diese Nacht abtritt. Hundertprozentig spinnenfrei, wie er mir versichert.

Ich hasse Kerle! Und Kavaliere ganz besonders.

Es kommt wie die Flut, so absolut!

Der Zug hat Verspätung, mindestens zehn Minuten. Über meinem Sitz funktioniert die Leselampe nicht, die Klimaanlage stellt mir eine Lungenentzündung in Aussicht, am Abtauchen in Schlaf hindert mich bürokratisches Zugpersonal, das ausgerechnet dann meine Fahrkarte zu kontrollieren wünscht, wenn ich wegdusele, auf dem Klo hält jemand eine Dauersitzung ab, und als dann endlich doch das rote Licht dem grünen Platz macht und ich selbst zu Potte komme, knirschen Bremsen und knattert mir synchron eine Mikrofonstimme ins Ohr, daß man soeben in den Bonner Bahnhof einlaufe und von der Benutzung der Toiletten abzusehen sei.

Also kämpfe ich mich gegen den Strom auf mich zudrängender Koffer auf meinen Platz zurück, hadere mit angespanntem Bekkenboden mit dem Schicksal und verlasse den Zug eine halbe Stunde später in dem Bewußtsein, nie zuvor so primitiv gereist und überhaupt die ärmste Socke auf Erden zu sein. Meine Erschöpfung ist so gravierend, daß ich in das nächste Taxi einsteige. Nur heim! Einkuscheln! Abtauchen! Mit oder ohne Spinnen, weil die vergleichweise possierliche Tierchen sind.

»Unwetter«, sagt der Fahrer und läßt zum Beweis neben mir eine Spritzfontäne hochschießen, »seit gestern abend, den Rheinufertunnel haben sie schon gesperrt, sieht düster aus für die ›Christopher Street Day Parade‹ am Alten Rathaus.«

Ich grunze vor mich hin, das mag er als Zustimmung nehmen oder auch nicht, im Moment ist es mir schnurzpiepegal, bis wohin fremden Autos und Schwulen das Wasser steht. Sollen sie reingehen, können sie rausgucken, mir tropft das Elend schon aus Augen und Nasenlöchern gleichzeitig. Scheißklimaanlage! Ich verklage die Brüder von der Bahn AG.

»Schon wieder 'n Großeinsatz«, verkündet die Stimme neben mir,

»die Jungs kommen diese Nacht auch nicht in die Federn, immerhin brauchen sie diesmal nicht die Wasserwerke anzupumpen, haha.«
Toller Witz! Stillschweigend lasse ich die Schilderung von Feuerwehrleuten in Gummistiefeln und Ostfriesennerzen über mich ergehen und mache erst wieder den Mund auf, als nach meiner Hausnummer gefragt wird.
»Eins«, sage ich.
»Jesses Maria. Soll ich mitkommen?«
Wie ist der denn drauf? Ich erwäge eine Beschwerde bei der Zentrale, reibe gleichzeitig ein Guckloch in meine vollgesiffte Scheibe, identifiziere ein fremdes Haus, spüre Panik in mir aufwallen (ein Sittenstrolch, Hilfe!), erkenne das Schild unserer Bäckerei (kein Sittenstrolch, nur ein Idiot!) und resümiere, daß zum Erwerb einer Taxikonzession nur gerade so viel Hirneinwaage verlangt wird, wie das Auswendiglernen von ein paar Straßennamen dies erfordert. Zum Zählen scheint es schon nicht mehr zu reichen.
»Das ist nicht die Eins.« Ich bleibe sitzen, schließlich löhne ich kein Vermögen, um dann doch noch in Stöckeln durch die Fluten zu waten.
»Vor der Eins stehen die Jungs mit ihrem Löschwagen, da kommt schon der zweite, hoffentlich gibt's keinen Personenschaden, im Rheinufertunnel wär fast einer abgesoffen, aber der hatte auch kräftig Promille getankt, jetzt ist er seinen Lappen los ...«
Den Rest bekomme ich nicht mehr mit. Tür auf, Sprint durch Pfützen und Einsatzkommandos für Männer, die allesamt ein Ziel haben, das mit meinem identisch ist. Grüner Klinker, die häßlichste Haustür vom ganzen Viertel, jetzt steht sie offen, im Eingang versperrt mir ein Uniformierter den Weg.
»Hier können Se jetzt nicht durch, junge Frau.«
»Ich gehöre hierher. Platz da!« Ich ducke mich und schlüpfe unter seiner Armsperre hindurch.
Die Männerstimme galoppiert hinter mir treppauf und warnt die Kollegen irgendwo über mir, daß da eine Wilde angefegt kommt, die angeblich hier wohnt.

Zweiter Stock, hoffentlich hat es Frau Olfe erwischt und nicht uns, ihre Tür steht auf, ihr belemmertes Gesicht starrt mich biestig unter Lockenwicklern an, der Mund ähnelt ungeschminkt einem ausgefransten Einmachgummi, das großblumige Muster ihres wattierten Steppmorgenmantels schiebt sich mir in den Weg.
»Nett, daß Sie sich auch noch mal sehen lassen, Frau Wilde! Das hat noch ein Nachspiel. Mein neues Parkett ist ruiniert, durch Ihre Decke durch, und ich hab gegen die Tür gehämmert, ohne daß sich einer drum gekümmert hätte, das wird die Versicherung interessieren, Sie sind nämlich zur Schadensminimierung verpflichtet und zur Beaufsichtigung Ihrer Brut sowieso. Wenn das der Herr Rosenfeld erfährt.«
»Klappe!« Ich stürme weiter und lande geradewegs vor den Kulleraugen von Antonella, die heute das Zeug zu Wagenrädern haben. Ihr Mund bewegt sich, Worte kommen allerdings keine heraus, nur auf und zu, auf und zu.
»Die Kinder?« frage ich angstvoll.
Die Wagenräder nehmen die Dimension von Mühlrädern an.
»Children«, schiebe ich nach. »Enfants. Bambini.«
»Figli?«
Will sie mich jetzt mit italienischen Sprachübungen verarschen? Weiß ich selbst, daß meine Jungs aus dem Krabbelalter heraus sind, also meinetwegen »figli«, aber wo stecken sie?
»Lucas–Jonas–Maxi–Faaabian?«
»Pssst.« Als nächstes verstehe ich »dormire«, was eindeutig schlafen heißt.
Der hinter unserem Au pair in Gummistiefeln auftauchende Feuerwehrmann bestätigt dies: »Die Jungs pennen wie die Murmeltiere, zum Hof hin ist ja auch nix los. Sie sind wohl die Mutter?«
»Mutter«, wiederhole ich und tippe mir gegen die Brust, während der Mann mit gelbem Helm schon per Handschlag den Einsatzleiter des zweiten Feuerwehrwagens, der mir treppauf gefolgt ist, begrüßt: »Haste dä Wasserstaubsauger mit, Willem? Dat Alt da unge mät uns mit ihrem Parkett meschugge, dabei hät se nur e paar Tröpfche avgekriecht.«

»Und wir?« frage ich zögernd und traue mich plötzlich nicht weiterzugehen. Mein schöner Sisal, über den dieser Unmensch mit quatschenden Gummistiefeln stapft, obwohl wir uns alle stets die Schuhe ausziehen, wenn es draußen regnet, weil Sisal generell zwar sehr strapazierfähig ist, aber schon auf einen Spritzer Wasser allergisch reagiert.

»Na ja, im Moment, also wenn Se was fürs Aqualand übrig haben ...«

Spaßbad. Planschvergnügen. Ich folge dem Matschpfad auf meinen weißen Fliesen und vergesse schlagartig jede Sorge um Feuchtigkeitsspuren auf meinem Teppich, weil es keine gibt, zumindest nicht mit erkennbarer Kontur. Die Decke über mir dellt sich und ist an etlichen Stellen aufgeplatzt, die Rauhfaser hängt in Fetzen, ein Schwall bräunlich verfärbtes Wasser ergießt sich soeben auf den Vitrinenschrank, schwappt weiter auf die Pendelleuchte und von dort auf meinen Marmortisch, läßt die Reste von einem Nutellabrot schaukeln (Achtung! Aquaplaning!) und den zugehörigen Teller auf die Tischkante zusteuern, von wo er vor meinen Augen in einen See hüpft, der einstmals Sisalboden war. Die Regenwand erstreckt sich bis zum Sofa, meine Palmen sind abstrakte Grünfinger in Schräglage, Erdkrümel schwemmen über Topfränder, das Video von »Käpt'n Blaubär« segelt mit, über mir dröhnt und rauscht es, *platsch*, die nächste Tapetenbahn macht schlapp, hängt durch wie eine Hängematte, *rums*, die Lampe schießt durch und knallt auf die Tischplatte. Die Lampe ist ein Hochzeitsgeschenk, gleiche Firma wie meine Kristallgläser, achtzehn Jahre alt und nun Scherbensalat, der mit Nutellaschlieren über Bord geht.

»Das kriegen wir schon wieder hin. Wo ist hier Strom? Setzen Se sich erst mal 'nen Schlag hin!«

Ich kann mich nicht darauf besinnen, dieser Aufforderung Folge geleistet zu haben. Noch viel weniger weiß ich, wie ich die Wendeltreppe hochgekommen bin. Trotzdem ist beides passiert, denn als ich meine Umgebung wieder bewußt zur Kenntnis nehme, befinde ich mich im Obergeschoß auf der Couch, die sich zum Gästebett umwandeln läßt und die nun in einem Sisalsee steht, der hier allerdings nicht oben aus der Decke, sondern vom Balkon gespeist wird, über dessen verzinkten Tritt das Wasser gurgelt und sickert und überall hinkriecht. Geschehnisse, die sich in meinem Kopf zu der Botschaft verbinden, daß dies eine Sintflut ohne Personenschaden ist. Eine, die ein Heer von Feuerwehrleuten einzudämmen sucht. Ich beginne, sie zu zählen, wie sie sich da draußen mit Stablampen drängen, Kommandos brüllen, grüne Gummistiefel auskippen, Action pur. Warum grüne Stiefel und gelbe Helme?

»Geht's Ihnen besser?« fragt Einsatzleiter Willem. Komischerweise habe ich mir seinen Vornamen gemerkt, obwohl ich sonst absolut kein Gedächtnis für Namen habe. Es ist, als ob ich mich an diesem »Willem«, das zu einem behäbig kölschen Dialekt gehört, festklammern könnte.

»Ja«, antworte ich und mustere ihn. Er hat ein Bäuchlein, einen Schnäuzer und den falschen Helm auf. Das gilt für sie alle. »Nein«, verbessere ich mich und richte mich auf. »Warum haben Sie keine roten Helme, verflixt?«

Die Schnurrbartspitzen zittern, Willem amüsiert sich königlich, schon merken ein paar seiner Leute auf: »He, Willem, erzählste der jungen Frau wieder dreckelige Witze von der letzten Herrensitzung?«

»SIE erzählt.«

»Oho.« Der Andrang von meinem Balkon auf mich zu ist gewaltig.

»Keine Witze«, dämpft der Einsatzleiter, »wenigstens nicht so 'ne.«

»Ich habe doch nur gefragt ...« Ich stottere.

»Eben, aber wir sind nun mal richtige Kerle und keine von Playmobil, die tragen vielleicht rote Käppis. Pischern müßten wir auch mal, aber auf'm richtigen Klosett, haha.«

Ich auch! Es liegt mir auf der Zunge und schießt mir in die Blase, die seit Bonn-Hauptbahnhof leidet, aber ich zügele mich und weise den Weg, spendiere obendrein eine Runde Kaffee und auf besonderen Wunsch Kaugummi, überzeuge mich vom Murmel-

tierschlaf meiner Söhne und bleibe endlich allein mit Antonella zurück, die wie Espenlaub zittert und einen Schwall von Kummerlauten und Entschuldigungsworten über mich ergießt.
»Du kannst doch nichts für das Unwetter.« Ich lege ihr den Arm um die Schultern, die weiterzucken, umhüllt von einem Haarteppich, der bis zum Po reicht und zwischen dem nur vereinzelt Stoff aufblitzt. Anthrazitgrau. Die Ärmel sind zu lang, viel zu lang, ein Herrenhemd, eins in der Lieblingsfarbe meines Geschiedenen.
Wie kommt Antonella an dieses Hemd, wenn dessen rechtmäßiger Besitzer es nicht zuvor ausgezogen hat? Andernfalls müßte er auf gut Glück Reservehemden bei mir eingeschmuggelt haben, was auch nicht mehr Sinn ergibt. Zumal er sich wird ausmalen können, was ich nach meiner Heimkehr mit einem solchen Fund anstelle. Ritschratsch, wäre nicht das erste Mal, in besten Rosenkriegzeiten habe ich ihm das Muster von den Blumen seiner Tussis direkt in die Boxershorts kopiert.
»Wo steckt mein Mann? Mein geschiedener Mann? Jochen Rosenfeld?« Ich sehe mich um, was natürlich idiotisch ist, weil er sich wohl kaum unter dem Sofa versteckt halten wird. Da wäre er mittlerweile glatt abgesoffen oder dem Wasserstaubsauger von zwei Dutzend Feuerwehrleuten zum Opfer gefallen. Richtige Kerle, keine Playmobilmänneken, die hätten ihn sich geschnappt, und heidewitzka!
»Signore Rose di Campo?« Flehaugen. Kulllertränen. Schniefen. »L'esercizio fa il maestro!«
Maestro für was? Was für eine Show hat er hier abgezogen? Ich hole mein Wörterbuch, bohre nach, löse eine neue Tränenflut aus und trage mit viel Mühe die Botschaft zusammen, daß alle fünf wieder zusammen ihren idyllischen See nebst Kraxelwand und Sommerrodelbahn angesteuert haben, vom Platzregen überrascht wurden, sich hier bei mir trockengelegt und hinterher zusammen gegessen haben – Fingerzeig nach unten, wo mein Marmortisch schwimmt –, daß dann alle Kids nach und nach ins Bett gegangen sind und mein Ex den Vorschlag gemacht hat, meinem Au-pair eine erste Lektion in der deutschen Sprache zu erteilen, treu nach

dem Motto: »L'esercizio fa il maestro!« Auf gut deutsch »Übung macht den Meister!«
Okay, sie haben geübt, dagegen ist nichts zu sagen, dazu ist Antonella schließlich hier, unserer beider Vertiefung in Liebeslieder hat eher nonverbalen Charakter, und Jochen ist absolut firm in beiden Sprachen.
Und dann?
Ich zupfe an dem mir nur allzu vertrauten Hemdstoff. Es braucht Geduld, viel Geduld und einen ganzen Stapel Papiertaschentücher, bis ich mir halbwegs zusammenreimen kann, wie Jochen Rosenfeld seines Hemdes verlustig gegangen und Antonella in selbiges hineingeschlüpft ist.
Die beiden haben sich in Antonellas zum Hof gelegenes Zimmer begeben, wo ehemals Jochen hauste und neben allem möglichen Krempel, den ich ausgemistet habe, auch seinen alten Computer stehengelassen hat. Auf den wiederum Fabian extra für unser Aupair ein Sprachprogramm aufgespielt hat, dessen Kauf das unmittelbare Ergebnis der Hetzkampagne von Schwiegermuttern ist. Wohl ist mir schließlich auch nicht bei dem Gedanken, in den Geruch einer »Ausbeuterin« zu kommen, also habe ich auf das Medium der Zukunft gesetzt. Jochen hat es nunmehr aktiviert, er hatte schon immer ein Faible für die Trends der Youngster. Das gibt Sinn, so weit, so gut.
Jedenfalls muß irgendwann Jochens Handy losgelegt haben, und die Nachricht, daß bei ihm in seiner piekfeinen Wohnung unten am Rhein das Wasser schon in der Garage stehe, hat ihn wohl Hals über Kopf hinausstürmen lassen. Ohne Hemd, was allerdings keine Rückschlüsse auf exhibitionistische Anwandlungen in der Lehrerrolle zuläßt, weil er seit neuestem wie die Jugend zum Sportswearlook ein T-Shirt untendrunter trägt. Er muß kaum aus dem Haus gewesen sein, als es draußen an die Korridortür hämmerte, das war dann logischerweise Frau Olfe, der es bereits auf ihr Parkett süppelte. Antonella hat sich das nächstbeste Kleidungsstück übergezogen, um der Hexe zu öffnen, wahrscheinlich hatte sie untendrunter auch nur ein Hemdchen an, und bekanntlich ist sie gegen-

über Fremden sehr prüde. Die Feuerwehr war bereits alarmiert, die Regenwand prasselte munter, der Schock war komplett.
Zwar ist es mir rätselhaft, wie die beiden über ihren Übungen so absolut nichts von dem mitbekommen konnten, was sich zur Straße hin tat, aber meine Jungs haben die Katastrophe schließlich auch verschlafen. Es ist typisch, daß erst die Sorge um seine eigene (leere) Garage einem Jochen Rosenfeld Beine gemacht hat.

Wenn in einem Schlager die Liebe »so absolut wie die Flut« kommt, dann heißt das, aller Alltagsballast geht den Bach runter, und falls er es nicht wirklich tut, so doch zumindest im Kopf des Betreffenden. Bei meiner Abreise in den Schwarzwald ähnelte der meinige zweimal einer Kostümkammer für romantisches Wellenreiten, jetzt beherbergt er nur noch Termine mit Handwerkern, Versicherungsschnüfflern und einer Schulsekretärin, die mich ebenfalls so behandelt, als ob sie mir nicht über den Weg trauen dürfte.
Wohlgemerkt, es handelt sich nicht um das gemütvolle Wesen an meiner Realschule, sondern um die Person im Gymnasium von Fabian und Maxi, der ich seit einer halben Stunde zu erklären versuche, daß der stundenweise Aufenthalt im Aqualand zwar höchst vergnüglich, aber keinesfalls ein Domizil für Kinder ist, die ich deshalb bitte schön umgehend nach Hückeswagen ausquartieren möchte.
»Gehört das zum Schulbezirk Köln?«
»Weiß ich nicht«, antworte ich genervt.
»Dann sollten Sie sich kundig machen und die Kinder noch vor den großen Sommerferien ummelden, ich gebe Ihnen schon einmal ein Abmeldeformular mit.«
»Ich will nicht umziehen, ich hab 'ne Überschwemmung.« Rede ich Chinesisch? »Es geht nur um diese eine einzige Woche vor den Sommerferien, verdammt«, füge ich hinzu und genieße ganz kurz das Zusammenzucken vor mir bei einem Fluch aus der harmlosen Abteilung, der aber offenbar für die vornehmen Ohren eines gymnasialen Vorzimmers schon zu starker Tobak ist.

»Zehn Tage«, verbessert mich die Sekretärin, »der letzte Schultag ist der Mittwoch.«
»Gehupft wie gesprungen.« Ich konsultiere meine Uhr, weil in spätestens einer Stunde der Malermeister bei mir daheim klingeln wird, der meines Wissens kein Italienisch spricht und dann entweder tatenlos auf meine Kosten herumsitzt und sich mit Antonellas Kostproben vollstopft (sie ist einfach zu höflich) oder mir die falschen Tapeten herunterreißt.
Mein Gegenüber verweist mich auf den Erlaß unseres Regierungspräsidenten, der eindeutig belegt, daß jeder Tag bis zum offiziellen Ferienbeginn zählt und dem Schlendrian endgültig ein Ende zu setzen sei, der es Eltern (Blick »wie Ihnen!«) erlaube, ihre Kinder vorzeitig ans Meer zu karren.
»Bergisches Land«, protestiere ich, »und von Urlaub kann keine Rede sein, irgendwo müssen meine Söhne schließlich hin.«
»Geben Sie sie zur Oma, die lebt doch in Köln.«
»Thermalkur«, protestiere ich erschöpft.
»Und die andere? Soweit ich weiß, gibt es bei Ihnen noch eine zweite lebende Großmutter.«
»Arbeitet rund um die Uhr und hat die Bude voll mit Messegästen.«
Der Blick der Frau läßt keinen Zweifel daran, was sie von solchen Grannys hält und daß sie dieses exotische Exemplar umgehend mir zuordnet. Wo sie recht hat ...
»Letztes Jahr sind Sie auch vorzeitig verreist, in irgendein Seebad.«
»Da hatten sie Kopfläuse.«
Schaudern. Igitt-Augen.
»Nachweislich aus dieser Schule.« Ich verweise auf den Befund des Gesundheitsamtes.
»So? Dann muß ich gerade auf Fortbildung gewesen sein.«
»Aha!« Ich signalisiere ihr stumm, aber nichtsdestotrotz beredt, was ich von Personal halte, das sich auf diesem Umweg der Order unseres Regierungshäuptlings entzieht.
»Mit offizieller Genehmigung, und ich glaube nicht, daß Ihre Überschwemmung für einen Sonderdispens ausreicht.«

»Sie können mir Herrn Antwerpes gerne persönlich vorbeischikken. Er soll die Gummistiefel und die Badehose nicht vergessen.«
Sie mustert mich von oben nach unten, die längste Verweildauer bei meinem kurzen Rock über sommerlich nackten Endlosbeinen.
»Ich glaube kaum, daß ...«, ein Räuspern, das Gesicht erhellt sich, offenbar ein Geistesblitz. »Und was ist mit Ihrem geschiedenen Mann, er war doch stets so bemüht um seine Söhne, wenn ich allein an das Schulfest vorigen Sommer denke, nein, war das herzig.«
Herzig? Meint sie die Fummelpartie, die er vor den Augen seines Nachwuchses mit der Mutter von Fabians Mitschülerin vom Zaun gebrochen hat?
»Er hat das Quartier im Bergischen besorgt«, sage ich zuckersüß und sehr herzig.
Sie ziert sich noch ein wenig, gibt vor, in Ausnahmeparagraphen zu blättern, hinter denen sich der jüngste Runderlaß zu pädagogischen Zensuren verbirgt, den ich gestern selbst abgezeichnet habe, führt ein Telefonat mit dem Direx und gibt mir zu verstehen, daß man möglicherweise in diesem besonderen Fall noch einmal eine Ausnahme machen könne: »Vorbehaltlich ...«
Die konkreten Vorbehalte bekomme ich schon nicht mehr mit, weil ich mit einem Blick auf die Uhr und einem »Danke auch, tschüs denn!« hinausflitze, mich auf mein von Fabian schon wieder trotz Verbot benutztes Rad schwinge (er wird sich wundern, zum Glück habe ich immer den Reserveschlüssel am Bund) und in die Pedale trete.
Meister Müller, ich komme!

Meister Müller erweist sich als Mann mit Köpfchen, er hat bereits ohne meine Anleitung an der richtigen Stelle losgelegt, mit seinem Gesellen sämtliche zur Straße hin gelegenen Zimmer ausgeräumt und allen, vom Hamster bis zu Jochen Rosenfeld, untersagt, die Plastikplanen zu lupfen, welche die Baustelle vom bewohnbaren Teil meiner Wohnung trennen. Letzteres gilt nun allerdings nur noch sehr bedingt, weil das evakuierte Mobiliar, Müllsäcke, Kupferrohre und anderes handwerkliches Ich-weiß-nicht-was jedes freie Fleckchen blockieren.

»Der hat uns einfach rausgewippt«, empfängt mich Maxi mit Hamster Krümel im Arm.

»Als ob er hier was zu sagen hätte«, bestätigt Jonas und blickt ebenfalls so empört drein, wie seine Träumerleaugen das nur zulassen.

»Hat er auch«, sage ich erleichtert und schicke dem guten Mann, der mich im Doppel hundertsechzig Mark die Stunde kostet und keine Minute davon blaugemacht hat, ein fröhliches »Hallihallo!« durch die Klarsichtwand.

»Hallihallo?« wiederholt mein Pfiffikus gedehnt. »Hattest du was mit dem, oder wie?«

»Pssst.« Hoffentlich dämpft die Folie, Meister Müller arbeitet bei mir auf Empfehlung eines Freundes aus dem Ressort für Platonisches, der außerdem andersrum und höchst kultiviert ist.

»Nicht jeder, dem deine Mutter ein ›Hallihallo‹ schenkt, ist zwangsläufig Nutznießer weitergehender Aufmerksamkeiten«, informiert aus dem Hintergrund Jochen Rosenfeld.

Wo kommt der denn schon wieder her?

Hausbesitzer! Chauffeur!

Ich erinnere mich. Als Eigentümer dieser Immobilie kann ich ihn schlecht davon abhalten, den Schaden zu begutachten, außerdem fährt er mir gleich die Kids nebst Antonella nach Hückeswagen, wo er sich klammheimlich eine Art bergische Datscha zugelegt hat, die ich ihm nur deshalb verzeihe, weil sie mir jetzt gut zupaß kommt. Schließlich kann ich meine Familie nicht für die nächsten zwei Wochen im Hotel unterbringen, so lange werden die Arbeiten hier nämlich mindestens dauern, bei denen Abflußrohre verlegt und Wände aufgestemmt werden müssen, weil uns ansonsten die Gebäudeversicherung die Freundschaft respektive die Police kündigt. Die abschließenden Schönheitsreparaturen nehmen sich dagegen fast wie ein Kurprogramm für meine Nerven aus, doch soweit sind wir noch nicht, denn erst einmal muß alles, von der

Tapete über den Teppichboden bis hin zu den maroden Abflußrohren im Mauerwerk, herausgerissen werden.
Meister Müller staubt kräftig bei der Entfernung von fünfzig am Stück verlegten Quadratmetern »Kokosmatte«, wie mein Geschiedener meinen neuen Teppichbelag zu nennen beliebte. Ich könnte bei dem Anblick der durchweichten Faserklumpen heulen, die das Duo nebenan ächzen und niesen lassen.
»Was ist ein Nutznießer?« will Lucas wissen. Anscheinend von mir, denn er hangelt sich an meinem Knie hoch, was früher ein Symptom für Müdigkeit und Auf-den-Arm-Wollen war.
»Wie kommst du denn jetzt auf so was?« Ich wehre den Klettermaxe ab und überlege gleichzeitig, ob ich zuerst einen Kaffee aufsetzen oder aber meine Truppe in Bewegung setzen soll. Worauf warten sie überhaupt noch?
»Weil der Papa von Joni-Maxi-Fabi doch gesagt hat, der Mann da drin ist dein Nutznießer.«
Meister Müller sieht auf und mich an. Ich könnte versinken.
»Das ist er keinesfalls«, sage ich mühsam beherrscht, »ganz im Gegenteil profitieren momentan wir von seiner Kunst, die gewissen Leuten«, ich peile Jochen Rosenfeld an, »selbst in den primitivsten Grundzügen verwehrt bleibt.«
Dreimal bin ich mit meinem Mann umgezogen, dreimal habe ich allein alte Tapeten heruntergekratzt, derweil er unter den fadenscheinigsten Ausreden auf Achse war. Beim letzten Mal war ich hochschwanger, da ist mir der Kragen geplatzt, und was tat er? Legte mir tags darauf ein ärztliches Attest vor, dem zufolge er gegen jede Art von Hausstaub allergisch ist: »Was glaubst du, was bei so 'ner Entkernung für'n Staub rumwirbelt, Leakind?«
»Dafür sind Fachleute schließlich da.« Jochen tippt gegen den Plastikvorhang. Es raschelt, ein Metallschaber hebt sich drohend in die Luft, wird dann aber leider wieder unverrichteter Dinge gesenkt. »Überhaupt habe ich dich eben sogar in Schutz genommen, Leamaus, dein Jüngster sollte sich mal die Ohren waschen, und dann geht's endlich los. Ist doch alles klar mit der Schule, oder?«
»Halbwegs.« Ich verzichte auf Details und kontrolliere das Gepäck,

das sehr umfangreich ist, weil Maxi und Jonas übernächsten Mittwoch wie geplant in ihre Reiterferien starten werden. Der Reiterhof liegt ebenfalls im Bergischen, weshalb es unsinnig wäre, die beiden nochmals nach Köln zu kutschieren. Lediglich die anderen drei kommen zurück, damit Fabian sein Praktikum bei einem Unternehmensberater in Düsseldorf antreten und mein Jüngster mit Antonella bei seiner Patentante »Urlaub im eigenen Garten« machen kann, während ich nach Austria reise.
Im Moment allerdings ist Österreich für mich weiter weg als der Nordpol. Selbst der Black Forest hat sich irgendwo nach Grönland verkrümelt. Aus mir unerfindlichen Gründen scheue ich davor zurück, mal schnell eben zum Telefon zu greifen und mich für die beiden letzten Wochenenden im Kloster (wie wahr!) abzumelden.
»Und was iss mit Knete?« fragt Maxi und hält mir seine hamsterlose Hand entgegen.
»Knete wofür?«
»Urlaubstagegeld, fünf Mark pro Nase hatten wir letztes Jahr, natürlich iss jetzt alles wieder teurer geworden, ich schlage vor ...«
»Offiziell habt ihr Schule und keinen Urlaub.«
Sie protestieren, diesmal alle vier, natürlich können sie nichts für die Überschwemmung, weshalb ich also zuletzt doch fünf Mark auf fünf Nasen und zehn Extratage hochrechne und meinem Ältesten den Betrag mit dem Hinweis aushändige, er möge Antonella nicht vergessen, alle Extras aufschreiben und hinterher mit der Summe verrechnen, die ich ihm schon vorab anvertraut habe, um das Überleben in der bergischen Datscha zu finanzieren. Antonella fällt diesbezüglich flach, weil sie außer mit der deutschen Sprache auch mit unserer Währung auf Kriegsfuß steht und ohnehin niemals allein einkaufen ginge, nicht einmal in einem Kaff wie demjenigen, das sie nun ansteuern.
Zumindest hat dear Jochen mir sein Hückeswagen als die reinste Idylle beschrieben, wo die größten Highlights eine Buchsbaumhecke, Bohnen und Blumen rund um sein Haus und das Weideschwein (Jubel meines Tierfreundes) nebenan sind. Dieser

Nachbar betreibt Viehzucht und Ackerbau nicht zum Broterwerb und begnügt sich deshalb mit Einzelexemplaren. Von Haus aus ist er laut Jochen auf provinzialrömische Archäologie spezialisiert und widmet momentan sein Hauptaugenmerk einer mit Riedgras bewachsenen Parzelle: »Der Trottel glaubt allen Ernstes, er wäre einem bedeutsamen Fund auf der Spur.«

»Logo.« Maxi hat uns umgehend mit Informationen zu Wachstumsbedingungen für feuchtigkeitsliebende Pflanzen wie Riedgras eingedeckt, das an einer so atypischen Stelle zwingend Rückschlüsse auf ein verfallenes Gemäuer unter der Erde, welches wiederum das Wasser nach außen abgibt, zuläßt. Seit dieser Sekunde war es zumindest für meinen Zwölfjährigen sonnenklar, daß ich die Einladung seines Vaters akzeptieren muß: »Natürlich buddel ich da mit, vielleicht finden wir 'ne römische Wasserleitung oder sogar 'ne alte Patriziervilla, und Schweine mochte ich schon immer, also nix wie hin.« Weil seine Brüder schon die bloße Aussicht aufs Schuleschwänzen lockte und mir auch nichts Besseres einfiel, habe ich vorbehaltlich Sonderdispens der Schule, der ja nun mehr oder weniger vorliegt, zugestimmt.

Fragt sich nur, was Jochen Rosenfeld dazu trieb, sich in solch einem gottverlassenen Ort einzukaufen. Meines Wissens hat er noch keine Schippe in die Hand genommen, und was Tiere betrifft, so nimmt er schon vor einem kläffenden Zwergdackel Reißaus. Einssein mit der Natur ist wohl auch nicht sein Fall, da dürfte ihn schon eher die Aussicht reizen, unbelästigt von nachbarlicher Neugier diverse Dämchen zu erkunden. Motto: »Nur das Weideschwein war mein Zeuge!« Die Wutz wird sich mächtig umstellen müssen, wenn nun statt dessen meine vier putzmunteren Knaben nebst Au-pair auftauchen.

»Und was ist mit Einkaufen?« frage ich zu guter Letzt. »Gibt's da wenigstens einen Tante-Emma-Laden in erreichbarer Nähe?«

»Das regeln wir schon«, versichert mein Geschiedener, verpaßt mir – ich glaube es nicht – ein Küßchen, beobachtet wohlwollend die Kußrituale meiner Söhne und führt die Trampelparade durchs Treppenhaus an, was der guten Frau Olfe den Glauben an die

Menschheit im allgemeinen und ihre Kenntnis derselben im besonderen nimmt. Wie üblich höre ich sie ihre Tür aufreißen und sich über »jugendliches Rowdytum« erregen, dann greift die Stimme von Jochen Raum, ein verstörtes »Ach, Sie sind es!« antwortet ihm, wenig später erreicht die zwölffüßige Springprozession die Straße. Die Haustür fällt ins Schloß. Das war's.

Das Wochenende verbringe ich allein. Bei jedem Schritt raschelt es, überall tun sich Stolperfallen auf, mittlerweile richten sich sogar Timing und Dauer meiner Telefonate nach den Handwerkern, die rund um mein Aufladegerät operieren und mich daran hindern, nach Belieben Strom zu tanken.
Maxi erzählt mir, daß die Sau Berta heißt und absolut – – Mein Akku verabschiedet sich, die nächsten sechs Stunden bin ich ohne Saft.
Hajo Schocklitsch fragt, ob in Deutschland denn auch am Tag des Herrn geschuftet werde: »Nehmen S' einfach den ersten Zug, wär doch a Schand drum, der Otto war auch schon – – Knistern, diesmal eines von der gnädigen Sorte, weil es mir das Flunkern erspart. Natürlich malocht auch bei uns keiner am heiligen Sonntag, vielleicht könnte ich ja tatsächlich diese Baustelle für vierundzwanzig Stunden sich selbst überlassen, aber ich will nicht. Nase voll! Enttäuschung satt! Frustpotential ausgeschöpft!
Der Otto war also auch schon – –. Was, verdammt?
Während ich darauf warte, daß mein Akku sich regeneriert, male ich mir die Reaktion eines Augenpaars in der Farbe meines heißgeliebten und jetzt unter Kleinmöbeln abgetauchten Couchtischs auf die Message aus, daß Frau Wilde aus Köln leider überschwemmungshalber verhindert ist.
Wie kann sie nur? Ist ihr nichts passiert? Braucht sie Hilfe?
Blöde Frage! Jeder echte Ritter hätte nicht lange gefackelt, sondern sich ins Auto geschmissen und zu mir aufgemacht. Finger auf die Klingel, Spurt an dem Drachen im zweiten Stock vorbei, mutiges »Hier bin ich!«
Ich will schon weich werden, sage »Jaaa?« und registriere zu spät,

daß lediglich das Telefon seine Stimme zurückgewonnen, mich mit seinem Sound in die Irre geführt hat und meinen Ältesten zu der Frage veranlaßt, ob der Malermeister mir versehentlich die Kehle geschmirgelt hätte: »Oder übst du für die Hauptrolle in deiner Seifenoper?«

»Was weißt du von ...?« Es knistert, aber diesmal anders, so schnell geht meinem Telefon nach nunmehr acht Stunden Ruhepause der Saft nicht aus. Diesmal liegt die Störquelle woanders, und wenn ich eines weiß, dann daß bei diesem Filius technische Pannen ausscheiden. Also hat Fabian sich doch an meinem Computer zu schaffen gemacht und in meinem Script geschnüffelt. Na warte, Bursche!

Hoffentlich verrät er seinem Daddy nichts.

Weil ich nicht weiß, was ich mit mir anstellen soll, verbringe ich die restlichen Stunden dieses mit Einsamkeit vollgepackten Tages (dagegen ist jedes Zisterzienserkloster eine Brutstätte der Lustbarkeit) an meinem Computer. Blick auf nacktes Mauerwerk, blanken Estrich, den Zinnübertritt zum Balkon und ein turtelndes Taubenpaar. Ich hasse diese Viecher, immer schon, meines Wissens gibt es kaum etwas Häßlicheres als solch vollgenudelte Federkugeln mit total listigen Äuglein. Aber zu dumm, um einem Hindernis auszuweichen, die fängt sogar ein Steppke aus dem Kindergarten mit links.

Immerhin nicht zu dumm, um was zum Turteln aufzureißen, Leamaus.

Klappe!

Eigentlich hält mich nur das Wissen, für meine vier Jungs noch viele Jahre lang von existentieller Bedeutung zu sein, davon ab, mich gegen die wacklige Balustrade zu lehnen und mit diesem widerlichen Schnäbelduo in die Tiefe zu sausen. Schwindelfrei bin ich auch nicht. Dafür eitel, wahrscheinlich sähe ich unten angekommen noch unappetitlicher aus als diese Gurrtauben. Gurren ist übrigens ein schönes Wort, finde ich. Das reibt sich so schön tief hinten im Rachen, hat Pep und Spannung, ist viel zu schade für dieses Taubenvolk.

Wetten, daß ich noch reichlichst gurre in meinem Leben?
Aber vorher rücke ich dem Hausbesitzer den Kopf gerade, der mich allein mit diesem lebensgefährlich losen Gitter zurückläßt. Grenzt ja an grobe Körperverletzung.
TUUUT.
Wenn er's ist, heiz ich ihm ein. Gnadenlos, schließlich habe ich genau dieselben Rechte wie jeder andere Mieter und als Mutter seiner Söhne sogar noch einen Extrabonus. Natürlich könnte der Anrufer auch ganz jemand anders sein. Vor meinen Augen gurrt und schnäbelt es, ich schlucke und räuspere mich, meine Stimme klingt trotzdem rauh.
»Lea Wilde hier.«
»Geht's dir gut? Hörst dich irgendwie erkältet an, am besten ist japanisches Heilöl, das hilft immer. Wollte nur mal nachhören, wie's dir so geht, hier ist alles bestens, nur zu deiner Beruhigung, eingekauft haben wir auch schon für die ganze Woche im voraus.«
»Wieso ›wir‹? Ich meine ›ihr‹? Wo steckst du überhaupt?«
Ich vernehme, daß Jochen Rosenfeld selbstverständlich das Wochenende genutzt hat, um in Hückeswagen nach dem Rechten zu sehen und den Kleinen die Reize der Umgebung zu erschließen, zu denen er sie in der Manier eines liebevollen Vaters chauffiert und nichts ausgelassen hat, weder die Schwebebahn in Wuppertal noch das Freilichtmuseum in Lindlar, wo »das Mariechen« wie anno dazumal Bänder webt und ein »Brigittchen« sich standhaft allen Versuchungen unseres Jahrhunderts widersetzt und auf dem Museumsacker von Hand und ohne Chemie nur das anpflanzt, was im letzten Jahrhundert üblich war.
??? Ich staune. Mein Mann, mein Exmann, Prototyp des Youngsters von morgen, am liebsten ließe er sich schon heute die Falten liften, die er morgen bekommt, einer mit Automatik im Jaguargetriebe und Schlüsseln, die sich auf Händeklopfen hin melden, pilgert zurück in die Steinzeit. Die einzige Erklärung, die mir einfällt, ist der Reiz einer drallen Weberin, wahlweise Bäuerin.
»Hat sich's wenigstens gelohnt?« Ich schicke ein anzügliches Schnalzen durch die Leitung.

»Na ja«, darauf er, »bei ökologischem Anbau ist die Ernte schon ein bißchen mickrig, aber dafür schmecken die Erbsen und der Kohl hier auch ganz besonders, über den Rübstiel ist Antonella glattweg in Verzückung geraten.«
»Sie hat also Rübstiel für euch alle gekocht?«
»Gestern abend«, bestätigt er, »einfach köstlich.«
»Wie viele Schlafzimmer hat deine bergische Datscha eigentlich?«
Knattern. Zischlaute. Stille.
Ich rechne. Aktive Telefonzeit gegen Ruhephase, das Ergebnis ist strittig. Es ist nicht auszuschließen, daß meine eigene mißliche Aufladesituation das Gespräch gekappt hat und deshalb die Frage offenläßt, wo mein Ex nächtigte.
Eine harmlose Spinne über dem Bett hat schon ausgereicht, um Antonella in Panik zu versetzen. Ich wage nicht, mir auszumalen, welche fürchterliche Wirkung ein Jochen Rosenfeld in Boxershorts und mit gelöstem Kopfhaar auf sie ausübte. Keine weiß besser als ich, wie er es liebt, am heimischen Herd salopp zu werden, dann fliegen die Socken und die Haargummis kreuz und quer, der Nadelstreifen wird mit den ausgebeulten Babycordhosen vertauscht, und wenn's sehr warm war, präsentierte er sich seiner Familie gar in diesen unsäglichen Boxershorts, die Spielhöschen ähneln, solange man von der dank weitem Beinschnitt bestens einsehbaren Füllung absieht. Antonella befindet sich in einem Stadium, das Märchenprinzen erst oberhalb der Gürtelschnalle beginnen läßt. Dieses saloppe Bimmelim von einem, der ihr Vater sein könnte, wäre ein Schock und löste unweigerlich das nächste »Aiuto! Babbo!« aus.
Der zur Hilfe eilende Babbo steinigte mich. Irgendwo muß ich noch eine Telefonkarte haben.

»Hallo, geht's euch gut?«
»Super. Weißt du, was der Nachbar – du weißt schon, der mit dem Schwein – schon mal ausgebuddelt hat? 'nen echten Kalkbrennofen aus dem Mittelalter, und unter dem Riedgras iss auch was, das sagt dem seine Archäologennase, wenn die juckt ...«

»Und was ist mit Schlafen und so?« Ich wende dem Pickelgesicht, das beharrlich gegen mein Telefonhäuschen klopft, den Rücken zu. Merkt der Typ nicht, daß sich hier möglicherweise eine Familientragödie anbahnt? Rowdys, diese Jugendlichen heutzutage, ehrlich!
»Ich schlaf heut' nacht bei der Berta, weil die jede Sekunde ferkelt.«
»Und die anderen?«
»Normal im Bett.«
»Wieviel Betten habt ihr denn eigentlich?«
»Mensch, Mom, jeder eins, und die Zähne putzen wir auch, war's das?«
»Und euer Vater?«
»Weiß nich, wie oft der sich die Zähne putzt, aber wenn's dich beruhigt, frag ich ihn das nächstemal.«
»Also ist er gar nicht bei euch?«
»Nee, der hat nämlich noch 'nen Job, weißte.«
»Und Antonella?«
»Die is verknallt.«
Mir bleibt fast das Herz stehen. »Woher willst du das wissen?«
»Sie hat's mir gesagt.«
»Sie hat dir gesagt, daß sie ...?«
»Logo, sie iss glattweg vernarrt in diese Rübstielchen und denkt sich von morgens bis abends neue Rezepte aus, wenn sie nicht gerade mit der Berta rumschmust. Die iss echt so was von lieb, und wenn erst die Ferkelchen da sind, also ich wär da sogar zu 'nem Deal bereit: Fische gegen ...«
»Schlawiner, du! Grüß alle schön, bis dann.«
Pickelgesicht, du darfst! Ich halte dem ungeduldigen jungen Menschen sogar die Tür auf und beobachte amüsiert, wie er sich zweimal vergewissert, daß alles dicht ist, bevor er loslegt. Wahrscheinlich bis über beide Ohren verliebt und voller Hoffnung, sein Schatz möge gleichfalls über allen Wolken und seinen Mitessern schweben.
Ich fühle mich ebenfalls beschwingt, fast wie auf Wolken, wie

schnell das doch geht. Ich verzeihe den Rowdys und Tauben dieser Welt und vielleicht sogar einem feigen Ritter, und wenn es Antonella glücklich macht, darf sie nach ihrer Rückkehr vom Land auch bei uns in Köln jeden Tag mit Gemüse aus dem vorigen Jahrhundert poussieren (na, sagen wir, einmal die Woche), gegen Koteletts vom Schwein habe ich ebenfalls nichts, meinetwegen dürfen die sogar getauft in die Pfanne hüpfen. Los, Berta, hüpf! Ich hüpfe auch.

»Und wieso will Lucas nicht?« Meine Freundin, die zugleich die Patentante meines Jüngsten ist, klingt leicht verschnupft, was in gewisser Weise verständlich ist. Sie wohnt in einem Paradies, aus der Perspektive von uns Städtern ist das so, keine Frage. Nur acht Busstationen bis ins Zentrum und trotzdem Herrin über ein eigenes Erdbeerbeet, diverse Obstbäume, einen Sandkasten, den reinsten Fuhrpark für Jungvolk zwischen Krabbelalter und Teenie und ein weites Herz für Kinder.
Trotzdem hat mein Jüngster keine Ruhe gegeben, bis er bei seinen Brüdern Maxi und Jonas in Hückeswagen bleiben durfte, die jetzt zwar ordnungsgemäß ihr Reitprogramm absolvieren, jedoch nicht auf der Hofanlage wohnen werden. Statt dessen pendeln sie mit dem Bus von hier nach dort, was kilometermäßig tatsächlich ein Klacks ist und sie zugleich weiterhin in den Genuß von Berta, deren Ferkeln und einer möglicherweise unter Riedgras verborgenen archäologischen Grabungsstätte kommen läßt. Irgendwann habe ich klein beigegeben, mein Widerstandspotential ist nach nunmehr vierzehn Tagen auf einer Baustelle auf Null geschrumpft, den letzten Ausschlag hat wohl die Stippvisite eines gewissen Ottokar Reblein gegeben.
»Hi, hoffentlich störe ich nicht!« Urplötzlich stand er oben vor meiner Tür, ohne Vorwarnung, weil das ständige Klingeln der Handwerker mich längst davon abgebracht hat, jedesmal über die Gegensprechanlage nachzufragen, ob diesmal der Dachdecker oder der Klempner hochgeturnt kommt, was mir im Grunde auch schnurzpiepegal ist, weil ich weder für den einen noch den ande-

ren meinen Lippenstift auffrischen oder meine Achselhöhlen deodorieren werde. Also stand ich da wie vom Donner gerührt, habe mich meines Gammellooks geschämt und wohl auch etwas Entsprechendes verlautbart, ihn dann an meinem Couchtisch in seiner Augenfarbe vorbeigeführt und ohne Punkt und Komma drauflos geschwätzt: Natürlich störe er nicht, ich stecke nur bis über beide Ohren in der Arbeit, ob er etwas trinken wolle, leider hätte ich so gut wie nichts im Haus, ob er wisse, daß es im Bergischen Land nicht nur wertvolle Mineralien, sondern sogar römische Funde und ein Weideschwein namens Berta gebe: »Sie hat frisch geferkelt, total herzig, glattweg zum Verlieben, am liebsten würde ich eins adoptieren.«
An dieser Stelle hat Otto Reblein mich unterbrochen und mir zu verstehen gegeben, daß ich wirklich einzigartig bin. Die Spezifizierung dieser Botschaft war dann nicht ganz so romantisch, denn sie erschöpfte sich zunächst darin, daß ich im Gegensatz zu allen anderen ihm bekannten Müttern den klassischen Kinderwunsch nach einem eigenen Tier nicht nur nicht boykottiere, sondern sogar übertrumpfe: »Und dann noch mit einer freilaufenden Haussau!« Pause, eine mit vielen Lachpünktchen im Schiefergrau. »Wenn Sie am Freitag pünktlich in Spittal zu uns stoßen, organisiere ich Ihnen meinetwegen auch ein Ferkel.«
»He, kannst du mir mal verraten, was du hast?«
Störprogramm???
Deine beste Freundin!!!
Alles klar, meine Intima will wissen, was ich habe. Soll sie.
»Ich hab Schwein«, antworte ich wie aus der Pistole geschossen und gebe mir Mühe, die Story so rüberzubringen, daß meine Freundin Ella sich einen Reim darauf machen kann, der das Ausbleiben meines Jüngsten nebst Au-pair erklärt und sie selbst ermutigt, sich wieder angemessen um die Sauerkirschen zu kümmern, die sie bis gerade eben fleißig entsteint hat.
»Name?« fragt sie und zielt mit dem hohlen Metallauge des Kirschentkerners frontal auf mich.
»Berta, die Babys sind noch nicht getauft.«

»Ich rede von dem männlichen Exemplar auf zwei Beinen, das dich aufheizt. Hat nicht zufällig was mit deinem Drehbuchgeschreibsel zu tun?«
»Zufälligerweise steh ich nicht auf schiefmäulige Waldschrate.« Insgeheim leiste ich Hajo Schocklitsch Abbitte, aber was er nicht weiß, macht ihn nicht heiß, und meine Freundin hat den Dreh heraus, mir Würmer aus der Nase zu ziehen, die noch gar nicht drin sind. Am Ende präsentiert Ritter Otto mir in Spittal ja nur ein Ringelschwänzchen aus Marzipan und sonst nichts.
»Ich kenne dich.«
Ella kennt mich seit der Sexta, das ist korrekt. Neun Jahre lang haben wir Klosterschule, Kellerpartys, Liebeskummer und überhaupt jeden Blödsinn geteilt, bis es uns beide fast gleichzeitig ernsthaft erwischte, allerdings mit dem Unterschied, daß ihr Gatte weiterhin die Number one ist, dicht gefolgt von dem dreifachen Ergebnis seiner Lendenkraft und ihrer Leidenschaft für alte Kochrezepte. Ich weiche auf Rübstiel aus.
»Kennst du auch Rübstiel?«
»Gab es früher bei meiner Oma, schmeckte wie Mangold. Seit wann interessierst du dich fürs Kochen? Vor ein paar Wochen hättest du nicht mal gewußt, wo sich bei einer Sau der Rollschinken befindet, dahinter steckt hundertprozentig dieser Schweinefreund.«
»Wenn schon hat er ein Faible für Flußspat und Achatknollen und lauter so 'n Zeug.«
»Ich hab's ja gewußt.«
Nichts hat sie gewußt! Doch je mehr ich protestiere und mich errege, um so anzüglicher wird ihr Grinsen. Den Rest gibt mir ihre jüngste Tochter, die sich vor mir aufbaut, keß den Windelpopo schwenkt und wissen will, ob ich jetzt gleich 'nen Sonnenstich kriege, was ich in Abrede stelle. Hätte ich doch zugestimmt!
»Dann schwindelste gerade ganz doll!«
Es nützt nichts, daß ich die Deutung meiner roten Gesichtsfarbe ins Reich der Fabel verweise. Meine Freundin hat ganze Arbeit geleistet, die Freude ihrer Rasselbande an meiner Enttarnung muß

bis zur Straße zu hören sein, ihr Gatterich läßt, angelockt von dem Lärm auf der Terrasse, den Rasenmäher stehen und behauptet, mir sogar die Nationalität meines Schwindels an der Nasenspitze ablesen zu können: »Ich tippe auf Austria.«

Nicht nur der Vesuv speit Feuer

Diesmal fliege ich bis nach Salzburg, von dort geht es weiter mit Pferdestärken, von denen ich immerhin weiß, daß sie zu einem höchst unscheinbaren Kombi gehören. Kaum hatte ich über Hajo Schocklitsch mein Kommen zugesagt, ging das entsprechende Angebot von Ritter Otto bei mir ein: »Ich könnte Sie von Salzburg aus mitnehmen, natürlich nur, wenn Sie noch nicht anders disponiert haben und schon Donnerstagmorgen startklar sind.«
Kaiser-Franz-Gott-hab-ihn-selig, ade!
Ich disponiere von abends auf morgens, von Schiene auf Höhenflug, von Schlafen auf Action pur, von Jeans auf Hot Pants um und bin so aufgeregt, daß ich mein Script vergesse, was ich leider erst circa achttausend Meter über dem Meeresspiegel bemerke. Panik! Meine Gesichtsfarbe kann es mit jeder Tomate aufnehmen, als ich nach dem Auschecken mit dieser Hiobsbotschaft herausrücke.
Ritter Otto behält die Ruhe, was ich ihm hoch anrechne. »Internet«, sagt er nach einem kurzen Augenblick des Nachdenkens, »Sie arbeiten doch am PC, wir holen uns einfach den Text mit E-Mail rüber nach Spittal.«
Ich gestehe, daß mein eigener Computer leider nur über die Grundfunktionen verfügt und von mir wie eine bessere Schreibmaschine benutzt wird.
»Aber Sie haben mir doch erzählt, daß Sie sogar Homebanking betreiben.«
»Das erledigt genaugenommen mein Ältester für mich.« Tomatenohren, ist das peinlich!

»Hat er Zugang zu Ihrer Datei?«

»Leider.« Ich habe mir Fabian noch immer nicht vorgeknöpft. So etwas nennt sich schlicht Datenklau.

»Gott sei Dank. Können Sie ihn erreichen?«

Fabian ist im Gegensatz zu mir elektronisch voll auf der Höhe, weshalb es ein Kinderspiel ist, ihm via Mailbox eine Nachricht zu übermitteln und um Rückruf auf Ottokar Rebleins Handy zu bitten, der wenig später eingeht, als wir gerade die Tauernstraße erreichen.

Obwohl das Ergebnis positiv, die Landschaft um mich herum hinreißend und mein Chauffeur geradezu locker ist, dämpft mich eine Weile lang die Dreistigkeit, mit der Fabian all meine notgedrungen dezenten Hinweise heruntergespielt hat. Klar weiß er, woran ich arbeite: »Oder schreibst du mehrere Drehbücher gleichzeitig, Mom?« Ebenso wie er sich lediglich aus Sorge um irreparable Schäden an meiner heißgeliebten Wohnung dazu durchgerungen hat, noch zwei, drei Tage seines Praktikums zu opfern und die Anstreicher zu beaufsichtigen. Meinen Einwand, daß Meister Müller ein Juwel ist und mein blindes Vertrauen genießt, hat er mit dem Hinweis abgetan, ich sei manchmal einfach zu gutgläubig. Wie wahr!

Ich gelobe mir Vorsicht und rutsche auf meinem Sitz unwillkürlich ein Stück zur Seite, was meinen Begleiter zu der Frage veranlaßt, ob ich die Serpentinen nicht vertrüge oder schon Heimweh nach Berta hätte. Welche Berta?

»Mein Ältester ist ein Junge und heißt Fabian, überhaupt kann ich nur Jungs, und wenn ich doch mal ein Mädchen geschafft hätte, dann würde es bestimmt nicht mit solch einem saublöden Namen rumlaufen.«

KLICK. Saublöd, blöd wie eine Sau ...

Er griemelt schräg von der Seite, links dieses Schiefergrau und rechts der Abgrund: »Die Berta ist ja auch erst seit jüngstem Ihre Passion, das kann einem dann schon mal durchgehen.«

»Und woher wollen Sie das wissen?« Ich finde es schlicht anmaßend, wenn sich einer in diesem frühen Stadium ein Urteil darüber anmaßt, was ab wann zu meinen Leidenschaften gehört.

»Aus Ihrem Script, da schimmert unglaublich viel durch, offen gestanden wär ich ganz schön sauer, wenn ich Ihr Mann wäre. Pardon, Ihr geschiedener Mann.«
»Soll ich Ihnen seine Telefonnummer geben, damit Sie ihn persönlich bedauern können?«
»He, nicht so giftig, wahrscheinlich hat er's ja nicht besser verdient. Trotzdem muß es ihm unter die Haut gehen, wenn da plötzlich ...« Ottokar Reblein stockt und konzentriert sich voll auf das Schild vor uns, das die Möglichkeit von Wildwechsel in Aussicht stellt.
»Wenn da plötzlich was ...?« insistiere ich. Das wird ja immer schöner.
»Na ja, geht mich ja nichts an, aber wenn ich befürchten müßte, demnächst würden meine sämtlichen Dummheiten unters Volk gebracht, egal ob im Fernsehen oder Kino, also lustig fände ich das nicht.«
»Glauben Sie allen Ernstes, ich hätte ihm mein Script gezeigt? Von dem im übrigen nicht mal die Götter wissen, ob es jemals verfilmt wird.«
»Glaube schon, also ich meine jetzt Ihre Chancen beim Film, sagen wir im Vorabendprogramm, die Fernsehsender haben jetzt alle einen unglaublichen Bedarf an griffigen Storys, die statt in Florida oder weiß-der-Kuckuck-wo hier bei uns spielen. Da sind Sie nicht schlecht, alles sehr echt, sozusagen authentisch, sind Sie eigentlich wirklich alleinerziehend?«
»Nein, sag ich nur so, um mich wichtig zu machen.«
»Sind Sie jetzt sauer auf mich?«
»Sie haben die Ausfahrt verpaßt.«
Die nächsten Minuten ist er voll damit beschäftigt, wieder auf die richtige Route zurückzufinden, die er als Einheimischer aus dem Effeff kennen sollte. Das kommt davon, wenn man seine Nase in fremde Beziehungskisten steckt.
Der Rest der Fahrt verläuft schweigend, und als wir bei der Keuschen vorfahren, bin ich mir nicht einmal sicher, ob ich mir tatsächlich wünschen soll, daß wir unter einem Dach logieren. Blick

auf die Bürstlwiesen und das Goldeck. Da will ich rauf, das weiß ich immerhin, und sauer muß ich genaugenommen nur auf mich selbst sein, weil ich ein besonderes Talent habe, mir überall die Schwachstellen herauszupicken. Er ist ein Kerl und gestrickt wie ein solcher, daran beißt die Maus keinen Faden ab, und wenn er gütig wie 'ne Betschwester oder verständnisinnig wie eine Leidensgenossin reagierte, würde er mich nicht jucken, so ist das nun mal.
Und wer sagt, daß er mich juckt?
Schau mal in den Spiegel, Lea!
Ich schaue rein, oben in meiner Nummer sechs, es ist einer von der Nullachtfünfzehnsorte, er hängt über dem gleichfalls simplen Waschbecken und zeigt mich mit Kreuz, Muttergottes und Weihwasserkesselchen im Hintergrund: tomatenrot. Puterrot. Knallrot. Nicht von der Sonne, was laut meiner besten Freundin und deren naseweiser Tochter nur eine Lesart zuläßt. Ich schwindele, und warum?
Ich tippe auf »Austria«.

Austria. Österreich. Kärnten. Spittal. Haus Madl. Zimmer Nummer sechs, das einzige mit Blick aufs Goldeck und die Bürstlböden. Da oben war ich heute mit einem, der jetzt jenseits der dünnen Wand in einem baugleichen Bett unter ebenfalls rot-weiß kariertem Bettzeug liegt und mich überrumpelt hat. Im nachhinein ist mir klar, daß er schon bei seinem Anruf in Köln wußte, daß wir diesen Tag für uns allein haben würden, weil unser Seminar schließlich erst am ersten August startet. Das ist morgen.
Morgen habe ich Muskelkater, das ist so sicher wie das Amen in der Kirche.
Morgen bin ich wieder ein Jahr älter, das gilt mit oder ohne Segen von dem da oben.
Auf den da oben pfeife ich schon heute, weil er ein Spielverderber ist und wahrscheinlich sogar ein Hochstapler. Von wegen allmächtig! Wenn er's wäre, hätte er heute nachmittag lediglich meinem Wandergefährten einen winzigen metaphysischen Schubs geben

müssen, statt dessen hat er um ein Haar mich in den Abgrund gejagt.

Mein Kreislauf muß wohl schlappgemacht haben, vielleicht war auch nur der Anstieg hinter einem ellenlangen Schlaks mit Segelohren schuld, der mit Siebenmeilenstiefeln losgeprescht ist, nur ab und zu gestoppt und sich nach mir umgesehen hat – »Alles klar? Ist das nicht herrlich hier?« –, und schon ging es weiter bergauf, zuerst durch schütteren Lerchenwald, später über freie Almhänge, sodann über alpine Steige. Er flink wie eine Gemse, vertraut mit jedem Stein und jedem Bächlein, natürlich hätte ich Protest einlegen können, aber dann wäre die Bewunderung aus seinen Augen geschwunden, der er einmal sogar einen Text zugesellt hat. Das war an einer Quelle, wo er sich niederkniete und mit der hohlen Hand Wasser für mich abschöpfte, das nach ihm schmeckte und mich sekundenlang vergessen ließ, daß mir allmählich die Puste ausging und mein linker, eine halbe Nummer größerer Fuß sich unter dem Druck des zünftigen Schuhwerks bereits so anzufühlen begann wie ein rohes Steak, das der Metzger durch den Hacker jagt, um es mürbe zu bekommen.

»Köstlich«, habe ich gesagt und gespürt, wie es mir übers Kinn und in die Bluse tropfte, die längst nicht mehr sprühstärkeproper aussah, sondern mir am Körper klebte.

»Köstlich.« Er hat es wiederholt, dabei mich angesehen, dann wieder das über Moospolster und Kiesel hüpfende Wasser: »Wollen S' noch was?« Zweiter Kniefall, Krummrücken, Kopf nach unten, Schöpfhand vor, Murmelstimme, es sah aus, als ob er mit dem Bächlein Zwiesprache hielte, nur die Worte paßten nicht dazu. »Ist schon eine tolle Sache, so mit einer Frau, die wirklich eine Frau ist, und dann hier heroben. So weit hat's sonst immer nur der Hajo Schocklitsch geschafft.«

»Sollte ich gemeint sein?« habe ich gefragt, solcherart geschickt die persönliche Anrede umgangen und in einer Mischung aus Rührung und Zorn von oben auf diese knorpeligen Gebilde an seinem Kopf gesehen, hinter denen es ebenfalls feucht schimmerte, was mich beruhigte. Er schwitzte also auch, sieh mal einer an.

Er hat genickt, der Wasserspiegel in der Mulde aus blankgespültem Stein hat in Schummerlinien mitgehalten, und die Botschaft, daß ich gar nicht so aussähe, als ob man mit mir über Stock und Stein gehen könnte, und er darauf gefaßt gewesen sei, spätestens bei den Bürstlwiesen kehrtmachen zu müssen, erfolgte sogar hoch erhobenen Hauptes und folglich mit Echo: »Und jetzt sind wir schon über zweitausend Meter hoch und fernab von Jausenstationen und Stöckelschuhtouristen.«
Bei der Höhenangabe ist mir schwindlig geworden. Die Entfernung zur nächsten Futterkrippe hat mich nicht weniger geschockt.
»Oh!«
Er muß auch das für einen Ausdruck meines nicht mehr mit Worten zu beschreibenden Entzückens gehalten haben, denn er hat mich wissend angestrahlt, ist hochgeschnellt und mit einem »Pakken wir's!« erneut losgestiefelt.
Ich bin mit weichen Knien hinterdrein, jeder Schritt führte mich weiter weg von einer köstlichen Jause nebst Bank, meinetwegen eingekeilt zwischen Touristenhintern, bloß sitzen und verschnaufen. Gesagt habe ich nichts, jeder Atemzug brannte, Seitenstechen gesellte sich dazu, die von ihm gepriesene Schönheit ringsum verschwand hinter dem Schleier, der sich vor meine Augen legte, derweil es hinter meiner Stirn »Packen wir's!« pochte.
Wir haben es gepackt, sozusagen von hinten, das Gipfelkreuz empfing uns mit der Rückpartie.
»Schau dir das an!«
Ich habe brav geschaut, mich vorgebeugt und beinahe die Flatter gemacht. Hinab ins Tal, weil ich auf »vorwärts und durch« programmiert war und nicht merkte, daß die nächste Felsnase schon steil nach unten führte.
»Bist du komplett narrisch?«
Ich habe mich zurückzerren lassen und gebockt, bis die Botschaft dieses DU mich erreichte. Als wir vesperten, hat er den Arm um mich gelegt – »In der Höhe frischt es ganz hübsch auf, gell?« –, ich habe angefangen, tief und wohlig durchzuatmen, und mir gewünscht, die nächste Böe möge mir nicht nur die Thermosflasche

gegen die Knie bollern, sondern zugleich deren Besitzer in den Schoß fallen lassen.
Fernab von Stöckelschuhtouristen und öffentlichen Jausenstationen und jedweder Zivilisation, nur das Kieferlatschengestrüpp als Zeuge, über uns dieses Gipfelkreuz und glasklaren Himmel, Residenz eines Oberbosses – der wieder mal im richtigen Moment gepennt hat.
Die Böe kam, das schon. Sie fegte mir ins Haar und legte ihm eine rotbraune Strähne von mir wie Spinnenfinger über das Gesicht. Bei dem Versuch, ihn so liebevoll zu befreien, daß er zugleich die Balance verlöre, kippte mir der Inhalt meines Bechers aus. Tee statt Männerkopf und was sonst so dranhängt, es sickerte braun und naß, er sprang hoch wie von der Tarantel gestochen.
»Da hilft nur eins.« (ER)
»Jaaa?« (ICH, begierig, hoffnungsvoll, fast schon im reinen mit dem Oberpuster über uns, da half natürlich nur eins: Ausziehen.)
»Abstieg.«
Das war's dann. Jeder Meter nach unten brachte uns der Zivilisation näher, bergab beschleunigt ohnehin alles, und in Null Komma nichts erreichten wir unser Domizil, wo ich mich trockenlegen durfte und die Keusche uns die Jause nachlieferte, weshalb ich nun mit einem Gemisch aus Tiroler Speck, Most und Laugengebäck im Bauch und Blasen an den Füßen unter einem rot-weiß karierten Federbett liege, nach nebenan horche und seufze, zunächst leise und dann ein bißchen lauter. Gleichzeitig wippe ich mit der Matratze, bis die Metallfedern jaulen und der Holzrahmen knirscht und die Keusche an die Tür klopft und fragt, ob ich auch die Fensterläden geschlossen hätte: »Dös rappelt so bei Ihnen, geben's fei acht, dös sieht mir nach oinem Gewitter aus.«

Blitze sind stumm, Donnerhallen variiert je nach Bebauung ringsum, das Goldeck und die Bürstlwiesen mögen ein phantastischer Resonanzboden sein, trotzdem bezweifle ich, daß irgendwo auf der Welt ein Donner wie ein Schwein grunzt. Ich schrecke aus dem Schlaf hoch und weiß: Da ist ein Schwein. Griff nach dem in der Mitte baumelnden Knipsschalter, der mich mitsamt den an die Wand genagelten frommen Objekten und sonstigem Inventar mit zweimal fünfundzwanzig Watt aus moosgrünen Nachttischlämpchen ausleuchtet. Es ist hell genug, um sogar die ausgedörrten Blättchen des Palmwedels zu unterscheiden, nicht einmal eine Maus könnte sich hier unsichtbar machen.

Wo steckt das Corpus delicti?

Streng mal dein schlaues Köpfchen an, Leamaus! Was halten wir von unsichtbaren Grunzobjekten in einer hinreichend hellen Kammer von maximal drei mal drei Metern?

Okay, ich spinne!

Wie wär's mit Schäfchenzählen, Leamaus? Das beruhigt und macht höchstens MÄH.

Klappe!

Ich lausche angestrengt, es grunzt im Takt, keine Frage. Diesmal schnelle ich hoch, ein neuer Energieschub macht's möglich, der sich wiederum aus der Erkenntnis speist, daß ich zwar gelegentlich zu Übertreibungen und meinetwegen auch Wahnvorstellungen neigen mag, die aber niemals so weit gingen, ein Schwein »Happy Birthday to You« grunzen zu lassen. Nunmehr stehe ich auf der Matratze, die sich gefährlich durchbiegt, was mich jedoch nicht weiter kümmert, weil mich das Jagdfieber gepackt hat. Laut Wekker ist es fünf nach zwölf, das Glückwunschgrunzen ist zum Greifen nah, mein Suchblick ortet einen handtellergroßen Schatten oben auf dem Kleiderschrank, über dessen Kante ein schnurähnliches Gebilde kraucht und eine Handbreit weiter durch die Balkontür verschwindet, die ich vor dem Einschlafen auf Geheiß der Keuschen hin verriegelt habe und die nun nichtsdestotrotz einen Spaltbreit offensteht.

In der Dunkelheit jenseits der Glasscheibe schimmert es eindeutig rosa. Allerdings habe ich noch nie zuvor von einem Schwein gehört, das neben der Gesangskunst auch noch den aufrechten Gang und das Fensterln beherrscht.

»Ottokar Reblein, du bist überführt!«

KLICK. Das Ständchen bricht ab, dafür schiebt sich eine eindeutig menschliche Hand in die von zwei Nachtleuchten gesponserte, moosgrüne Helligkeit und klopft von innen gegen die aufgedrückte Scheibe.

Nicht zu fassen! Ein Einbrecher, der sich im nachhinein auf die Etikette besinnt.

»Nun komm schon ganz rein!«

Die Invasion erfolgt von Kopf bis Fuß in Marzipanrosa, sogar die echten Segelohren verschwinden unter artgerechtem Zubehör, das alles genäht aus hochglänzendem Futterstoff, über dem Anblick von Einmeterneunzig-Mann-Schwein verschlägt es mir schlicht die Sprache.

»Also nochmals, Happy Birthday und so«, die mir nur zu vertraute Hand zupft an dem rosa Kostümstoff, »hab ich dir schließlich versprochen, beinahe wär's doch noch in die Hose gegangen, weil du auf einmal die Tür verrammelt hast. Ich kam mir vor wie ein veritabler Einbrecher.«

»Du bist einer.« Von oben herab, ich wippe noch immer auf diesem Bett, das für zwei angelegt ist, eine Seite verwühlt und die andere jungfräulich, bis jetzt.

Er bleibt wie festgenagelt stehen. »Nicht daß du glaubst, ich wollte dir irgendwie zu nahe treten, ich hab mir nur überlegt, wie ich dir zu einem Ersatz für Berta verhelfen könnte.« Fingerzeig auf meinen Schrank. »Das da oben drauf ist übrigens ein Tonband, eigentlich bin ich nicht sehr musikalisch, und Grunzgesänge sind schon gar nicht mein Fall, hoffentlich hat mich keiner beim Üben belauscht, also dann ...« Ein Schlappenfuß unterm rosa Puffhosenbein tastet nach hinten Richtung Balkontür.

»Stopp!«

»Eh?«

»Ich hätt's gern noch einmal live gehört, war echt genial!« Ich gehe in die Hocke, weil mir schon klar ist, daß dieser Höhenunterschied auf Dauer nicht zuträglich ist, das schüchtert ihn nur noch mehr ein, und er gehört nun mal nicht zu der Sorte Draufgänger, mit der ich fünfzehn Jahre lang verheiratet war.

»Irgendwie hab ich das Gefühl, du nimmst mich auf den Arm.« Die Satinschweineohren senken sich, nehmen an der Begutachtung des hochglänzenden Schweinefutterals teil, enden bei den Badeschlappen, wo sich nun die Zehen einkrümmen, was sehr hilflos und lieb aussieht.

»Ich glaube, auf dem Arm wärst du mir doch zu schwer. Obwohl ich Muckis hab, fühl mal!« Ich spanne meinen Bizeps an, der vom Kinder-Pampers-Einkäufe-Püngeln gestählt ist und kein bißchen »Pudding« aufweist, wie Maxi derartige Aufweicherscheinungen bei Frauen zu nennen pflegt. Sein Vater spricht in solchen Fällen von »Flatterfleisch«, was kaum charmanter ist, zumal er gewöhnlich das Alter dazu nennt, das in aller Regel dem meinen gefährlich nahe ist. Seitdem stähle ich zusätzlich mit Hanteln und Expander.

»Ich weiß nicht.« Der schiefergraue Blick huscht eindeutig verlegen von mir zu dem Gekreuzigten unmittelbar über mir und weiter zu der Tür, die hinaus auf den Gang führt, der uns allein gehört, weil wir derzeit die einzigen Gäste der Keuschen sind. »Wenn mich einer so sähe!«

»Da hilft nur eins.«

»Jaaa?«

Ich klopfe auf die Bettkante, die nun sehr unverfänglich wirkt, weil lediglich noch ein Stück weißes Laken, mein Unterarm und mein Kopf aus dem Plumeau herausragen. »Wenn ich weiter so brüllen muß, haben wir wirklich gleich Publikum.«

»Um Gottes willen!« Er schlappt vorwärts, stolpert, was ich auf seine noch immer ängstlich zusammengerollten Zehennägel zurückführe, gerät ins Trudeln und landet zielgenau auf mir. »Sorry, wollt ich nicht, war ein Versehen.« Er rappelt sich hoch. »Also, was hast du eben gemeint?«

Seine Kopfüberlandung in meinem Bett hat mir den Einstieg in sein Schweinekostüm enthüllt, ich schicke ein kurzes »Danke!« an den Zeremonienmeister über mir, der diesmal auf der richtigen Seite mitspielt oder aber den Freitag mit dem Sabbat verwechselt, sich eins schnarcht und mir deshalb nicht dazwischenpfuscht. Der Effekt ist derselbe.

»Dreh dich mal um!« kommandiere ich.
»Du meinst ...?«
»Hundertachtzig Grad.« Ich nicke ermunternd, dürfte ja wohl nicht allzu schwer sein.
Er gehorcht. Schwenk-um, sogar an das Ringelschwänzchen hat er gedacht, es prangt unmittelbar unter dem Zippverschluß, der vom Nacken bis zum Po reicht. Noch reicht, eine Zeitform, die ich mit einem kurzen RATSCH in die Vergangenheit befördere, gleichzeitig einen muskulösen Rücken überm schwarzen Slip (ei der Daus!) freilege, dem Träger zunächst ein noch sehr ferkelmäßiges Fiepen und dann andere Laute entlocke, die mit dem Lupfen des karierten Federbetts der Keuschen, dem Ausrücken meiner nackten Gliedmaßen und dem Aufstand, der jeden weiteren Anfall von Keuschheit Lügen straft, zu tun haben müssen. Es kommt wie die Flut, so absolut!

Es klopft. An der Tür.
Wir schießen im Bett hoch. Am Fußende knubbelt es sich zünftig kariert, das entkernte Satinschwein spielt Bettvorleger, weitere Textilien sind unauffindbar, bei der Suche rumsen wir mit den Köpfen aneinander, ihm stehen die Zauseln zu Berg, mir hängen sie wirr ins Gesicht und über die Brüste, eingerahmt sind wir vom matten Schein moosgrün verpackter Nachtleuchten, die nichts gegen das gleißende Licht der Morgensonne jenseits der Balkontür vermögen, durch die uns das Goldeck und die Bürstlböden grüßen. Das Klopfen kommt von der Gangseite.
»Wissen S' zufällig, ob der Herr Reblein so früh schon an Termin hat? Da will ihn nämlich ganz dringend wer aus der ›Alten Post‹ sprechen.«
Ich hole tief Luft. Mein Bettgenosse schüttelt verzweifelt den Kopf, was ich ignoriere, weil Männer bekanntlich mit Krisensituationen einfach überfordert sind, das fängt im Kreißsaal an und hört beim Fensterln auf.
»Einen ganz wichtigen Termin«, rufe ich zurück, »aber er wollte pünktlich zum Seminarbeginn in Spittal sein.«

»Dös richt ich dann aus. Und wos ist mit Ihnen?«
Mein Blick fällt auf zweimal fünf Zehen, die eindeutig nicht bei mir angewachsen sind und soeben am hölzernen Fußteil ähnliche Krallübungen erproben wie diese Nacht an der Stoßkante von ein paar Badeschlappen. Die schlaksig-muskulöse Fortführung ist nun vollständig bis zu den Haarspitzen unter dem Federbett abgetaucht und erfüllt mich spontan mit Appetit auf eine Wiederholung der Gratulationscour. Schließlich habe ich heute noch den ganzen Tag über Geburtstag.
»Wie spät haben wir's denn?« frage ich zögernd zurück.
»Gleich acht, da müssen S' sich schon a bissel sputen, auch mit dem Radel. Wollen S' lieber Rührei oder ein weichgekochtes Ei? Ob ich für den Herrn Reblein wohl auch noch wos richten soll?«
Ich grinse, neben mir taucht das ängstliche Gesicht meines Ritters (heute zur Abwechslung mit rot-weiß kariertem Kopfschmuck) auf, signalisiert »Bitte nicht verraten!« und veranlaßt mich so, seine Morgenmahlzeit mit Hinweis auf den superdringlichen Termin zu canceln: »Sollte ich Ihnen nämlich ausrichten.«
»Und ich hab mich schon gewundert, wo er doch sonst immer so zuverlässig ist, der Herr Reblein. Da muß er wohl in aller Herrgottsfrüh abgeholt worden sein, weil sein Auto noch auf dem Hof steht?«
»Ist er«, bestätige ich und überlege mir, wie er jetzt nach Spittal kutschieren will.

Gut eine halbe Stunde später lese ich einen geschwächten Ritter am Wegesrand auf und lade ihn ein, bei mir auf dem Gepäckträger Platz zu nehmen.
»Willst du mich umbringen? Weißt du überhaupt, wie übel mir so schon ist?« Voll Undank zählt er mir auf, daß er ohne Frühstück nur ein halber Mensch ist, sich wie ein Strauchdieb fühlt, sich beim Davonschleichen durch die Hintertür der Keuschen einen Hemdsärmel aufgerissen hat und wahrscheinlich binnen weniger Minuten umkippen wird: »Und du hast da gemütlich gesessen und dein Ei geköpft, ich hab's im Vorbeischleichen genau gesehen.«

»Mach mal auf!« Ich zeige auf meine Großraumtasche, in die ich alles geschmuggelt habe, was einen beherzten Liebhaber nach vollbrachter Tat kräftigen könnte. Die Keusche hat sich schon über meinen unbändigen Appetit gewundert.
»Da klebt überall Eidotter dran!«
»Sollte ich unserer Wirtin erzählen, ich verspeiste neuerdings die Schale mit?«
»Und wie soll ich das ohne Kaffee runterspülen?«
Ich fühle mich an meine Söhne erinnert, die sich ebenfalls einbilden, ich wäre nur zu dem Zweck auf die Welt gekommen, ihnen jederzeit und überall ein vollständiges Picknick offerieren zu können.
»Neben dir ist ein Fluß. Quellfrisch, kommt vielleicht sogar direkt vom Goldeck runter.«
Mein Ritter spielt Judas, verrät seinen Hausberg und unsere Quelle, verweigert Kniefall und Befreiung von seinem Brand (selber schuld!), übernimmt statt dessen das Lenkrad nebst Strampelpart (soll mir nur recht sein!) und verhilft mir neben einem rasanten Einzug in Spittal zu der Gewißheit, daß in jedem Kerl unmittelbar neben dem »Macho« ein Kind lauert, manchmal sogar im Schweinekostüm.
Könnte trotzdem sein, ich hab was für diese Spezies übrig.

Struppi scheint wirklich einen Riecher für mich zu haben, denn noch bevor mein fleißiger Pedaltreter seinen Plan in die Tat umsetzen und getrennt von mir und dem Rad der Keuschen seinen Mitarbeitern entgegentreten kann, springt ihm der Dackel in den Weg und lockt mit seinem wilden Freudengebell Hajo Schocklitsch herbei, dessen Blick auf uns beide Bände spricht.
»Ach, so ist das.«
»Wagen nicht angesprungen«, knurrt mein Ritter.
»So 'n Ärger aber auch.« Schiefgrinsen. »Soll ich einen von der Werkstatt vorbeischicken?«
»Kümmer dich um deinen eigenen Kram.« Vergnazt, unfreundlich, doch Kumpel Hajo scheint hart im Nehmen zu sein, wiederholt

sein »Ach, so ist das!« zur Abwechslung stumm mit anzüglich verzogenen Mundwinkeln und fügt, als unser Boß mit den Zähnen zu knirschen beginnt, an mich gewandt hinzu, daß mein Script mit E-Mail durchgekommen ist und soeben ausgedruckt wird: »Absender ist Ihr geschiedener Mann, glaube ich.«
»Mein ältester Sohn«, verbessere ich.
»Hat der auch schon eine eigene Firma?«
»Er hat zumindest ein Gewerbe angemeldet, den Floh hat ihm sein Vater ins Ohr gesetzt, ›Früh übt sich und so weiter‹, im Zweifelsfall kostet mich das bloß sein Kindergeld.« Ich überlege, ob Fabian nun auch schon das Internet mit dem Firmennamen gefüttert hat, von dem er hofft, daß er eines nicht zu fernen Tages in der Adreßkartei jedes Unternehmens vorkommt, wo elektronisches Know-how vonnöten ist: »Hast du Not mit dem PC, dann ruf POLLUX, und nichts tut mehr weh!« Die Rechte an diesem sinnigen Slogan liegen – wie könnte es anders sein – bei seinem über den zweiten Bildungsweg eingestiegenen Künstleragentenvater.
»Angerufen haben sie auch schon.« Hajo Schocklitsch beobachtet voll Interesse, wie sein Hund meine bis eben blitzsauberen Hosen mit den Abdrücken seiner Pfoten garniert.
»Alle beide?« frage ich irritiert und lasse Struppi los, was ein Fehler ist. Patsch, diesmal erwischt es mich in der Kniekehle.
»Alle sechs, insgesamt waren da sechs verschiedene Anrufer, einer hat sogar gesungen. Sie haben nicht zufällig ...?«
Es macht die Runde, die zwölf Teilnehmer an dieser Endrunde nebst Trainern gratulieren mir, lediglich der Oberboß hält sich deutlich zurück, was ich sowohl auf seine Erschöpfung wie auch seine Vorleistung schiebe und darüber hinaus mit seiner sattsam bekannten Diskretion in Verbindung bringe.

Auch in den folgenden Tagen wägt er jedes Wort und jedes Stehenbleiben an meinem Platz ab, scheint die auf mich entfallende Verweildauer minutiös abzumessen und macht vielleicht gerade dadurch die kleinen persönlichen Zeichen zu einem besonderen Hochgenuß. Etwa, wenn er etwas in meinem Script zu korrigieren

vorgibt und »Goldeck?« hinkritzelt, was nichts anderes als die Aufforderung zu einer neuen Kraxeltour ist, die über einen alpinen Steig oder in rot-weiß karierte Hügel führt, was beides mit physischer Erschöpfung und Bildern im Kopf zu enden pflegt, die voll Poesie und Wildheit und eben so wie die Landschaft hier sind. Von weitem majestätisch, fremd. Aus der Nähe gespickt mit immer neuen Wundern, die es zu entdecken gilt. Gumpen mit türkisgrünem Gletscherwasser umrahmt von Fels, der nie gleich ist und ähnlich changiert wie diese Augen, die trotzen, triumphieren, betteln, dahinschmelzen, necken, lieb sein können.
Ich fange schon jetzt an, mit den »Lackafferln« aus Wien zu rechten, die uns drei Tage abgezwackt haben, weil es ihnen so besser auskommt. Anreise Donnerstag, Beginn Freitag, zwei volle Wochen und dann an einem Montag das Finale. Ich beginne, den Montag zu hassen und die Tage zu zählen, die uns noch bleiben. Sogar die Gespräche mit meinen Lieben daheim treten hinter dem Fight mit dem Kalender und dem Run aufs Goldeck zurück. Und wenn sich mir mein schlechtes Gewissen doch ab und zu in die Quere stellt, so kann ich immerhin damit kontern, daß Fabian mich im Namen seiner Brüder ausdrücklich gebeten hat, sie nicht mit Kontrollanrufen zu nerven, weil sie sowieso ständig auf Achse sind und weder auf dem Reiterhof noch bei Fabians piekfeiner Unternehmensberatung private Anrufe erwünscht sind. Jochens Datscha besitzt überhaupt kein Telefon, weil er sich via D2-Netz europaweit und demnächst erdballumgreifend von allen fest zu installierenden Kommunikationsvehikeln befreit hat.
»Und wie stellt ihr euch das vor?« habe ich zurückgefragt, das war gleich zu Anfang. »Schließlich will ich wenigstens ab und zu wissen, wie es euch geht.«
Auch dafür hatte mein Ältester bereits eine Lösung in petto. Sie melden sich einfach regelmäßig zweimal die Woche bei mir: »Kannst dich drauf verlassen, Muttchen!«
Es geschehen noch Zeichen und Wunder. Sie tun's.
Jeden Montag und jeden Donnerstag kitzelt mein Ritter mich mit seinem Handy wach, dessen Nummer ich der Einfachheit halber

weitergegeben habe, weil die Keusche zwar fließendes Wasser, Elektrisch und Heiligenbilder bietet, jedoch kein Telefon. Das Klingeln erfolgt stets in aller Herrgottsfrühe und erwischt mich gewöhnlich leicht belemmert und nur zu bereit, jeden Kontakt unter dem Plumeau für eine Aufforderung zur Morgengymnastik zu halten. So gesehen verspüre ich manchmal fast etwas wie Enttäuschung, wenn sich »nur« meine Kids zum Rapport melden.

»Und wie geht's euch so?« (Ich)

»Alles bestens, kein Grund zur Sorge.« (Fabian, schon wieder er, geradezu rührend, wie er in meiner Abwesenheit die Regie übernimmt, hoffentlich kommt seine Arbeit nicht zu kurz.)

»Und dein Praktikum, alles okay?«

»Kann man vorher nie so genau sagen, Muttchen. Soll ich dir mal eben den Maxi geben?«

»Ich bitte darum.« Seit zehn Tagen melde ich den Wunsch an, endlich auch einmal mit meinen anderen Söhnen zu sprechen, die aber ständig unterwegs sind, allen voran mein Pfiffikus, obwohl der im Gegensatz zu den beiden Kleinen geradezu telefonsüchtig ist und sonst ausgesprochen beleidigt reagiert, wenn er nicht persönlich verlangt wird. Momentan verzichtet er freiwillig, was ich Sau Berta, Schatzsuche und Reitsport anlaste. Die Freude, ihn nun doch an die Strippe zu bekommen, schaltet alle anderen Denkfunktionen bei mir aus, zumal die Weitergabe des Telefons nur Sekunden erfordert.

Schon meldet sich mein Filius mit einem für seine Verhältnisse ungewöhnlich lieben Stimmchen. »Hi, Mom!«

»Hi, Sohn!« Es ist sehr ungewohnt, nicht umgehend mit Fußballergebnissen, wahlweise Ferkel-Buddel-Trab-News, überfallen zu werden. Nicht mal eine Forderung wird laut, etwa nach *den* ultimativen Reitstiefeln (ich habe ihm Gummistiefel eingepackt). »Und wie geht's den Pferden?« hänge ich an und erwarte die Schilderung des feurigsten und natürlich nicht kastrierten Hengstes, der meinem Pfiffikus wie ein Lämmchen gehorcht, obwohl er jeden anderen abwirft. Maxi liebt es nun mal, sich als Held rüberzubringen.

»Alles bestens, ich les jetzt gerade das Buch über dieses Wildpferd, na-du-weißt-schon.«
Ob er sich blamiert hat? Wenn es mit der Heldenrolle nicht klappt, wird er zum Seelchen, besser nicht weiter dran rühren. »Und Berta?«
»Berta?«
»Die Ferkel.«
»Ach so, die Ferkel, sag das doch gleich, na die fressen und wachsen wohl, so das Normale eben.«
»Aber eure Ausgrabungen nebenan. Habt ihr schon eine Patriziervilla entdeckt?«
»Höhle, da haben so 'n paar Archäologen doch tatsächlich 'ne neue Höhle bei Engelskirchen gefunden, stand heute im Kölner Stadtanzeiger, da gibt's sogar Millionen Jahre alte Korallen, Zustände wie heute in der Südsee, ein urzeitliches Meer im Bergischen Land, irre Sache, müssen wir unbedingt mal zusammen hinfahren, aber jetzt muß ich Schluß machen, das Essen kommt. Komischer Fraß, und erst die Suppe.«
»Idiot!« Das kommt von weiter weg, gedämpft, woraufhin Maxi mir ein hastiges »Tschüs denn, viel Spaß noch!« durch die Leitung schickt und auflegt.
Ich lege ebenfalls auf.
Seit wann kocht Antonella komischen Fraß?
Warum begeistert mein Zwölfjähriger sich für das Pferd in einem Jugendbuch, wenn er tagtäglich, und das vier Wochen lang, einen echten Gaul für sich allein hat?
Seit wann bezieht einer die News vor der eigenen Haustür aus der Tageszeitung einer fünfzig Kilometer weiter weg gelegenen Großstadt?
Wie kann Fabian aus Düsseldorf mal schnell eben das Telefon an seinen Bruder in Jochens telefonloser bergischer Datscha weiterreichen?
Es kitzelt erneut an meiner Rückfront, was aber diesmal nicht das Signal für einen weiteren Anruf sein kann, weil der Apparat sich noch in meiner eigenen Hand befindet. Statt Antennenpinn tou-

chiert mich ein warmer Finger, streichelt mir über die Wirbelsäule und nimmt genau jene Fährte auf, die zum »Goldeck« führt.
»Läßt du mich noch mal gerade?« Ich drehe mich zu ihm um.
»Ich bitte darum.« Sein Tonfall ahmt mich nach, genau so habe eben ich selbst um die Verbindung mit Maxi gebeten, die technisch ein Unding war und trotzdem erfolgte. Sekundenschnell. Dieses Gespräch läßt mich nicht los.
»Nee, nicht so, ich meine, ich muß erst noch einmal telefonieren, okay?«
Im Gegensatz zu manch einem seiner Vorgänger macht mein Ritter seinem Namen Ehre, ist kein bißchen eingeschnappt und stellt sogar für mich die Verbindung zu Jochens Handynummer her. Dreimal Tuten, dann meldet sich ähnlich verschlafen wie ich selbst vor ein paar Minuten mein Geschiedener.
»Hallo, ich bin's, Lea.«
»Bist du unter die Frühaufsteher gegangen? – Pssst!«
Letzteres gilt offenbar nicht mir, seine Libido liegt demzufolge nicht länger brach, was mir nur recht sein soll, wenn er darüber nicht sein Versprechen vergißt, in der Zeit meiner Abwesenheit verstärkt seinen Vaterpflichten nachzukommen.
»Sorry, falls ich dich bei was Heißem störe, aber es geht um unsere Söhne.«
»Alles bestens.«
»Rufen sie dich auch zweimal die Woche an, oder kannst du das guten Gewissens aus eigener Anschauung behaupten?«
»Mein Herz ist rein, Leakind.«
»Und der Rest?« entfährt es mir. »Hat Clementine dir verziehen, oder bist du jetzt endgültig bei den bergischen Trinen gelandet?«
»Kann zur Abwechslung ganz nett sein, du bist immer gleich so rigoros.«
»Was ist ›rigoros‹?« Die Frage schwingt im Äther. Blut aus meinem Blut.
»Was treibt Jonas bei dir im Bett? Wo steckst du überhaupt?«
»Sag ich doch, ich halte höchstpersönlich ein Auge auf die Meute,

und irgendwann mußte Antonella schließlich einmal ernsthaft mit ihren Deutschstudien anfangen. Eigentlich sollte es ja eine Überraschung für dich werden, aber wenn du dich sorgst ...«
»Ich sorge mich mächtig.«
»Dann warte mal 'nen Augenblick, sie ist wohl gerade in der Küche, ich sag dir schon mal adieu.«
»Um noch 'ne Runde zu pennen?« Ich weiß noch immer nicht, wie viele Schlafstellen sein Feriendomizil bietet. Fabian entfällt, weil er in Düsseldorf logiert, und wenn Jochen – wie's sich anhört – mit meinem Träumerle das Bett teilt, rege ich mich völlig umsonst auf. Trotzdem finde ich es seltsam, daß er an einem stinknormalen Arbeitstag nicht seiner regulären Arbeit nachgeht.
»Pennen? Von wegen! Ich bringe gleich die Kinder zum Reiten und düse dann zurück nach Köln, schließlich hab ich noch 'nen Job.«
Wie wahr! Wieder vergehen nur Sekunden, dann meldet sich eine Stimme, die ich kenne und auch wieder nicht. Es ist unglaublich, statt des vertrauten italienischen Singsangs ein noch etwas holpriges, aber ansonsten tadelloses »Guten Tag, Signora, geht es Ihnen gut?« zu hören.
»Du lernst wirklich und wahrhaftig Deutsch, Antonella?«
»Jeden Tag eine Lektion, es ist eine herrliche Sprache, ich liebe es, Schiller und Goethe«, sie räuspert sich und schraubt die Stimme hoch, als sie getragen fortfährt: »Sah ein Knab ein Röslein stehn, Röslein auf der Heiden ...«
Der poetische Redefluß rückt in den Hintergrund, die Stimme meines Geschiedenen drängelt sich nochmals vor (hoffentlich hat er sich was übergezogen): »Na, wie findest du das?«
»Ich bin geplättet.«
»Sie ist ein richtiges kleines Sprachgenie, wir müssen sie unbedingt fördern.«
»Und was versprichst du dir davon?«
»Na, vielleicht ladet ihr mich ja dann auch in Köln ab und zu zum Familienessen ein, ist schon komisch, wie ein halbes Kind einem vor Augen führt, was man da all die Jahre hat und brachliegen läßt.

Nestwärme, Familienleben, die simplen Freuden des Lebens, klingt ja kitschig, ist aber doch was dran. Ich hab sogar in unseren alten Fotos und Briefen gewühlt, weißt du noch, Lea?«

Und ob ich weiß. Damals war ich sein »Röslein auf der Heiden«, beim Knicken habe ich allerdings kräftig zugearbeitet, und er hat mir mit seiner kitschigen Ader das Gefühl gegeben, noch die Bumserei auf dem Klo im Treppenhaus seiner Kommunarden wäre so romantisch wie der Sturm und Drang eines jungen Werther, in dem Meister Goethe seinen eigenen Überschwang literarisch verbrämt hinausschrie. Immerhin hat dear Jochen keine Selbstmordwelle ausgelöst, nicht mal einen Modetrend hat er gekürt, trotzdem war ich nachweislich nicht die einzige, die auf dieses peinliche Schmachten hereingefallen ist.

Warum werden wir Frauen so schnell schwach, wenn einer auf die Tränendrüse drückt?

Passé. Aus dem Stadium bin ich heraus. Da lobe ich mir einen, der statt als wandelnder Schmachtfetzen in Schweinchenrosa antritt und seine wahren Qualitäten erst peu à peu enthüllt. Erst kühl, dann komisch, mit eingekrallten Zehen zum Vorspiel, eine harte Nuß, bei der das Knacken um so mehr Spaß macht …

Ich greife hinter mich, suche seine Wärme und fühle das leere, kühle Laken. Er hat sich in seine Nummer fünf hinübergeschlichen und mir statt seiner Liebe ein Handy zurückgelassen. Kerle!

Noch fünf Tage »Goldeck«, der Countdown läuft, mein Script läuft wie von selbst mit, paßt sich dem Tempo an, mit dem ich Gipfelkreuze in der freien Natur und im Haus Madl und manchmal auch nur im Kopf stürme, was kaum weniger aufregend ist. Er und ich, Ritter und Solomutter, mein Anhang hat mich ganz kurz aus der Spur geworfen, fast schon wäre ich Hals über Kopf abgereist, plötzlich hatte ich ein urkomisches Gefühl im Bauch, ließ mich von den bösesten Vorahnungen überrollen – aber dann ist mir Ella eingefallen.

Beste Freundin, vertraut seit Kindertagen, Patentante meines

Jüngsten und in der Lage, mir nach sechzig Sekunden Herumdrucksen am Telefon auf den Kopf zuzusagen, daß da »etwas stinkt«. Allerdings hat sie den Gestank in der falschen Region angesiedelt.

»Hier ist alles pures Gold, was glänzt«, habe ich gekontert, »aber in Jochens bergischer Datscha geht's tatsächlich nicht mit rechten Dingen zu, fürchte ich.«

Das Ende vom Lied war, daß sie hinfuhr. Überraschungsstippvisite, und im nachhinein frage ich mich wirklich, warum ich immer gleich schwarzsehen muß. Meinen Jungs geht es prächtig, sie haben sich über den Besuch gefreut, von Jochen Rosenfeld weit und breit keine Spur, dafür findet Ella unser Au-pair über alle Maßen sympathisch, hat schon Rübstielrezepte mit ihr ausgetauscht, der Sau Berta einen Besuch abgestattet, sich von einem muskelkatergeplagten Maxi (geschieht dem Burschen nur recht, der braucht ab und zu einen Dämpfer für seine große Klappe) über die artgerechte Schweinehaltung im Garten informieren lassen, gleichzeitig mit dem Archäologen ein Schwätzchen gehalten und sogar den Reiterhof inspiziert: »Deine Jungs sitzen fest im Sattel, ich bin richtig stolz auf mein Patenkind.«

»Wieso Lucas, er reitet doch gar nicht mit?«

»Tut er doch, wahrscheinlich haben sie deswegen so herumgeheimnist, jedenfalls ist dein Jüngster wie verwachsen mit seinem ›Sommerwind‹, was deiner Antonella Zeit für ihre Sprachstudien und eine Verschnaufpause gibt.«

»Und Jochen?«

»Hat wohl 'ne Neue, jedenfalls hat der Nachbar hier beobachtet, wie vorgestern eine heiße Feder aufgekreuzt ist und ihn abgeholt hat. Die sah haargenau so aus wie das Karbolmäuschen aus dieser unsäglichen Arztserie.«

»Am Montag hat er mir noch was von den stillen Freuden des Landlebens vorgeschwärmt.«

»Muß ich ausgerechnet dir 'nen Vortrag über den Wankelmut deines Ex halten? Gestern Bauerntrine und morgen TV-Sternchen, so ist er nun mal gestrickt.«

»Und Fabian? Wie konnte er den Hörer an Maxi weiterreichen, obwohl der gut fünfzig Kilometer weit von ihm weg stand?«
»Stand er eben nicht.« Ich erfahre, daß mein Ältester das Praktikum in Düsseldorf abgebrochen hat, mich aber nicht beunruhigen wollte, zumal er längst etwas viel Besseres gefunden hat. Was genau, wollte er Ella nicht verraten, weil es sich angeblich um eine »tolle Überraschung« für mich handelt. In Anbetracht des Brokkens, der mir von der Seele fällt, verzichte ich darauf, diesem jugendlichen Falschspieler umgehend den Kopf abzureißen. Wäre in Anbetracht der Entfernung ja ohnehin etwas schwierig.
Also darf ich weiter die Stunden genießen, die davonzufliegen scheinen, knausere mit dem Schlaf und fange an zu grübeln, wie es weitergehen wird. Ottokar Reblein ist mehr als ein Ritterspiel auf Zeit, er sitzt mir tief unter der Haut und im Herzen, doch fest stationiert ist er in Austria, Hauptwohnsitz Klagenfurt. Nomen est omen, nur machen mich Klagelaute auch nicht reicher, und ein Flug dorthin kostet mehr als einer in die Karibik, ich habe schon nachgefragt. Die »Königskinder« fallen mir wieder ein, die schon im Märchen nicht zueinanderfanden. In mir spinnt sich die Fortsetzung zusammen, die viel tragischer ist, weil wir beide schließlich wissen, wie es ist, wenn wir beieinander sind. Maximalgenuß, Gipfelstürmerei, und dann soll ich wieder runter auf Null? Ich will nicht abstürzen, verdammt! Ich will rauf aufs Goldeck und dort bleiben.

»Paß auf dich auf, okay?« (ER)
»Mach ich.« (ICH? So klein, so verschnieft ohne Schnupfen.)
»Ich ruf dich ganz oft an.«
»Hm.«
»Und wenn ich nicht anrufe, bin ich trotzdem da.«
»Haste mal 'n Taschentuch? Oder besser 'ne Tischdecke?«
»He, du bist 'ne Löwin, vergiß das nicht.«
»Und du bist ein ...«
»Schwein?« fragt er, eigentlich wollte ich ihn als Ritter titulieren, einen von der eisernen Gestalt, total gefühlsroh, aber nun erwischt

mich seine Geburtstagsnummer, die sehr schön war, unglaublich schön und kein bißchen kalt.
»Du als Berta, das vergesse ich nicht in hundert Jahren.«
»Ich vergesse dich auch nicht. Nie.« Er zählt mir auf, als was alles ich mich bei ihm eingegraben habe, er tut es mehrmals, beim letzten Mal trennt uns der Schlafwagenschaffner, das ist auf dem Bahnhof zu Spittal. Diesmal fahre ich allein zurück, denn er muß nach Wien, wo die Jury den Gewinner unseres Drehbuchseminars ermittelt, der dann von einem Filmproduzenten unter Optionsvertrag genommen wird, was alles und nichts bedeuten kann.
Ich bekomme den Vertrag. ZUPF.
Er liebt mich! ZUPFZUPF.
Ich bin ein verrücktes Huhn! ZUPFZUPFZUPF.
Morgen früh hab ich meine vier Jungs wieder! ZUPFZUPF-ZUPFZUPF.
»Was machen Sie denn da?«
»Geht Sie das was an?« Ich blitze den Zugbegleiter an, der sich erdreistet, einfach so bei mir, Kaiser-Franz-Gott-hab-ihn-selig und meinen geliebten Mannen hereinzuplatzen, sich nicht mal zu entschuldigen und sogar mitmischen zu wollen. Diesmal beschwere ich mich ernsthaft bei der Bahndirektion, ich schwör's.
»Na ja, schließlich bin ich für das Inventar hier verantwortlich, und die Schondeckchen werden seit neuestem abgezählt, die Bahn muß sparen.«
Es dauert, bis ich meinen dramatischen Deal mit dem Schicksal zu seinen Schondeckchen aus angeblich reißfestem Papier in Beziehung bringe, von denen je eins das speckige Moosgrün (wie ich diese Farbe liebe!) der drei Kopfpolster schützen soll, welche gleich einem Bett Platz machen, das mich ratternd und rollend vom einen Zielpunkt meiner Sehnsucht zum anderen bringt. Wie gesagt, drei weiße Rechtecke, ursprünglich war das so, dann waren's nur noch zwei, die Zupffitzel von Number three liegen bei mir im Schoß, gesellen sich dort zu Schnappschüssen von verschüttetem Tee und Abstehohren, die mir die Fassung rauben und sogar den Bahnbeamten erweichen. Trotz Furcht vor seinem Revisor reicht er mir

Number two, noch jungfräulich weiß und unversehrt, um mich zu schneuzen und mir das Gesicht trockenzurubbeln, wo es wie die Flut kommt, bittersüß, in memoriam. Ich bin die ärmste Socke und die glücklichste Frau auf Erden.

Umbesetzung einer Starrolle

Es gibt ein Lied, das ich sehr liebe, es heißt »Mer losse der Dom in Kölle, denn do gehört er hin!« Ein Gassenhauer, der jedem Bewohner dieser Stadt ans Herz greift, den er volles Rohr mitsingt, obwohl der Text genaugenommen unsinnig ist. Dieser Dom hat schließlich über siebenhundert Jahre auf dem Buckel und keine Chance, jemals den Standort zu wechseln, selbst wenn er oder seine Anhänger es wollten. Dazu ist er zu groß, zu schwer und zu alt.

Ich bin nichts von alldem. Ich bin mobil. Ich bin jung (na ja, relativ jung). Ich bin frei (wenigstens theoretisch). Ich habe »Bammel«, ich bammele, seit fast drei Wochen baumele ich zwischen zwei Welten und weiß nicht mehr, ob meine Wurzeln in den Himmel stippen (soll's ja geben, Luftwurzeln oder so, muß ich gleich mal meinen Minibotaniker fragen) oder von gehamsterter Muttererde gespeist werden.

»Hohenzollernbrücke«, sagt vor mir auf dem Gang jemand, von dem ich nur die Rückpartie und ein kariertes Köfferchen sehe, das sich im übrigen mit dem Käppi auf seinem Kopf beißt. Kleine Karos, große Karos, »Jeder Schotte hat in Schottland ein Schottenröckchen an ...«, wenn dieser klassische Touri nicht auf der Stelle aufhört, seinem für mich unsichtbaren Begleiter sämtliche Reiterstandbilder herunterzurasseln, bringe ich ihn um. Obendrein rasselt er falsch.

Das da ist nicht Friedrich Wilhem IV., du Dämlack! Den haben wir nämlich längst auf die »schäl Sick« zu den Deutzern geschafft. Bei

uns auf der richtigen Rheinseite, der mit dem Dom, reitet seit fast neunzig Jahren Kaiser Wilhelm II., capito?
»Bogenbrücke«, tönt es, »führt genau auf die Achse des Doms zu, sollte die Verbindung zwischen dem triumphalen Siegeszug der Technik und dem bedeutendsten Bau des Mittelalters symbolisieren.« Pochen gegen die Scheibe, so als ob irgend jemand diese beiden Spitztürme übersehen könnte.
Zitiert der Typ aus dem Stadtführer? Köln für Anfänger?
Andere Stimme, weiblich, der zugehörige Faltenrock (noch mehr Karo, Hilfe!) schiebt sich in mein Blickfeld: »Bißchen größenwahnsinnig, stimmt's? Aber so sind sie nun einmal, diese Rheinländer, für meinen Geschmack ist die Gitterkonstruktion schlicht mißlungen, sieht ja aus wie eine Mausefalle.«
Dusselige Kuh! Halt dich da raus! Das ist unsere »Muusfall«, ganz allein unsere, ich nenn dich ja auch nicht bei deinem Spitznamen. Wie wär's mit Dudelsäckchen? Das Format dazu hast du schon.
Der Zug verlangsamt, es knirscht, Blick auf die Kathedrale, rechts die Bahnhofshalle, zu den Brückenpfeilern gesellen sich dichtmaschige Netze (Brücke mit der höchsten Springerquote). Eine Mausefalle, die den Heimkehrer mit dem Blick auf den Dom und Vater Rhein ködert und sich sogar noch die Selbstmordkandidaten krallt. Schwups, sitzt du wieder fest.
Ich will nicht.
Gemessen an einer Gebirgsquelle, ist der Rhein eine dreckige Brühe, das Goldeck ist zwanzigmal so hoch wie der Dom, und während ich dort weder das »Radel« der Keuschen noch meine Kammer abschließen mußte, wimmelt es hier vor zwielichtigen Gestalten, die mich bedrohen, sobald ich aussteige. Es gibt kein Entkommen, der Zugbegleiter schmettert mir die Botschaft übers Mikrofon direkt ins Ohr, der Dialekt verrät ihn und läßt die Worte »Wir erreichen nun Köln-Hauptbahnhof« wie eine Hymne an diese Stadt klingen, in der ich geboren wurde.
Wozu? Um abzuwarten, bis ich ebenfalls alt und grau und reif fürs Familiengrab auf Melaten bin? Beste Wohnlage, wollte ich immer schon hin, Fein-Lindenthal, eingebuddelt werde ich nicht mehr

allzuviel davon haben. Noch kann ich Bäume ausreißen und Gipfel stürmen, ich bin eine rheinische Frohnatur, eben ein »echt kölsches Mädchen«, Mädchen ist man bei uns noch als Greisin, wenn nur das Herz auf dem rechten Fleck sitzt.
»Dat Hätz vun d'r Welt, jo dat es Kölle!«
Ganz schön anmaßend, das Herz von der Welt in Köln anzusiedeln, geradezu engstirnig, die kennen wohl alle das Goldeck und die Bürstlwiesen und meinen Ritter Otto nicht.
»Bitte die Türen erst öffnen, wenn der Zug hält!« Das Dach der Bahnhofshalle schluckt mich, fremde Gesichter rücken näher, es ist Montag, für die meisten ein normaler Arbeitstag. Ein Ruck. Halt. Stop.
Kaiser-Franz-Gott-hab-ihn-selig, ade!
Taschendiebe-Kokser-Strichjungen, willkommen!
Ich steige aus, lande in Schieben und Drängen, klemme meine Handtasche mit dem Ellbogen und den Koffer zwischen den Beinen fest, fühle mich, wie ein Zugereister sich beim Run auf diese Stadt fühlen mag, und erleide einen Hörsturz. Aus dem Gemisch von Lautsprecheransagen und fremden Begrüßungsworten kristallisiert sich ein Singsang heraus, der etwas in mir zum Überschwappen bringt.

»Hallo, Muddel,
hier grüßt das Rudel!
Wir laden dich ein,
zum Frühstück am Rhein!«

»Sind das Ihre?« fragt dicht neben mir der Bahnmensch, von dem ich weiß, daß sein Dienst hier endet und er sich schon auf sein »Kölsch und dat Al« freut, was böse klingen mag, aber nicht so gemeint ist.
»Hört sich jedenfalls so an«, erwidere ich und fühle mich ganz schwach, während meine Augen das Gewühl absuchen. Ohne Brille eine reichlich verschwommene Masse, das alte Dach schluckt jede Menge Licht, dazu das Tohuwabohu in meinem Kopf.
»Und sogar mit Transparent!«

Ich folge dem Handzeichen des Uniformierten und sichte ein Bettuch. Es ist weißgrundig, hat Übergröße und gehört demzufolge zu der neuen Garnitur, die ich mir für mein Bett geleistet habe, um auch optisch den Pastelltönen zu entkommen, mit denen Jochens Mutter uns alljährlich beglückt hat. Traum in Weiß, ade! Auf dem Laken, das meine Jungs und Antonella über den Köpfen wildfremder Leute schwenken, leuchtet in Popfarben der Vierzeiler zu meinen Ehren. Macht sich gut, sticht ins Auge, löst fast einen Stau und manches Griemeln aus, die Blicke pendeln hin zu mir, ich bin die Mutter, lese Neid und spüre Stolz und rase los, ohne Rücksicht auf Verluste. Mein Rudel!

»Haste auch keinen Lippenstift?« vergewissert sich Jonas, den ich als erstes Kußopfer erwische.

»Hundertprozentig nicht.« Ich küsse drauflos, es schmatzt, aber das macht nichts, sogar unser Au-pair muß dran glauben. Stimme des Blutes und meinetwegen auch von »Kölle«, mir schwappt die Rührseligkeit aus allen Knopflöchern, selbst die Gauner scheinen zu begreifen, daß dies ein Augenblick ist, in dem sich krumme Touren verbieten, ganz im Gegenteil wird mir sogar mein Koffer, den ich im dicksten Gewühl stehengelassen habe, nachgetragen. Tribut an mich, die Vierfachmutter: »Nä, sin die vier joldich.«

Vier? Ich zähle vier Köpfe, aber einer davon gehört Antonella. »Da fehlt wer!«

»Maxi hält uns die Plätze frei.« Fabian beginnt, das Banner einzurollen. »Nun hilf mal, du Transuse!« Letzteres gilt meinem Träumerle.

»Plätze?« wiederhole ich.

»Muttchen, wir haben's gesungen und noch extra aufgeschrieben, größer ging's wirklich nicht. Loslassen, du Pflaume.« Mein Ältester entreißt seinem Bruder, der gerade folgsam beim Einholen meines ehemals besten Lakens helfen will, den Stoff und präsentiert mir nochmals die letzte Zeile: »... Frühstück am Rhein.«

»Hab gedacht, das wär nur symbolisch gemeint.«

»Das wär ja Betrug«, entrüstet sich Fabian, »also, wir laden dich nachträglich zu deinem Geburtstag ins Café Reichard ein.«

»Habt ihr im Lotto gewonnen?« Der sechsgeschossige Bau mit Rasterfassade und Arkaden gehört zum Besten, was Köln zu bieten hat. Frühstücksbüffet, Brunch, Kuchenschlacht; jedesmal in der Weihnachtszeit stehen meine Kids staunend vor den kunstvollen Gebilden aus Marzipan und Lebkuchen und quengeln so lange, bis ich nachgebe und jeden etwas aussuchen lasse, was ich dann Monate später knochenhart eliminiere, weil's zu schön zum Aufessen war.

»Wir regeln das schon«, erklärt mein Jungmann mit einer Handbewegung, die mich fatal an seinen Vater erinnert, den ich aber lieber ausspare, weil sonst noch jemand auf die Idee kommen könnte, ich vermißte ihn. Wenn schon vermisse ich einen waschechten Österreicher, doch der ist in meiner Wiedersehensfreude ebenfalls ein bißchen verblaßt, was vielleicht auch besser so ist, weil ich erst einmal wieder Boden unter die Füße bekommen muß.

Mer losse dat Lea in Kölle?

Klappe!

Im Geleitzug steuere ich die Caféterrasse an, sichte von weitem ein Winken, das die Aufmerksamkeit etlicher fein gekleideter Gäste auf uns lenkt, identifiziere im Näherkommen himmelblaue Strahleraugen (von wem er die wohl hat?), das übliche freche Grinsen, noch mehr Sommersprossen als sonst und darüber karottenrote Haare.

»Was hat euer Bruder mit seinen Haaren angerichtet?«

»Noch mal gefärbt, eigentlich wollte er nur das Blond auffrischen, hat sich wohl vergriffen, jedenfalls ist er jetzt für die nächsten zwanzig Haarwäschen oder so ein Karottenkopf.«

»Die Kochoma wird sich ...« Niemand von den eilfertig bei unserem Einmarsch beiseite rückenden Caféhausbesuchern erfährt Näheres über die voraussichtliche Reaktion meiner Schwiegermutter auf einen Enkel, der wie Pumuckel persönlich aussieht, weil ich genau in diesem Moment Türkis sehe, und das gleich doppelt.

»Was ist das?«

»Nennt man Krücken«, nuschelt Fabian, »nun reg dich mal nicht auf, ist doch alles Schnee von gestern.«

Ich will auf der Stelle und vermutlich nicht ganz leise wissen, was hier läuft, ignoriere das Scheppern hinter und die Gaffer vor mir, versperre mit meinem Koffer den Weg zum Büffet und hangele nach diesen Stöcken, so als ob ich mit deren Hilfe die Wahrheit aus dieser Bande herausprügeln könnte.
»Die Kellnerin kriegt ernsthaft Probleme, wenn du sie nicht weiterservieren läßt, Muttchen!«
Notgedrungen akzeptiere ich den Stuhl, den Antonella mir hinschiebt. »Also?«
»Na ja, es hat eben mein Schienbein erwischt«, grunzt Maxi.
»Wer war ›es‹?«
»Sportunfall, halb so wild, in acht Wochen kommt der Gips runter, und zur Schule werd ich mit dem Taxi gebracht, kostet dich keinen Pfennig, Mom, das bezahlt Paps.«
»Was hat dein Vater damit zu tun?« Jochen Rosenfeld war nicht einmal bereit, sich an den beiden Goldfüllungen zu beteiligen, die der Zahnarzt Maxi verpaßt hat. »Was kann ich dafür, wenn du deine Söhne nicht zur richtigen Zahnhygiene anhältst, Leamaus?« Streng nach dem Verursacherprinzip, wie stellt sich das in diesem Fall dar?
»Eigentlich haben wir nur so 'n bißchen Spökes gemacht, weil Paps doch noch vor der Nella auf seinen Inline-Skates rumgurken wollte, und da ist er mir voll reingebrettert. Dafür hab ich jetzt auch neue Skates, Wahnsinnsdinger, du weißt schon, die echten. Fabi und Joni haben auch welche abbekommen, haben sie alles mir zu verdanken.«
»Und warum hat mir keiner ein Sterbenswörtchen gesagt? Nicht mal Ella.«
»Weil du dich doch immer gleich so aufregst und wir dir nicht deine Karriere versauen wollten, und deine Ella ist prompt auf den Muskelkater reingefallen, unser Pfiffikus hat 'ne irre Nummer für sie abgezogen, alles wegen dir.« Es folgen weitere Zitate Jochen Rosenfelds zu meinem schwachen Nervenkostüm und meinem Ehrgeiz, mich ebenfalls auf der Künstlerschiene bewähren zu dürfen, weshalb an die Solidarität und Verschwiegenheit meiner Jungs

appelliert wurde, Fabian kurzerhand für zehn Tage mit Maxi im nächsten Kreiskrankenhaus einzog (»Privatstation, Riesenzimmer für uns allein, die Schwesternschülerinnen waren auch nicht übel, also bis auf das Essen ...«), mein Jüngster ersatzweise mit Jonas zum Reiten ausrückte und Antonella folglich alle Zeit der Welt zum Deutschüben hatte: »Und dabei weißt du das Tollste noch gar nicht, Muddel!«

»Klappe!« donnert Fabian.

»Nun hab dich nicht so, nur weil du jetzt zweihundertfünfzig Lappen am Tag verdienst.«

»Wieso verdienst du, bitte schön ...?«

»Erst mal im Büro.«

»Beim Film«, kreischt Maxi dazwischen, »du hast Film gesagt.«

»Hat er.« Meine beiden Jüngsten nicken.

»Na ja, da war halt so 'n Casting, und ich hab sie überzeugt. Alle miteinander.« Fabian strahlt mich an, als ob er mich nachträglich jener Jury einverleiben wollte. Das reißt mit, das macht schwach, automatisch beginnen auch meine Mundwinkel zu zucken. Molto simpàtico, der Charme spritzt ihm aus allen Poren, dazu dieses Grübchen und die Zähne, das reinste Raubtiergebiß, ein Leckerbissen für jeden Werbespot. Eben ganz Mutters Sohn.

Na gut, ganz mein Sohn bis auf die Beißerchen. Die Erinnerung an nicht zu leugnende und keinesfalls immer so strahlende Erbanteile des anderen Elternteils ernüchtern mich schlagartig. Wo waren wir noch stehengeblieben? Ah ja, Film, genauer gesagt »Casting«, heißt zu gut deutsch »Wurf«, gemeint ist der entscheidende, der ganz besondere Wurf.

»Und wer hat dich ausgewürfelt?«

»Von wegen gewürfelt.« Fabian beugt sich vor, reduziert den Abstand zwischen unseren Pupillen drastisch, bis er eine Lineallänge vor mir stoppt. Die klassischen dreißig Zentimeter, die Mütter reflexartig einbauen, um einen grangelnden Säugling zu beschwichtigen. »Du erinnerst dich doch bestimmt an den Filmproduzenten, der uns damals für so 'ne Familienserie engagieren wollte, oder?«

»Als jugendliche Kriminelle, die 'ne alte Oma ausrauben?« Und wie ich mich erinnere. Mein Stuhl ruckelt zurück. »Ihr werdet doch nicht etwa ...?«
»Nee.« Maxi hämmert leicht mißmutig mit seiner Krücke auf den Betonklotz neben uns, woraufhin der Sonnenschirm über uns zu vibrieren beginnt. »Ging ja mit Humpelbein sowieso nicht, da hätte mich die Oma ja gleich am Schlafittchen gehabt, außerdem haste ja gesagt, wir dürfen nicht.«
»Haben wir uns natürlich dran gehalten«, bestätigt Fabian und sieht mich mit Augen an, die denen von Struppi Konkurrenz machen, wenn er mich um einen Kotelettknochen anbettelte.
»Casting«, erinnere ich. Mit mir doch nicht.
»Also, das ist so.« Sehr gewunden, höchst umständlich, es dauert endlos, bis ich, unterbrochen von einer mit Porzellan und Silberkännchen hantierenden Kellnerin – »Am Büffet ist dann Selbstbedienung!« –, immerhin so viel weiß, daß dieser von der Pleite bedrohte Produzent einer Arztserie, in der Jochens Clementine die Hauptrolle spielt, soeben zum Run auf die Öffentlich-rechtlichen startet und sich Topchancen ausrechnet, wenn er bis Ende August Drehbuch und Besetzung für eine Sitcom im Vorabendprogramm auf die Beine stellt: »Für 'nen Pilotfilm, der wird schon im Dezember ausgestrahlt, und wenn's ankommt, geht's mit erst einmal zwölf Folgen weiter, Marke endlos, und ich bin der jugendliche Star.«
»Vielleicht wird er sogar richtig Schauspieler«, posaunt Maxi dazwischen, »das gibt massig Knete, und Paps managt ihn dann.«
»Abitur«, werfe ich ein, »Studium, was ist überhaupt mit deinem Praktikum? Du hast mir hoch und heilig versprochen ...«
»Den Wisch hab ich längst, ich hab einfach diesem Filmheini sein Office eingerichtet, der hat von EDV soviel Ahnung wie 'ne Kuh vom Ballettanzen, 'nen Stempel hatte er immerhin. Also, wie ich dem die Bude auf Vordermann gebracht habe, da hat sogar Paps gestaunt, die zweihundertfünfzig Eier hab ich mir redlich verdient, vielleicht werde ich auch Künstleragent.«
»Das hat Paps schon mir versprochen«, diesmal zielt die türkisfar-

bene Krücke an dem Betonklotz vorbei direkt zwischen Fabians lässig gegrätschte Beine.
»He, willste mich entmannen?«
»Was ist ›entmannen‹?« fragt Lucas dazwischen.
»Wenn einer kein Mann mehr ist und so 'ne ganz hohe Stimme bekommt«, mein Träumerle fiept wie eine Maus, »das hat uns nämlich unsere Lehrerin erzählt, weil die doch in China für die Staatsoper ...«
»Spinn weiter«, unterbricht Maxi, »hier geht's nicht um den Gesang, sondern um die Fortpflanzung. Eiersalat gleich Babystopp, so einfach ist das.«
»Muß dann die Frau keine so 'ne Pille mehr nehmen?« fragt mein Jüngster, der sich bis jetzt auf die gierig zwischen den Tischen umherhüpfenden Piepmätze konzentriert hat, interessiert dazwischen.
»Pille?« Ich selbst trage eine Spirale, und bislang habe ich es nicht für nötig gehalten, einen gerade Sechsjährigen über Verhütungsmethoden aufzuklären. Wie kommt er auf die Pille?
Lucas sieht Antonella an. »Wie heißt die noch mal? Die der Papa von meinen Brüdern dir mitgebracht hat?«
»Come?« Angeblich versteht Antonella nicht, wovon er redet, andererseits stimmt mich die Veränderung ihrer Hautfarbe mißtrauisch. Diesmal sind offenbar auch meine beiden Ältesten überrascht, lediglich Jonas scheint noch eingeweiht zu sein: »Paps hat gesagt, die hieße ›Minipille‹ und wär besonders gut für Nella.«
»Musterpackung«, keucht Antonella, »Periodenstörungen.« Sie hält sich die Hände über den Bauch, so als ob sie soeben einen Anfall heftigster Krämpfe erlitte. Zwei schwierige Wörter, die sie da mühelos von sich gibt, begleitet von tiefstem Rot, das Wangen und Dekolleté flämmt, über dem ein wunderhübsches Medaillon hängt, das ich noch nicht an ihr kenne und das nun auf und nieder wogt. Für eine so junge Frau sind ihre Brüste geradezu gigantisch.
Auch eine Folge der Pille?
Zwar habe ich selbst in Antonellas Alter ebenfalls die Anti-Baby-

Pille verschrieben bekommen, um meine Regel zu normalisieren, doch das ist schließlich ein paar Jährchen her. Damals habe ich gejubelt, was direkt mit Jochens Ungeschicklichkeit im Umgang mit Kondomen zusammenhing, das machte jede Nummer zum russischen Roulette. Heute bin ich klüger, er offensichtlich nicht. Wie kommt er dazu, bei einer wildfremden jungen Frau den Fachmann ersetzen zu wollen.

»Antonella«, sage ich streng, »du mußt sofort zu einem richtigen Gynäkologen gehen, hörst du?«

»Ginecologo? No!« Heftiges Kopfschütteln, immerhin hat sie mich verstanden. Ob sie vielleicht noch nie beim Frauenarzt war, Hemmungen vor diesem Stuhl und deshalb Jochens Gratispille angenommen hat?

»Du mußt«, sage ich, »ein Jochen Rosenfeld versteht vielleicht was von Installationsrohren und meinetwegen noch von Starlets, aber medizinisch war er noch nie auf der Höhe, ich hab selbst hinterher irre Probleme gehabt, meinen Zyklus wieder auf die Reihe zu bekommen, schließlich willst du ja irgendwann auch mal deine vier Babys bekommen.«

»Bebè? No!«

»In einer Viertelstunde wird abgeräumt, wenn Sie sich jetzt nicht bedienen, ist es zu spät.«

Aufregung, Hektik, zweimal fallen Krücken um, Maxi mimt überzeugend den bedauernswerten Krüppel, hoppelt dann aber mit einem Affenzahn vor uns her zum Büffet, für welches jedem von uns ein Bon ausgehändigt wurde, der in fünfzehn Minuten verfällt.

»Weißte, was das hier kostet? Die nehmen's von den Lebenden, also nix wie ran!«

Meine Söhne gehen gleich zweimal hintereinander los, um weder bei den köstlichen Plunderteilchen noch dem flaumigen Rührei mit kroß gebratenem Speck zu kurz zu kommen. Lediglich unserem Au-pair scheint der rechte Appetit zu fehlen, sie mümmelt an einem trockenen Croissant und schüttelt nur den Kopf, als Fabian ihr gut zuredet, doch wenigstens die Rostbratwürstchen zu kosten.

»Köstlich«, er hält ihr seine Gabel hin, »ehrlich.«
»Mi sento male.« Sie springt auf und folgt dem Pfeil zu »Damen«.
Ich sehe ihr nach. Mir ist auch übel. Schwarzseherei?
Ein Rostbratwürstchen peilt mich an. Abgebissen, es steckt auf der Zinke von Fabians Gabel, schiebt sich mir in den Mund, obwohl ich nicht will, und wird begleitet vom fachmännischen Trost eines Jungmannes, der sich auskennt. Wozu mache ich mir Sorgen, wenn doch alles bestens steht?
Er selbst macht Kohle und vielleicht sogar Karriere beim Film.
Die tollen Inline-Skates hat uns sein Vater spendiert (»was du da sparst, Muttchen!«).
Antonella kapiert endlich Deutsch, und schwanger werden kann sie auch nicht, weil sie ja jetzt die Pille nimmt.
Da ist etwas dran, trotzdem ist mir sehr flau. Schließlich gibt es neben der körperlichen auch noch eine moralische Seite, und die ist bei meinem Geschiedenen seit jeher noch unterentwickelter als alles, was er in Anatomie verpaßt hat, weil er lieber fummelte als paukte.
»Ich trau dem Braten nicht.« Synonym für den Vater von dreien meiner Kinder, alle vier spitzen die Ohren, fünfundsiebzig Prozent sind minderjährig, was hat dieser Schweinebuckel alles hinter meinem Rücken getrieben?
»Meinste damit Paps?« fragt Maxi und breitet eine saubere Serviette aus.
»Nun ja … .« Ich lüge ungern, aber wenn er so direkt fragt.
»Dabei sollteste ihm dankbar sein.« Maxi stapelt zwei Kuchenstücke aufeinander.
»Das wüßte ich aber.«
»Ohne ihn kämste nie ins Fernsehen, das sagt jeder.« Maxi schlägt die Kanten der Papierserviette sauber zusammen.
Ich fahre aus der Haut. »Wer ist jeder? Pack das sofort wieder aus! Gegessen wird hier, capito?«
»Aber wenn ich jetzt keinen Hunger mehr habe?«
»Bleibt's liegen. Untersteh dich!« Ich verweise auf die Speisekarte,

in welcher die verehrten Gäste nochmals ausdrücklich darauf hingewiesen werden, daß die Speisen vom Büffet nicht mitgenommen werden dürfen.

»Und was passiert dann damit? Kriegen das etwa die nächsten Gäste aufgetischt? Wo wir mit den Fingern dran waren? Iss ja eklig!«

»Natürlich nicht, das kommt weg.«

»In den Müll? Iss ja die pure Verschwendung.« Maxi erregt sich, ich tue es ihm nach, allerdings nicht aus Frust über ein paar Teilchen, die ich nicht klammheimlich nach Hause entführen darf. Soeben enthüllt Fabian mir die nächste Überraschung seines Vaters, die darin besteht, daß dieser mit meinem eigenen Drehbuch hausieren gegangen ist: »Ist doch irre, dann stehen wir beide im Vorspann.«

»Woher hat dein Vater mein Script?«

»Na ja, sollt ich dir doch mit E-Mail nach Spittal rüberschicken, und weil ich gerade mal wieder meine Festplatte gelöscht hatte, hab ich Paps gefragt, und der hat mal kurz reingelesen, das meiste kannte er sowieso schon, woher, weiß ich auch nicht so genau – (aber ich, dieser Stinkstiefel hat meine Exerzitien im Kloster genutzt, er, nicht sein Filius!!!) –, jedenfalls hat Paps gemeint, da machen wir was draus, Nägel mit Köpfen, damit alle was von deiner Kreativität haben und so.«

Und so bedeutet, daß Jochen Rosenfeld die Gunst der Stunde genutzt und sich mein auf seinen Computer aufgespieltes Drehbuch (zu zwei Dritteln fertig, noch nicht überarbeitet, sozusagen der Rohdiamant) unter den Nagel gerissen, es einem Pleitegeier in den Rachen geworfen und bei seinen Söhnen den großen Macher markiert hat.

Ich raff's nicht.

Noch viel weniger raffe ich, warum einer, bei dem die Eitelkeit die am höchsten entwickelte Tugend ist, alles daran setzt, um sich im Vorabendprogramm in einem Drehbuch von »Lea Wilde« zu outen. Als einer, der einen Rosenkrieg anzettelt und nicht gegen zwei Paar Segelohren ankommt, die seine Noch-Ehefrau zuerst in der Idylle und dann im Kreißsaal erwischen.

Der Vater von Lucas war mein »Landlord«, so habe ich ihn damals getauft, er hat mir in seiner umgebauten Scheune im Bergischen eingeheizt, wo wir uns liebten und auf die winzigen Apfelbäumchen sahen, die er für mich gepflanzt hat, um in etlichen Jahren meine Lieblingssorte für mich ernten zu können. Soweit ist es allerdings nie gekommen, statt dessen bin ich in der Frauenklinik gelandet, leid tut es mir nicht, nur manchmal weh. Ob ich eine Macke habe, weil ich schon wieder einem mit solchen Ohren und Hang zur Natur aufgesessen bin?
»An Ihrem Script, da schimmert ganz viel durch, offengestanden wär ich ganz schön sauer, wenn ich Ihr Mann wäre. Pardon, Ihr geschiedener Mann.« Originalton, damals waren mein Ritter und ich noch per »Sie«. Dieses »damals« ist noch keine drei Wochen her. Wenn er anruft, werde ich ihm erzählen, daß Jochen Rosenfeld nicht die Bohne sauer ist, sondern im Gegenteil alles dransetzt, um meine Familiengeschichte ins Licht der Öffentlichkeit zu rücken.
Lehr mich einer die Kerle kennen!
Und du als Spielball der Kerle, Leamaus?
Ich bin mein eigener Boß!
Klar, unter der Regie von Jochen Rosenfeld & Co.
Mein Copyright klaut mir keiner.
Ah ja?
Lieber schon rede ich mit meinem Ältesten Tacheles, als daß ich mir von der Klugscheißerin in meinem Inneren die Leviten lesen lasse. Kurzerhand beordere ich Fabian auf dem Heimweg neben mich und frage nach den Details zu diesem Filmprojekt, das da hinter meinem Rücken angedacht wurde.
»Wieso angedacht, das ist so gut wie sicher, wir müssen nur noch das Drehbuch fertigbekommen, in zehn Tagen ist Abgabeschluß.« Anklagender Blick. »Bei dir fehlte ja der Schluß, und außerdem mußte sowieso noch ein Profi dran, zum Glück kennt Paps Gott und die Welt.«
Interessant. Mir stößt es sauer auf. Unheilvoll. Na wartet! »Und wer genau ist der Empfänger? Budget? Spieldauer? Zuschauerprofil?«

Obwohl ich meinen Kindern stets predige, zuerst nachzudenken und dann zu reden, holt auch Fabian erneut seine fixe Zunge ein, was mir diesmal nur recht ist. Zufrieden speichere ich alle relevanten Eckdaten und fühle mich schon besser, zumal mir gleichzeitig noch jemand anders durch den Kopf schießt.
Ehemals Hersteller von Durchlauferhitzern, jetzt ebenfalls freier Produzent, im Grunde kein übler Kerl, seine romantische Ader kappe ich ihm schon, statt dessen zeige ich ihm einen Ausweg aus der Misere, die ihn unweigerlich ebenso wie seinen Mitbewerber ereilen wird, wenn er nicht endlich ein Drehbuch vorlegt, welches das Zeug zum Publikumsliebling hat. Meinetwegen für eine Sitcom, wo Drehs von wechselnden Schauplätzen auf einen einzigen Ort (laut Fabian dürfen es maximal drei sein) reduziert werden und die Handlung im wesentlichen von Dialogen transportiert wird. Was laut Ritter Otto just meine Stärke ist.

»Hi! Spreche ich mit der Schatzmeisterin vom Goldeck?«
»Moment mal!« Vor mir blubbert das Kochwasser für Spaghetti aus der Tüte, auf der Kochplatte daneben flippt die Tomatensoße aus, sprenkelt meinen Handballen und das Telefon, während Maxi im Treppenhaus mit seinen Krücken trommelt und Antonella schon wieder das Klo stürmt. Ich muß ihr unbedingt einen Kamillentee kochen, das arme Ding reihert sich die Seele aus dem Leib, glücklicherweise nimmt sie die Pille, warum muß Ritter Otto mitten im dicksten Streß anrufen?
Ich lege das Telefon zur Seite, stürme hinaus, beende Maxis Gepolter, indem ich ihm endlich wie gewünscht den Socken für draußen über den Gipsfuß bugsiere, verheiße meinem Au-pair, das bleich wie ein Gespenst an mir vorbei zurück in ihr Zimmer huscht, einen Tee nebst Wärmflasche, kippe die Nudeln in das Wasser, Deckel drauf, her mit Ottokar Reblein.
»Hier bin ich wieder, sorry.«
»Du hörst dich sehr beschäftigt an.«
»Kann man wohl sagen.«
»Stör ich gerade?«

»Nö, bleib mal dran, muß dir da sowieso was erzählen.« Schon lege ich los, erzähle von der Sitcom, die verlangt wird und die ich anbieten möchte: »Ich weiß schon, daß du nicht sonderlich viel von Mister Hollerbusch hältst, aber es muß halt fix gehen ...«

»Und wieso muß es fix gehen?«

»Na ja, weil mein Geschiedener querschießt, der hat mich nämlich sozusagen geklaut.«

»Täte ich auch gern.«

»Ja, prima, also das ist so ...« Die Spaghetti brauchen elf Minuten, der Deckel klappert, das Sugo wird schon wieder kalt, ich darf den Kamillentee nicht vergessen, hoffentlich kommt Maxi pünktlich mit dem Parmesan zurück, kostet in dem Feinkostgeschäft an der Ecke ein Vermögen, wenn nur Antonella bald wieder auf dem Damm ist. Stakkato, meine Stimme spult emotionsbereinigt herunter, was Sache ist. Filmsache, für das Goldeck habe ich jetzt keine Zeit.

»Klar, wenn das so ist, also ich ruf dann mal bei dem Ressortchef vom Ersten an, der Mann ist gut, wir hatten schon öfter miteinander zu tun.«

»Wenn du das für mich tätest, fänd ich echt prima.« Hörer zwischen Kinn und Schulter eingeklemmt, im Schiefgang mit dem Topf zur Spüle, Wasser abgießen, rette sich wer kann, beinahe wäre mein Ritter mir mit in das Sieb geflutscht, eben noch gefangen, im Gegenzug läßt er seine Connections für mich spielen, echt stark, guter Deal.

»Für dich tue ich das gern.« Seine Stimme klingt komisch, seltsam hölzern, als ob es ihm peinlich wäre, sich für mich einzusetzen. Er, der Oberboß, ich die Elevin am Script und im Bett, hat er davor Manschetten?

»Aber nur, wenn's dir nichts ausmacht.« Ich winke den beiden Kleinen ab, die mit lautstarkem »Hunger!«-Gebrüll die Küche stürmen, auch kurz verstummen, was mir aber trotzdem nichts bringt, weil unmittelbar hinter ihnen Fabian auftaucht, mit skeptischem Blick in die Nudeln greift, sich eine herauspult, durch die Soße zieht, den rotgefärbten Würmling lautstark ansaugt und das

Ergebnis ohne Reduzierung der Phonzahl kundtut: »Schmeckt saumäßig, Muttchen! Ist Antonella noch lange krank?«
»Merkt ihr nicht, daß ich gerade ein Gespräch führe?«
Meine drei Söhne teilen mir unisono mit, daß ich mich vielleicht doch besser voll auf ihre Verköstigung konzentrieren sollte, weil sie sonst gleich ähnlich daniederliegen wie unser Au-pair. Gleichzeitig klingelt es Sturm, aber sie bleiben da wie die Ölgötzen stehen. Weil ich ihnen noch die Antwort schuldig bin, weil sie generell keinen Bock aufs Türöffnen haben, oder weil das Gerangel um den Orangensaft –»Gib, ich hatte zuerst!« – sie blockiert. Ich darf's mir aussuchen.
Ich fluche höchst unfein, entschuldige mich in die Sprechmuschel und verspüre die pure Erleichterung, als er mir antwortet, daß er wohl wirklich nicht sehr gelegen kommt und lieber später noch mal anruft. Erst am Eßtisch sitzend, reime ich mir zusammen, warum seine Stimme zuletzt so hölzern klang.
Er hat nach der »Schatzmeisterin vom Goldeck« verlangt und ein zibbeliges, karrieregeiles, küchen-kinder-krankengeschädigtes Muttchen an die Strippe bekommen, von dem er nun immerhin definitiv weiß, daß es »saumäßig schmeckende« Spaghetti fabriziert.
Ich rufe ihn an. Sofort. Flecken gehen schließlich auch am besten heraus, wenn man sie frisch wegrubbelt.
»He, das gilt nicht!«
»Come? Ich meine ›wie bitte‹?«
»Brauchst gar nicht Antonella zu spielen, nimmt dir bei der Pampe hier eh keiner ab, und davonschleichen gilt nicht, sonst essen wir auch nicht auf.«
Notgedrungen setze ich mich wieder hin, esse, spüle mit Ich-weiß-nicht-was nach, erst beim Abräumen stelle ich fest, daß ich Apfelsaft getrunken habe, wahrscheinlich den ersten seit meiner Kindheit. Ich hasse süße Getränke, die sich bei vier Söhnen obendrein mit klebrigen Spuren an allen möglichen und unmöglichen Stellen verbinden. Die negative Message schleicht in mein Gedärm, faucht hörbar den dort befindlichen verdünnten Sirup an,

ficht mit rotgefärbten Nudeln und läßt meine Sehnsuchtsgefühle rapide schrumpfen.
Lieber ein Kamillentee! Und eine Wärmflasche?
Meinen Ritter verkrafte ich jetzt nicht auch noch. Beleidigte Männer sind schlimmer als zahnende Säuglinge, nur daß bei den ausgewachsenen Exemplaren weder Beruhigungssauger noch Beißringe nutzen. Für diesen Anruf brauche ich Power und Schönheit, die zwar nicht als Bild übermittelt wird, sich jedoch bekanntlich in der Stimme niederschlägt. Nur eine Frau, die sich begehrenswert fühlt, kann Leidenschaft rüberbringen. Zur Zeit reicht's bei mir allenfalls zu einer schlechten Kopie von Mutter Beimer, als ihr der angetraute »Hansemann« stiftengegangen ist und sie noch keinen Trost beim Abkochen von Maultaschen gefunden hat.
Maultaschen?
Ich glaube, mir wird schon wieder übel.

Wir werden das Baby schon schaukeln

Meine Schwiegermutter ist von ihren Thermalquellen zurück und entsetzt. Ihr Entsetzen wird so lautstark vorgetragen, daß ich ebenfalls etwas davon habe, als sie Maxi wegen seines Karottenkopfs zur Schnecke macht: »Wie der leibhaftige Pumuckel, hat dein Vater gesagt. Wie konntest du nur?«
»Und sonst hat Paps dir noch nix gesagt?« fragt mein Pfiffikus in das erste längere Atemholen seiner Oma hinein. Die Frage ist berechtigt, finde ich, und läßt gewisse Rückschlüsse auf das von Jochen Rosenfeld sonst so gern ins Feld geführte Verursacherprinzip zu (immer vorausgesetzt, er selbst ist aus dem Schneider).
»Hast du etwa noch was verbrochen, Maximilian?«
Die Langform von »Maxi« signalisiert den Ernst der Lage. Wie wäre es mit Hans-Jochen-Peter?
»Gebrochen«, korrigiert mein Sohn, und ich sehe förmlich, wie es

ihm Auftrieb gibt, seine Omi nun doch noch aus erster Hand über die zentralen Ereignisse während ihrer Abwesenheit informieren zu dürfen: »Iss aber nur das Schienbein und halb so wild, außerdem haben wir jetzt alle die ultimativen Inline-Skates, Mom läuft demnächst im ersten Programm, und am sechsten April ...« Weiter kommt er nicht, weil ich ihm blitzschnell die Hand vor den Mund lege und den Apparat übernehme.

Gerade rechtzeitig, um mitzubekommen, daß Jochens Mutter erstens sofort mit ihrem Sohn Rücksprache nehmen und zweitens persönlich bei uns aufkreuzen wird.

»Wann wird das schätzungsweise sein?« frage ich.

»Bist du das, Lea?«

»Lea Wilde«, antworte ich und werde für die korrekte Beachtung der Telefonetikette mit einem eindeutig verächtlichen Schnauben bedacht, dem der Hinweis folgt, daß es wirklich unglaublich sei, wie ich ihre Enkel vernachlässige: »Das sind schließlich Kinder, die benötigen Aufsicht rund um die Uhr.«

»Die Aufsicht war das Problem«, bestätige ich mit einer Betonung, die sogar sie aufmerken läßt.

»Falls du damit wieder Jochen den Schwarzen Peter zuschieben willst, Lea, kann ich dich nur warnen. Du wolltest unbedingt die alleinerziehende Mutter spielen, und er ist nun mal ein vielbeschäftigter Geschäftsmann, der nicht auch noch nebenbei einen Sack Kinder hüten kann.«

»Er hat ein Problem.« Orakelstimme, hört sich echt gut an, ich bin stolz auf mich, die Reaktion am anderen Ende der Leitung spricht ebenfalls für mich.

Ein Schwall von Empörung, der in dem Statement mündet, daß ich einfach keine Ahnung von der Härte des Agentendaseins habe und es selbstredend nicht von Jochen abhängt, wann er sich für ein Minütchen freimachen kann: »*Er* kann nicht einfach die Mücke machen, Lea.«

Wenn sie meint, sie hätte mit der Hervorhebung des Gegensatzes zwischen ihm und mir mich touchiert, so irrt sie gewaltig. Anders herum wird ein Schuh draus! Im »Mücke machen« ist mein Ge-

schiedener der absolut Größte, was dann immer eine konkrete Vorgeschichte hat, welche sich den Betroffenen gewöhnlich erst in ihrer vollen Tragweite erschließt, wenn das Kind bereits in den Brunnen gefallen ist.
Brrr! Die deutsche Sprache wimmelt nur so von höchst anzüglichen Metaphern, in diesem Fall hätte eine bildhafte Redewendung beinahe ihre höchst konkrete Umsetzung erlebt, wenn, ja wenn es nach dem Willen von Jochen Rosenfeld gegangen wäre.
Zum Glück bin ich dem Mysterium von »Mi sento male!« gerade noch rechtzeitig auf die Spur gekommen. Antonella reihert noch immer, dafür glänzen ihre Augen wieder, das Medaillon hat sie abgenommen, statt dessen trägt sie den Talismann, den Maxi ihr aus Steinen gebastelt hat, um die sie seiner bescheidenen Meinung nach selbst die Kaiserin Agrippina beneidet hätte, welche bekanntlich die Namensgeberin dieser Römerstadt ist: »Colonia Claudia Ara Agrippinensium«, kurz »CCAA«.
Cave, Jochen Rosenfeld!
Sta attento!
Paß auf, Junge!
Vor zweitausend Jahren haben die Römer die Germanen geschaßt, heute bist du an der Reihe, da nützt dir Muttern auch nichts. Spar hübsch fleißig, die nächste Karibiktour kannst du dir schon mal abschminken, und ob Clementinchen dir noch die Treue hält, wenn du sie statt in Nobelschuppen zum Schaschlikspieß einlädst, wage ich auch zu bezweifeln.
»Ancora la mamma di Signore Rose di Campo.« Die Aufregung über den erneuten Anruf von Jochens Mutter verschlägt Antonella glatt ihr Deutsch. Wie sie da mit dem Telefon in der Hand vor mir steht und sichtlich nervös hin und her wibbelt, ähnelt sie eher einem Kind als einer Frau, die sie ja nun zweifelsfrei ist.
»Lea Wilde am Apparat.«
»Du warst plötzlich weg, Lea. Spielt jetzt auch schon dein Telefon verrückt?«
»So was kann anstecken«, stimme ich zu und wackele mit dem schuldigen Finger, der während meines Spaziergangs in die römi-

sche Stadtgeschichte an der Taste herumgespielt haben muß, auf der »exit« steht. Böser Finger!
»Etwas stimmt nicht mit dir, Lea. Du bist so ... aufmüpfig.«
»Weil ich dir recht gebe?« Sanft, was habe ich doch für eine modulationsfähige Stimme.
»Das steckt etwas im Busch, mich täuschst du nicht, niemand schafft das.«
Einspruch, Königin Mutter! Stumm, noch stumm, Vorfreude ist die schönste und so weiter, sogar Antonella habe ich mittlerweile soweit, daß sie ihre kleine Unschuldsseele bei dem Gedanken jubilieren läßt, einem notorischen Falschspieler »mores« beizubringen. Im Singular »mos«, zu deutsch »Sitte«, Synonym für »Anstand«. Als Absolvent eines humanistischen Gymnasiums sollte Jochen Rosenfeld das wissen, doch weil ihm offensichtlich einiges durch den Rost gefallen ist, werden wir beiden Frauen ihm mit unserem kleinen Latinum auf die Sprünge helfen.
Die Idee, die Bombe am Kaffeetisch zu zünden, kam mir gerade eben. Publikum hat seit jeher eine sehr belebende Wirkung auf meinen Geschiedenen, und ich bin äußerst gespannt auf seine Reaktion, die zugleich Aktion sein wird, weil Antonella und ich durchaus gewillt sind, das Strafmaß flexibel zu dosieren. Großer Sprengsatz? Viele kleine Detonationen? Es liegt an ihm, ob er mitten ins dickste Minenfeld latscht oder brav unsere Konditionen schluckt. Antonella hat jedenfalls keinen Grund mehr, von einem Bein aufs andere zu hoppeln und ihren neuen Glücksbringer zu umklammern, als ob Holland in Not wäre.
Mag sein, daß auch die »Käsköpfe« Absatzprobleme haben, notfalls kaufen wir ihnen gern ein paar Scheiben Emmentaler oder einen Strauß Tulpen mehr ab, wir lassen uns bloß nicht nötigen, gewisse Dienstleistungen in Anspruch zu nehmen, die dort laut Meinung mancher Männer noch immer besonders günstig sind. Günstig für wen?
»Bist du noch da, Lea?«
»Und wie.« Doppelt und dreifach, doch das ist wieder in den Bauch gesprochen.

»Wir kommen dann gegen zwei, Jochen muß extra seine Mittagspause opfern, er war gar nicht begeistert« – (denke ich mir!) –, »der Ärmste steckt bis zum Hals in der Arbeit, nichts als Ärger, ich hätte da noch einen halben Heferiemchenaprikosenkuchen eingefroren.«
»Nicht nötig.«
»Du hast also noch immer diese kleine Italienerin?«
»Wir sind ein Herz und eine Seele.« Bumbudibum, die Herztöne sind astrein.
»Paß ja auf, daß dir nicht eines Tages ihr Vater aufs Haupt steigt, wenn sie bei dir ständig mit Rezepten statt mit Vokabeln hantieren muß.«
»Keine Sorge, mir steigt keiner aufs Haupt.« Ich betone das Personalpronomen, was aber an Jochens Mutter vorbeirauscht, die dieses Talent, alles zu verdrängen, was ihr mißfällt, direkt an ihren Sprößling weitergereicht hat. Mal sehen, wie weit das Duo diesmal mit seinem Verdrängungspotential kommt. Ich lege auf und tue kund, daß die Kochoma heute ohne ihren Matschkuchen antanzt. Sogar meine Jungs schnallen allmählich, daß gar kein »pasta dolce« besser als ungenießbares Naschwerk ist.
»Und was gibt's dann?« ruft es von oben. »Sind wenigstens noch Windbeutel da?«
»Sgonfiotti«, stottert Antonella, ergänzt alle Füllungen, die wir seit ihrer Ankunft genossen haben, und scheint sich allen Ernstes in der Küche an die Arbeit machen zu wollen.
»Nichts da! Heute bleibt die Backstube kalt«, sage ich sehr bestimmt und fast streng, weil ich mittlerweile weiß, daß ich sonst keine Chance gegen diesen Trieb in ihr habe, es »mamma« und »babbo« recht zu machen, das gilt ebenso für nicht mit ihr blutsverwandte Vertreter dieser Spezies und sogar für absolute Fehlbesetzungen. »Mach dich lieber hübsch.« Ich tu's auch, ergänze ich stumm eingedenk meiner Philosophie, daß auch die Optik in den Köcher gehört, der Frauen stark macht.
»Für ihn?« Kulleräugiges Entsetzen. »Für den Signore Rose di Campo?«

»Ma no, für dich, und damit er kapiert, daß nicht mit uns zu spaßen ist. Unscheinbare Mäuse nimmt er nun mal nicht ernst.«
Antonella nickt ernsthaft und marschiert hinaus, ich höre sie ihren Kleiderschrank öffnen, Bügel ratschen über die Stange. Kampf den unscheinbaren Mäusen, was ziehe ich selbst an? Seriös, aber nicht bieder. Cool, aber nicht steif. Wie verpackt frau sich, um einen Übeltäter dort zu erwischen, wo es ihm weh und uns wohl tut?
Ja, wie wohl, Leamaus?
Wetten, daß er mich nie, nie mehr so nennt!
Und wenn doch?
Kostet es!
Und wenn er die Zahlung verweigert?
Gibt's Vendetta, ein ordentliches Gericht, 'ne schnuckelige Pfändung und vielleicht noch was Hübsches in der Zeitung.
Gratuliere!
Sag ich doch!
Mein Kleiderschrank enthält reichlichst Klamotten, mein Beautycase ist noch von Kärnten bestens bestückt, sogar meine Fönbürste funktioniert, keiner hat die neue Diamantnagelfeile verhuddelt, trotzdem unterlaufen mir alle möglichen Mißgeschicke, bis ich mich endlich zu einem Outfit durchgerungen habe, das weder zu aufgedonnert noch zu lässig ist und das ich dann doch am liebsten wieder auswechseln würde, wenn die Uhr mir nicht gnadenlos mitteilte, daß es jeden Augenblick klingeln kann und wird.
Gnade!
Wie war das eben, Frau Wilde? Power pur, Siegerin an allen Fronten, kassiert die Glückwünsche schon vorab.
Klappe!
Zu Befehl, Leamaus!
Mit dem festen Vorsatz, es allen zu zeigen, die es auf uns Wildes & Annunziatas abgesehen haben, stürme ich in die Diele, betätige den Summer und baue mich in der Tür auf.
»Haste was am Rücken, Mom? Gipskorsett oder so?«
»Weg da, die Rosenfelds kommen.«
»Hat aber noch gar nicht geklingelt.«

»Ach so.« Ich relaxe, nehme meinen Pfiffikus in Augenschein und sehe zusätzlich zu dem Türkis unten und dem Rot oben eine dritte Farbnuance, die herkömmlich als Fleischfarbe gilt, ebenfalls seinen Schopf ziert und das Ergebnis einer radikalen Rasur ist. Mein Zwölfjähriger präsentiert sich in der unteren Hälfte seines Hinterkopfes als Skinhead.
»Dachte mir, das steigert die Spannung und so.«
»Wer hat rasiert?«
»Fabian, sieht 'n bißchen nackelig aus, wie?«
»Ferkelmäßig«, erwidere ich, »à la Berta & Co., paßt eigentlich ganz gut zu dir.«
»Das nimmste sofort zurück!« Attacke im Dreifarbenlook, das Gerangel tut mir gut, sogar Antonella kiekst mit, und als es dann wirklich von unten »Wir sind's!« (wer? der Kaiser von China?) durch die Sprechanlage hallt, haben wir beiden Frauen den richtigen Drive, um es mit Gott und der Welt und sogar zwei Rosenfelds aufzunehmen. Hoffentlich.
Diesmal hält mein Geschiedener es nicht mehr für nötig, den seine arme, alte Mama stützenden Sohn zu mimen. Er sprintet vor und prallt zurück, was alle möglichen Gründe haben mag, das fängt beim Ferkelskopf seines Zweitgeborenen und unserer Sechserfront an. Fest geschlossen in der Reihe, kein ganz alltäglicher Anblick, schätze ich.
»Was soll der Blödsinn?« Blick von mir zu Antonella, hin und her, auf und ab, mehr ab, was erwartet er zu diesem Zeitpunkt in Nabelhöhe zu sehen? Anatomie ungenügend, ich sag's ja. »Ich denke, sie ist längst in ...«
»Wer ist wo?« keucht es einen Treppenabsatz tiefer.
»Niemand ist nirgends, Mutter!«
»Ist Leas Italienerin etwa doch weg?«
»Nein, ist sie nicht.« Es klingt nicht besonders freudvoll.
»Und ich dachte schon.« Abgeschlaffte Kräusellöckchen, Blütenzauber en gros bis zur künstlichen Margarite auf den Schuhen, was aus Armausschnitt und Dekolleté quatscht, ist grillfarben mit weißen Vertiefungen überall dort, wo die Sonne den Kampf gegen

den Speck verloren hat. Die Verpflegung muß gut oder zumindest reichlich gewesen sein.
»Grüß dich!« sage ich als gut erzogener Mensch und werfe meinen Kids einen auffordernden Blick zu, was aber völlig überflüssig ist, weil meine Schwiegermutter es sowieso zunächst auf unser Aupair abgesehen hat: »Sie ist rundlich geworden.« Kräuselschwenk zum Sohnemann hin. »Die Backen und überhaupt. Stimmt's, Jochen?«
Dear Jochen scheint sich nicht verbindlich zu Antonellas Wangen und anderen Körperregionen äußern zu wollen, lieber vollzieht er einen Schwenk zu seinem Zweitgeborenen. »In dem Alter ist das nun mal so, Mutter. Du hast ja noch gar nichts zu Maxis neuer Frisur gesagt, sieh ihn dir nur an, aber reg dich nicht auf, besser die Haare als der Kopf, sag ich immer ...«
»Wieso ist das in dem Alter so?« Sie fällt nicht auf sein Ablenkungsmanöver hinein, sympathischer Zug, alles was recht ist, die Kandidatin hat einen Punkt gut, einen halben, das restliche Gequassel könnte sie sich sparen. Jochen soll sich ihrer Meinung nach Fabian angucken: »Rank wie ein junger Gott, so wie du früher. Hat sie eigentlich hier das Essen umsonst?«
»Bei Au-pairs ist das so, Mutter. Wo hast du eigentlich deinen köstlichen Heferiemchenpflaumenkuchen gelassen?«
»Heferiemchenaprikosen«, Finger auf mich, »sie wollte nicht.« Die Fingerkuppe wandert weiter zu Antonella. »Das erledigt ja neuerdings sie.«
»Ah ja, Windbeutel, Krapfen, sgonfiotti ...«, Jochen Rosenfeld zählt in einem Affenzahn alle nur denkbaren Füllungen auf, möglicherweise sind auch italienische Vokabeln für »Schuhwichse« oder ähnliches dabei, weil nicht einmal die Vatikanbäckerei so viele Varianten draufhaben kann. Die Anstrengung verschlägt ihm schier die Puste.
»Ah no!« Ich mache ihm einen Strich durch die Patisserieträume, wir gehen's langsam an, step by step. »Dafür wirst du in Zukunft woanders vorstellig werden müssen, falls du's dir leisten kannst.«
»Warum sollte Jochen als erfolgreicher Künstleragent ...?«

Diesmal fällt Jochen seiner Mutter ins Wort, obwohl sie ihn doch verteidigt, meint verbindlich lächelnd (schmierig trifft's noch besser), daß aber gewiß ein Schälchen Kaffee bei uns drin sei und man sich ja im übrigen nicht hierher begeben habe, um eine Tortenschlacht abzuhalten, sondern um ein Opfer zu begutachten: »Eine Verkettung unglücklicher Umstände, eigentlich wollte ich ja nur auf diesen verflixten Rollschuhen laufen lernen, aber dann bin ich ausgerutscht und schwups . . . .«
»Die Story nimmt dir als Vierfachvater keiner ab«, sage ich.
»Dreifachvater«, verbessert Mutter Rosenfeld, »was hat das überhaupt mit diesen verrückten Rollschuhen zu tun? Lebensgefährlich, wenn ihr mich fragt.« Keiner fragt sie, trotzdem folgt die Schilderung all ihrer Fastzusammenstöße mit rücksichtslosen Inline-Skatern, welche in der Bemerkung gipfelt, solche Mordinstrumente hätten einfach nichts an den Füßen ihrer Enkel zu suchen, egal wie die quengelten: »Aber Jochen hat einfach ein zu gutes Herz und konnte noch nie nein sagen.«
»So kann man es auch ausdrücken.« Ich gebe den Weg zum Eßtisch nebst Stühlen frei, sonst fällt mein Geschiedener mir noch um, er sieht nun sehr instabil aus.
Seine Mutter kommt ihm zuvor. »Du bist heute so spitzfindig, Lea! Findest du nicht, Jochen?«
Obwohl meinem Exgatten hundertprozentig noch ganz andere Adjektive zu meinen Äußerungen einfallen, bremst er sich. Diese ungeheure Willensanstrengung erzeugt das vertraute Zucken neben seiner linken Unterlippe, das heute so heftig ausfällt, daß gleich ein halbes Pfund Lippe mitbebt. Kußmaulvibrations täuschend ähnlich, obwohl ihm für die nächste Zeit der Sinn nicht sonderlich nach Lustbarkeiten stehen dürfte, deren Ergebnis mitunter höchst spektakulär ist.
»So ist sie nun mal, unsere Lea. Dabei habe ich sie sogar beim Film untergebracht, besser gesagt ihr Script, und wenn alles gutgeht, bekommt unser Ältester sogar die Hauptrolle in einer Sitcom beim Ersten.«
Zweimal »unser« hintereinander, bezogen auf ihn und mich, was

soll uns das wohl signalisieren? Ich tippe auf Friede-Freude-Eierkuchen.

»Und das sagst du mir erst jetzt, Jochen?« Die schlaffen Löckchen fliegen hoch, mindestens zwanzig Prozent Weißanteil schiebt sich aus der Vertiefung in die Grillbräune hoch, die Freude macht jung und prall, bläht sie auf wie jenes Gebäck, das Antonella so meisterlich beherrscht.

»Ich wollte Lea nicht zuvorkommen, schließlich trägt das Script ihren Namen.« Seine Augen sind wie gesagt himmelblau, doch im Moment könnten sie auch jede andere Farbe haben, weil er weder mich noch sonst jemand in der Runde ansieht, sondern sich voll auf die leere Kaffeetasse vor sich konzentriert und hingebungsvoll mit dem Löffel aus meinem Familiensilber darin herumwerkelt.

»Echtes Hutschenreuther«, werfe ich ein, »ohne Untertasse circa Märker dreißig, hoffentlich kannst du dir das leisten.«

»Was hat sie nur plötzlich die ganze Zeit mit deinem Geld, Jochen? Hast du mir da etwas verheimlicht?«

Diesmal bin ich schneller mit der Antwort bei der Hand und verheiße, daß irgendwann doch alles an den Tag kommt, wofür ich sogar ein zustimmendes Nicken von Schwiegermuttern und ein Murmeln – hört sich an wie »dummes Geschwätz!« – vom größten Heimlichtuer aller Zeiten ernte, woraufhin ich mich förmlich genötigt sehe, meine Behauptung zu präzisieren. Ich fange bei seinem Gemauschel mit meinem Drehbuch an und verkünde, daß es tatsächlich so aussähe, als ob demnächst eine Geschichte aus meiner Feder über den Bildschirm liefe: »Fabian spielt voraussichtlich den werdenden Vater.«

»He, stopp, so steht das nicht im Script, der Typ ist schon fast über dem Verfallsdatum, obendrein der reinste Bauer, und Fabian spielt den Sohn des gehörnten Ehemannes, so war das ausgemacht.« Daumen und Zeigefinger verweigern ihm ebenfalls den Gehorsam, das Hutschenreuther lernt hüpfen, diesmal mit Füllung, weil ich zwischenzeitlich meinen Pflichten als Gastgeberin nachgekommen bin. Die Untertasse badet, mein Marmortisch desgleichen, aber das ist es mir wert. Der ungeschickte Kaffeetrinker versucht verzweifelt, die Überschwemmung seiner Beinkleider abzuwenden, was ich ignoriere.

»Landlord und zwei Jahre jünger als du«, korrigiere ich, »damit fängt es schon mal an, außerdem scheinst du gewisse Probleme mit der Originalfassung meines Drehbuchs zu haben, in dem es übrigens auch keinen neunmalklugen Erstmann mehr gibt. Den haben wir aus Kostengründen von der Besetzungsliste gestrichen.« Lokker vom Hocker, ich bin gut drauf, die Sache fängt an, mir nachgerade Spaß zu machen. Amüsiert beobachte ich, wie Muttern in einer Region tupft und rubbelt, wo er es nachweislich gern immer jünger hat. Schlecht gelaufen!

»Da spielt der Produzent nie mit. Niemals. Nun laß doch endlich, Mutter, die Hose ist eh versaut.«

»Mein Produzent schon.« Es bereitet mir ein diebisches Vergnügen, die Wirkung meines Deals mit dem guten Hollerbusch auf dem Gesicht meines Geschiedenen zu verfolgen, der seinen Ohren nicht trauen mag, über dem entgangenen Geschäft und der Streichung seines Filmdoubles glatt vergißt, was sonst noch so ansteht, und mir zuletzt gar damit kommt, daß ich diesen Kontakt einzig und allein ihm verdankte: »Schließlich habe ich dem Mann seine Durchlauferhitzer abgekauft, sonst hätte der gar nicht das nötige Startkapital für ein Studio zusammengekratzt, und ohne mich wärst du sowieso nicht mit nach Hollymünd gekommen, das ist einfach nicht fair.«

»Ja, ja«, mein Kaffeelöffel peilt seine Brust an, »mit den Kontakten und dem Fairplay ist das so eine Sache. Fangen wir doch mal hier in dieser Runde an ...«

»Mutter! Hast du dir eigentlich unseren Maxi schon mal genauer angesehen?«

Schwiegermuttern ist verwirrt, was ich ihr nicht einmal verübeln kann. »Zu deiner Zeit waren die Krücken noch nicht bunt, falls du das meinst, du hast dir ja als Junge auch zweimal die Haxen gebrochen. Wie ist das nun mit diesem Kontakt, den du ihr hergestellt hast? Bekommst du da auch deine Provision, Jochen?«

»Ich meine Maxis Kopf.«
»Schweinekopf mit Popbürste, zu deiner Zeit liefen sie wie Jesus rum, das war auch nicht besser. Was ist nun mit der Provision? Schließlich bist du als Leas Agent tätig geworden, das steht dir zu.«
»Paps läuft noch immer wie Jesus rum«, wirft Maxi ein, »bloß mit Kordel, aber manchmal tut er die auch raus, zum Beispiel im Bett und so.«
Für Jochen scheint heute keiner das passende Thema auf Lager zu haben, er kneift schon wieder. »Laß mich mit deinem Jesus in Ruhe, aus dem Verein bin ich ausgetreten, als du noch nicht mal geboren warst.«
»Jochen!« Muttern ist natürlich nicht ausgetreten, sondern im Gegenteil eine eifrige Kirchgängerin, die nichts ausläßt, was in ihrer Gemeinde auf dem Programm steht. Demnächst kann sie eine Kerze extra für ihren Sohn anzünden, ihr Stimmungsumschwung kommt mir wie gerufen, Jochen erscheint mir hinreichend mürbe und hat soeben höchstpersönlich das passende Stichwort geliefert.
»Übrigens, was das Thema Gebären betrifft, so steht uns demnächst ein sehr freudiges Ereignis ins Haus.«
Diesmal scheppern zwei Tassen. Zwei entsetzte Augenpaare starren mich an. Beide aus demselben Stall.
»Nicht ich«, füge ich hinzu, »trotzdem wird es unser Kind sein.«
»Unser Bruder«, bestätigen meine vier, »zur Not nehmen wir auch 'ne Schwester.«
»Das geht nicht.« Jochen Rosenfeld greift an seine Gesäßtasche, eine sehr verräterische Bewegung, dort steckt in einer schicken Klemme aus echtem Gold stets ein Bündel Blauer, gelegentlich sind auch ein paar rötliche Exemplare dabei, das macht sich gut bei den kleinen Mädchen, die dann in aller Regel mal den echten Tausender fühlen wollen. Und schwups, sitzen sie in der Falle!
»Und warum nicht?«
»Weil ich ihr, weil sie doch ...«, er bricht ab. Wie soll er vor einer unerbittlichen Schutzherrin der päpstlichen Bulle zum Schutz des

menschlichen Lebens herauslassen, daß er etliche rote Lappen für »Holland« ausgeklinkt hat?
»Könnte mich mal bitte endlich jemand aufklären?« Die längst wieder erschlafften Löckchen schwenken von hier nach dort. Muttern begreift die Welt nicht mehr, was ich ihr nicht verdenken kann.
»Iss doch ganz simpel, Oma. Die Nella kriegt ein Baby, leider hat Mom das ganze gute Zeug von uns verschenkt, waren bloß noch 'n paar Spielsachen und 'ne Krabbeldecke da.«
»Damit bekommt man kein Kind groß, so ein Kind schlägt ins Geld, und sie ist ja fast selbst noch eins, wie konnte das nur passieren? Babys fallen schließlich nicht vom Himmel.«
»Eben.« Einer der seltenen Momente, in denen ich mit den Rosenfelds konform gehe.
»Wie konnte so etwas unter deinem Dach geschehen, Lea?«
»Das habe ich mich auch gefragt.« Mittlerweile weiß ich die Antwort. Eins, zwei, drei, jeder hat dreimal raten frei. Wer hat noch nicht, wer will noch mal?
»Was ist mit dem Erzeuger, Lea?« Erneut haben die aufgeregten Wipplöckchen mich auf dem Kieker. Falsche Adresse, kann ich da nur sagen.
»Was ist ein Erzeuger?« ruft Lucas dazwischen.
»Einer, der 'ner Frau 'n Brötchen reinschiebt, du Doof.« Maxi kurbelt seinem jüngsten Bruder an der Stirn herum, die sich bei dieser Auskunft jedoch keineswegs glättet.
»Brötchen?« echot er.
»Das geht zu weit«, findet die Oma. Wo sie recht hat ... Allerdings sucht sie erneut an der falschen Stelle Zuspruch. »Jochen, willst du nicht endlich mal ein Machtwort als Vater sprechen?«
Die Anrede ist heiß. Schwiegermuttern ist auf einer heißen Spur, das fing schon mit der Formulierung »unter meinem Dach« an, welches laut Katasteramt »sein Dach« ist, was sich jedoch weder auf bewegliches noch auf lebendes Inventar bezieht.
Mittlerweile habe ich dank Antonellas Mithilfe rekonstruieren können, wie es in diesen vier Wänden mit Fummelspielen begann,

die Antonellas Angst vor einer Spinne auslöste. Dann kam's wie die Flut durch die Decke in unserem Wohnzimmer und gleichzeitig nebenan beim Deutschüben, einmal ist keinmal, mein Ex war schon immer ein rasanter Jungmädchenfreier und obendrein ein Hasardeur, vielleicht hat er auch gehofft, das Jungfernhäutchen diente als Ersatzpräservativ. Tat es nicht, wie das Ergebnis lehrt. Die Minipille, die er dann für die Idylle in seiner bergischen Datscha spendierte, war folglich schon für die Katz, was er nicht wußte. Ein paar Wochen lang entdeckte dear Jochen den Reiz dessen, was er jahrelang hatte brachliegen lassen, und das sogar multikulturell. Deutsche Gemütlichkeit mit italienischem Flair, Papagallo in der Lindenstraße, bis Antonella notgedrungen der Kloschüssel den Vorzug vor seiner Liebesglut und seinen geliebten Innereien gab. Da war's aus. Da gab's ein paar Scheine und ein Revival für Clementinchen. Mit Starlets passiert einem so etwas nicht, die sind gewiefter.

Es ist nicht aus. Es fängt erst an. Cave, Jochen Rosenfeld! Jetzt bist du zum vierten Mal als Vater gefragt, diesmal bist du's wirklich.

Jochen windet sich, aber seine Mutter gibt nicht nach. »So redet man einfach nicht von einem Vorgang, den der Herrgott nun einmal für die Vermehrung der Menschheit vorgesehen hat.« Ein Punkt, der sie in jüngeren Jahren mit dem Erfinder dieser Technik hadern ließ, der ja genausogut die Taubenbeschattung in Serie hätte geben können. Einmal über 'n Kopf geflattert, und schon wär's passiert. Der Frust schimmert noch heute durch, obwohl ihr Täuberich längst das Weite gesucht hat, anständigerweise auf Melaten, wo er zur Belohnung regelmäßig mit Teelichtern und einmal im Jahr mit ihren Lieblingsblumen bedacht wird. Lilien. Unschuldsvoll weiß.

»Also«, Jochen räuspert sich und fixiert folgsam den Übeltäter in Worten, »das sagt man wirklich nicht, das ist nämlich kein bißchen lustig, vielleicht sollte man Antonella noch einmal eindringlich vor Augen führen, wie sie sich ihr Leben mit so etwas ruinieren kann, da gibt es schließlich Institutionen, natürlich ist das kein Thema für einen Familienkaffee.«

»Wir sind schon aufgeklärt«, posaunt es zurück, diesmal im Chor.
Sie sind es wirklich, rundum, dabei haben Antonella und ich uns tagelang den Kopf zerbrochen, wie wir den zarten Knabenseelen ihren Vater als Identifikationsfigur erhalten könnten. Leider brauchen Jungs so was nun mal. Und ein Daddy, der nebenan das Au-pair schwängert, stürzt vom Podest, ist doch klar. Also haben wir ihnen eine Story aufgetischt, die im übrigen haargenau die Version ist, die ich mit Antonellas »babbo« (Puh, das war eine harte Nuß!) für die nahe Verwandtschaft in Sizilien ausgeknobelt hatte. Strickmuster »Er kam wie die Flut und verschwand genauso schnell wieder«, vielleicht hat ihn ja ein Unfall ereilt, einer mit Todesfolge oder Gedächtnisverlust, wir hatten sogar einen Namen parat, der Fluter hieß angeblich Giovanni. Die Mühe hätten wir uns sparen können, wie ein unbeabsichtigtes Lauschmanöver ergab. »Eigentlich sollte Mom ja wissen, daß Paps' erster Name Hans ist und daß das von Johannes kommt und im Italienischen Giovanni heißt. Ob wir's ihr sagen?« Originalton Maxi, ich habe kräftig schlucken müssen. Gleichzeitig ist mir ein Stein von der Seele gefallen, weil dieser Talk im Kinderzimmer sich nicht nach einem abgestürzten Vaterbild anhörte, sondern eher lebensklug, rheinländisch, kölsch: »Et kütt wie et kütt! Es kommt wie es kommt!«
»Und was ist mit dem Vater? Wie steht er dazu?« Mutter Rosenfeld sieht mich an, noch immer siedelt sie die Verantwortung primär bei mir an.
»Nun, er wird kräftig zahlen müssen«, sage ich, »alles mit notarieller Urkunde, versteht sich.«
»Und warum heiratet er das Mädchen nicht? Oder ist er etwa schon ...?«
»Das könnte euch so passen!« Erregt, Stuhl zurück und Handballen auf den Tisch, die Knöchel treten weiß hervor, zum Glück besitzt mein Gatte keine Hörner, andernfalls stünde zu befürchten, daß er jetzt zwei Personen an dieser Tafel aufschaufelte und durch die Luft wirbelte. Welcher Zorn in diesen himmelblauen Augen, wahr-

scheinlich sollten wir bibbern, betteln, gar darum bitten, daß er unserem Kind einen ehelichen Namen gibt?
»Es paßt uns nicht«, antworte ich stellvertetend für Antonella mit, »wir haben diese Variante recht bald wieder verworfen, weil der zukünftige Vater sich schon in seiner ersten Ehe nicht gerade mit Ruhm bekleckert hat.«
»Das ist eine infame Unterstellung. Das nimmst du auf der Stelle zurück.« Die zum Glück nicht real existierenden Hörner peilen nun exklusiv mich an.
»Ich glaube, deine Mutter hat da eine Frage.«
Die Hörner nibbeln ab. Schlagartig.
»Jochen, könnte es sein ...?« Schwach, zittrig, fast könnte sie einem leid tun.
»Nein, verdammt!«
»Ich glaube, ich möchte auf der Stelle heim.«
Normalerweise dauert der Abmarsch der Rosenfelds fast genauso lange wie der Besuch, verzögert sich durch »Was ich noch sagen wollte ...«, Pipimachen, Staubkontrolle, Hütchensuche, eingeschlafene Beine, Lamentieren über heimliche Stolperschwellen, Diverses. Diesmal braucht es keine fünf Minuten, bis unten die Haustür ins Schloß fällt.
»Das hat die Kochoma eben ganz nett geschlaucht«, resümiert mein Pfiffikus, »ich kapier ja auch nicht, was an dem Geknutsche und so schön sein soll, aber gegen ’nen echten Bruder mit der Nella als Mutter kannste doch echt nix sagen, das iss noch besser als Blutsbrüderschaft.«
Einstimmig angenommen. Standing ovations. Bei Antonella fließen zusätzlich ein paar Tränchen, die ihrer neuen Familie, dem für Anfang April ausgerechneten Zuwachs und ein ganz klein wenig auch der Erinnerung an etwas gelten mögen, wovon sie im Gegensatz zu meinem Pfiffikus nun sehr wohl weiß, wie schön es sein kann. Sogar mit einem Erzschwindler.
Schon seltsam, da teilen wir die Erinnerung an einen Liebhaber und ziehen demnächst zusammen seine Kinder groß, zumindest für die ersten Lebensjahre des neuen Erdenbürgers haben wir das

so geplant. Übrigens wird es eine kleine Agrippina, doch das behalten wir vorläufig noch für uns. Zwei Frauen, zwischen denen eine Generation liegt, in Jahren gemessen ist das so. Trotzdem wird es anders mit uns sein als zwischen Mutter und Tochter, wir betreten Neuland, terra incognita.
Sie klammert sich an mich, weil sie weiß, daß ich diesen Weg schon viermal gegangen und trotzdem keine klassische »mamma« geworden bin. Davor hat sie nämlich Angst. Sie will nicht von jetzt auf gleich wie die Frauen bei ihr zu Hause werden, die mit dem ersten Baby in den Status der »padrona« überwechseln, die so makellos zu sein hat wie die Bettwäsche in ihrer Aussteuer. Mich nennt sie »amante«, sicherheitshalber habe ich noch einmal im Wörterbuch nachgeschlagen und mich gewundert. Ein seltsames Wort, weil es in einem Bereich, der doch gerade von der Gegensätzlichkeit der Geschlechter lebt, für beide gilt und sowohl den »Liebhaber« wie die »Liebhaberin« meint. Liebhaben ist ein schönes Wort, zugleich zärtlich und stark. Erhofft Nella sich von mir ein Patentrezept, wie sie als Mutter und Liebende zum Zug kommt? Es gibt keins, es ist immer wieder anders, es existiert keine Regel, weder hier noch dort, aber das muß sie selbst herausfinden.
Es kommt wie die Flut, reißt mit, jubelt einen hoch und schleudert zu Boden und gebiert Leben. Ein Wunder, das ich diesmal von außen begleiten und bestaunen darf, ohne daß es mich selbst zerreißt, beim leisesten Wimmern loshetzen und nie wirklich zur Ruhe kommen läßt, bis die Schultüte das Tor in eine Welt aufstößt, die wenigstens stundenweise Raum zum Verschnaufen gibt. Manchmal sogar tageweise. Achtzehn Tage lang. Ob er noch einmal anruft?

»Hi! Komm ich wieder ungelegen?«
»Wir sind schwanger.«
»Ist das dein Ernst?«
»Glaubst du, mit so was spaße ich?«
»Möchtest du heiraten? Ich könnte morgen bei dir sein, ich schau

mal gerade in den Fahrplan. Da. Nein, das ist Ankunft. Scheiße!«
»Wer redet denn von mir?«
»Aber du hast doch gesagt ...«
»Antonella ist schwanger ...«
Ein Murmeln erwischt mich, es hört sich an wie »Schade!« (Spinn weiter, Lea!)
»Von meinem Mann«, haspele ich, nur weiter im Text, »also meinem geschiedenen Mann, aber der spielt keine Rolle mehr, erst einmal bleibt Agrippina bei uns, und Nella lernt fleißig Deutsch und studiert später an der Pädagogischen Hochschule, wir haben das schon alles geregelt und sogar 'ne Story für die italienische Verwandtschaft parat.«
»Agrippina ist ein schöner Name.«
»Ja«, sage ich und weiß nicht weiter. Keinen Millimeter, Fadenriß, Hilfe!
»Vielleicht brauchst du ja Hilfe. Du weißt ja, ich bin der absolut größte ...«
»Gipfelstürmer«, falle ich ihm ins Wort und danke dem da oben auf den Knien (symbolisch reicht), daß wir noch kein Bildtelefon haben. So fleckig rot wird keine Gentomate, das schafft nicht mal 'ne echte, darin bin ich die Größte.
»Weißt du, daß ich noch nie auf eurem Kölner Dom war?«
»'ne Affenschande.«
»Wie wär's mit nächste Woche?«
»Die Engelsburg wär mir lieber.«
»Die liegt aber in Rom.«
Hält er mich für geografisch unterbemittelt, nur weil ich mich ein paarmal in seinem Kärnten hoffnungslos verfranst habe? »Das weiß ich sehr wohl«, antworte ich betont würdevoll und recke mich, weil bekanntlich die innere Haltung nach außen ausstrahlt, umgekehrt wird ebenfalls ein Schuh draus. »Zufällig reise ich mit meiner Großfamilie in der letzten Ferienwoche nach Rom und verjubele jeden Pfennig von ...«, sag ich nicht, geht ihn nichts an, wir beiden Weibsen verjubeln in Italy, was für Holland vorgesehen

war, darauf besteht Antonella. Um von diesem höchst intimen Geldtransfer, dessen Ursache ich auf gar keinen Fall preisgeben werde, wieder herunterzukommen, sprudele ich alles heraus, was mir zu dieser Reise durch den Kopf schießt, dazu gehören das geplante Treffen mit dem »babbo« und dem auf dem Montemario, einem der sieben Hügel der Vatikanstadt, ansässigen Onkel von Antonella ebenso wie die Ziele, die ich mir schon aus dem Reiseführer herausgepickt habe: »Fabian hat's auf die Spanische Treppe abgesehen, angeblich gibt es da die hübschesten Mädchen, und Nella will unbedingt zur Piazza Navona und Münzen in den Brunnen werfen und sich was wünschen, vielleicht mach ich das auch, obwohl ich nicht abergläubisch bin, wenigstens nicht richtig, die Kleinen drängt's natürlich zum Meer, bis Jesolo ist es ja nicht weit ...«

»Okay, Mittwoch um drei Uhr an der Engelsburg.«

»Du meinst das ernst?«

»Also, wenn es fünf Minuten später werden sollte, war der Papst schuld, weil er noch ein Autogramm von mir wollte, aber ich komme, verlaß dich drauf, und dann suchen wir wieder zusammen das Goldeck.«

»Okay.« Frosch im Hals, Räuspern ohne Ende, Schlund wie Schmirgelpapier, Stimme tief aus dem Keller, hoffentlich hält er mich jetzt nicht für 'nen Kerl. »Okay«, sage ich noch einmal, »Mittwoch um drei Uhr, und dann suchen wir in Rom so lange nach dem Goldeck, bis wir's gefunden haben.«

Leider bekomme ich die Antwort meines Ritters nur bruchstückhaft mit, weil sich unmittelbar neben mir ein Ferkelskopf mit Popbürste im Frontbereich vor Lachen ausschüttet. Und warum? Weil ich, seine Mutter, tatsächlich so was von unterbelichtet bin, daß ich noch nicht einmal weiß, daß in der Hauptstadt Italiens alles italienische Namen trägt: »He, alle mal herhören! Die will da so 'n komisches goldenes Eck suchen.«

Wer zuletzt lacht und so weiter, ich tu's sehr verstohlen und in dem satten Gefühl, meinem Pfiffikus zumindest das Wissen voraus zu haben, daß Knutschen kein bißchen blöd und österreichische

Hausberge höchst wandlungsfähig sind. Ebenso wie die zugehörigen Explorer. Wie hieß noch der vielgerühmte Schlachtruf vom ollen Cäsar?
Veni! Vidi! Vici!
Mach Platz, Junge! Diesmal komme, sehe und siege ich.

Lea Wilde

Männer aus zweiter Hand

Roman

Band 13084

Sarah Urban ist frisch geschieden und kennt die Männer. In der Ehe schlaffen sie ab und außer Haus sind sie feurig funkelnde Liebhaber. Kurzerhand beschließt die selbstbewußte Solo-Mutter, den Spieß umzudrehen. Fortan funkeln bei ihr zwei Leihmänner in Wechselschicht: Ein grundsolider (verheirateter) Arzt liebt Sarah werktags, ein flotter (verheirateter) Starfotograf peppt ihre einsamen Mutter-&-Kind-Wochenenden auf. Anfangs weiß Sarah nur, was sie nicht mehr will: nie mehr einen Ehemann, der an ihren Koch-, Putz- und Erziehungskünsten herummäkelt und bei anderen Frauen den Paradiesvogel markiert. Sie glaubt, ihr Allheilmittel in den Männern aus zweiter Hand gefunden zu haben. Die lassen ihren Alltag zu Hause und bescheren Sarah ein paar glückliche Stunden. Alles läuft nach Plan, bis eine der beiden Ehefrauen als Kochbuchautorin Karriere macht. Sarah soll deren Mann, Tochter und Musterküche nun rund um die Uhr übernehmen. Doch sie pfeift auf den Dreierpack und greift statt dessen auf ihre alte Liebe zurück, einen begnadeten Hobbykoch und feurig funkelnden Solo-Vater, den sie nur mit vier Kindern teilen muß.